Matthias Löwe • Leinewebertod

AF216791

Matthias Löwe wurde 1964 in Löhne (Westfalen) geboren. Er studierte in Bielefeld und wohnte in der Teuto-Stadt – mit Unterbrechungen – von 1985 bis 1998. Nach einigen Lehrtätigkeiten in der Bundesrepublik und den Niederlanden ist er seit 2003 Professor für Mathematik in Münster.

Matthias Löwe

LEINE
WEBER
TOD

PENDRAGON

Kapitel 1
Leineweber

„Und auf geht die Fahrt, alle Mann einsteigen! Jetzt noch besser, jetzt noch schneller! Schnallt euch fest, heute ist herrliches Reisewetter!", tönte die durchdringende Stimme des Ausrufers über den Rathausplatz. Hier, direkt vor dem Eingang zur Bielefelder Altstadt, stand ein Ungetüm von einem Fahrgeschäft, das passenderweise den Namen *Jekyll & Hyde* trug. Es bestand lediglich aus zwei 20 Meter langen Armen, an deren Enden bewegliche Körbe für die Fahrgäste befestigt waren.

„Das Ding ist mega! Das lasse ich mir nicht entgehen, da muss ich mit!", schrie Gregor in Brökers Ohr, um die Stimme des Rekommandeurs zu übertönen. Ein Grinsen lag auf seinem Gesicht und seine schwarzen Augen funkelten erwartungsfroh.

„Das wirst du schön bleiben lassen!", entgegnete Bröker und sah seinen um mehr als 20 Jahre jüngeren Freund entsetzt an. „Das ist doch lebensgefährlich, ich will dich schließlich noch ein bisschen als Mitbewohner behalten. Mir wird ja schon vom Hingucken schlecht!"

„Dann schau halt weg!", lachte Gregor. „Du weißt ja: Ich habe dich wirklich gern, Bröker, und ich will nicht, dass dir übel wird. Aber du kannst mich nicht davon abhalten mitzufahren." Er drehte sich um, und winkte Bröker noch einmal zu. „Wenn du willst, geh doch schon mal zum Riesenrad vor und dreh eine Runde, auf dieses Seniorenkarrussel stehe ich nämlich nicht so! Am besten treffen wir uns in einer halben Stunde wieder. Dann habe ich auch noch Zeit für eine zweite Fahrt", rief er ihm gegen den Lärm der Menschenmassen zu.

Dann sah Bröker, wie sein junger Freund am Kassenhäuschen anstand und ein Ticket kaufte. Als Gregor eine der beiden Gondeln bestieg, wandte sich Bröker mit einem Kopfschütteln ab. Sein Mitbewohner hatte seinen eigenen Kopf. Nach den fast neun Jahren, die sie nun schon eine Hausgemeinschaft in Brökers Stadtvilla an der Sparrenburg bildeten, war das für ihn keine Überraschung mehr. Dennoch fiel es ihm gerade jetzt schwer sich einzugestehen, dass Gregor mit seinen mehr als 26 Jahren kein Kind mehr war, sondern ein junger Erwachsener, der genau wusste, was er wollte.

„Jetzt geben wir Gas, das wird lustig, jetzt gibt's Action!", hörte Bröker erneut die Stimme des Ausrufers, als sich der eine der beiden Krakenarme langsam hob und sich die daran hängende Gondel zu drehen begann.

Mit Grauen wandte er sich ab. Bröker hatte nicht übertrieben: Er würde sich Gregors Fahrt in dem Horrording wirklich nicht ansehen können, eher würde er selbst mitfahren und auch dafür hätte man ihm einen hohen Preis bieten müssen. Er vernahm noch das halb erregte, halb erschrockene Schreien der Fahrgäste, als die Umdrehungen des Ungetüms schneller wurden. Eine Frauenstimme kreischte: „Ich will aussteigen, anhalten, es ist nicht mehr lustig!" – dann hatte Bröker den Platz verlassen und die Menschenmenge, die sich über den Altstädter Kirchplatz wälzte, saugte ihn auf.

Jetzt, da er ihn nicht mehr sah, machte sich Bröker um seinen Mitbewohner weit weniger Sorgen. Es würde schon alles gut gehen und in einer halben Stunde würde er ihn vor dem Riesenrad am anderen Ende der Fußgängerzone wiedersehen. Diese uralte Kirmesattraktion kam mit ihrer behäbigen Gemütlichkeit und ihrem großartigen Ausblick über die Stadt, in der er nun schon beinahe ein halbes Jahrhundert lebte, Brökers Temperament viel mehr entgegen als die modernen Fahrbetriebe, in denen er sich stets dem Tod näher wähnte als dem Leben. Ja, auf das Riesenrad hatte er sich heimlich schon den ganzen Tag gefreut.

Bröker blieb stehen und atmete tief ein: Es war Ende Mai, doch es roch nicht nach der Blütenpracht, die es an diesem Spätnachmittag im Frühling überall zu sehen gab. Stattdessen war die Luft schwer vom Duft nach gebratenem Fleisch, gebrannten Mandeln und Zuckerwatte: Es war Leinewebermarkt. Und wenn ihm auch sonst größere Menschenansammlungen eher suspekt waren, wenn sie sich nicht in einem Fußballstadion befanden, so liebte Bröker dieses Volksfest in der Bielefelder Innenstadt heiß und innig. Fahrgeschäfte, Essensstände, Musik, Kultur – alles wurde ihm hier geboten.

Apropos Essen, kam es ihm in diesem Moment in den Sinn: Wieso sollte er seine Zeit ohne Gregor nicht dazu nutzen, eine oder zwei Bratwürstchen zu sich zu nehmen, ohne dabei den Sticheleien seines Mitbewohners ausgesetzt zu sein? Gregor hatte ihm erst neulich erklärt, mit einem Body-Mass-Index von 35 oder mehr sei man nicht mehr mollig, da sei man einfach dick. An dem besorgten Unterton dabei hatte Bröker allerdings bemerkt, dass der Junge sich Sorgen zu machen schien, die er wie so häufig hinter einer flapsigen Bemerkung verbarg. Du stirbst eben, weil du aus der Achterbahn fliegst und ich, weil ich es mir gutgehen lasse, erwiderte Bröker in diesem Augenblick in Gedanken. Er ärgerte sich kurz, dass ihm diese Antwort nicht schon früher eingefallen war und beschloss, sie sich für Gregors nächsten Kommentar zu merken. Dann stellte er sich in der Schlange vor einer Würstchenbude an.

Zehn Minuten später hatte er nicht nur drei Bratwürstchen vertilgt, er hielt auch einen Halbliterbecher Pils in seinen Händen. Und auch wenn er den schon zur Hälfte geleert hatte, erschwerte er ihm trotzdem den Weg durch den immer dichter werdenden Besucherstrom.

Vor der Bühne am Alten Markt sah er ein altes Ehepaar, das Handzettel verteilte. Bestimmt war es irgendein 450-Euro-Job, den sie angenommen hatten, um ihre Rente aufzubessern, dachte Bröker und hatte Mitleid. Ohne auf den Inhalt zu achten, nahm er sich eines der Flugblätter, faltete es und steckte es in die Hosentasche. Viel würden sie davon hier ohnehin nicht loswerden. Freundlich lächelte er den beiden zu und beschleunigte seinen Schritt. Vielleicht könnte er die restliche freie Zeit sinnvoll nutzen und noch ein Brötchen mit Steak verdrücken – sein Bier war mittlerweile auch schon leer.

Entschlossenen Schrittes bog er in die Obernstraße ein. Dort gab es einen Fleischstand, der immer besonders gut gewürzte Stücke hatte. Ein lautes Lachen riss ihn aus seinen Gedanken. Eine Gruppe von fünf männlichen Jugendlichen, die dem Alkohol schon mehr zugesprochen hatten als es ihnen guttat, stand wenige Meter von ihm entfernt und zeigte mit dem Finger auf Bröker.

„Du hast dein Kind verloren, vielleicht solltest du es suchen!", grölte einer von ihnen, kam näher und schlug ihm auf die Schulter.

Bröker stutzte. „Was für ein Kind? Ich habe gar kein Kind!", stotterte er verdattert.

Die Gruppe grölte noch lauter. „Ach nein?", rief der längste von ihnen. „Und wer hat dir dann das hier geschenkt?". Dabei stupste er mit dem Finger gegen Brökers Brust.

Instinktiv griff der sich an den Bauch. Der andere wollte doch wohl keine Schlägerei anfangen? Er spürte ein Band mit einem schweren Gegenstand daran und er atmetet erleichtert auf. Richtig: Er hatte sich ja das Lebkuchenherz umgehängt, das ihm Gregor gleich zu Beginn ihres Ausflugs gekauft hatte. „Dem besten Papi der Welt", stand darauf.

Beschämt wandte Bröker sich ab. Der Appetit auf ein Steak war ihm für den Augenblick vergangen. Überhaupt wäre es vielleicht gut, sich eine kleine Pause von den vielen Menschen zu gönnen. Am Bunnemannplatz gab es stets eine Sport- und Kulturbühne und obwohl viele Darbietungen dort sehenswert waren, gab es oft bei weitem nicht so viel Publikum wie in der Obernstraße, am Alten Markt oder vor dem Rathaus. Das war ein guter Ort, um wieder ein wenig zur Ruhe zu kommen. Anschließend konnte er vielleicht noch rasch einen Happen auf dem Klosterplatz essen, auf dem es in diesem Jahr einen Street-Food-Markt gab. Wenn er dabei nicht zu lange trödelte, würde er so immer noch rechtzeitig vor dem Riesenrad einzutreffen, um Gregor nicht zu verpassen. Zufrieden mit diesem Entschluss setzte sich Bröker wieder in Bewegung.

Fünf Minuten später hatte er die anvisierte Kultur- und Sportbühne erreicht. Gerade lag der Schwerpunkt wohl mehr auf Kultur. Ein Mann saß einsam auf der Bühne und deklamierte von einem Barhocker aus einen Text, den er aus einem Buch vorlas, dessen Titelseite ein Bild der Sparrenburg zierte. Als er die ersten Sätze gehört hatte, begriff Bröker, dass es sich um einen Krimi handelte, der in seiner Heimatstadt spielte und dessen Protagonist ein alleinstehender Herr war, der im Alleingang Mordfälle löste. Was für eine skurrile Idee, grinste Bröker innerlich. Aus eigener Erfahrung wusste er, dass man bei so einer Recherche die richtigen Freunde ebenso dringend benötigte wie einen guten Riecher, wenn man erfolgreich sein wollte. Nun, es war eben Fiktion. Dennoch schienen die Krimis des Autors Anklang zu finden, jedenfalls hatten viele der Zuschauer ein Buch mit dem Bielefeld-Cover unter dem Arm und ein paar trugen sogar T-Shirts mit dem Namen des Titelhelden auf der Brust. Bröker lachte – zumindest das wäre in der Realität unrealistisch.

Doch offenbar hatte der Autor nicht nur Fans: „Bielefeld gibt es doch gar nicht!", grölte in diesem Augenblick ein junger Mann aus einer der hinteren Reihen. Allem Anschein nach war das kein Ostwestfale und besonders helle war er auch nicht – vielleicht ein Münsteraner, mutmaßte Bröker. Die Zuschauer um ihn herum begannen missmutig zu murren.

Der Autor aber reagierte schlagfertig. „Darum ist Bielefeld ja so ein perfekter Ort für einen Krimi", lächelte er und das Lachen des Publikums begleitete seine Äußerung. „Vielleicht ist das auch ein gutes Schlusswort", fuhr er fort. „Ich habe ohnehin nur noch eine Minute. Ich bedanke mich also für Ihre Aufmerksamkeit und sollte es Ihnen gefallen haben, würde ich mich freuen, wenn Sie meine Bücher auch kauften!" Unter dem Applaus der Zuschauer verließ er die Bühne.

Auch Bröker klatschte. Ein Bielefeld-Krimi, dachte er, was für eine großartige Idee. Nun wieder mit deutlich mehr Energie als ein paar Minuten zuvor, wandte er sich um und wollte seine Schritte in Richtung Klosterplatz lenken.

„Als Nächstes folgt wieder eine sportliche Darbietung auf dieser Bühne", vernahm er noch die Stimme einer Ansagerin. „Die Zumba-Gruppe der *Lady-Power-Lounge* wird uns unter der Leitung ihrer Trainerin Bianca Ebbesmeyer einen kleinen Einblick in das Workout geben, das Interessierte in diesem Studio erwartet. Wie der Name schon sagt, richtet sich dieses Angebot natürlich vor allem an die Frauen unter Ihnen."

Bröker hielt inne. Bianca Ebbesmeyer: Er brauchte nicht lange in seinem Gedächtnis zu kramen, um diesen Namen richtig einzuordnen. Es mochte vier oder fünf Jahre her sein, dass er der Dame, die von ihren Mitarbeiterinnen auch Bombi genannt wurde, bei seinen Ermittlungen in einem früheren Fall über den Weg gelaufen war. Sie besaß schon damals ein kleines Imperium von Fitnessstudios für Frauen, das sich über ganz Nordrhein-Westfalen verteilte. Kurzzeitig hatte Bröker die Fitnesstrainerin sogar verdächtigt, in den Mord an einem Bankangestellten verwickelt zu sein. Unter dem Vorwand, sich ohnehin als Frau zu fühlen, hatte sich Bröker eine Probestunde in der

Bielefelder Filiale des Sportstudios erschlichen, um zu recherchieren. Dort hatte er gelernt, dass Workout nicht bedeutete, dass er draußen arbeiten musste. Leider war dann alles aus dem Ruder gelaufen und Bröker hatte von Glück sagen können, dass ihn Bombi nicht auf die Straße gesetzt hatte.

Interessiert drehte er sich wieder zur Bühne um. War das nicht eine gute Gelegenheit zu sehen, wie die Übungen in den Lady-Power-Lounges aussahen, wenn sie von trainierten Sportlern und nicht von ihm selbst ausgeführt wurden? In diesem Moment betraten zwölf Frauen unter Bombis Leitung die Bühne. Während die Inhaberin der Fitnessclubs ihre kompakte Gestalt in einen schwarzen Trainingsanzug gehüllt hatte, steckten die übrigen Tänzerinnen in hautengen rosafarbenen Trikots. Richtig, fiel es Bröker ein, diese Bonbonfarbe war ja eines der Markenzeichen von Bombis Studios. Wie die Trikots zeigten, waren die Tänzerinnen eine wie die andere durchtrainiert.

Die Frauen nahmen Aufstellung, Bombi in vorderster Position, die Scheinwerfer richteten sich auf sie, aus den Lautsprechern am Rande der Bühne kamen die ersten Beats eines Techno-Rhythmus. Auch wenn dies überhaupt nicht sein Musikstil war, schob sich Bröker ein paar Reihen weiter nach vorn. Bombis Auftritt wollte er sich nicht entgehen lassen. Diese Entscheidung würde er noch bereuen.

Kapitel 2
Fall …

„Itz, itz, itz!", dröhnte der Beat aus den Lautsprecher-
boxen so laut, dass er sogar die Durchsagen der Ausrufer der nahen Fahrgeschäfte übertönte. Ohne es zu
wollen, begann Bröker mit dem Fuß zu wippen. Die
Frauen auf der Bühne stellten sich breitbeinig hin,
streckten die linke Faust in die Höhe und warteten
auf ein Kommando.

„Und eins, zwei, drei, vier!", zählte Bombi an.
Die Frauen spannten ihre Körper. Gleich würde ihre
Darbietung beginnen.

„Halt, halt, halt, halt!", unterbrach Bombi die
Vorbereitungen in diesem Augenblick. Schlagartig
verstummte der mitreißende Rhythmus. Die Tänzerinnen blickten einander verwirrt an. Den Zuschauern ging es nicht anders. Es wurde merkwürdig ruhig
auf dem Bunnemannplatz. Auch Bröker zog die Stirn
in Falten. Was hatte Bombi davon abgehalten, mit
der Show anzufangen?

„Ja, wen haben wir denn da?", ertönte ihre rauchige
Stimme auch schon wieder von der Bühne. Die Inhaberin der Fitnessclubs zeigte mit ausgestrecktem Arm
ins Publikum, zu Brökers Schrecken sogar in seine
Richtung. Er blickte sich um. Hatte sie einen Freund
entdeckt? Vielleicht einen bekannten Sportler oder
Politiker?

„Wenn mich nicht alles täuscht, befindet sich einer

der bekanntesten Bielefelder in unserer Mitte!", verkündete Bombi so, dass jeder es hören konnte. Bröker drehte sich um, konnte aber niemanden erkennen. War es möglich, dass sie ihn meinte? Dass sie sich nicht nur an ihn erinnerte, sondern ihn auch inmitten der Menge erkannt hatte?

„Meine Damen und Herren, begrüßen Sie mit mir den Mister Marple von der Sparrenburg, begrüßen Sie Bröker!", zerstreute die Fitnesstrainerin nun auch die letzten Zweifel.

Bröker bemerkte, wie er rot anlief. Er mochte es gar nicht, im Blickpunkt der Öffentlichkeit zu stehen. In Augenblicken wie diesen verwünschte er den Erfindungsreichtum Charlys, einer befreundeten Journalistin von der *Neuen Westfälischen,* auf die sein Beiname – Mister Marple von der Sparrenburg – zurückging und die ihn nach jedem gelösten Fall aufs Neue ausgrub. Zudem begann Bröker zu ahnen, dass diese Situation nicht gut für ihn ausgehen würde.

„Sie müssen wissen: Obwohl Herr Bröker vom Geschlecht her nicht ganz unserer Zielgruppe entspricht, hat er vor Jahren einmal ein Probetraining bei uns absolviert", erklärte Bombi dem gespannten Publikum weiter. „Wie soll ich sagen? Es hat sich gezeigt, dass er einen gewissen Trainingsrückstand hatte." Sie lachte heiser. „Ich schweige natürlich über die Details – auch wir Fitnessunternehmer kennen schließlich so etwas wie ein Beichtgeheimnis – nur so viel verrate ich: Er musste das Training vorzeitig abbrechen."

Vereinzeltes Kichern aus dem Publikum untermalte die Schilderung Bombis. Bröker wollte sich vor Scham am liebsten hinter der nächsten Würstchenbude verstecken, aber die Blicke der Leute waren schon auf ihn gerichtet.

„Jedenfalls denke ich, dass es eine gute Idee wäre, zu sehen, ob Bröker seinen Konditionsrückstand inzwischen aufgeholt hat", erklärte die Trainerin mit süffisantem Grinsen.

Wieder lachte das Publikum. Diesmal war darin deutlich Zustimmung zu erkennen.

„Bröker, komm doch zu uns auf die Bühne!", forderte die Vortänzerin ihn auf.

Bröker hob abwehrend die Hände und machte Anstalten den Platz zu verlassen. „Ich muss weiter, ich bin verabredet", murmelte er entschuldigend, aber niemand hörte ihn. Er bemerkte, wie das Publikum ihn immer weiter nach vorne in Richtung Bühne schob. Sich zu sträuben war zwecklos, die Masse war einfach stärker als er. Als er vor dem Podium stand, griffen ihn links und rechts jeweils ein starkes Paar Arme. Bröker guckte hinter sich. Dort standen – ebenfalls in rosa gekleidet – zwei von Bombis Muskelfrauen. Sie überragten Bröker um etliche Zentimeter und unter den Trainingsjacken wölbten sich beeindruckende Muskelberge. Bröker wusste, wann er verloren hatte. Hier war jede Gegenwehr sinnlos. Widerstandslos ließ er sich auf die Bühne heben.

„Applaus für den Bielefelder Meisterdetektiv auf

ganz ungewohntem Terrain, auf unserer Kunst- und Kulturbühne!", feuerte Bombi unterdessen das Publikum weiter an. Dieses reagierte frenetisch.

„Du siehst, Bröker, die Leute wollen, dass du bei unserer kleinen Show mitmachst!" Bombis Lachen dröhnte tief über den ganzen Bunnemannplatz und war vermutlich auch noch am Rathaus zu hören. Hoffentlich bekam Gregor nichts von seinem Dilemma mit. Er würde die Situation vermutlich aus der Distanz genießen und später jedem davon erzählen, der es hören wollte. Zu allererst natürlich Charly, die vielleicht auch von diesem Ereignis in der *Neuen Westfälischen* berichten würde, und Mütze, einem Hauptkommissar, den Bröker bei den Heimspielen der Bielefelder Arminia kennen und schätzen gelernt hatte.

„Hey, träumst du?" Bröker war so in Gedanken versunken, dass die Fitnesstrainerin er für einen Moment lang ausgeblendet hatte.

„Entschuldige, ich habe dich nicht richtig verstanden. Ist ja so laut hier", erwiderte er und registrierte irritiert, dass auch diese Antwort von den Lautsprechern durch die ganze Stadt geblasen wurde.

„Ich sagte: In den Klamotten kannst du ja unmöglich an unserer Show teilnehmen!", wiederholte Bombi.

„Das tut mir leid, dann gehe ich wohl besser wieder", antwortete Bröker prompt. Er wusste nicht, was an seiner braunen Cordhose und dem beigen Poloshirt auszusetzen war. Aber in seiner Stimme schwang eine ordentliche Portion Erleichterung mit, als er sich anschickte, die Bühne über einen Abgang an der Seite wieder zu verlassen.

„Das könnte dir so passen!" Bianca Ebbesmeyers Lachen war inzwischen in seinem satten Bass angekommen. „Nein, nein, mein Freund, geh einfach einen Moment zu Jasmin und Daggi hinter die Bühne. Die helfen dir dann schon weiter – wir machen uns unterdessen schon einmal warm."

Wie ferngesteuert tat Bröker, wie ihm geheißen. Als er den Backstage-Bereich betrat, hörte er, wie auf der Bühne wieder die Technorhythmen erklangen. Ihn hingegen erwarteten die beiden Muskelfrauen, die ihn auch schon auf der Tribüne abgesetzt hatten.

„Hi, ich bin Daggi!", stellte sich die Dunkelhaarige der beiden vor. „Und Bombi hat recht, in Cordhose und Polohemd kannst du echt nicht auftreten. Schon gar nicht in den Farben!"

„Du brauchst was in Rosa!", pflichtete ihr Jasmin bei. „Soll ja so aussehen, als gehörst du zu uns." Sie zog sich wie beiläufig ihre Trainingsjacke aus. Darunter wurde ein hautenges Trikot sichtbar – natürlich war es auch rosa. Sie warf Bröker die Sportjacke zu. „Die müsste eigentlich passen", kommentierte sie dazu. „Aber meine Hose kriegst du nicht, die ist dir wahrscheinlich sowieso zu eng!"

„Die will ich auch gar nicht!", erwiderte Bröker.

Bevor er auch die Jacke wieder zurückgeben konnte, hatte Daggi ihre Sporttasche geöffnet und wühlte darin herum. „Ich glaube, ich habe da was für dich", sagte sie triumphierend und zog eine rosafarbene Gymnastikhose hervor. „Probier die mal an, die sieht nur so eng aus, aber der Stoff ist super dehnbar!", forderte sie Bröker auf.

„Nein!", protestierte der. Dann wurde ihm klar, dass dies kein Vorschlag der Muskelfrau war.

„Na los, zieh sie schon an!", drängte ihn Daggi.

Noch einmal warf Bröker einen Blick auf ihre Muskeln, dann gab er klein bei. Ohne weiter zu widersprechen, streifte er Cordhose und Poloshirt ab, vergaß dabei auch das Lebkuchenherz nicht und schlüpfte in das rosa Outfit der Lady-Power-Lounges.

„Und jetzt ab mit dir auf die Bühne, sonst ist die Show zu Ende, bevor du deinen ersten Schritt getanzt hast!" Mit einem energischen Schubs beförderte Jasmin Bröker ins Rampenlicht.

Der stolperte auf das hölzerne Podest. Wieder hörte er Lacher aus der Gruppe der Zuschauer, die lauter wurden, als die Musik verstummte.

„Bröker, Bröker, die Mädels haben dich ja fein hergerichtet, richtig fesch!", war Bombis Stimme wieder zu vernehmen. Das Publikum johlte dazu begeistert.

Bröker versuchte zu sehen, ob sich Gregor in der Menge befand, blickte aber versehentlich in einen Scheinwerfer. Für einen Moment lang sah er gar nichts mehr, dann genas er von seiner vorübergehenden Blindheit – und wünschte sofort, sie hätte angedauert. Hinter Bombi, die etwa zwei Meter von ihm entfernt stand, befand sich ein mannshoher Spiegel, den Bröker zuvor übersehen haben musste. Und aus diesem Spiegel blickte ihn ein überdimensionales rosa Knallbonbon an. Das konnte doch unmöglich er sein: Die Trainingsjacke spannte über seinem Bauch und drohte jeden Moment zu platzen und unter der engen Gymnastikhose zeichnete sich jedes Speckröllchen ab. Seine dunkelrote Gesichtsfarbe harmonierte auffällig gut mit der Schweinchenfarbe des Trainingskostüms.

„Sie sehen, meine Damen und Herren, heute wird Ihnen einiges geboten", schaltete sich die Fitnesstrainerin wieder ein. „Auch wenn Sie bisher gemeint haben sollten, unseren Mister Marple zu kennen: So haben Sie ihn bestimmt noch nie gesehen!"

Wieder lachten die Zuschauer, gleichzeitig setzte die Musik wieder ein.

„Und wenn Sie dachten, Sie seien für unsere Studios vielleicht etwas zu füllig, können Sie sich hier vom Gegenteil überzeugen: Unsere Outfits passen jedem und wir haben auch für jeden die richtige Übung", übertönte Bombi die anschwellenden Rhythmen. „Und nun wollen wir sehen, wie Bröker sich in unserer Choreografie schlägt!", fuhr sie fort und dann an ihre Tänzerinnen gewandt: „Aufstellung!"

Die zwölf jungen Frauen bildeten Dreierreihen hinter der Vortänzerin. Bröker stand verdattert in ihrer Mitte.

„Du stellst dich neben mich!", befahl Bombi leise

und zerrte ihn in die erste Reihe. „Mach einfach alles genauso wie ich!" Sie stellte sich breitbeinig auf und reckte die linke Faust in die Höhe. „Eins, zwei, drei, vier!", begann sie wie wenige Minuten zuvor.

Vielleicht war es die Kommandostimme Bombis, vielleicht auch der mitreißende Beat, jedenfalls gehorchte Bröker instinktiv und versuchte sich auf den Rhythmus zu konzentrieren.

„Du muss die Faust hochstrecken", zischte die Blonde hinter ihm.

Richtig, das hatte er in der Aufregung ganz vergessen. Kurz zögerte er. Sollte er sich nicht besser einfach von der Bühne schleichen? Aber nun, da er einmal im Rampenlicht stand, war sich zu drücken keine Option. Er würde von allen gesehen werden. Nein, die Blöße wollte er sich nicht geben. Schnell reckte er die Faust in die Luft.

„Die andere!", korrigierte ihn seine Mittänzerin.

Sofort ließ er die rechte Faust wieder sinken und streckte stattdessen die linke in die Höhe. Dabei verpasste er, dass Bombi inzwischen begonnen hatte mit kraftvollen Schritten auf der Stelle zu schreiten und dabei die Ellbogen in Richtung der Knie zu ziehen.

„Marschieren!", zischte eine andere Stimme. Diesmal kam sie von hinten rechts.

Bröker marschierte. Dabei wurde er den Gedanken nicht los, dass das bei den jungen Frauen ungleich eleganter aussah als bei ihm. Aus gutem Grund hatte er den Militärdienst verweigert, auch damals hatte er sich mit dem Gedanken, marschieren zu müssen, nicht anfreunden könnten. Er merkte, wie ihm der Schweiß auf die Stirn trat, doch alle Mühe half nichts, er war einfach nicht im Takt. Hoffentlich fiel dem Publikum das nicht so auf. Ein Blick nach vorne belehrte Bröker eines Besseren. Die Leute lachten, einige zeigten sogar auf ihn. Kein Wunder, dachte er: Nicht nur, dass seine Schritte nicht zur Musik passen wollten, die Tänzerinnen hatten inzwischen auch aufgehört, auf der Stelle zu schreiten und tanzten stattdessen schwungvoll nach links und nach rechts. Beinahe hätte Bombi ihn gerammt.

„Los, beweg dich!", rief sie ihm zu. Im Gegensatz zu Bröker wirkte sie kein bisschen angestrengt – ja, sie schien sogar noch Zeit zu haben, sich an Brökers Darbietung zu erfreuen.

Gerade vollführte das ganze Ballett eine schwungvolle Drehung. Da konnte er ja wieder einsteigen, beschloss Bröker und drehte sich ebenfalls. Natürlich in die falsche Richtung. Zudem geriet sein Schwungbein unglücklich hinter sein Standbein. Er wankte, strauchelte und landete mit einem Platsch auf seinem Allerwertesten. Trotz des dröhnenden Beats konnte er das Kichern der Zuschauer bis auf die Bühne hören. Bröker beschloss liegenzubleiben. Vielleicht konnte er sich ja einfach totstellen.

In diesem Moment übertönte ein lautes Krachen Gelächter und Musik. Dann folgte eine tiefe Stille. Nun waren wieder die Ansager von den Fahrgeschäften am Rathausplatz zu hören. Die Musik, die eben noch ohrenbetäubend die Bühne beschallt hatte, schwieg.

Was war das?, fragte sich Bröker. Ob seine Hose bei der kühnen Drehung gerissen war? Nein, das konnte unmöglich einen solchen Knall gegeben haben. Ihm fiel auf, dass es nicht nur still auf der Bühne war, sondern auch erheblich dunkler als zuvor.

„Meine Damen und Herren, uns sind die leider die Lautsprecher und zwei Scheinwerfer durchgebrannt", meldete sich Bombi zu Wort. Obwohl sie ihre Stimme anstrengte, war sie ohne die Lautsprecher wahrscheinlich nur in den ersten Reihen zu verstehen. „Bitte haben Sie einen Moment Geduld, der Schaden wird sofort repariert."

Doch damit leitete sie nur die nächste Katastrophe ein.

Kapitel 3
… auf Fall

Die Ansagerin, die Bombis Auftritt angekündigt hatte, sprang auf die Bühne, ohne jedoch ein Wort zu sagen. Stattdessen gestikulierte sie in Richtung eines Bierstandes, der sich am Ausgang des Bunnemannplatzes zur Obernstraße befand.

Nach ein paar Augenblicken erhob sich dort tatsächlich ein schlaksiger, junger Mann im Blaumann von einer der Klappbänke. Seine Freunde, mit denen er dort gesessen hatte und die sich anscheinend auf einen entspannten Abend eingestellt hatten, beklatschten die Tatsache, dass er nun arbeiten musste, mit höhnischem Applaus.

„Los Jan, dein großer Einsatz", kommentierte einer von ihnen lachend.

„Meine Damen und Herren, bleiben Sie bei uns! Es dauert nur ein paar Minuten, dann geht es hier sofort weiter." Indem sie Bombis Worte beinahe wortwörtlich wiederholte, versuchte die Ansagerin das Publikum bei Laune zu halten, während sich der Techniker durch die Menschenmenge nach vorne drängte. Sie drang damit aber ebenso wenig in die hinteren Reihen vor wie die Fitnesstrainerin.

Bröker beobachtete den Elektrofachmann, wie er sich der Bühne näherte. Täuschte er sich oder schwankte der junge Mann? Hatte er vielleicht dem Bier während der Wartezeit zu fleißig zugesprochen? Ach Unsinn, beruhigte Bröker sich, es war vermutlich nicht das erste Fest, bei dem der Techniker im Einsatz war, und er würde wissen, wie viel er trinken durfte.

Der Elektriker ging zu einem Sicherungskasten neben der Bühne, öffnete ihn und begann in seinem Inneren herumzufingern. „Ist gleich wieder alles in Ordnung", rief er der Ansagerin dabei zu. Bröker fand, dass die Sprache des jungen Mannes ein wenig verwaschen war.

Einen Lidschlag später tauchte der Kopf des Technikers wieder aus dem Sicherungskasten auf. „Also mit den Sicherungen ist alles okay", erklärte er.

„Licht und Ton gehen aber immer noch nicht", entgegnete Bombi lakonisch.

Der Mann, den seine Freunde Jan genannt hatten, seufzte vernehmlich. „Dann gibt's nur eins: Ich muss nach oben." Er schloss den Sicherungskasten wieder und ging auf die Bühne zu.

Diesmal hörte Bröker genau auf seine Aussprache: Kein Zweifel, der junge Mann wirkte deutlich angeschlagen. Besorgt fragte er sich, was der Blaumann mit ‚nach oben' gemeint hatte. Ein paar Augenblicke später wusste er es: Mühsam begann der Elektriker sich an einem der Masten hochzuarbeiten, an dem die Scheinwerfer und Lautsprecher angebracht waren. Mit angehaltenem Atem beobachtete Bröker ihn dabei, jeden Handgriff, jedes Haltsuchen des Mannes verfolgte er, ja, er vergaß sogar für einen Moment, dass er selbst in einem schweinchenfarbenen Aufzug auf einer Bühne mitten in der Bielefelder Innenstadt stand. Zum Glück erging es den meisten Zuschauern auf dem Bunnemannplatz ebenso.

Als er in etwa vier Metern Höhe über Bröker schwebte, wurden die Bewegungen des Technikers noch unsicherer. Zaghaft blickte er in die Tiefe. Sicher hatte er Angst, vielleicht machte sich der Alkohol, den er wahrscheinlich getrunken hatte, in der Höhe noch deutlicher bemerkbar. In diesem Moment versuchte Jan die nächste Strebe des Mastes zu fassen, zögerte und griff daneben.

„Hui, das war knapp!", kommentierte er, während er sich mühsam wieder fing. Dabei stieß er ein halb erschrockenes, halb irres Lachen aus. Inzwischen war sich beinahe jeder des Ernstes der Lage bewusst.

„Jan, pass auf und halt dich gut fest!", riet ihm einer der Freunde zu, mit denen er an der Bierbude gesessen hatte. Die hätten ihn besser davon abhalten sollen, so viel zu trinken, dachte Bröker. Auch jetzt, da ihr Kumpel schwankend in immer größere Höhen kletterte, schien keiner von ihnen eingreifen zu wollen. Wahrscheinlich waren sie von den Geschehnissen ebenso in Bann gezogen wie die anderen Besucher auf dem Platz.

„Klar, sicher doch, alles cool, Mann", gab sich der Techniker selbstbewusst. Doch auch sein nächster Schritt ging fehl und er strauchelte erneut. „Ist ganz schön windig hier oben!", kommentierte und lachte er wieder. „Aber es ist ja nicht mehr weit."

Damit hatte er zweifelsohne Recht – der Scheinwerfer war nur noch zwei, drei Handbreit von ihm entfernt. In einer letzten Anstrengung beugte er sich nach vorne und griff nach dem Strahler.

„Hab ich dich", lallte er triumphierend, als er dessen Kabel in den Händen hielt. Mühevoll zog er aus seinem Blaumann einen Schraubenzieher hervor und versuchte die Rückwand der Lampe zu öffnen. Doch sein Zustand und die Entfernung zu dem Strahler machten es ihm nicht leicht, die richtigen Handgriffe zu auszuführen. Dreimal rutschte er mit dem Werkzeug ab.

„Das kleine Mistding ist einfach zu weit weg", rief er nach unten und versuchte, noch näher an den Schweinwerfer heranzurobben.

Das Publikum auf dem Bunnemannplatz stöhnte auf. Inzwischen war es beinahe jedem egal, ob die Scheinwerfer und Lautsprecher funktionierten, wenn nur der Techniker die Aktion überstand. Der zog sich mit zwei Armzügen in Richtung des defekten Strahlers, dann, beim dritten Armzug, geschah es: Wieder griff Jan ins Leere, versuchte nachzufassen und verpasste auch diesmal das Metall des Masts.

„Nein!", rief einer seiner Freunde, bevor der junge Mann begriffen hatte, was geschah.

Der Techniker taumelte, versuchte sich mit einem letzten Griff festzuhalten, doch es war zu spät: Mit einem Schrei stürzte er in die Tiefe. Dumpf prallte er auf dem Boden auf. Wie ein Echo wiederholte das Publikum den Schrei – dann ummantelte tiefes Schweigen den Platz.

Bröker erlebte diese Sekunden wie in Zeitlupe. Wie in einem Albtraum, bei dem man genau weiß was geschehen wird und es dennoch nicht verhindern kann, hatte er den langsamen Aufstieg und abrupten Fall des jungen Technikers beobachtet. Auch jetzt war er wie gelähmt, den meisten anderen schien es ebenso zu ergehen. Obwohl viele das Unglück hatten kommen sehen, hatte niemand eingegriffen. Vielleicht war das ein Effekt dessen, dass man solche Unglücke beinahe tagtäglich im Fernsehen sehen konnte. Auch da konnte man ja nichts machen außer gebannt zuzusehen.

Selbst Bombi, die sonst nie um einen Spruch verlegen war, stand betroffen am Bühnenrand und sah auf den leblosen Körper hinab. Die Ansagerin, die noch vor wenigen Minuten das Publikum ermuntert hatte nicht zu gehen, war nun selbst verschwunden. Aus der Ferne hörte Bröker Sirenen. Ob jemand so geistesgegenwärtig gewesen war, einen Krankenwagen zu rufen? Er hoffte es. In eine Menschengruppe am oberen Ausgang des Platzes kam Bewegung.

Jemand rief: „So lassen Sie mich doch durch!"

„Ich bin Arzt", ergänzte Bröker im Kopf.

„Ich bin Arzt", sagte ein kleiner Mann mit Halbglatze mittleren Alters auch prompt und drängte sich nach vorne.

Bröker fragte sich unvermittelt, ob es im Medizinstudium ein Seminar gab, bei dem man genau diese beiden Sätze einübte.

Als der Arzt den Techniker erreicht hatte, bildeten die Zuschauer einen Kreis um den Körper. Der Arzt kniete nieder und begann routiniert an Hals und Handgelenk den Puls zu fühlen. Dann griff er dem Elektriker an die Halswirbelsäule, tastete sie ab, hob die Augenlider des Technikers und schüttelte resigniert den Kopf.

„Es tut mir leid, der junge Mann ist tot", sagte er, als er sich schließlich erhob.

Kapitel 4
Kehraus

Wie betäubt schlich Bröker durch die Straßen der Bielefelder Altstadt. Die Bier- und Fressbuden schlossen ihre Läden, an einem anderen Stand holte ein Verkäufer gerade die letzten Teddybären von einer Stange.

Die Ereignisse nach dem Unfall des Technikers waren einer unabänderlichen Logik gefolgt. Die Polizei und ein Krankenwagen waren fünf Minuten nach dessen Sturz am Bunnemannplatz eingetroffen, aber der Notarzt hatte nur die Diagnose seines Kollegen bestätigen können: Jan war tot. Kurz darauf waren die Fahrgeschäfte angehalten worden – aufgrund eines Unglücksfalls würde der Leinewebermarkt heute vorzeitig geschlossen, verkündeten die gleichen Ausrufer, die noch wenige Minuten zuvor ein Mordsvergnügen versprochen hatten. Allmählich drang die Nachricht auch zu den Festbesuchern durch. Bis auf ein paar Jugendliche, die angetrunken waren, protestierte niemand. Beinahe friedfertig verließen die Leute das Fest.

Nachdem er den ersten Schrecken überwunden hatte, hatte Bröker bemerkt, dass die Polizisten begannen, die Tänzerinnen als Zeugen zu vernehmen. Nicht auch noch das, hatte er sofort gedacht. Wenn er, der beständige Konkurrent der Bielefelder Kripo, in seinem schweinchenfarbenen Kostüm entdeckt würde, wäre er auf Monate das Gespött der Polizei. Also war er in den Backstage-Bereich zurückgekehrt und hatte schnell die albernen rosa Klamotten abgelegt und seine Cordhose und sein Polohemd wieder übergestreift. Irgendwann hatte ihn Bombi erblickt, war zu ihm gekommen und hatte ihm ihre Hand auf die Schulter gelegt. „Tut mir echt leid", hatte sie dabei gemurmelt.

Bröker hatte nur die Schultern gezuckt. Was sollte er auch sagen, schließlich ging der Unfall ja nicht auf Bombis Konto.

„Man sieht sich", hatte er geantwortet, als er die Bühne verließ, ohne dass ihn einer der Streifenpolizisten bemerkte, die inzwischen das Areal säumten. Bröker war in den Strom der Menschen eingetaucht und hatte sich von ihm treiben lassen.

Er merkte, wie ihn eine tiefe Traurigkeit erfasste. So schön war es noch vor einer halben Stunde gewesen, so sehr hatte er sich auf die Darbietungen des Leinewebermarktes gefreut: Pilze hatte er noch essen wollen und Steak und mit dem Riesenrad wollte er fahren. Und nun war die Unbeschwertheit dieses Festes durch den grausamen Unfall hinweggefegt worden. Obwohl die Luft um ihn herum frühlingshaft warm war, fühlte sich Bröker in ein herbstliches Grau getaucht.

Ein Pärchen überholte ihn. Der Mann stieß ihn

an, Bröker bemerkte es kaum. Was er hingegen schon spürte, war, dass ihm etwas gegen die Brust schlug. Er griff danach. Ach ja, das Lebkuchenherz. Daggi hatte es ihm wieder umgehängt, kurz bevor er den Bunnemannplatz verließ. Sie hatte ihm zugezwinkert und „Shit happens" gesagt und irgendwie hatte das tatsächlich ein wenig tröstlich geklungen.

Bröker passierte den Alten Markt. Auch hier war die Bühne leer. Ein paar Besucher standen noch in Gruppen beieinander und diskutierten den Unfall. Doch offenbar hatten alle ihre Informationen aus zweiter oder dritter Hand.

„Ein Veranstalter hat den jungen Mann gezwungen, den Lautsprecher zu reparieren, obwohl der völlig verängstigt war", wusste ein kräftiger Kerl im rot-weiß-karierten Hemd.

„Ich habe gehört, er ist von einer Gruppe Jugendlicher auf den Mast gejagt worden", erwiderte ein kleiner untersetzter Mann, an dessen glasigem Blick man den Alkoholgenuss erkennen konnte.

Bröker hatte weder die Lust noch die Kraft die beiden aufzuklären. Sollten sie doch denken, was sie wollten. Spätestens morgen würden sie alles in der Zeitung lesen können. Bröker fragte sich, wo Gregor war. Ob er ihn suchte? Aber er wusste ja, dass er ihn notfalls in der Villa treffen würde.

Er beschloss sich noch ein Glas Wein zu genehmigen. Ach was, eine ganze Flasche. Doch das große weiße Zelt am Rande des Platzes, in dem eine halbe Stunde zuvor noch literweise Wein ausgeschenkt worden war, hatte ebenfalls den Verkauf eingestellt und der Reißverschluss der Stofftür am Eingang war zugezogen worden. Bröker stellte sich so, dass die Bedienung, die noch Gläser einsammelte, ihn sehen konnte. Er gab ihr ein Zeichen, dass er noch etwas trinken wollte. Doch die Kellnerin antwortet mit einer Geste, die wohl bedeuten sollte, dass ihr in dieser Hinsicht die Hände gebunden waren. Bröker seufzte.

Hinter ihm erklang mit einem Mal eine vertraute Stimme. „B., ich hätte mir denken sollen, dass ich dich in der Nähe eines Weinzelts finde." Wäre ihm nicht schon die Stimme bekannt vorgekommen, so hätte Bröker spätestens bei der Anrede gewusst, wer ihn da ansprach. B., so nannten ihn nicht mehr viele. Zu seinen Studienzeiten hatte Bröker seinen Vornamen nicht verraten wollen und so war es schließlich dazu gekommen, dass er für seine Freunde nur noch B. hieß. Das war allerdings mehr als 20 Jahre her und inzwischen kannten ihn alle, die sich mit ihm unterhielten, als Bröker.

„Charly", sagte er und drehte sich um. Er hatte richtiggelegen. Keinen Meter von sich entfernt erblickte er die Journalistin der *Neuen Westfälischen,* deren unverwechselbare rote Mähne ihren Kopf umrahmte wie ein Feuerschweif.

„Richtig", lachte Charly. „Ach, was tut das gut, an der Stimme erkannt zu werden."

„Und es tut gut, an so einem Tag eine Freundin zu

sehen", erwiderte Bröker. Dies versprach eines der seltenen Treffen mit der Reporterin zu werden, bei dem sie sich nicht gegenseitig mit ironischen Bemerkungen aufzuziehen versuchten. Der Tod des jungen Technikers wenige Minuten zuvor gab auch dieser Begegnung ihre eigene Tonart. „Ich vermute, dass du weißt, was eben passiert ist", fügte er halb fragend hinzu.

„Mehr noch, ich habe es sogar aus nächster Nähe gesehen", bestätigte Charly.

„Wie?" Bröker war verwirrt. „Warst du …?"

„… genau, ich war am Bunnemannplatz, als dieser Techniker abgestürzt ist."

„Aber dann, dann hast du ja …", begann es in Brökers Gehirn zu rattern.

„Auch richtig. Ich habe alles gesehen."

„Alles?"

„Alles. Also nicht nur den Tod dieses bedauernswerten jungen Mannes. Sondern auch, wie ein nicht ganz so junger aber ebenso bedauernswerter Mann zuvor in einem rosa Kostüm auf der Bühne versucht hat, Zumba zu tanzen." Trotz des traurigen Anlasses musste Charly lachen – und ihr Lachen war so ansteckend wie immer.

„Du hast mich tanzen gesehen?" Bröker konnte es noch immer nicht fassen.

„Wenn man das tanzen nennen kann." In Charlys Augen blitzte der Schalk. „Ich habe es sogar hier auf der Kamera." Sie zeigt auf den Apparat, den sie sich um den Hals gehängt hatte. „Bis vor einer halben

Stunde dachte ich, dass sei ein super Aufmacher für den Lokalteil morgen."

„Das hättest du nicht gewagt", drohte Bröker mit dem Zeigefinger.

„Wer weiß." Die Journalistin lächelte geheimnisvoll. „Niemand wird das je überprüfen können. Denn jetzt wird natürlich alles von dem unglücklichen Tod dieses Elektrikers überschattet und du bist raus aus den Schlagzeilen."

„Gott sei Dank", hätte Bröker unter anderen Umständen geantwortet, aber das schien ihm wenig angebracht.

„Vielleicht kannst du mir aber mit einer Beobachtung weiterhelfen", fuhr Charly stattdessen fort.

„Was für einer Beobachtung?"

„Ich glaube, du warst an dem Geschehen noch etwas näher dran als ich. Ich stand ja ganz am Rand des Platzes und da deine Tanzeinlage so viele Zuschauer angezogen hat, kam ich auch nicht weiter nach vorne", erläuterte die Journalistin.

„Und du willst nun wissen, ob ich vielleicht ein Selfie von meinem Auftritt gemacht habe?", gab Bröker sarkastisch zurück.

„Ein Selfie? B., ich habe bis zu diesem Augenblick noch nicht einmal geahnt, dass du weißt, was so etwas ist. Nein, ich wollte wissen, ob dir an diesem Techniker nichts aufgefallen ist?"

„Hm, was soll mir denn aufgefallen sein?", sinnierte Bröker. „Unsicher war er. Und ich glaube das kommt daher, dass er vielleicht zwei, drei Bierchen zu viel getrunken hatte."

„Also doch", bestätigte Charly. In ihrer Stimme schwang nun eine professionelle Begeisterung mit. „Ich habe mich gefragt, ob ich das nicht aus der Entfernung falsch eingeschätzt habe."

„Hast du nicht", bestätigte Bröker. „Soweit ich es beurteilen kann, war da tatsächlich Alkohol im Spiel."

„Und wer könnte das besser wissen als du", spielte die Reporterin darauf an, dass auch Bröker gelegentlich den einen oder anderen Tropfen zu viel trank.

„Schon bei den ersten Sätzen dachte ich, dass seine Sprache ein wenig undeutlich ist", ignorierte der den Seitenhieb seiner Freundin. „Und dann die unsicheren Bewegungen: Wenn er immer so tollpatschig war, wäre es ein kleines Wunder, dass er nicht schon viel früher abgestürzt ist." Bei diesen Sätzen kam sich Bröker pietätlos vor, aber schließlich hatte Charly ihn um seine Einschätzung gebeten. Und davon, dass er den Zustand des Technikers beschönigte, würde Jan schließlich auch nicht wieder lebendig werden. „Ich dachte jedenfalls, dass seine Freunde nicht hätten zulassen dürfen, dass er in diesem Zustand auf den Mast geklettert ist."

„Vielleicht waren die genauso knülle wie er", gab Charly zu bedenken.

„Mag sein, aber wäre ich einer der Freunde gewesen, hätte ich ihn gewarnt, egal wie viel ich getrunken hätte", warf Bröker ein.

„Vielleicht werden wir ja schon bald klüger sein, was die Gedanken dieser Freunde angeht."

„Was meinst du?"

„Wenn ich es richtig gesehen habe, hat die Polizei eben begonnen, diese Freunde zu befragen. Sie saßen ja immer noch am Bunnemannplatz und waren sichtlich geschockt."

„Na, ob die Polizei uns ihre Erkenntnisse auch freizügig weitergeben wird?", zweifelte Bröker.

„Die Polizei im Allgemeinen vielleicht nicht", orakelte Charly. „Aber ich meine, auch Mütze unter den Polizisten gesehen zu haben."

„Na, dann ist es in der Tat etwas anderes", lachte Bröker und wusste gleichzeitig, dass es doppelt richtig gewesen war, sich der polizeilichen Befragung zu entziehen. „Allerdings weiß ich nicht, was uns das nützen sollte. Schließlich glaube ich nicht, dass wir es hier mit einem neuen Fall zu tun haben."

„Wer weiß?", erwiderte Charly und lächelte erneut geheimnisvoll.

Kapitel 5
Der Morgen danach

Bröker trank an diesem Abend keinen Wein mehr. Auch wenn er am Alten Markt noch das Bedürfnis nach dem einen oder anderen Glas verspürt hatte, änderte sich dies, als er zu Hause und in Reichweite seines Weinkellers war. Zunächst hatte er sich nicht entscheiden können, ob ein kräftiger Rotwein oder ein leichter Weißwein eher zu der gedrückten Stimmung des Tages passten. Dann, als seine Wahl auf einen Kerner gefallen war, kam ihm ein Bericht in den Sinn, den er ein paar Tage zuvor gelesen hatte. Fruchtfliegen, so hatte es dort geheißen, vertrieben sich ihren Frust gerne damit, dass sie sich auf in Alkohol getränktes Futter stürzten. Bröker konnte der Idee von Lebensmitteln, die man in Wein oder Cognac marinierte, zwar einiges abgewinnen, aber auf die Ebene von Fruchtfliegen wollte er sich dann doch nicht hinabbegeben.

Also keinen Wein, beschloss er grummelig, weil er sich seinen schönen Plan zur Abendgestaltung selbst kaputt gemacht hatte, und brachte den Wein zurück ins Regal.

Und da ein Unglück selten allein kam – meist hatte Bröker den Eindruck, dass sie sich zu Gruppenausflügen zusammenrotteten – war auch Gregor noch nicht da. Auf dem Leinewebermarkt konnte er ja nicht mehr sein, aber dessen Abbruch hatte ihn scheinbar nicht dazu gebracht, nach Hause zu kommen. Wahrscheinlich hatte ihm der Junge eine Nachricht auf dem Mobiltelefon geschrieben. Bröker griff in seine Hosentasche und zog sein Handy hervor. Der Bildschirm war schwarz. Wieder einmal hatte er vergessen, das Ding aufzuladen. Mit Bedauern dachte er an sein Nokiagerät zurück, das ihm bis vor drei Jahren gute Dienste geleistet hatte. Damit hatte man zwar weder einen Schatz beim Geocaching suchen, noch im Internet surfen können, dafür hatte der Akku aber auch wochenlang gehalten. Er schüttelte den Kopf. So gerne er noch mit Gregor über die Erlebnisse des Tages gesprochen hätte, er hatte jetzt keine Lust nach einem Ladegerät zu suchen. Der Junge würde schon nicht verloren gegangen sein.

Seufzend stieg Bröker die Treppe in den ersten Stock hinauf, wo ihn sein Kater Uli mauzend begrüßte. Bröker strich ihm über den Kopf. Uli, der auch zu seinen besten Zeiten ein wenig pummelig gewesen war und in puncto Beweglichkeit nie an seinen Namensgeber, die Bielefelder Torwartlegende Uli Stein, hatte heranreichen können, war alt geworden. Er verbrachte den lieben langen Tag an seinem bevorzugten Platz in Brökers Ohrensessel, von dem er sich selbst dann nicht erhob, wenn Bröker sich setzen wollte. Dass er seinem Herrchen gerade bis zur Treppe entgegengekommen war, war ein echter Liebesbeweis.

„Komm, Uli!", forderte Bröker das Tier auf. „Ich kann mich ja auch mal am Abend um meinen Kater kümmern, statt immer erst am Morgen danach!" Wenn er ehrlich war, musste Bröker zugeben, dass an diesem Abend sein Haustier mehr für ihn sorgte als umgekehrt. Geduldig lauschte die Katze dem Lamento des Hausherrn und das, obschon sich dieser in deren Lieblingssessel niedergelassen hatte.

„Uli, Uli, nun habe ich schon einige Morde aufgeklärt, aber das ist das erste Mal, dass jemand vor meinen Augen umgekommen ist", erklärte er der geduldigen Katze Mal um Mal, obwohl ja nichts darauf hindeutete, dass es sich auch in diesem Fall um ein Verbrechen handelte. Der junge Techniker war einfach betrunken vom Mast gestürzt. Fahrlässig war das gewesen, dumm vielleicht, aber gewiss kein Mord.

Irgendwann wurde Brökers Gejammer selbst für Uli zu viel und der Kater schlief ein. Sein Herrchen tat es ihm wenige Minuten später gleich.

„Bröker! Bröker! Wach auf, du alte Schnarchnase!", weckte ihn Gregors aufgeregte Stimme keine Viertelstunde später. Jedenfalls kam es ihm so vor, als habe er nicht länger als 15 Minuten geschlafen.

„Ich bin keine Schnarchnase", erwiderte er reflexartig und streckte sich. „Oi", stöhnte er dabei. Verdattert begriff er, dass er noch in seinem Ohrensessel saß. Kein Wunder, dass ihm alle Knochen wehtaten. „Was schreist du mich eigentlich mitten in der Nacht so an?", fragte er in Richtung des Jungen.

„Bröker, Bröker. Was soll aus dir nur werden." Noch immer begleitete ein spöttisches Grinsen Gregors Vorwürfe. „Zum einen ist es halb zehn – morgens, bevor du fragst. Zum zweiten hast du gesägt, als wolltest du die letzten Reste des Teutos abholzen und es war bestimmt kein Süßholz, das du geraspelt hast. Und drittens wäre zu diesem Zweck gerade jemand für dich am Telefon."

„Oh, ist Charly am Apparat?" Bröker hätte selbst nicht sagen können, wieso er so schnell geschaltet hatte, fühlte sich aber im gleichen Augenblick schon um eine Nuance wacher.

„Nein, Mütze", erwiderte der Junge. Die Freude darüber, seinen Mitbewohner auf eine falsche Fährte gelockt zu haben, ließ seine Augen blitzen.

„Na gib den Hörer schon her." Bröker wedelte ungeduldig mit der Hand.

„Das ist nicht der Hörer, das ist das ganze Telefon", lachte Gregor. Brökers Unbeholfenheit in technischen Fragen war legendär und dass sich der Junge mit jedem Gerät, das in puncto Komplexität einen Kamm übertraf, besser auskannte als er, war immer wieder Anlass zu Neckereien unter den Freunden.

„Klugscheißer", erwiderte Bröker und nahm dem Jungen das Mobilteil aus der Hand. Dieser schlich auf Zehenspitzen aus dem Raum, als könne jedes Geräusch das folgende Gespräch stören.

„Mütze?", fragte Bröker, als er seinen Kopf in die Nähe des Mikrofons gebracht hatte.

„Hauptkommissar Schikowski, wenn du es genau wissen willst", lachte die freundliche Stimme mit dem leichten Ruhrpottakzent am anderen Ende der Leitung. Obwohl Mütze gebürtiger Bochumer war und daher ein Anhänger des dort ansässigen Fußballclubs, besuchte er seit Jahr und Tag die Heimspiele von Arminia Bielefeld und war nicht zuletzt deshalb einer von Brökers besten Freunden.

„Okay, Hauptkommissar Schikowski, du siehst mich in Habachtstellung", erwiderte Bröker mit gespielter Förmlichkeit.

„Von wegen, ich fresse einen Besen, wenn du nicht noch im Bett liegst", mutmaßte Mütze.

„Dann guten Appetit!", grinste Bröker. „Ich sitze in meinem Sessel."

„Vermutlich hast du darin geschlafen."

Nicht umsonst war Mütze einer der fähigsten Polizisten, die Bröker kannte. Er schwieg ertappt. „Also, sag schon, warum rufst du an?", fragte er nach einer Pause.

„Ich habe mit Charly gesprochen", erklärte der Polizist. „Es ging um den jungen Mann, der gestern Abend auf dem Leinewebermarkt in den Tod gestürzt ist."

„Ja. Ich verstehe." Sofort hatte sich Brökers Stimmung vom Vorabend wieder eingestellt.

„Charly hat mir auch gesagt, dass du dabei warst", klärte ihn Mütze auf.

„Stimmt." Immerhin musste Bröker auf diese Weise nicht noch einmal alles wiederholen.

„Und wieso bist du dann nicht vor Ort geblieben? Wir hätten dich als Zeugen befragen müssen." Aus Mützes Stimme klang eine ungewohnte Strenge.

„Ich hoffe, du verhaftest mich jetzt nicht", versuchte Bröker sein schlechtes Gewissen mit einem Scherz zu überspielen.

„Du kannst dich retten, wenn du mir sagst, ob

dir gestern irgendetwas Besonderes aufgefallen ist?",
sagte Mütze gleich milder.

„Ich glaube, das meiste weißt du schon von Charly.
Wir haben gestern Abend darüber gesprochen, dass
uns beiden dieser, wie haben ihn seine Freunde noch
gerufen? Richtig: Jan ...", erinnerte sich Bröker.

„Jan Poggemeier", ergänzte Mütze den Nachnamen
des toten Technikers.

„Genau, dass dieser Jan Poggemeier uns ziemlich
betrunken vorkam."

„Das ist eine wichtige Beobachtung." Die Stimme
des Polizisten klang nun wieder dienstlich. „Sie steht
vor allem im Widerspruch zu dem, was uns seine
Freunde berichtet haben."

„Die habt ihr also schon befragt?"

„Ja, gestern Abend noch. Ich hatte gestern Nachmittag das zweifelhafte Vergnügen Dienst zu haben.
Ich kann dir sagen: An einem Samstag lasse ich mir
das eigentlich nur gefallen, wenn Arminia spielt und
ich dadurch im Stadion sein kann. Da ist ja auch
selten etwas los, höchstens ein paar Betrunkene, die
Randale machen."

„Das war ja gestern weniger das Problem", warf
Bröker ein.

„Ein Todesfall ist natürlich noch schlimmer. Damit rechnet ja keiner."

Bröker nickte, was Mütze natürlich nicht sehen
konnte. Auch er hatte sich auf einen fröhlichen Samstagabend eingestellt, bevor der junge Techniker vom

Mast gestürzt war. „Du sagst, seine Freunde hätten nichts von Jans alkoholisiertem Zustand bemerkt?", griff er den Gesprächsfaden wieder auf.

„Dass er nicht mehr ganz sicher auf den Beinen war, ist ihnen natürlich auch aufgefallen, aber sie haben Stein auf Bein geschworen, dass er gestern Nachmittag nicht mehr als ein Bier angerührt hat", erklärte Mütze. „Sie haben sogar übereinstimmend ausgesagt, dass er immer wieder betont habe, notfalls noch fünf Meter in die Höhe klettern zu müssen."

„Das ist ja auch prompt schief gegangen", erwiderte Bröker. „Hatte er vielleicht schon vorher etwas getrunken?"

„Die Freunde sagen, zu Beginn des Abends war er auf jeden Fall nüchtern. Da hat er weder gelallt, noch geschwankt."

„Hm, diese Aussagen sind in der Tat merkwürdig. Wenn ich so wanke und lalle habe ich mehr als eine Flasche Wein intus." Bröker räkelte sich erneut. Sein Nacken schmerzte noch immer.

„Du bist aber auch ein besonderer Fall", lachte sein Freund. „Nicht bei jedem ist die Leber so austrainiert wie bei dir."

„Du wirst es nicht glauben, aber ich habe gestern Abend keinen Tropfen angerührt", schmollte Bröker.

„Das glaube ich in der Tat nur, wenn du es unter Eid erklärst", entgegnete der Polizist.

„Den würde ich schwören. – Wie geht es denn jetzt in dem Fall weiter?", versuchte Bröker von dem

Thema um seinen eigenen Umgang mit alkoholischen Getränken abzulenken.

„Ich denke nicht, dass es ein Fall wird", erwiderte Mütze bestimmt. „Wir werden Jan Poggemeiers Tod natürlich mit der gebotenen Sorgfalt untersuchen, aber ich müsste mich schon sehr täuschen, wenn dabei etwas Anderes herauskommt, als dass der junge Mann doch etwas zu viel Alkohol im Blut hatte. Vermutlich hatte er schon vor dem Fest einen über den Durst getrunken – trotz aller Beteuerungen seiner Freunde."

Das war für Bröker das Stichwort. Ihm war eine Idee für die weitere Gestaltung des Tages gekommen. „Apropos einen über den Durst trinken. Ich habe dir ja schon gesagt, dass ich gestern abstinent war", erklärte er. „Den Fehler will ich nicht zweimal hintereinander machen."

„So, so", lachte der Polizist. „Und was heißt das?"

„Das heißt, dass ich dich fragen wollte, ob du heute Abend mit mir eine Pizza essen gehen magst."

„Ja gerne. Auch wenn ich fürchte, dass es nicht bei einer Pizza bleiben wird."

„Ich wusste gar nicht, dass die Bielefelder Polizei so viele Vorurteile hegt", erwiderte Bröker. „Ich war übrigens schon ewig nicht mehr in dieser Pizzeria in der Beckhausstraße mit dem Holzofen."

„Die mit den Riesenpizzen?" Die Stimme des Polizisten klang erfreut. „Abgemacht. Dann treffen wir uns da. Um halb acht?"

„Einverstanden."

„Vielleicht kann ich dir dann auch schon bestätigen, dass es keinen neuen Fall gibt, in dem du ermitteln kannst", sagte Mütze noch zum Abschied.

Kapitel 6
Zettels Traum

Nachdenklich legte Bröker das Telefon aus der Hand. Was er gerade von Mütze gehört hatte, passte nicht in das Bild, das er sich von dem Vorfall am Abend zuvor gemacht hatte. Es war ihm ohnehin schwergefallen zu verarbeiten, dass zum ersten Mal jemand direkt vor seinen Augen gestorben war. Er war dadurch aus dem Gleichgewicht geraten und hatte dieses nur mühsam wiederherstellen können, indem er sich gesagt hatte, dass der junge Mann seinen Unfall durch übermäßigen Alkoholgenuss selbst verschuldet hatte. Nun aber hatte Mütze berichtet, dass zumindest Jans Freunde dies bestritten. Bröker schüttelte ärgerlich mit dem Kopf: Niemand war betrunken, ohne es zu wissen und niemand wurde betrunken, wenn er es nicht wollte.

Er stand auf, um sich auf den Weg ins Bad zu machen. Noch immer hatte er die Kleidung vom Vortag an. Gedankenversunken blickte er aus dem Fenster. Sein Nachbar Krömker war schon in seinem Garten, in dem ein Kirschbaum stand. Krömker aber hatte für die Blüten erst dann einen Blick, wenn sie vom Baum fielen. Direkt auf das Dach seines Gartenhäuschens, das er erst im Vormonat nicht nur frisch gestrichen, sondern sogar mit Blumenkästen am Fenster versehen hatte. Fehlt nur noch, dass er auch den Dachboden ausbaut, dachte Bröker. Doch dazu hatte Krömker im Moment keine Zeit, er war ja damit beschäftigt, die Kirschblüten vom Dach des Gartenhäuschens zu entfernen.

Ein Hund näherte sich dem Grundstück, ein kleiner Terrier, der seinem Herrchen immer ein paar Meter vorauslief. Bröker beobachtete gespannt, was geschehen würde. Doch Krömker war ebenso auf der Hut. Mit Argusaugen folgte er jeder Bewegung des Hundes, runzelte sofort skeptisch die Stirn, wenn das Tier stehenblieb und atmete in einer Mischung aus Enttäuschung und Erleichterung auf, wenn es weiterlief. Der Hund schien sich genau bewusst zu sein, dass er gerade im Mittelpunkt des Interesses stand. Zudem kannte das Tier offenbar die Grundstücksgrenzen. So lange es an Krömkers Garten entlanglief, sah sich der Fiffi gelegentlich nach seinem Herrchen um, dann trabte er weiter. Sobald er aber die Grundstücksgrenze erreicht hatte, hockte er sich hin und verrichtete sein Geschäft.

Krömkers Gesicht lief augenblicklich rot an. „Ihr Hund hat auf den Bürgersteig gemacht!", schrie er den Besitzer so laut an, dass Bröker dies selbst durch das geschlossene Fenster verstand. Dabei fuchtelte er mit dem Besen herum.

Der Hundehalter, ein langhaariger Mann Mitte 20, zog ganz selbstverständlich einen Plastikbeutel aus der Tasche, nahm die Hinterlassenschaften seines Vierbeiners damit auf und knotete ihn zusammen. Krömker keifte noch immer. Das Herrchen machte eine wegwerfende Handbewegung, bei der Bröker für einen Moment hoffte, er würde den Hundebeutel in Richtung seines aufgebrachten Nachbarn werfen, und ging dann weiter, ohne sich umzusehen. Krömker stand noch Minuten später in seinem Garten und schimpfte auf den Köter, dessen Besitzer und was ihm sonst noch alles einfiel. Anschließend wandte er sich in Richtung seines Hauses um. Ob er bemerkt hatte, dass seine Frau ihm die ganze Zeit über zugesehen hatte? Er machte ein Victory-Zeichen und fuhr dann fort, die Blütenblätter des Kirschbaums zusammenzuharken. Bröker hatte seinen Nachbarn noch nie derart zufrieden und in so inniger Übereinstimmung mit seiner Frau gesehen, ja in deren Augen stand er sogar als Held da.

Nun aber ab ins Bad, schalt sich Bröker: Du bist ja beinahe genauso neugierig wie deine Nachbarn. Und eigentlich sollte er sich nicht nur duschen, sondern auch seine Cordhose und sein Polohemd waschen, nachdem er darin geschlafen hatte. Oder war das doch noch nicht nötig? Vorsichtig roch er am Stoff des Shirts. Eigentlich schien es ihm noch relativ frisch. Aber es war wohl besser auf Nummer sicher zu gehen und beides zu wechseln, bevor er Gregor geruchlich belästigte. Seufzend öffnete er den Wäschekorb – und hielt inne. Wie hatte der Junge neulich gesagt, nachdem wieder einmal die Fusseln eines Papiertaschentuchs über den kompletten Inhalt einer Waschmaschine verstreut gewesen waren? „Bröker, leere wenigstens deine Taschen, bevor du die Sachen in die Wäsche gibst!"

Gehorsam guckte Bröker nach, was sich alles in seiner Hose befand: ein alter Einkaufszettel, ein Zeitungsausschnitt über das letzte Saisonspiel von Arminia und das Rezept für einen Zwiebelrostbraten. Zum Schluss zauberte er auch ein Flugblatt aus seiner hinteren Hosentasche, das er auf den ersten Blick nicht zuordnen konnte.

„Wir suchen eine neue Bleibe", stand darauf. Klingt ein bisschen wie *Tiere suchen ein Zuhause*, dachte Bröker. Aber das Flugblatt zeigte weder einen Hund noch eine Katze, sondern ein älteres Paar. Irgendwie kamen die beiden Bröker bekannt vor. Er überlegte kurz, dann fiel es ihm ein. Hatte er die Frau nicht am gestrigen Nachmittag vor dem kleinen Theater gesehen? Und der Mann war doch auch dabei gewesen. Genau! Sie hatten ihm das Flugblatt in die Hand gedrückt. Er erinnerte sich noch an das Mitleid, das er mit den beiden gehabt hatte, weil er das Verteilen von Handzetteln für ihren Nebenjob gehalten hatte. Und nun stellte sich heraus, dass ihre Lage sogar noch schlimmer war: Sie suchten eine Wohnung.

In dem Alter sollte man wirklich ein Dach über

dem Kopf haben, dachte Bröker. Aber er würde wenig unternehmen können, um den beiden zu helfen. Natürlich besaß er ein großes Haus, aber die meisten Räume waren auch gut genutzt, zumindest seitdem er vor Jahren Gregor bei sich aufgenommen hatte. Vielleicht lag das auch daran, dass er selbst einen opulenten Platzverbrauch hatte, sinnierte er. Da war zum einen natürlich sein Schlafzimmer, das aber auch von Uli mitbenutzt wurde und somit eigentlich für zwei war, dann das große Bad und das Zimmer, das er heimlich seine Bibliothek nannte und das neben einer Vielzahl von Büchern auch seinen alten Computer beherbergte. Und natürlich hatte er ein Wohnzimmer, wie jeder Mensch über 40. Natürlich war es vielleicht nicht bei jedem mehr als 50 Quadratmeter groß. Das war eventuell ein wenig übertrieben, aber wo hätte er die gemütliche Couch, das gute Geschirr seiner Mutter und die dickbauchigen Dekanter für den Wein auch sonst unterbringen sollen? Die Wohnküche hingegen schien ihm trotz ihrer 20 Quadratmeter angemessen groß zu sein, immerhin hielt er sich hier ja lange Zeit auf. Nicht nur um zu kochen, hier unterhielt er sich auch gerne nächtelang mit Gregor. Für ein Ehepaar jedenfalls war in seinem Haus beim besten Willen kein Platz mehr, sagte er sich. Ein neuer Mitbewohner wäre ja vielleicht noch gegangen, aber spätestens, seitdem er vor zwei Jahren für kurze Zeit Zwillinge beherbergt hatte, wusste er, dass zwei oft einer zu viel waren.

Dann fiel ihm wieder der traurige Blick der Frau ein, als sie ihm das Flugblatt überreicht hatte. Vielleicht war den beiden ja für eine Übergangszeit auch mit einem Zimmer gedient, das Gästezimmer stand ja immerhin wieder mal frei. Schließlich würde ein älteres Ehepaar auch nicht seine Musikanlage in Beschlag nehmen, wie es die Zwillinge getan hatten. Mit einem Mal bekam Bröker ein schlechtes Gewissen, als er an den vielen Platz dachte, den ihm seine Stadtvilla bot. Er konnte ja immerhin einmal die auf dem Handzettel angegebene Nummer anrufen und sich erkundigen, dachte er, ahnte allerdings auch, dass es ihm dann vermutlich unmöglich wäre, den Wunsch des Paares noch abzulehnen, wenn er direkt mit einem von beiden sprach. Er überlegte kurz. Dabei fiel ihm das Telefon ins Auge, das noch immer auf der Fensterbank seines Schlafzimmers lag. Das war doch ein Zeichen.

Er ergriff es und tippte langsam die Nummer vom Flugblatt ein. Zweimal tutete es im Hörer, dann nahm jemand ab.

„Frieda Brömmelsiek", meldete sich eine Frauenstimme.

Bröker musste über den Namen grinsen, wurde aber schnell wieder ernst. Schließlich konnte nicht jeder einen so schönen Namen haben wie er. Ob es sich wirklich um die Dame handelte, die ihm den Zettel überreicht hatte? Dafür klang sie erstaunlich jung.

„Frau Brömmelsiek", begann Bröker und versuchte seine Stimme seriös klingen zu lassen. „Mein Name ist Bröker. Ich halte hier ein Flugblatt in Händen, auf dem Ihre Telefonnummer steht." Gott, das klang wirklich zu gestelzt. „Also, ich glaube, Sie haben mir diesen Zettel gestern Nachmittag in die Hand gedrückt", fügte er rasch hinzu, bevor die Frau irgendetwas erwidern konnte.

„Das stimmt", entgegnete Frieda Brömmelsiek. „Jedenfalls haben Manfred, also mein Mann, und ich gestern Nachmittag auf dem Leinewebermarkt am Theater am Alten Markt gestanden und die Flugblätter verteilt. Sie glauben ja nicht, wie verzweifelt wir sind."

„Warum denn?", hakte Bröker nach. Er hatte keine Ahnung, ob Frau Brömmelsiek diesen Satz immer fallenließ, wenn sie sich auf Wohnungssuche befand, aber bei ihm wirkte es.

„Unser Vermieter hat uns gekündigt", seufzte die alte Dame.

„Darf der das denn überhaupt?", entfuhr es Bröker prompt. Da er schon immer in der Stadtvilla gelebt hatte, die er vor Jahren von seiner Mutter geerbt hatte, hatte er nicht die leiseste Ahnung, welche Rechte ein Mieter oder Vermieter hatte und bislang hatte ihn das auch wenig interessiert. Aus den wenigen Berichten, die er zu diesem Thema gelesen hatte, hatte er stets den Eindruck gewonnen, dass Mieter in Deutschland gut geschützt seien.

„Ja leider, das darf er, wir haben uns erkundigt", gab Frieda Brömmelsiek Auskunft. „Als wir vor anderthalb Jahren hierhergezogen sind, wussten wir ja nicht, dass das Haus kurze Zeit später saniert und verkauft werden sollte."

„Aber gegen eine Sanierung ist doch eigentlich nichts einzuwenden."

„Es geht nicht darum, neue Fenster einzusetzen oder das Dach so zu decken, dass es nicht mehr hineinregnet", korrigierte ihn Frieda Brömmelsiek sofort. „Der Eigentümer will aus den Wohnungen richtige Schmuckkästchen machen, mit Marmorbädern, Rosenholzparkett und Luxusküche."

„Ja, und?" Bröker hatte noch immer nicht verstanden.

„Das hat natürlich alles seinen Preis, entsprechend werden die Mieten nach der Renovierung doppelt oder dreimal so hoch sein. Jedenfalls weit teurer als wir es uns das leisten können. Unser Vermieter sagt, das sei dann eben so. Für eine Wohnung, die so stadtnah ist und noch dazu einen eigenen kleinen Garten hat, kann er das verlangen, sagte er. Wobei ich glaube, dass er das Haus nach der Renovierung einfach wiederverkauft. Jedenfalls stehen wir so oder so auf der Straße."

„Hm", machte Bröker. Die letzten Minuten hatten ihm Einblick in eine Welt verschafft, die er bislang noch nicht einmal vom Hörensagen gekannt hatte.

„Aber Sie werden uns ja nicht nur deshalb angerufen haben, um sich diese Geschichte erzählen zu lassen", nahm seine Gesprächspartnerin den Faden resolut wieder auf.

„Nein, natürlich nicht." Bröker wollte auf keinen Fall den Eindruck eines neugierigen Gaffers hinterlassen.

„Gut, das heißt, Sie haben eine Wohnung für uns?" In Frieda Brömmelsieks Stimme schwang plötzlich ein wenig Hoffnung mit.

„Hm." Bröker war mit der Situation überfordert. Wie konnte er jetzt ‚nein‘ sagen. Aber ‚ja‘ hätte auch nicht der Wahrheit entsprochen.

„Was heißt ‚hm‘?" Nun wirkte die alte Dame ungeduldig.

„Also, eine Wohnung hätte ich nicht für Sie, aber vielleicht ein Zimmer", eröffnete Bröker zögerlich. Mit einem Mal kam ihm seine ganze Idee unsinnig vor.

„Ein Zimmer?" Frieda Brömmelsiek schien von seiner Idee ebenso wenig überzeugt.

„Ja, es wäre eher etwas für den Übergang", erklärte Bröker schnell. „Ich wusste ja nicht, ob Sie vielleicht schon etwas haben. Ich besitze ein größeres Haus an der Sparrenburg. Außer mir wohnt hier nur noch Gregor, ein 26-jähriger Erzieher. Für mich ist er immer noch ein Teenager." Er lachte leise. „Jedenfalls steht ein Zimmer frei, das könnten Sie haben."

Die Frau am anderen Ende der Leitung dachte nach. „Ein Zimmer sagen Sie? – Für den Übergang würde es natürlich gehen. Natürlich nur wenn wir Bad und Küche haben."

„Küche und Bad haben wir nur eins. Die dürften Sie aber selbstverständlich mitbenutzen."

„Wir könnten uns ja immer noch etwas suchen."

„Ich fürchte, das müssten Sie auch. Auf Dauer könnte es dann doch zu klein sein", erklärte Bröker.

„Was soll das Ganze denn kosten?"

Die Frage erwischte Bröker kalt. „Nichts natürlich", erwiderte er rasch. „Ich will ja damit keinen Reibach machen. Ich wollte nur helfen."

„Wenn das so ist, würden wir das Zimmer nehmen, Herr Bröker", erwiderte seine Gesprächspartnerin. Dieses Mal klang sie sehr erleichtert.

„Einfach nur Bröker – und du."

„Bröker? Na gut, dann bin ich die Frieda. Und auch ‚du'." Dieser plötzliche Wechsel brachte Frieda nun doch auch dem Tritt. „Sie müssen, ich meine, du musst nämlich wissen: Außer dir hat sich noch niemand auf unser Flugblatt gemeldet, wir suchen schon seit Wochen, aber es hat sich nie etwas ergeben und zum ersten Juni müssen wir raus."

Auch wenn Bröker vom Verlauf des Gesprächs überrumpelt war, hatte er das Gefühl, etwas Gutes getan zu haben. „Das heißt, ich kann mit euch rechnen?"

„Ja, sehr gerne." Nun nahm er echte Freude am anderen Ende der Leitung wahr. „Manfred, wir haben eine Unterkunft. Wenn auch nur für Zwischendurch!", rief die Frau ihrem Mann zu.

„Wann würdet ihr denn kommen?", erkundigte sich Bröker.

„Wäre morgen Vormittag zu früh?"

„Nein, das ginge", erklärte Bröker. Irgendwie müsste er die Veränderung auch noch Gregor beibringen. „Wäre elf Uhr recht? Dann könnt ihr euch das Zimmer wenigstens mal ansehen."

„Sehr recht sogar", erwiderte Frieda begeistert. „Unsere Möbel würden wir natürlich bei Freunden unterstellen."

„Ein Bett, ein Schrank und ein Regal sind vorhanden. Was ihr sonst noch braucht, müsst ihr eben mitbringen", entgegnete Bröker. Er nannte rasch noch seine Adresse.

„Am Sparrenberg?" Friedas Stimme wurde vor Ehrfurcht noch eine Nuance höher.

„Halb so wild", sagte Bröker rasch. Er wollte vermeiden, dass die Situation peinlich wurde. „Dann sehe ich euch morgen früh um elf." Rasch legte er den Hörer auf. Er war gespannt, was er sich da wieder eingebrockt hatte.

Kapitel 7
Gamma, was?

Im Laufe des Tages begann Bröker allmählich zu akzeptieren, was er am Vortag erlebt hatte. Ja, vor seinen Augen war ein Mensch gestorben und das hatte ihn aus der Bahn geworfen. Aber das zeigte immerhin, dass er sich noch nicht daran gewöhnt hatte, dass Menschen eines unnatürlichen Todes starben, auch wenn er der Polizei nun schon bei mehreren Mordfällen geholfen hatte. Zumindest aber war es niemand gewesen, den er kannte. Gregor erfreute sich bester Gesundheit und Charly und Mütze lebten auch noch. Mit Letzterem würde er am gleichen Abend sogar noch eine Pizza essen gehen. Darauf freute er sich schon, denn das Beisammensein mit Mütze war immer ein besonderes Vergnügen. Das fanden auch Gregor und Charly, die schon bei einigen Treffen der Freunde zugegen gewesen waren. Eigentlich wäre es schön, wenn sie auch dieses Mal wieder dabei wären, dachte Bröker. Mütze hätte bestimmt nichts dagegen.

Doch Gregor war im ganzen Haus nicht aufzufinden. Das war schade, denn Bröker hätte ihn nicht nur gerne mit zum Essen genommen, sondern ihm auch von seinen Erlebnissen am Vorabend berichtet. Dies war für ihn stets eine gute Art aufzuarbeiten, was ihm auf der Seele lag. Schließlich griff er zu seinem Mobiltelefon. Doch dessen Bildschirm war genauso schwarz wie am Abend zuvor. Schimpfend suchte er nach einem Ladegerät. Als er das Gerät zehn Minuten später endlich an die Steckdose gehängt und angeschaltet hatte, verzeichnete es laut piepend den Eingang von fünf Kurznachrichten. Gregor hatte geschrieben und zwar schon gestern Abend.

„Wo bist du?", fragte er in der ersten Nachricht. Dann zunehmend ungeduldiger. „Hallo, jemand zu Hause?", „Der Leinewebermarkt macht dicht für heute!", „Melde dich!" und schließlich: „Mann, Bröker, du und dein Handy, wir sehen uns später in der Villa."

Bröker überlegte, dann tippte auch er eine SMS. Er kam nur langsam voran, weil er stets mit seinen wurstigen kleinen Fingern die falschen Buchstaben erwischte und die Rechtschreibkorrektur eine andere Vorstellung davon hatte, was Bröker schreiben wollte.

„Sowie, weg im gestern. Hanny hatte keinen Sturm. Komma Heini Atem mit Mütze und mir Nizza eisen", las er und wusste nicht, ob er lachen oder fluchen sollte. Schließlich aber hatte er die Nachricht: „Sorry wegen gestern. Handy hatte keinen Strom. Kommst du heute Abend mit Mütze und mir Pizza essen?" fehlerfrei eingegeben und abgeschickt.

Die Antwort Gregors folgte umgehend, leider war es ein Korb.

„So gerne ich dich habe, Bröker, und so sehr ich mich sogar daran gewöhnt habe, meine Abende gelegentlich mit einem Polizisten zu verbringen", las Bröker auf seinem Display, „heute Abend geht es einfach nicht. Ich bin schon mit ein paar von meinen Jungs verabredet, es gibt da ein neues Projekt, für das sie mich brauchen. Vielleicht erzähle ich dir bei Gelegenheit davon."

Wie lang diese Nachricht war! Und völlig fehlerfrei. Und dafür hatte der Junge nur dreißig Sekunden gebraucht? Aber er konnte sie ja unmöglich vorformuliert haben. Die Jungs, das mussten die *Cyberhoods* sein, dachte Bröker dann. Natürlich waren die wieder einmal wichtiger als er. Doch schließlich freute er sich, dass Gregor die freie Zeit, die ihm neben seinem Job als Erzieher blieb, investierte, um seine Computerfähigkeiten für andere Leute einzusetzen. Das war doch wesentlich besser, als sinnlose Computerspiele zu spielen oder sich wie früher in die Steuerakten des Oberbürgermeisters zu hacken. Vermutlich war er jetzt schon mit seinen Kollegen zusammen. Darum stand auch die Vespa nicht vor der Tür.

Vielleicht hatte Charly ja Lust, ihm bei seinem Treffen mit Mütze Gesellschaft leisten.

„Bröker, gerade habe ich gar keine Zeit", rief sie zur Begrüßung, als sie nach siebenmaligem Läuten endlich ans Telefon ging. Ihre Stimme klang gehetzt, was trotz ihres Dauerstresses eher selten der Fall war.

„Bist du schon wieder auf Mörderjagd?", zwinkerte Bröker ihr zu, obwohl sie das nicht sehen konnte.

„Ist das nicht eher dein Job? Gerade wüsste ich außerdem nicht, welchen Mörder ich jagen sollte, aber wenn ich meinen Artikel nicht gleich abgebe, bringt mich mein Chefredakteur vielleicht um. Dann hättest zumindest *du* einen Mordfall, in dem du ermitteln könntest." Nun klang sie schon wieder wie die Charly, die Bröker kannte. „In zehn Minuten ist Redaktionskonferenz."

„Aber ist heute nicht Sonntag?", wunderte sich Bröker.

„Ist es", erwiderte die Journalistin. „Und liest du montags nicht Zeitung?"

„Doch, sicher."

„Und wann, meinst du, wird die geschrieben? Bröker, Bröker, du bist manchmal wirklich wie von einem anderen Stern."

Bröker schwieg. Wenn Charly in diesem Modus war, hatte er ihr wenig entgegenzusetzen.

„Gibt es was Wichtiges oder wolltest du dich nur nett unterhalten?", fiel es ihr endlich ein, sich nach dem Grund von Brökers Anruf zu erkundigen.

„Na, nett unterhalten stelle ich mir irgendwie anders vor", gab Bröker zurück.

„Komm, B., sei nicht so eine Mimose", lenkte Charly ein. „Also: Warum wolltest du mich sprechen?"

„Ursprünglich wollte ich dich fragen, ob du heute Abend mit mir und Mütze Pizza essen gehen magst. – Aber jetzt überlege ich es mir vielleicht nochmal", sagte Bröker und konnte nicht verhindern, dass er dabei leise kicherte.

„Aber mit euch beiden gehe ich doch gerne essen", erwiderte die Journalistin sofort. „Mit dir wegen der guten alten Zeiten und mit Mütze wegen der wertvollen Informationen, die man von ihm bekommen kann."

„Mensch Charly, du kannst ja so berechnend sein."

„Nicht berechnend, nur immer im Einsatz", lachte Charly und Bröker konnte beinahe sehen, wie sie bei dieser Antwort ihren roten Haarschopf nach hinten warf. „Außerdem mag ich deinen Polizistenfreund auch. Wo soll es denn hingehen?"

Bröker nannte ihr den Namen der Pizzeria. „Um halb acht", fügte er noch hinzu.

„Ich werde versuchen pünktlich zu sein", entgegnete seine Freundin. „Aber bis dahin muss ich noch fleißig arbeiten, sonst schaffe ich es nicht. Also bis dann."

Punkt halb acht stand Bröker vor der Pizzeria. Obwohl er noch keinen seiner beiden Freunde sah, trat er ein. Das Geflacker aus dem Holzofen, der im hinteren Teil des Gastraumes direkt neben der Küche angebracht war, tauchte den Raum in ein warmes Licht. Bröker fühlte sich spontan wohl. Dieses Gefühl verstärkte sich noch, als er sah, dass Mütze schon an einem Tisch gegenüber vom Eingang Platz genommen hatte und ihm zuwinkte. Ihm gegenüber saß Charly.

„Das gibt's ja gar nicht! Ich bin der Letzte", begrüßte Bröker seine beiden Freunde und klopfte auf den Tisch.

„Tja, sieht so aus als hättest du keinen Hunger", zwinkerte ihm Charly zu.

„Dabei haben wir extra mit der Bestellung auf dich gewartet", schob Mütze nach und legte zwei Finger an die Stirn wie ein alter Seebär.

Bröker nahm neben Charly Platz und schnappte

sich sofort die Speisekarte. „Von wegen: Keinen Hunger!", murmelte er dabei. „Mir knurrt schon seit zwei Stunden der Magen."

„Na dann ist es ja gut, dass wir ausgerechnet in dieser Pizzeria sind", gab die Journalistin zurück. Dabei wies sie mit dem Kopf auf den Nachbartisch, an dem gerade vier Teller serviert wurden, bei denen die Pizzen deutlich über den Rand hinausragten.

„Was meinst du denn, wer dieses Restaurant vorgeschlagen hat", schmunzelte Bröker, bevor er sich in die Speisekarte vertiefte.

Fünf Minuten später kam der Kellner, um die Bestellungen aufzunehmen. Schnell hatten Mütze und Charly jeweils ein großes Bier und eine Pizza mit Meeresfrüchten geordert. Bröker hingegen hatte seine Stirn in tiefe Falten gelegt.

„Und wase darfe iche Ihnen bringe?", fragte der Kellner mit leicht italienischem Akzent.

„Bei dem Bier schließe ich mich an", erwiderte Bröker. „Ein großes Pils bitte, aber bei der Pizza schwanke ich noch zwischen der extra-scharfen und der mit Parmaschinken". Dann fiel sein Blick auf eine Möglichkeit, die ihm zwischen all den anderen Punkten auf der Speisekarte bisher entgangen war und seine Miene hellte sich auf. „Ich nehme die Pizza con tutto", sagte er und klappte die Karte zu.

Für einen Moment war der Gesichtsausdruck des Kellners wie versteinert. „Aber, Signore, diese Pizza ist für zweie Persone!", protestierte er dann höflich.

„Das ist gut, ich habe auch Appetit für zwei", entgegnete Bröker.

Ohne dass ihm anzusehen gewesen wäre, was er dachte, notierte sich der Kellner die Bestellung, sammelte die Speisekarten ein und verschwand.

Gute zehn Minuten später hatte er die Bestellungen gebracht. Bröker musste zugeben, dass sein Teigfladen wahrhaft gigantische Ausmaße hatte. Zum Glück hatte er wirklich nicht nur Appetit, sondern Hunger. Er schnitt sich ein Stück ab, das mit Gorgonzola belegt war und schob es sich in den Mund. Wie lecker! Dann bemerkte er, dass nicht nur Charly und Mütze, sondern auch die Gäste am Nebentisch mit staunenden Blicken beobachteten, welchen Nahrungsberg er zu erklimmen hoffte. Na, sollten sie gucken. Er schnitt sich noch einen Pizzastreifen ab und führte in seinem knurrenden Magen zu, bevor er sich an Mütze wandte, als habe er die Blicke um ihn herum nicht bemerkt. „Habt ihr die Ermittlungen um den Tod dieses Elektrikers denn nun zu den Akten legen können?", fragte Bröker.

Mütze schien einen Moment zu brauchen, um eine Entscheidung zu fällen. Er biss von seiner Pizza ab und spülte mit einem Schluck Bier nach. „Eigentlich darf ich euch darüber nichts sagen", erwiderte er dann. „Insbesondere, weil ja die Presse anwesend ist", fügte er mit einem Seitenblick auf Charly hinzu.

„Ach komm, Mütze, von mir erfährt keiner woher ich meine Informationen habe. Schon gar nicht, weil du der ermittelnde Kommissar bist", sagte die schnell.

„Bin ich ja nicht", erklärte der Polizist.

„Nicht?" Nun war auch Bröker überrascht.

„Nicht mehr", führte der Hauptkommissar aus. „Schewe hat den Fall an sich gezogen."

„Wieso kann Schewe denn einen Fall an sich ziehen?", fragte Bröker. „Hat er denn nicht denselben Dienstgrad wie du?"

„Nicht mehr", wiederholte Mütze seine letzte Antwort. „Er ist seit Neuestem Erster Polizeihauptkommissar und hat als solcher das Recht, sich gewisse Fälle auszusuchen. Außerdem habe ich mich ja auch nur deshalb mit Jan Poggemeier befasst, weil ich gestern Nachmittag zufällig Dienst hatte."

„Sag nicht, van Ravenstijn ist auch wieder mit von der Partie?" Nun war auch Charly hellhörig geworden. Schewe und der Polizeipsychologe und selbst ernannte Profiler van Ravenstijn hatten schon in diversen Fällen ermittelt, in denen auch Bröker aktiv geworden war.

„Doch, natürlich", bestätigte der Polizist.

„Na dann, gute Nacht!", lachte Bröker. „Sag nicht, er ist nun auch zum Ersten Profiler ernannt worden."

„Nein." Mütze musste beim Gedanken daran kichern.

„Immerhin eine gute Nachricht", erwiderte Bröker. Gerade dem Holländer van Ravenstijn gelang es immer wieder, die Ermittlungen mit seinen abwegigen Theorien in ein völlig anderes Fahrwasser zu lenken. „Aber hattest du nicht heute Vormittag noch gesagt, der Techniker sei wahrscheinlich einfach nur betrunken von dem Mast gestürzt?"

„Ja, das habe ich." Noch einmal überlegte Mütze einen Moment, dann entschloss er sich, mehr preiszugeben: „Wir haben den Toten noch gestern Abend zur Untersuchung in die Gerichtsmedizin gegeben. Reine Routine. Und anscheinend war da jemand besonders fleißig, sodass wir das Ergebnis schon heute Nachmittag hatten."

„Und?", fragte Charly. Bröker konnte sehen, wie sie innerlich ihren Block zückte.

„Jan Poggemeier ist an einem Genickbruch gestorben. Soweit hatten wir das ja auch erwartet. Aber Alkohol konnten wir bei dem jungen Mann nicht nachweisen, oder nur in ganz geringen Mengen. Dafür aber die Einnahme von Gamma-Hydroxybuttersäure", ergänzte der Hauptkommissar seine Informationen.

„Gamma, was?", fragte Bröker. Er konnte sich nicht erinnern, dieses Wort schon jemals gehört zu haben.

„Gamma-Hydroxybuttersäure." Der Journalistin hingegen schien es nicht neu zu sein. „Wir würden es in der Zeitung wahrscheinlich als K.-o.-Tropfen bezeichnen."

„Ja, das stimmt", bestätigte Mütze. „K.-o.-Tropfen ist zwar eher ein unspezifischer Sammelbegriff, unter den eine ganze Reihe von Substanzen fallen, aber Gamma-Hydroxybuttersäure zählt dazu. In der Partywelt wird es auch Liquid Extasy genannt."

„Was haben denn K.-o.-Tropfen mit Partys zu tun?" Bröker hatte das Gefühl mit einer Welt konfrontiert zu werden, die ihm bislang unbekannt gewesen war. Auch von Liquid Extasy hatte er noch nie gehört.

„Es ist immer eine Frage der Menge", erklärte ihm Charly. „In kleinen Dosen ist das Zeug euphorisierend, in sehr hohen kannst du jemanden damit in den Tiefschlaf fallen lassen."

„Also willst du sagen, dass jemand Jan Poggemeier diese Gamma-K.-o.-Tropfen verabreicht hat, Mütze?", fragte Bröker zur Sicherheit noch einmal nach.

„Richtig", bestätigte sein Polizistenfreund. „Insofern ist es auch ein Glücksfall, dass jemand am Wochenende in der Gerichtsmedizin gearbeitet hat. Das Zeug ist nämlich nicht besonders lange nachweisbar."

„Das heißt, jemand hat billigend in Kauf genommen, dass dieser Elektriker zu Tode stürzt, wenn es zu einem Einsatz käme?", kombinierte Charly.

„Schlimmer noch." Mit einem Mal sah Mütze sehr nachdenklich aus. „Wir müssen davon ausgehen, dass jemand den Notfall bewusst herbeigeführt hat."

„Wie das?" Bröker versuchte vergeblich, die Worte des Kommissars in Einklang mit dem zu bringen, was er erlebt hatte. „Ich stand doch selbst auf der Bühne, als Lautsprecher und Scheinwerfer durchgebrannt sind."

„Erinnere mich nicht an die rosa Figur und ihre Tanzeinlage." Für einen Moment hallte Charlys Lachen durch die Pizzeria. Dann wurde sie wieder ernst. „Aber ich war ja auch dabei, es sah aus wie ein ganz gewöhnlicher Kurzschluss."

„Aber auch einen Kurzschluss kann man gewollt herbeiführen", erläuterte Mütze. „Frag mich nicht nach den Details, aber wir bei der Polizei haben natürlich auch Techniker. Und als das mit den K.-o.-Tropfen klar war, habe ich die ganze Elektrik von denen untersuchen lassen."

„Und dabei kam heraus, dass jemand daran herumgeschraubt hatte?", ergänzte Bröker.

„Richtig", nickte Mütze.

„Was für eine perfide Art jemanden umzubringen!", entfuhr es Charly. „Ich habe ja schon über einige Fälle berichtet, aber so etwas ist mir noch nicht untergekommen."

„Pst, nicht so laut!" Der Polizist machte eine warnende Geste in Richtung des Nachbartisches. „Zumindest wird der Täter die Hoffnung gehabt haben, dass das als ganz normaler Unfall durchgehen könnte", sagte er anschließend, als er sicher war, dass von dort niemand zuhörte.

„Ja, das wäre wohl möglich gewesen", schaltete sich nun auch Bröker wieder ein. „Die wenigsten werden wissen, wann eine Leiche in die Gerichtsmedizin geschickt wird und wann nicht. Und dann hat Schewe den Fall übernommen?"

„Ja, genau", bestätigte Mütze.

„Und hat er schon einen Verdacht?" Spätestens bei dieser Frage Charlys war auch ihren beiden Freunden klar, dass der Tod des jungen Technikers spätestens am Dienstag noch prominenter in der Zeitung stehen würde, als es ohnehin schon der Fall gewesen wäre.

Mütze schüttelte den Kopf. „Schewe steht noch ganz am Anfang seiner Arbeit. Nur van Ravenstijn lief eben durchs Präsidium und erzählte jedem, der es hören wollte, er wisse schon, was geschehen sei."

„Oh nein", stöhnte Bröker auf.

„Doch", erwiderte Mütze und musste beim Gedanken an die Theorien des Holländers grinsen. „Wenn ich mich recht entsinne, hatte es etwas damit zu tun, dass Poggemeier aus großer Höhe gestürzt ist. Nach van Ravenstijn ist das ein Hinweis darauf, dass ihn der Täter als Hochstapler entlarven wollte."

„Ich fasse es nicht", lachte Charly.

„Ich auch nicht", pflichtete Bröker bei. „Könnt ihr den Scharlatan nicht wegen Behinderung der Polizeiarbeit wegsperren?"

„Manchmal wünschte ich, wir könnten das. Aber dann würden uns auch einige Highlights fehlen, die den Alltag etwas lustiger machen", zwinkerte Mütze. Er schob seinen inzwischen leeren Teller von sich und gab dem Kellner ein Zeichen. „Einen Espresso noch und dann bitte die Rechnung", bestellte er. „Sorry, Freunde, nach so einem Wochenenddienst mit einem Todesfall bin ich einfach groggy."

„Das kann ich verstehen", pflichtete ihm Bröker bei, auch wenn er in seinem ganzen Leben noch keinen Wochenenddienst geschoben hatte.

„Ich auch", schloss sich Charly an. „Außerdem fürchte ich, ich muss noch ein wenig arbeiten." Beide bestellten sie ebenfalls einen Espresso.

„Ich ahne, an was du noch arbeiten musst", lächelte Mütze zu Charly, als sie die kleinen Tassen mit dem dampfenden Getränk vor sich stehen hatten. „Aber eins sage ich dir: Von mir hast du die Informationen nicht, also halt meinen Namen da raus!"

„Klar doch", erwiderte Charly. „Quellenschutz ist bei uns Ehrensache, habe ich ja schon gesagt."

„Immerhin brauche ich niemandem gegenüber zu begründen, warum mich der Fall interessiert", gab Bröker das Schlusswort. „Schließlich wäre mir Jan Poggemeier ja beinahe auf den Kopf gefallen."

Schewe würde sich freuen, wieder einmal einen Konkurrenten bei den Ermittlungen zu haben.

Kapitel 8
Die Flüchtlinge

Am nächsten Morgen schellte Brökers Wecker bereits um zehn Uhr, er hatte ihn sich am Vorabend extra gestellt. Zunächst blinzelte er verwirrt in die Sonne, deren Strahlen sich schon vor einigen Stunden den Weg in sein Zimmer gebahnt hatten, dann fiel es ihm ein: „Uli, wir bekommen heute zwei neue Mitbewohner", verkündete er seinem Kater.

Als er eine Viertelstunde später in die Küche kam, bemerkte er erstaunt, dass auch Gregor noch im Haus war. Der Junge saß am Esstisch über eine von Brökers Tageszeitungen gebeugt und trank gelegentlich einen Schluck Kaffee. Nur um seinen Hausherren zu ärgern, hatte er vor ein paar Monaten eine Tasse erstanden, die nicht das Logo der Bielefelder Arminia trug, sondern das Konterfei von Franz Beckenbauer, zusammen mit dessen Zitat: „Es gibt nur eine Möglichkeit: Sieg, Unentschieden oder Niederlage!"

„Hallo Bröker", begrüßte er seinen älteren Mitbewohner, ohne von seiner Lektüre aufzusehen. „Sag mal, hast du das hier gelesen?"

„Wie denn?", grummelte Bröker, nahm seine Lieblingstasse aus dem Schrank und schenkte sich ein. „So lange du die Zeitung mit Beschlag belegst, weiß ich ja noch nicht einmal, um was es eigentlich geht."

„Du hast ja vielleicht auch mitbekommen, dass auf dem Leinewebermarkt jemand gestorben ist", klärte ihn der Junge über den Inhalt des Artikels auf, der ihn gerade beschäftigte. „An der Kultur- und Sportbühne ist ein Elektriker von einem Mast gefallen. Darum wurde ja der Markt Samstagabend früher geschlossen."

„Das weiß ich besser als du denkst", erwiderte Bröker. Erst in diesem Augenblick realisierte er, dass er den Jungen seit dem Samstagnachmittag nicht mehr länger gesprochen hatte und der somit auch nichts von Brökers Erlebnissen wusste. Höchste Zeit ihn aufzuklären.

„Wie meinst du das?", fragte Gregor auch sofort.

„Ich war direkt dabei, also am Bunnemannplatz", erläuterte Bröker, trank einen Schluck Kaffee und setzte sich zu Gregor an den Tisch.

„Und das erfahre ich erst jetzt?" Der Junge klang entrüstet.

„Wie sollte ich dir denn davon berichten? Du warst ja gestern den ganzen Tag nicht zu Hause."

„Hm, stimmt auch wieder", pflichtete ihm Gregor bei. „Wobei ich für Notfälle durchaus über ein Smartphone verfüge. Du weißt, die kleinen Wunderdinger, mit denen man wie von Geisterhand mit Menschen sprechen kann, die kilometerweit entfernt sind."

„Mein Handy hatte keinen Saft, das habe ich ja schon geschrieben", gab Bröker zerknirscht zu.

Doch der Junge war schon wieder bei dem Artikel: „Jedenfalls heißt es in dem Bericht, es sei vielleicht gar kein Unfall gewesen", erklärte er. „Jemand müsse den Absturz geplant haben. Es seien K.-o.-Tropfen im Blut des Mannes gefunden worden."

„Das steht heute in der Zeitung?"

Gregor nickte und wedelte mit dem Lokalteil der *Neuen Westfälischen* vor Brökers Nase herum.

„Dann war Charly schneller, als ich ihr das zugetraut hätte", murmelte der mehr zu sich selbst.

„Sag nicht, das hast du auch schon gewusst",

staunte sein Mitbewohner. „Bröker, seit wann bist du denn dermaßen auf Zack was die aktuellsten Meldungen angeht? Normalerweise würde ich dich nur fragen, wenn es um die Bundesligaergebnisse von 1984 geht."

„Da sind wir achter geworden", kam es von Bröker wie aus der Pistole geschossen.

„Genau das meine ich", grinste Gregor, wurde dann aber schnell wieder ernst. „Jetzt aber mal ehrlich: Was ist denn genau am Bunnemannplatz passiert? Vor allem, woher weißt du von all diesen Dingen, bevor sie in der Zeitung stehen?"

„Am Bunnemannplatz habe ich auch nicht mehr gesehen als andere: Das Licht ist durchgebrannt, der Lautsprecher auch und ein Techniker wurde gerufen. Der schien schon ein bisschen angetrunken zu sein, eigentlich sogar mehr als das. Er konnte nicht mehr richtig geradeaus gehen und gelallt hat er auch, ist aber trotzdem auf den Mast geklettert. Dort ist er immer mehr ins Wanken geraten und schließlich abgestürzt", bemühte sich Bröker das Geschehen in wenigen Worten zusammenzufassen. Wo genau er sich währenddessen befunden hatte, musste der Junge nicht unbedingt wissen.

„Okay, so steht es auch in der Zeitung. Aber wo hast du aufgeschnappt, dass dieser Jan Poggemeier nicht deshalb abgestürzt ist, weil er voll war wie der Mond neulich bei der Mondfinsternis?"

„Betriebsgeheimnis." Bröker zwinkerte Gregor zu

und legte den rechten Zeigefinger vor den Mund, bevor er noch einen Schluck Kaffee nahm. „Man könnte aber auch einfach sagen, ich war gestern mit Charly und Mütze Pizza essen. Du wolltest ja lieber zu deinen *Cyber-Indianern*."

„Uff! Die *Cyberhoods* verfolgen das Ziel, den Leuten durch Aktionen im Netz und auch in der realen Welt zu helfen. Besonders, wenn sie eher zu den Schwachen zählen. Das weißt du ganz genau, du warst doch sogar schon einmal auf einer unserer Demos", ereiferte sich Gregor.

„Ist ja schon gut", grummelte Bröker. Er hatte den Jungen nicht so gegen sich aufbringen wollen. „Mütze hat jedenfalls gestern Abend schon berichtet, dass im Blut des Technikers K.-o.-Tropfen gefunden wurden", fügte er rasch hinzu, um die Wogen zu glätten. „Charly hat das natürlich aufgeschnappt und darum steht es heute schon in der Zeitung."

„Mensch, Bröker, dann stehen wir ja vor einem ganz neuen Fall!", rief der Junge begeistert aus.

„Könnte schon sein", schmunzelte Bröker. „Jedenfalls hätte ich nicht übel Lust, mir ein paar Gedanken zu machen."

„Manchmal denke ich, ohne dich stünde ich auf der anderen Seite, wenn es um polizeiliche Ermittlungen geht", fügte Gregor versöhnt hinzu.

Unterdessen fiel Brökers Blick auf die Uhr an der Mikrowelle und er stand unruhig auf. „Zehn vor elf schon", sagte er mehr zu sich selbst.

„Ja, zehn vor elf", erwiderte Gregor, der nicht wusste, was in seinem Hausherrn gerade vor sich ging. „Aber das ist nicht schlimm. Ich habe heute Spätdienst und muss erst um halb eins im Heim sein." Nachdem er im vergangenen Sommer seine Ausbildung zum Erzieher abgeschlossen hatte, arbeitete Gregor in einer Wohngruppe für internetsüchtige Jugendliche. Eine Aufgabe, für die er als ehemaliger Hacker nicht nur nach Brökers Meinung genau die richtigen Voraussetzungen mitbrachte.

„Darum geht es nicht", erklärte der ältere der beiden Freunde und wischte fahrig mit der Hand über den Tisch, um ein paar Krümel zu entfernen, die dort noch vom Sonntagsfrühstück liegengeblieben waren.

„Sondern?"

„Wir bekommen Besuch." Inzwischen wirkte Bröker hibbelig wie vor einer Fahrprüfung, obwohl er nie eine absolviert hatte.

„Besuch? Wer sollte uns denn besuchen? Charly und Mütze müssen arbeiten und sonst kommt doch eh keiner."

„Hm. Vielleicht ist Besuch auch nicht das richtige Wort", druckste Bröker herum. Plötzlich war ihm eingefallen, dass er Gregor auch noch nichts von den beiden Alten gesagt hatte, die in wenigen Minuten vor der Haustür stehen würden. „Also um es kurz zu machen: Wir bekommen Zuwachs", schob er hinterher.

Gregor blickte ihn zweifelnd an. „Ich weiß ja nicht, wie das bei dir ist und wenn man deine Wam-

73

pe so sieht, könnte es durchaus der Fall sein, aber: Ich bin nicht schwanger!" Dabei stand er auf, ging ins Hohlkreuz und blies seinen Bauch auf, um eine Schwangerschaft nachzustellen.

„Ich auch nicht!" Mit einem Lachen beförderte Bröker seine Tasse in die Spülmaschine. „Ich wollte sagen: Wir bekommen Mitbewohner!"

„Einen Mitbewohner oder eine Mitbewohnerin?" Mit einem Mal war der Junge gespannt.

„Sowohl als auch", erklärte der Hausherr.

„Sowohl als auch? Bröker, wir verkommen ja zu einer richtigen Kommune!" Über Gregor Gesicht huschte ein schelmisches Grinsen.

In diesem Moment schellte es. Bröker sprang auf und eilte zur Tür. Gregor folgte ihm auf dem Fuß. Als Bröker die Tür öffnete und der Junge hinter ihm hervorlinste, verschwand das Grinsen aus dessen Gesicht. Vor der Tür stand eine kleine Frau mit eisgrauem Haar und Kopftuch und hinter ihr ein Mann, der wohl ein bisschen größer, aber vermutlich auch noch ein bisschen älter war als seine Begleiterin.

„Herr Bröker?", erkundigte sich die Frau und gab Bröker die Hand.

Der nickte nur.

„Ich bin Frieda Brömmelsiek. Wir haben telefoniert", fuhr die Besucherin fort. „Sie können mich auch einfach Frieda nennen. Na, das haben wir ja auch schon am Telefon besprochen. Das hier ist Manfred", stellte sie auch ihren Begleiter vor.

„Manfred Brömmelsiek, also", erwiderte Bröker. „Angenehm, ich bin Bröker."

„Nein, nicht Brömmelsiek. Dreckshage, Manfred Dreckshage", sagte der Mann mit einem dünnen Stimmchen, das gut zu seiner hageren Gestalt passte. „Aber lieber werde ich einfach Manfred genannt."

Kann ich mir vorstellen, dachte Gregor. Mensch, wo hatte Bröker die denn aufgegabelt! Wie die schon hießen: Frieda Brömmelsiek und Manfred Dreckshage, die mussten sich bei einer Veranstaltung der Menschen mit den seltsamsten Namen Ostwestfalens kennengelernt haben – und das vermutlich kurz nach der Jungsteinzeit.

„Das kann ich verstehen", machte Bröker unterdessen munter weiter Konversation. „Ich werde auch am liebsten Bröker genannt. Also Bröker und du – nicht Herr Bröker oder dergleichen."

„Dass wir uns gleich duzen finde ich dufte", antwortete Frieda. Die beiden Alten schienen begeistert, jemanden gefunden zu haben, mit dem sie in der Jugendsprache der 60er reden konnten, auch wenn das daran liegen mochte, dass Bröker seiner Zeit immer ein wenig hinterher war.

„Kommt doch rein!" Bröker öffnete die Tür ganz, wodurch auch der Junge sichtbar wurde. „Das ist übrigens Gregor, ein weiterer Mitbewohner!"

„Sehr erfreut!" Wie es der Knigge wollte, gab Manfred dem Jungen die Hand, die Gregor nach einem irritierten Zögern ergriff.

Dann traten die neuen Mitbewohner ein.

„Hier entlang, bitte!", wies ihnen Bröker den Weg in die Küche. „Ich schlage vor, wir trinken erst einmal einen Kaffee, dabei können wir uns ein wenig beschnuppern!"

„Das klingt gut", lächelte Frieda und stürmte voran. Ihr Mann folgte ihr. Bevor auch Bröker die Küche betreten konnte, zupfte ihn Gregor am Ärmel.

„Was denn?" Der Hausherr drehte sich ärgerlich um.

„Können wir gerade mal reden?" Dem Jungen schien etwas Dringendes auf der Seele zu liegen.

„Muss das wirklich jetzt sein?", fragte Bröker dennoch.

Gregor nickte.

„Also gut", lenkte sein älterer Freund ein. „Einen Moment noch", rief er in Richtung Küche. „Ich besorge nur gerade ein paar Kekse." Rasch zog er seinen Mitbewohner ins Wohnzimmer. „Also was ist?", fragte er ihn dort angekommen.

„Bröker, was soll das?" Gregor war konsterniert.

„Was meinst du?"

„Hast du dir unsere neuen Mitbewohner mal angesehen?"

„Gefallen sie dir nicht?"

„Sie sind alt. Sie sind sogar noch älter als du!" Obwohl es ihm ernst war, musste Gregor lachen. „Die müssten dringend mal im Gesicht gebügelt werden."

„Ja, und?"

„Meinst du nicht, dass sie für uns vielleicht ein bisschen *zu* alt sind? Kannst du dir vorstellen, dass wir mit ihnen einen Kochabend machen, der dann mit drei oder vier Flaschen Rotwein endet? Ich nicht."

„Das würde ich erst einmal ausprobieren." Es war selten genug, dass Bröker einmal deutlich weniger skeptisch war als der Junge.

„Ach Bröker, wir leben hier doch so nett zusammen. Und unsere Mitbewohner haben auch immer gut dazu gepasst. Denk an Alice und Celia."

„Die mit ihrer Karaoke-Anlage in mein Wohnzimmer eingezogen sind. Aber ich hatte schon immer den Verdacht, dass du auf eine von beiden ein Auge geworfen hattest."

„Oder erinnere dich daran, wie es damals mit Judith war. Da bist du sogar mit ihrem Baby gut ausgekommen", fuhr der Junge fort, ohne auf Brökers Bemerkung einzugehen.

„Du vergisst, dass wir mit Ulf auch einmal einen Fernsehjunkie als Untermieter hatten", warf Bröker ein.

„Den hast ja auch du angeschleppt. Du hast einfach kein glückliches Händchen, was Mitbewohner angeht."

„Dir habe ich ja schließlich auch Unterschlupf gewährt."

„Das ist doch etwas Anderes als Manfred und Frieda. Da klingen ja schon die Namen muffig.

Willst du wirklich eine Alters-WG aus unserem Haus machen?"

Bröker seufzte. Das war einfach nicht der richtige Moment, um eine Grundsatzdiskussion darüber zu führen, dass dieses Haus immer noch seins war. Nebenan saßen ja schließlich seine beiden Gäste und fragten sich vielleicht schon, woher der Hausherr denn die Kekse holte. Vielleicht hatte der Junge ja sogar recht, aber dennoch war dies ein ungünstiger Moment, um das auszudiskutieren.

„Ich mache dir ein Angebot", erwiderte er. „Wir gucken uns die beiden an, essen heute Abend auch gemeinsam was und wenn es dann nicht passt, sagen wir Manfred und Frieda ab."

„Na, ich will sehen, wie du das machst." Gregor verzog das Gesicht. Aber er hatte recht. Nein sagen konnte Bröker nur schlecht, was ihn immer wieder in Situationen brachte, in denen er niemals hatte landen wollen.

„Ich lass mir schon was einfallen", erklärte der Hausherr und hoffte inständig, dass die beiden Neuankömmlinge dem Jungen gefallen würden. „Und nun komm, lassen wir Frieda und Manfred nicht länger warten." Schnell suchte er in der untersten Schublade seines Wohnzimmerschranks noch nach einer Kekspackung, die wahrscheinlich schon länger dort gelegen hatte, und ging mit Gregor nach nebenan in die Küche.

„Oh, lecker, Prinzenrolle", fand Manfred, als Bröker seinen Gästen wenig später von dem Kaffee eingeschenkt hatte, der noch aus Gregors Produktion stammte, und die Kekse auf einem Glasteller auffächerte. Der Gast nahm sich einen und biss ab. „Wenn man sie etwas liegen lässt, werden sie auch schön weich", kommentierte er.

Bröker warf einen verstohlenen Blick auf die Packung. Das Haltbarkeitsdatum war vier Jahre abgelaufen. Er rechnete schnell nach: Nein, von seiner Mutter konnten sie nicht mehr stammen. Trotzdem war es ihm peinlich, welchen Eindruck er damit machte. Alte Kekse und lauwarmen Kaffee aufzutischen, das war nicht die Gastfreundschaft, für die er bei seinen Freunden bekannt war.

Frieda hingegen schien das nichts auszumachen. Auch sie griff sich einen der Kekse und biss ab. Vergeblich lauschte Bröker bei ihr nach dem krümelnden Geräusch, das er von diesem Gebäck gewohnt war. Im Gegenteil, beinahe zerfiel es schon in Friedas Fingern.

„Wirklich eine gute Idee, die Kekse etwas länger aufzubewahren", kommentierte auch sie. „Ein ganz neuer Geschmack."

Bröker bemerkte, wie Gregors Blick fragend auf ihm ruhte. Er konnte es ihm nicht verdenken, auch er hegte den Verdacht, dass sich die beiden Alten über ihn lustig machten. Er konnte es allerdings nicht beweisen und außerdem mochte er diese Art von Humor. Dennoch wusste er nicht, wie er reagieren sollte.

„Warum sucht ihr eigentlich eine neue Wohnung?",

rettete Gregor schließlich die Situation, indem er das Gespräch auf ein anderes Thema lenkte.

„Das Haus, in dem wir wohnen, wurde von einem Investor gekauft", erklärte Frieda.

„Und der saniert nun alle Wohnungen und bringt sie auf einen Standard, sodass sie sich nachher keiner der jetzigen Mieter mehr leisten kann", ergänzte Manfred.

„Zumindest wir nicht", schob Frieda nach.

„Die, bei denen er damit durchkommt, werden sofort gekündigt, die anderen rausgeekelt", fiel Manfred wieder ein. „Wir haben jedenfalls so oder so schlechte Karten."

„Aber kann man sich nicht dagegen wehren? Kann man sich nicht weigern auszuziehen?", fragte Gregor aufgebracht.

„Und dann?", wollte Frieda wissen. „Für eine Hausbesetzung sind wir vielleicht doch schon ein bisschen zu alt."

„Dann muss man Demos organisieren, mit der Presse sprechen, Öffentlichkeit herstellen", erklärte der Junge seinen Plan.

„Wir haben versucht, uns zu wehren", erwiderte Manfred. „Rechtlich ist wenig zu machen, aber wir haben probiert, unter den Mietern Solidarität herzustellen, damit keiner von uns alleine gegen den Eigentümer des Hauses vorgehen muss."

„Aber es ist nicht einfach. Viele haben Angst vor einem Rechtsstreit", ergänzte seine Frau. „Und irgendwann wird man einfach müde. Ich möchte schlicht in meinen vier Wänden wohnen, ohne Angst haben zu müssen, dass ich das in ein paar Wochen nicht mehr darf."

„Eben!" Manfred schlug vor Erregung mit der flachen Hand auf den Tisch. „Entschuldigung", fügte er hinzu, als er Brökers erschrockenen Blick sah.

„Aber es ist doch wahr", pflichtete Frieda dem Gefühlsausbruch ihres Mannes bei. „Wir sind schließlich keine 20 mehr, als wir für alles und jeden auf die Straße gegangen sind."

„Für was denn zum Beispiel?", hakte Gregor nach, der sich mit dem erwähnten Alter viel besser solidarisieren konnte.

„Damals?" Manfred lachte heiser. „Es gab kaum eine Demo, die ich ausgelassen habe. Gegen den Vietnamkrieg und die USA, gegen den Atomtod, gegen Atomkraftwerke, gegen die ehemaligen Nazis, die noch in allen Ämtern saßen und natürlich auch gegen die Profs und das ganze verkalkte System an den Unis."

„Ja, dagegen bin ich auch oft auf die Straße gegangen", erinnerte sich Frieda. „Unter den Talaren, der Muff von 1 000 Jahren", zitierte sie.

„Hier in Bielefeld?", fragte Gregor. Gerade erschienen ihm die beiden Alten lebendiger als viele Studierende seiner Generation, die nur das nächste Praktikum, einen durchgestylten Lebenslauf und ihren Bachelorabschluss vor Augen hatten.

„Ne, als ich studiert habe, gab es in Bielefeld noch keine Uni", erläuterte Manfred. „Ich habe in Münster studiert."

„Und ich in Göttingen", ergänzte seine Frau. „Aber damals war in fast allen deutschen Unistädten etwas los."

„Jedenfalls wäre es gut, wenn man gegen solche Immobilienhaie auch heute noch Demonstrationen organisieren könnte." Bröker hatte den Schilderungen seiner beiden Gäste gespannt gelauscht. „Heute können diejenigen, die Geld haben, ja oft schalten und walten, wie sie wollen."

„Du sagst es", pflichtete ihm Frieda bei. „Aber irgendwie finde ich auch, dass jetzt mal die jüngere Generation dran ist. Ich habe mich in meinem Leben oft genug mit Stärkeren angelegt."

Bröker bemerkte, wie ihr Blick beinahe vorwurfsvoll zu dem Jungen glitt. „Gregor ist sehr aktiv in einer Gruppe, die sich *Cyberhoods* nennt", sprang er ihm bei. „Die setzen sich auch für Unterdrückte ein … und die Umwelt und so." Er merkte, dass er trotz der vielen Erzählungen seines Mitbewohners nicht so genau sagen konnte, wofür dieser sich engagierte, vielleicht musste er ihm wirklich einmal besser zuhören. „Das kann er euch natürlich viel genauer selbst beschreiben", schob er daher nach.

„Ja, aber nicht jetzt. Jetzt muss die junge Generation nämlich arbeiten." Gregor stand auf und ging in Richtung Küchentür. „Ich bin leider noch immer nicht in der glücklichen Situation, eine Rente zu beziehen. Vielleicht bekomme ich die ja nie", zwinkerte er.

„Du bekommst auch schon Rente?", staunte Manfred an Bröker gewandt.

„Der?", lachte Gregor. „Woher denn? Der feine Herr Privatier hat nie gearbeitet."

„Das wollen wir jetzt aber nicht vertiefen", versuchte Bröker das Gespräch einzufangen, das ihm in eine völlig falsche Richtung zu laufen schien. „Vielleicht können wir ja heute Abend zusammen grillen und uns weiter unterhalten?"

Die beiden Alten nickten begeistert.

„Sagen wir um halb acht?", schlug Bröker daher vor.

„Wenn ihr wollt, dass ich mit dabei bin, sollten wir lieber halb neun sagen", ging der Junge dazwischen. „Sehr viel früher kann ich nicht. Wie gesagt: Ich muss arbeiten. Aber wenn ihr wollt, dürft ihr schon mal den Grill anschmeißen. Dann können wir sofort das Fleisch drauflegen, wenn ich komme." Mit diesen Worten verschwand er aus der Küche.

„Okay, dann halb neun, aber sei pünktlich!", rief Bröker dem Jungen nach. Dann wandte er sich an seine neuen Mitbewohner: „Soll ich euch jetzt einmal das Haus zeigen?"

Kapitel 9
Beim Drogenhändler

Nachdem Bröker den beiden potenziellen Mitbewohnern gezeigt hatte, welches das für sie bestimmte Gästezimmer war und was für Möglichkeiten sein Haus sonst noch bot und Frieda den großen Garten und die Nähe zur Sparrenburg bewundert hatte, hatten sie sich wieder von Bröker verabschiedet.

„Wir müssen noch ein paar Sachen packen, wenn wir hier einziehen wollen. Vieles können wir ja unterstellen, aber etwas Kleidung und ein paar private Dinge brauchen wir schon. Selbst wenn dein Haus perfekt ausgestattet ist", hatte Manfred erklärt.

Bröker hatte an Gregors Widerspruch gedacht, sich aber außerstande gefühlt, den beiden zu erklären, dass er den Jungen noch nicht um sein Einverständnis gebeten hatte. Vielleicht, so dachte er, würde ja alles gut gehen: Eigentlich hatten sich Frieda, Manfred und Gregor ganz gut verstanden, als sie zu viert in der Küche zusammengesessen hatten. Es musste einfach hinhauen!

Als er wieder allein war, musste er sich zunächst einen Moment ausruhen. So gerne er auch mit Menschen zusammen war, so erschöpft fühlte sich Bröker, wenn er über eine längere Zeit Unterhaltungen führen musste. Von dieser Regel gab es nur wenige Ausnahmen: Gregor natürlich, aber auch Charly und Mütze. Sonst fielen ihm aber nur wenige Personen ein, mit denen er sich lange ungezwungen unterhalten konnte. Ob das eine Alterserscheinung war? Wenn er es recht bedachte, hatte er aber zeit seines Lebens nur mit wenigen Menschen intensive Kontakte gepflegt. Vielleicht war er ja immer schon innerlich alt gewesen. Unmöglich erschien es ihm nicht.

Der tote Techniker kam ihm wieder in den Sinn. Keine achtundvierzig Stunden war es her, dass er zu Tode gestürzt war. Da hatte Bröker im Traum nicht daran gedacht, dass aus diesem Unglücksfall ein Fall werden könnte, noch dazu einer, in dem er recherchieren würde. Aber nun hatte sich herausgestellt, dass es sich keineswegs um einen Unfall gehandelt hatte und Bröker fühlte sich herausgefordert, ja beinahe berufen, eigene Überlegungen anzustellen.

Allerdings war das nicht einfach, musste er zugeben. Von dieser Droge, die im Blut des jungen Mannes gefunden worden war, hatte er noch nie zuvor gehört. Wie hatte die noch gleich geheißen? Irgendwas mit einem griechischen Buchstaben. Alpha, Beta oder Gamma, wie die Winkel eines Dreiecks. Bröker kicherte, wurde aber sofort wieder ernst. Wenn er sich noch nicht einmal an den Namen des Zeugs erinnern konnte, konnte er seine eigenen Ermittlungen auch gleich wieder einstellen. Er dachte nach. Aber die Bezeichnung der Droge wollte ihm beim besten Willen nicht einfallen. Egal, dachte er irgendwann, wozu gibt es schließlich das Internet und begab sich in seine Bibliothek.

Dieser Raum war bis unter die Decke mit Bücherregalen vollgestopft. Nur in der hintersten Ecke befand sich ein kleiner Schreibtisch mit einem uralten Computer, der vor etwa zehn Jahren einmal von Brökers Mutter angeschafft worden war. Gregor hatte den Rechner irgendwann Abakus getauft und ihm angeboten, den Computer durch ein Modell zu ersetzen, das von ihm selbst ausgemustert worden war. Aber Bröker hatte nur gemurmelt, dass die heutige Jugend Wertarbeit einfach nicht zu schätzen wisse und darauf beharrt, seinen Uraltrechner zu behalten. Und er funktionierte ja auch noch. Man konnte sogar mit ihm ins Internet gehen, wenn man auch geduldig darauf warten musste, bis der Computer seine Betriebstemperatur erreicht hatte. Außerdem hatte Gregor irgendwann die Anzeige von Bildern deaktiviert, weil es sonst einfach zu lange dauerte, bis man selbst einfache Webseiten angezeigt bekam.

Nach zehn Minuten zeigte sich endlich die Eingabemaske von Brökers Lieblingssuchmaschine. Beherzt wollte er in die Tasten greifen, dann ging ihm das Problem auf. Wenn man den Namen der Partydroge nicht kannte, konnte man auch nicht danach suchen. Er dachte nach. Schließlich tippte er Partydroge in die Eingabezeile und bekam hunderttausend Ergebnisse. Die meisten nannten eine Vielzahl von Namen, von denen er nur mit LSD und halluzinogenen Pilzen etwas anfangen konnte. Aber um Pilze war es doch nicht gegangen: Maronen, Steinpilze, Pfifferlinge, das wäre Bröker doch bekannt vorgekommen. Nein, das war es nicht gewesen.

Was wusste er noch? Man hatte die Droge auch als K.-o.-Tropfen verwenden können. Das war vielleicht ein Anhaltspunkt. Beherzt gab er Partydroge und K.-o.-Tropfen in die Suchmaske ein. Sofort reduzierte sich die Anzahl der Treffer um mehr als 90 Prozent. Trotzdem blieben immer noch tausende übrig. GHB las er. So hatte das Zeug nicht geheißen. Es war doch ein griechischer Anfangsbuchstabe gewesen. Aber hier, das klang vertrauter: Liquid Ecstasy! Irgendetwas von Flüssigkeiten hatte Mütze gesagt. Dann stieß er auf das entscheidende Wort: Gamma-Hydroxybuttersäure. Dafür war GHB also die Abkürzung. Vergnügt klatschte Bröker in die Hände. Er hatte den Namen des Teufelszeugs gefunden, das in Jan Poggemeiers Blut gefunden worden war. Schnell notierte er sich den Namen in der Kladde, die er immer bei sich trug. Schade, dass das Galgenmännchenspiel so außer Mode gekommen war: Mit Gamma-Hydroxybuttersäure hätte er da bei jeder Runde ganz weit vorne gelegen. Nun musste er nur noch herausfinden, wo man so etwas bekam, dann hatte er vielleicht schon eine erste Idee, in welche Richtung er ermitteln musste.

Mit einem Mal stieg ihm ein verbrannter Geruch in die Nase. Hatte er etwas auf dem Herd stehen lassen? Bröker ging schnuppernd zur Tür. Nein, das kam nicht von unten, der Gestank kam eindeutig aus diesem Zimmer. Es roch auch nicht nach verbranntem Fleisch oder angebranntem Reis, eher so, als ob ein Kabel schmorte. Er warf einen Blick zur Deckenbeleuchtung. Aber die war ja ausgeschaltet. Wieder starrte er auf den Computer, es war nichts zu sehen. Dann würde er einfach weiterarbeiten.

In diesem Moment gab es einen Knall und der Bildschirm wurde schwarz. Aus dem hinteren Teil des Monitors qualmte es leicht.

„Um Himmels Willen!", entfuhr es Bröker. Rasch riss er den Stecker des Rechners und des Bildschirms aus der Steckdose. Er stand auf und lief in Richtung Bad, um Wasser über das Gerät zu kippen, doch auf halbem Weg hielt er inne. Das würde es auf keinen Fall besser machen. Vorsichtig drehte er den Bildschirm um. Das gelbliche Plastik des Gehäuses war an einer Stelle schwarzbraun verfärbt. Bröker roch an der betreffenden Stelle. Ja, genau hierher kam auch der Geruch. Traurig betrachtete er das Gerät, auf das seine Mutter einmal so stolz gewesen war. Nun war es defekt und Bröker hatte keine Ahnung, ob man es noch reparieren konnte. Er würde Gregor fragen, auch wenn der Junge bestimmt lachen und ihm sagen würde, dass es für seinen Computer schon seit Jahren keine Ersatzteile mehr gab.

Jedenfalls konnte er seine Recherche danach, wo man sich diese K.-o.-Tropfen besorgte und wie sie genau wirkten, jetzt vergessen. Sein Rechner würde heute keine Antwort mehr ausspucken. Dann fiel ihm sein neues Smartphone ein – so neu war es ja eigentlich gar nicht mehr, auch dazu hatte Gregor schon eine Bemerkung gemacht. Im Vergleich mit dem defekten Computer aber war es der letzte Schrei und ins Internet konnte man damit auch gehen. Vielleicht konnte er also damit weiter recherchieren.

Andererseits verspürte er wenig Lust auf das winzige Display des kleinen Telefons zu starren und er ärgerte sich auch jedes Mal darüber, dass die Tastatur des kleinen Wunderdings nicht auf seine dicken Finger eingestellt war. Und war es nicht auch viel verlässlicher, wenn man richtige Menschen befragte anstelle des Internets?

Ja, das war es, beschloss Bröker. Er musste ja ohnehin noch in die Stadt gehen, um das Grillgut und ein paar Getränke für den Abend zu besorgen, da konnte er doch auch noch bei einer Apotheke Halt machen. Ein Apotheker kannte sich sicherlich mit diesem Gamma-Zeug aus. Er nickte sich zur Bestätigung selber zu, steckte die Kladde mit dem Namen der Droge in die Tasche und machte sich auf den Weg.

Eine gute halbe Stunde später passierte Bröker in der Bielefelder Innenstadt ein Schild mit einem roten A. Kurz hielt er inne. Hätte er auch dann gewusst, dass sich hier eine Apotheke befand, wenn er nicht bewusst nach einer gesucht hätte? Einerseits war Bielefeld ja seine Heimatstadt. Andererseits besuchte er aber so gut wie nie einen Arzt und entsprechend selten fand er sich in Apotheken ein. Heute aber hatte er ein Anliegen, darum zögerte er nicht lange und trat ein.

Innen erwartete ihn ein Mobiliar, das man vermutlich auch schon vor 100 Jahren in einer Apotheke hätte finden können: Hohe Schubladenschränke aus dunklem Holz, die bis unter die Decke reichten, Flaschen und Tiegel, von denen Bröker nur raten konnte, was sich darin befand und ein Tresen in der gleichen Farbe des Schranks, unter dessen Glasplatte er einige Kopfschmerzmittel erkennen konnte. Bröker befiel spontan Ehrfurcht. Ob hier wirklich schon Medikamente in der Zeit verkauft wurden, in der in Bielefeld die Leineweber aktiv gewesen waren? Schüchtern blickte er sich um. Im Augenblick war er der einzige Kunde. Dafür erwarteten aber drei Frauen und ein Mann in weißen Kitteln seine Bestellung. Langsam trat er an einen der Tresen.

„Wie kann ich Ihnen helfen?", erkundigte sich die Frau, die dahinterstand. Sie war auf keinen Fall so alt wie die Möbel, tatsächlich hätte Bröker nicht sagen können, ob sie in diesem, oder im letzten Jahrhundert geboren worden war.

Er fingerte in seiner Hosentasche und zog nach einiger Zeit endlich die kleine Kladde hervor, in der er sich den chemischen Namen der K.-o.-Tropfen notiert hatte. „Also, ich wollte mich nach etwas erkundigen", begann er umständlich und warf noch einmal einen Kontrollblick auf seine Notiz.

„Ja bitte?" Die junge Frau blieb freundlich.

„Ich wollte wissen, wo man …", noch einmal schielte Bröker in das Büchlein, „… wo man Gamma-Hydroxybuttersäure bekommen kann?" Er versuchte sein gewinnbringendstes Lächeln.

Dennoch versteifte sich die Apothekenhelferin auf der anderen Seite des Tresens. Sichtbar nervös überlegte sie, was sie am besten tun sollte. „Also Gamma-Hydroxybuttersäure?", fragte sie, um Zeit zu gewinnen.

Bröker nickte.

„Einen Moment bitte! Ich bin erst in der Ausbildung und muss nachfragen." Die junge Frau wandte sich um und ging zu dem männlichen Mitarbeiter der Apotheke. Mit gedämpfter Stimme erklärte sie ihm Brökers Anliegen. Der Mann antwortete, aber auch er sprach im Flüsterton. Dabei schienen die beiden außerordentlich erregt. Bröker konnte nicht verstehen, worüber sie sich so echauffierten.

Schließlich war es der Mann, der zu Brökers Tresen ging: „Sie haben sich nach Gamma-Hydroxybuttersäure erkundigt?", fragte er. Seine Miene war dabei ebenso freundlich wie seine Stimme, nur seine Körperhaltung verriet eine Anspannung, als habe sich Bröker nach dem Rotlichtviertel oder der besten Domina der Stadt erkundigt.

„Ja, genau", nickte der. „Können Sie mir da helfen?"

Der Apotheker wiegte den Kopf. „Das ist eine eher ungewöhnliche Bestellung", sagte er.

„Das kann ich mir denken", pflichtete ihm Bröker

angesichts dessen, was man mit dem Zeug anfangen konnte, bei. „Aber Sie können mir nicht vielleicht trotzdem weiterhelfen?", hakte er nochmal nach.

Sein Gegenüber zögerte. „Darf ich fragen, wozu Sie Gamma-Hydroxybuttersäure brauchen?"

Bröker hielt einen Moment inne. „Brauchen?"

„Na, Sie wollten doch wissen, wo Sie sie bekommen können?"

„Aber doch nicht für mich!" Bröker fühlte, wie er rot wurde. Wie konnte er dem Mann denn nun erklären, dass es sich um eine rein informative Frage handelte?

„Sondern?", hakte der Apotheker mit hochgezogenen Brauen nach.

Bröker zögerte. Schnell überlegte er, wie er seine Frage glaubhaft begründen konnte. Er konnte ja nicht sagen, dass er im Fall des toten Technikers ermittelte. Weder fühlte er sich wie ein Detektiv, noch konnte er sich als solcher ausweisen. Er musste zu einer Notlüge greifen, auch wenn er sich beim Lügen nie besonders wohl gefühlt hatte. „Ich … ich schreibe an einem Krimi. Da soll jemand mit diesem Mittel betäubt werden. Aber ich weiß weder, wo man es beschaffen kann, noch wie es genau wirkt", log er. Wieder bemerkte er, wie ihm das Blut in den Kopf stieg. Hatte sein Gegenüber wirklich geglaubt, er habe sich diese Droge kaufen wollen? Sah er denn wie jemand aus, der anderen ein Betäubungsmittel in den Kaffee rührte?

Die Miene des Apothekers jedenfalls hellte sich bei Brökers Antwort sofort auf. „Ach so", sagte er mit einem Ausdruck der Erleichterung. „Und ich dachte schon …"

„Nein, nein", lachte Bröker übertrieben. „Ich will doch keine Gamma-Hydroxybuttersäure kaufen." Hoffentlich glaubte ihm sein Gegenüber.

„Gut, das habe ich jetzt verstanden", erwiderte der Mann zu Brökers Erleichterung. Plötzlich war er sehr hilfsbereit. „Also: Gamma-Hydroxybuttersäure ist heute auch als Liquid Ecstasy bekannt", begann er. „Wahrscheinlich, weil es in geringen Dosen berauschend und enthemmend wirkt."

„Ja, das habe ich auch schon gehört."

„Und es gilt als Partydroge", fuhr der Apotheker fort. „Etwas, was junge Leute einnehmen, wenn sie auf Technopartys gehen, um die Feiern länger und intensiver genießen zu können."

„Also eine Art Viagra fürs Gehirn", entfuhr es Bröker.

Der Mann runzelte die Stirn. „Wenn Sie so wollen", sagte er gedehnt. „Jedenfalls kann man sich das Zeug vor allem da besorgen, wo solche Feiern stattfinden, Discos, Technotempel, Sie wissen schon."

Bröker hatte keine Ahnung, was ein Technotempel war, nickte aber trotzdem.

„Das Gefährliche daran ist, dass man Gamma-Hydroxybuttersäure nicht nur zum Feiern verwenden kann", erklärte sein Gegenüber. „Wenn man es höher dosiert, ist Gamma-Hydroxybuttersäure auch als K.-o.-Tropfen bekannt."

„Ja, dafür soll es in meinem Buch auch benutzt werden", bestätigte Bröker. Offenbar war der Schriftsteller, den er vorgestern auf dem Leinewebermarkt gesehen hatte, eine Inspiration für sein Unterbewusstsein gewesen. „Wie wirkt das Zeug denn da?"

Der Apotheker dachte einen Moment nach. „Es kommt auf die Dosierung an", eröffnete er dann. „Man kann damit jeden Zustand von Euphorie bis hin zu einem komatösen Schlaf erzeugen. Man muss also wissen, wem man wie viel verabreicht. Das Gemeine ist, dass die Flüssigkeit sowohl farblos als auch geruchlos ist. Und wenn jemand sie in ein Getränk kippt, das einen starken Eigengeschmack hat, etwa Kaffee, Bier oder Wein, hat man auch kaum eine Chance, sie herauszuschmecken."

„Wonach schmecken diese K.-o.-Tropfen selbst?"

„Ein bisschen salzig und ein ganz klein wenig nach Seife", erwiderte der Mann. „Meinen Sie, Sie können irgendetwas davon in ihrem Buch verwenden?"

Bröker kratzte sich am Kopf. Richtig, er musste ja nach wie vor den interessierten Autor mimen. Umständlich kramte er in seiner Hosentasche, bis er den kleinen Block wiedergefunden hatte und dazu einen Bleistift.

„Gut möglich", erwiderte er. „Jedenfalls will ich mir ein paar Notizen machen." Was er allerdings schreiben sollte, wusste er nicht so genau. Schließlich krakelte er beinahe unleserlich: „K.-o.-Tropfen, geruchlos, farblos, fast geschmacklos." Das erinnerte ihn an die Stoffbeschreibungen in seinem Chemieunterricht. Eingedenk seiner Unsicherheit bei manchen Begriffen fügte er noch „Was ist ein Technotempel?" hinzu. Dann steckte er den Block wieder ein.

„Wie soll das Buch eigentlich heißen?", fragte der Apotheker. Anscheinend machte es ihm Freude, sich mit dem vorgeblichen Schriftsteller zu unterhalten.

Bröker hingegen brachte die Frage in Bedrängnis. „Tod an der Sparrenburg", sagte er das erste, das ihm durch den Kopf ging. Oder war der Titel zu einfach?

Seinem Gegenüber schien er zu gefallen. „Das kann ich mir gut vorstellen. Ich wünsche Ihnen auf jeden Fall alles Gute für Ihr Buch", schickte er sich nun an, das Gespräch zu beenden.

„Danke", erwiderte Bröker. Rasch überschlug er noch einmal, ob es noch irgendetwas gab, was er den Mann fragen konnte. Er befand, dass er alles aus dem Apotheker herausgeholt hatte, was im Moment interessant war. Was denn ein Technotempel war, konnte er ihn ja kaum fragen. Vermutlich war es etwas für deutlich jüngere oder deutlich religiösere Leute – und beides traf auf seinen Gesprächspartner nicht zu. „Sie haben mir sehr geholfen", fügte er noch hinzu, „ich werde Sie in meinem Buch erwähnen."

Ob der Apotheker wirklich eine Hilfe gewesen war, wusste Bröker nicht zu sagen. Hoffentlich las er nicht in der Zeitung, dass Jan Poggemeier mit K.-o.-

Tropfen betäubt worden war. Wenn er dann versuchte zu kombinieren, würde Mütze bald nach einem kleinen, dicken Schriftsteller aus Bielefeld fahnden.

Kapitel 10
Grillen

Fünf Stunden waren seit seinem Besuch in der Stadt vergangen und Bröker saß mit Frieda und Manfred vor dem hohen Kamin in seinem Garten. Die beiden zukünftigen Mitbewohner hatten pünktlich um acht vor seiner Haustür gestanden, wobei Frieda eine Salatschüssel unter dem Arm getragen hatte. Das war Bröker sehr recht gewesen, denn erst in letzter Minute war ihm in den Sinn gekommen, dass für viele Menschen ja inzwischen neben Wurst und Fleisch auch Gemüse oder etwas Vegetarisches zu einem Grillabend gehörte. Ein wenig widerstrebend hatte er noch drei Paprika, einen Korb Pilze und einen Schafskäse besorgt, auf die Idee auch einen Salat zuzubereiten war er allerdings erst gekommen, als er schon wieder den Sparrenberg erklommen hatte. Und auch da war das erste Rezept, das ihm eingefallen war, ein Fleischsalat gewesen.

Zusammen mit zwei Flaschen Rotwein und zwei Flaschen Weißwein stellte er in diesem Moment Friedas Mischung aus Rucola, getrockneten Tomaten, Pinienkernen, Walnüssen, Mozzarella und Farfalle auf den Tisch. Wenn man nicht wusste, dass es ein Salat war, sah es im Grunde ganz appetitlich aus. Das Augenmerk seiner beiden Gäste lag hingegen mehr auf dem Fleischteller, den Bröker vorbereitet hatte. In Anbetracht dessen, was er für sich einplante, hatte er überschlägig für jeden zwei Steaks, zwei Stück Nacken und drei Würstchen veranschlagt, allerdings für den Fall der Fälle noch eine Reserve zurückbehalten.

„Das sieht ja gut aus", kommentierte Manfred und Bröker konnte sehen, dass ihm das Wasser im Mund zusammenlief.

„Wie viele Personen kommen denn noch?", wollte Frieda wissen.

„Nur Gregor, wieso?", erwiderte Bröker konsterniert. Hatte sie etwa mit einer Willkommensparty gerechnet?

„Dann müssen wir ja nicht darben", lachte Manfred.

„Nein, verhungert ist bei mir noch keiner!" Endlich hatte auch Bröker begriffen, was seine beiden neuen Mitbewohner so wunderte. Wenn sie wirklich bei ihm einzogen, würden sie sich noch an seine Portionsgrößen gewöhnen müssen. Im Moment fühlte er sich ein wenig ertappt und dieses Gefühl wollte er ungern über Wochen oder gar Monate haben.

Zum Glück hörte er in diesem Augenblick eine vertraute Stimme an seiner Gartentür. „Hier sitzt ihr also schon, ich hoffe, ihr habt mir noch etwas übrig gelassen", sagte Gregor und setzte sich zu den anderen an den Gartentisch.

„Wie du siehst ist noch ein ganz klein wenig da", stieß Frieda mit ihrer Antwort ins gleiche Horn wie ihr Mann.

„Das ist bei Bröker die Menge, die er für jeden Grillabend kauft", zwinkerte der Junge den beiden Alten zu. „Wenn er Appetit hat, auch mal für sich allein."

Wieder kam es Bröker vor, als habe er sich eines Verbrechens strafbar gemacht. Ein Gutes hatte die Sache aber: So ausgezeichnet, wie sich Gregor mit Manfred und Frieda verstand, musste er keine Sorge mehr haben, dass der Junge sich gegen den Einzug der beiden Mitbewohner aussprechen würde. Im Gegenteil: Während der Hausherr dafür sorgte, dass jeder ein Getränk im Glas hatte, hatten die drei anderen schon wieder ein neues Thema gefunden. Und ausnahmsweise ging es nicht darum, was Bröker angestellt hatte.

„Ja, ich arbeite als Erzieher in einer Wohngruppe für Jugendliche zwischen 13 und 18", bestätigte Gregor die Nachfrage Friedas.

„Bist du denn nicht altersmäßig zu nahe dran?", erkundigte sich Manfred.

Der Junge schüttelte den Kopf. „Ich halte das eher für einen Vorteil. Die Teenager wissen, dass ich sie verstehe. Besonders weil sie internetsüchtig sind und sehen, dass auch ich mich mit Computern und dem Netz auskenne."

„Tust du das denn?", fragte Manfred, als handele es sich bei diesen Kenntnissen um eine seltene Spezialbegabung.

„Besser als jeder andere Mensch, den ich kenne", schaltete sich Bröker in das Gespräch ein.

„Das hat nicht viel zu sagen. Bröker kennt eigentlich nur Menschen, die mit dem Rechenschieber groß geworden sind", warf sein junger Freund ein.

„Spotte du nur", konterte der Hausherr. „Unsere beiden Gäste wissen noch, was ein Rechenschieber ist. Außerdem habe ich dich erst einmal von deiner eigenen Internetsucht befreien müssen. Ihr müsst wissen", fuhr er an die beiden Alten gewandt fort, „als ich ihn aufgegabelt habe, war er gerade mit einem Bein im Gefängnis, weil er versucht hatte, sich in die Steuerakten des Oberbürgermeisters einzuhacken."

„Was heißt versucht, ich habe es auch geschafft", gab der ehemalige Hacker empört zurück.

„Aber erwischt haben sie dich trotzdem!"

„Nur weil ich ein bisschen unvorsichtig war."

„Und darum musste ich dich bei mir aufnehmen, als dein Sozialarbeiter sozusagen, der helfen sollte, dich wieder gesellschaftsfähig zu machen", feixte Bröker.

„Dafür hast du aber auch oft genug von meinen Computerkenntnissen profitiert", rechtfertigte sich Gregor.

Manfred und Frieda folgten dem Wortwechsel der

beiden Freunde mit großen Augen. War das nun ein Streit zwischen ihren neuen Mitbewohnern oder nur ein Spaß? Liefen die Gespräche hier im Haus immer so ab? Augenscheinlich hatten Gregor und sein älterer Freund Freude daran.

„Macht euch keine Sorgen: Eigentlich verstehe ich mich mit Gregor sehr gut", erklärte Bröker, dem die Blicke, die die beiden miteinander getauscht hatten, nicht entgangen waren. „Außerdem ist er weniger kriminell, als es gerade geklungen hat."

„Angesichts dessen, dass ich keinerlei Vorstrafen habe, wäre es nicht verkehrt, wenn du mich überhaupt nicht als kriminell bezeichnen würdest." Diesmal war Gregors Empörung so übertrieben gespielt, dass auch die beiden neuen Mitbewohner sie nicht ernst nahmen. „Eigentlich bist du der einzige, der gelegentlich mit der Polizei in Kontakt kommt", fügte er noch hinzu.

„Einer meiner besten Freunde ist Polizist", ergänzte Bröker erklärend, der allmählich Sorge bekam, dass Frieda und Manfred die Bewohner seiner kleinen Stadtvilla für eine verkappte Terrororganisation hielten.

„Nicht nur das: Du lieferst dir auch immer mal wieder ein Rennen mit der Polizei", grinste Gregor, der derartige Ängste nicht zu hegen schien.

„Haust du bei Verkehrskontrollen vor der Polente ab?", fragte Manfred verschmitzt lächelnd. Die Vorstellung war ihm offenbar nicht völlig unsympathisch.

Bröker sah, wie Gregor bei dem Wort „Polente"
die Augen verdrehte.

„Po… was?", stieß der Junge prompt in diesem
Moment hervor.

„Nein, nein, ich habe gar keinen Führerschein",
korrigierte Bröker schnell

„Es ist schlimmer", trieb der Junge die Vorstellung
des Hausherrn weiter. „Wo Bröker auftaucht, gibt es
Tote."

„Tote?" Nun sah Frieda ernsthaft bestürzt aus.
Wahrscheinlich fragte sie sich, ob ihr Entschluss, bei
dem dicken Bielefelder einzuziehen, so eine gute Idee
gewesen war.

„Ich habe gelegentlich mal in dem ein oder anderen Mordfall ermittelt", erläuterte der Hausherr.
„Nicht, dass ich mit den Straftaten irgendetwas zu
tun gehabt hätte."

„Und obwohl er sich meist furchtbar ungeschickt
anzustellen scheint, war er immer schneller als die
Bullen", schob Gregor nach.

„Ach, dann bist du der Mister Marple von der
Sparrenburg?", schaltete Frieda.

„Das ist er", bestätigte der Junge.

Bröker, der Aufmerksamkeit eher lästig fand,
wandte sich dem Grill zu. „Ich sorge mal dafür, dass
wir etwas zu essen haben", versuchte er das Gespräch
auf ein anderes Thema zu lenken. „Für jeden erst einmal ein Steak?"

„Ja, gerne. Aber das mit deinen Ermittlungen ist ja

total spannend!", beharrte Frieda. „Davon musst du uns unbedingt mehr erzählen."

Manfred nickte bestätigend.

„Ach, ich glaube, das macht besser Gregor", erwiderte Bröker. „Der hat ja schließlich auch damit angefangen. Ich grille lieber."

Während Bröker sich ein großes Glas Rotwein und den Teller mit dem Grillgut schnappte und das Fleisch beinahe liebevoll auf dem Rost über den heißen Kohlen drapierte, schilderte Gregor die Heldentaten seines Freundes. So peinlich es ihm auch war, in den Mittelpunkt gerückt zu werden, so froh machte es Bröker, dabei den Stolz in den Augen des Jungen zu sehen. Dann widmete er sich ganz der Zubereitung der Köstlichkeiten, wobei er das Gespräch seiner Mitbewohner allmählich ausblendete.

Zehn Minuten später war die erste Lage Steaks gebraten und ein köstlicher Duft hing über Brökers Garten. „Ich unterbreche euch ja nur ungern, aber noch mehr würde es mich schmerzen zu sehen, wie das Fleisch kalt wird", meldete sich der Hausherr bei seinen Gästen zurück.

„Ich sehe, du hast ein paar gute Argumente mitgebracht", zwinkerte ihm Manfred zu. „Von denen lassen wir uns gerne überzeugen." Dank des Weißweins, dem er schon ordentlich zugesprochen hatte, war seine anfängliche Zurückhaltung verflogen.

Bröker war es recht. Wenn er die Zeit, die seine

neuen Mitbewohner bei ihm verbrachten, genießen sollte, dann war es wichtig, dass sie eine ähnliche Lebenseinstellung hatten wie er. Freigiebig teilte er jedem ein Stück Entrecote zu, wobei das größte wie zufällig auf seinem Teller landete. „Lasst es euch schmecken!", forderte er seine Gäste auf. Dann fiel sein Blick auf die Salatschüssel, die Frieda mitgebracht hatte. „Natürlich ist es auch wichtig, reichlich Vitamine zu sich zu nehmen", fügte er mit Expertenblick hinzu und tat sich selbst eine winzige Portion des Gemüses auf den Teller.

„Ich sehe schon, du willst uns das gesunde Zeug aber nicht wegessen", lachte Gregor und nahm sich selbst deutlich mehr.

„Nun lasst uns aber anstoßen und dann guten Appetit!", sagte Bröker, als auch die anderen ihre Teller gefüllt hatten. Er hob das Glas und prostete seinen Gästen zu. Ja, es war die richtige Entscheidung gewesen, die beiden Alten bei sich aufzunehmen, beschloss er. Da er sich nun sicher war, dass auch Gregor sie willkommen hieß, würden sie bestimmt noch das eine oder andere Essen zusammen zubereiten.

„Frieda und Manfred haben mir gerade noch einmal genauer beschrieben, warum sie denn aus ihrer Wohnung müssen!", berichtete Gregor. „Ich finde das ja eine Riesenschweinerei, seinen Mietern zu kündigen und die Wohnungen dann so teuer zu sanieren, dass die Ex-Mieter sie sich nicht mehr leisten können."

„Wir sind auch nicht begeistert", pflichtete ihm Manfred bei. „Es sieht aber so aus, als sei das alles mit dem Gesetz vereinbar."

„Schöne Gesetze sind das", empörte sich der Junge weiter. „Ich hatte ganz recht, dass ich vorgeschlagen habe, eine Demo zu organisieren oder Charly über den Fall berichten zu lassen!"

„Ich könnte mir vorstellen, dass ihr sogar mit einer Klage eine Chance habt", sinnierte Bröker. „Ich kenne doch Palsbröker, einen alten Schachfreund, der Richter am Landgericht ist. Vielleicht kann der mir einen Tipp geben!"

„Dann sag ihm auch gleich, dass die beiden schon seit Ewigkeiten in dem Haus wohnen", schob Gregor siegesgewiss hinterher. „Damit erwirbt man doch auch Rechte."

Manfred schüttelte leicht den Kopf. Auch Frieda schien weniger optimistisch zu sein. „So lange wohnen wir ja noch gar nicht da", sagte sie leise.

„Nicht?", wunderte sich der Junge.

„Nein", bestätigte Manfred.

„Ich dachte, in eurer Generation hat man geheiratet, ist irgendwo eingezogen und hat dort dann für den Rest seines Lebens gewohnt", staunte Gregor.

„Ich weiß nicht, wie man das in unserer Generation für gewöhnlich macht, aber wir haben in dem Haus viel kürzer gewohnt als du bei Bröker", erklärte Manfred. „So gute anderthalb Jahre würde ich sagen."

„Anderthalb Jahre? Das ist ja nichts. Da habt ihr

vermutlich vor Gericht keine Chance." Es war nicht klar, ob Gregor mehr von seinen falschen Vorstellungen von Friedas und Manfreds Leben enttäuscht war oder von der Tatsache, dass man dem Immobilienhai nicht so leicht würde beikommen können.

„Das sage ich ja", erwiderte Frieda traurig. „Man hat uns gesagt, es kommt vor allem darauf an, dass unser Vermieter nachweisen kann, dass er für die Wohnungen nach einer Renovierung wesentlich mehr verlangen kann. Und das kann er natürlich."

„Wo habt ihr eigentlich vorher gewohnt?", wollte Bröker wissen.

Frieda musste leise lachen. „Jeder bei sich natürlich", erwiderte sie.

„Wie? Jeder bei sich?" Gregor kam aus dem Staunen nicht mehr heraus.

„Ja, Manfred hatte eine eigene Wohnung und ich auch", erklärte Frieda.

„Vielleicht ist das die beste Strategie für eine Ehe, wenn man sich nicht über die Unordnung oder das Schnarchen des anderen beschweren kann", philosophierte Bröker. Ihm als eingefleischtem Single kam diese Lösung plausibel vor.

„Auch da muss ich dich enttäuschen." Wieder lachte Frieda ein hohes, angenehmes Lachen. „Wir sind gar nicht verheiratet."

„Nicht?" Beinahe jeder Satz seiner neuen Mitbewohner barg eine neue Überraschung.

„Nein, und wenn du jetzt sagst, dass ein Paar in

wilder Ehe die moralischen Grundsätze eurer WG zerstört, wird es wohl nichts mit unserem Einzug werden", kicherte Manfred. Augenscheinlich schien er diesbezüglich wenig Sorgen zu haben.

„Aber war es denn zu eurer Zeit nicht total üblich, dass man geheiratet hat, wenn man zusammengezogen ist?", versuchte Gregor sein Weltbild zurechtzurücken.

„Kommt drauf an, was du mit unserer Zeit meinst", erklärte Frieda. „Als wir so alt waren wie du, war das die Zeit von Flower-Power und Love and Peace."

„Da war Heiraten eher nicht so angesagt", ergänzte Manfred. „Im Gegenteil: Ich habe auf dem Prinzipalmarkt in Münster gestanden und gebrüllt: ‚Wer zweimal mit der gleichen pennt, gehört schon zum Establishment!' – Und wir haben das auch so gemeint."

„Wenn du dagegen die Zeit meinst, als wir uns kennengelernt haben: Da haben manche Menschen schon geheiratet, um zu zeigen, dass sie zusammenbleiben wollen", übernahm Frieda wieder das Ruder. „Na, vielleicht schaffen wir das ja auch noch", lächelte sie versonnen und drückte Manfred einen Kuss auf die Wange.

Bröker schaute betreten weg. Derartige Liebesbekundungen machten ihn auch dann verlegen, wenn sie nicht ihm galten. Insbesondere, wenn er sie zwischen zwei Menschen beobachtete, die die 70 schon überschritten hatten.

106

„Wann habt ihr euch denn kennengelernt?", fragte Gregor unterdessen.

„Vor zwei Jahren", erwiderte Manfred. „Und ich glaube, wir haben damals richtig Glück gehabt."

„Das haben wir", bestätigte Frieda und tätschelte ihrem Mann die Hand. „Wir waren damals beide ohne Partner."

„Meine Frau war nach mehr als 30 Jahren Ehe gestorben, und Frieda war auch schon seit ein paar Jahren Witwe. Da hat man ja Angst den Rest seines Lebens allein bleiben zu müssen", ergänzte der.

„Ich kann mir vorstellen, wie schön es für euch war, euch gefunden zu haben", sagte Bröker, obwohl er das eigentlich nicht konnte. Er hatte nur einmal in seinem Leben eine Freundin gehabt und das war schon lange her. „Aber ist es in eurem Alter nicht irre schwierig, noch einmal jemanden kennenzulernen? – Entschuldigt, wenn ich das so offen anspreche", fügte er noch rasch hinzu, um die beiden nicht vor den Kopf zu stoßen.

Die aber schienen kein bisschen beleidigt. „Ich hätte auch nicht gedacht, dass das so einfach geht", lächelte Frieda. „Aber ein einziger Abend hat gereicht – und es hat gefunkt."

„Dass das so schnell gehen kann, kann ich mir schon vorstellen", unterbrach Gregor sie. „Aber auch dafür braucht es ja eine Gelegenheit. Ich meine, unsereins geht in die Disco oder trifft auf Partys neue Menschen, aber wo geht ihr hin? Zum Tanztee?"

Manfred stieß ein meckerndes Lachen aus. „Tanztee! Das muss ich mir merken! – Gregor, auch unsere Generation hat inzwischen die Steinzeit verlassen, auch wenn du dir das nicht vorstellen kannst. Ich habe Frieda auf einem Speed-Dating kennengelernt."

Gregor pfiff anerkennend durch die Zähne, während Bröker konsterniert dreinblickte.

„Was ist, Bröker, staunst du, dass Frieda und Manfred dich mit ihrer Kenntnis des modernen Lebens überholt haben?", lachte Gregor.

„Quatsch!", sagte Bröker. „Ich habe mich gerade nur gefragt: Speed, ist das nicht so ein Drogenzeug?" Dass er dabei an die Gamma-Hydroxybuttersäure dachte, verschwieg er.

„Amphetamin", bestätigte Gregor.

„Und ihr habt euch auf einer Party kennengelernt, wo man diese Drogen verteilt hat?", hakte Bröker stirnrunzelnd nach. „Hilft denn das beim Kennenlernen?" So richtig vorstellen konnte er sich das nicht, auch weil er außer Alkohol nie Drogen konsumiert hatte. Kurz darauf wunderte er sich, dass seine drei Gäste unisono in schallendes Gelächter ausbrachen.

„Pst!", versuchte er dazwischen zu kommen. „Ihr weckt ja die Nachbarn auf."

„Ach Bröker, manchmal bist du wirklich zu niedlich." Gregor schlug seinem älteren Freund auf die Schulter. „Speed-Dating ist eine Art Tanztee für Menschen der Neuzeit."

„So neuzeitlich ist es gar nicht. Und es ist auch ganz einfach. Man muss sich nur anmelden, zu dem Termin kommen und los geht's", erläuterte Manfred.

„Was für ein Termin?" Bröker hatte noch nie etwas von dieser Form des Kennenlernens gehört.

„Es ist so", begann Frieda, die bemerkt hatte, dass sie mit ihren Erklärungen weiter vorne anfangen musste. „In Bielefeld gibt es, genau wie anderswo, sehr viele Singles. Menschen, die gerne jemanden kennenlernen würden, aber bei denen es einfach nicht klappt. Weder bei der Arbeit noch beim Einkaufen finden sie jemanden, der ihnen gefällt."

„Das kann ich mir vorstellen", erwiderte Bröker.

„Also verabreden sich solche Leute in einem Café oder einem Restaurant, um sich kennenzulernen", fuhr Frieda fort.

„Aber wird das nicht ein völliges Chaos?", warf Bröker ein, der versuchte, sich so ein Treffen vorzustellen. „Da kommen hunderte von Leuten jeden Alters. Einige wollen vielleicht nur jemanden für eine Nacht, andere für ein ganzes Leben und wieder andere sind vielleicht nur neugierig. Wie soll man denn da den richtigen Menschen finden?"

„Das wird natürlich vorher sortiert", übernahm nun wieder Manfred die Gesprächsführung. „Die Anmeldung ist nach Altersgruppen, sodass die Teilnehmer nicht mehr als zehn, 15 Jahre auseinander sind."

„Und natürlich dürfen nicht zu viele dabei sein.

Ist die Formel nicht sieben mal sieben?", erinnerte sich Gregor.

„Bei uns war sie das", bestätigte Frieda.

„Was heißt sieben mal sieben?", wollte Bröker wissen.

„Es treffen sich sieben Männer und sieben Frauen und jeder hat für jeden sieben Minuten Zeit. Danach wird gewechselt", erklärte sie.

Obwohl Bröker unterdessen eine vage Idee davon hatte, wie so ein Speed-Dating ablief, konnte er sich nicht vorstellen, dass man dabei auch wirklich jemand traf, mit dem man dann für den Rest seines Lebens zusammen sein wollte. Alle sieben Minuten jemand Neuem zu begegnen, entsprach einfach nicht seinem Naturell. „Woher habt ihr denn gewusst, dass der andere der Richtige ist?", fragte er.

Frieda und Manfred sahen sich verliebt an. „Das wussten wir einfach", sagte Manfred.

„Sofort", ergänzte Frieda. „Kennst du das nicht, wenn es einfach klick macht?"

Gregor war seinem Freund einen vielsagenden Blick zu. „Ich glaube, bei Bröker hat es schon lange nicht mehr klick gemacht", sagte er und in seiner Stimme schwang neben dem üblichen Spott auch ein wenig Mitleid.

„Wirklich nicht?" Auch Frieda schien ihren neuen Hausherren zu bedauern. „Dann wäre so ein Speed-Dating ja vielleicht auch etwas für dich."

„Gott bewahre!", erwidert Bröker instinktiv. „Da

gehen dann doch wohl eher etwas jüngere Leute hin."

„So wie wir", sagte Manfred und zeigte auf seine Frau und sich.

Bröker musste zugeben, dass sein letztes Argument nicht gerade gut gewählt gewesen war. Nun musste er sich rasch einen neuen Grund ausdenken, warum er nicht zu einem Speed-Dating gehen wollte. „Ich kenne da ja auch gar niemanden", schob er lahm nach.

„Das ist ja gerade der Sinne der Veranstaltung. Offenbar gibt es in deinem Freundeskreis ja keine Frau, die du attraktiv findest", insistierte Frieda.

„Doch, Charly", sagte Bröker schnell.

„Charly ist Journalistin bei der NW", erläuterte Gregor. „Bröker und sie kennen sich schon seit Jahrzehnten und gegen ihre Beziehung ist eine platonische Freundschaft die reinste Sex-Orgie." Dabei zwinkerte er seinem Freund zu und tippte gleichzeitig etwas in sein Smartphone. Bröker staunte immer, wie viele Dinge der Junge gleichzeitig machen konnte.

„Hier habe ich schon was Passendes für dich", rief der in diesem Augenblick triumphierend. „Morgen findet ein Speed-Dating statt und es sind auch noch Plätze frei."

„Das musst du mal ausprobieren", drängte nun auch Manfred.

„Es ist auch genau deine Altersgruppe", fuhr Gregor fort. „35 bis 50."

Bröker zuckte zusammen. Dass er in absehbarer Zeit seinen 50sten Geburtstag feiern würde, war eine Tatsache, an die er nicht gerne erinnert wurde. „Bin ich nicht dafür schon etwas zu alt?", fragte er.

„Die nächste Altersgruppe ist 50 plus. Wenn du glaubst, du findest da eher jemanden …", entgegnete der Junge und grinste.

„Aber ich suche doch gar niemanden", protestierte Bröker.

„Das ist vielleicht genau der Fehler", lächelte Frieda. „Gib dem Ganzen doch einfach mal eine Chance!"

„Er hat eh keine andere Wahl, ich habe ihn gerade angemeldet", meldete sich Gregor zu Wort.

„Das hast du nicht!" Bröker starrte den Jungen mit einer Mischung aus Unglauben und Wut an.

„Doch, habe ich", grinste der frech. „Aber du musst dir wegen der Teilnahmegebühren keine Sorgen machen: Die 20 Euro zahle ich dir."

„Ich mache mir keine Sorgen wegen der Gebühren, sondern wegen der ganzen Teilnahme. Du kannst doch nicht einfach so über mich verfügen!" Im Gegensatz zu seiner Diskussion mit Gregor zu Beginn des Abends war Bröker nun wirklich wütend.

„Vielleicht wird es ja ganz unterhaltsam. Im schlimmsten Fall ist alles nach einer bis anderthalb Stunden wieder vorbei", versuchte ihn Frieda zu beschwichtigen.

„Genau wie das Leben. Im schlimmsten Fall ist es irgendwann vorbei", gab der Hausherr missmutig zurück. Noch vor ein paar Minuten war es ihm wie ein Glücksfall vorgekommen, dass die beiden neuen Mitbewohner bei ihm einzogen, jetzt war er sich dessen nicht mehr so sicher.

Auch Gregor hatte das Gefühl, diesmal vielleicht etwas zu weit gegangen zu sein. „Wenn du willst, komme ich mit", bot er daher an.

„Genau, der jüngste 50-Jährige aller Zeiten", ätzte sein Freund.

„Im Nebenraum ist auch ein Speed-Dating für Leute, die noch am Leben teilnehmen, also die Generation 20 bis 35", erwiderte der Junge und konnte sich ein Schmunzeln nicht verkneifen.

Auch Bröker musste ungewollt lachen.

„Und anschließend tauschen wir dann unseren Erfahrungen aus", vollendete Gregor seinen Vorschlag. „Aber nur die Erfahrungen, nicht die Frauen."

„Auf jeden Fall ist es eine gute Idee, dass du auch an einem Speed-Dating teilnimmst, denn bei dir wäre es langsam mal an der Zeit, dass du ein Mädchen kennenlernst. Seit dieser Kleptomanin hast du doch niemanden mehr gehabt und das ist schon sieben oder acht Jahre her – vielleicht sogar mehr." Durch die Erinnerung an Gregors lang verflossene Flamme bekam Bröker wieder Oberwasser.

„Meinst du wirklich, dass du alles, was sich zwischen mir und der Frauenwelt abspielt, mitbekommst?", erwiderte der Junge mit gespieltem Erstaunen.

„Ich habe zumindest mitbekommen, dass vor zwei

Jahren zwischen Alice und dir nichts gelaufen ist – sehr zu deinem Bedauern", triumphierte Bröker.

„Ihr müsst wissen, damals hatten wir auch Untermieter. Untermieterinnen genauer gesagt", fuhr er an Manfred und Frieda gewandt fort. „Zwillinge in Gregors Alter. Beide sehr hübsch, wenn ihr mich fragt. Und die eine hatte es Gregor angetan. Aber sie wollte wohl nichts von ihm wissen und hat sich mehr für ihre Gesangskarriere interessiert."

„Was du alles meinst bemerkt zu haben. Ich dachte, du konntest die beiden nicht auseinanderhalten."

Bröker konnte sehen, dass der Junge stärker getroffen war, als er gedacht hatte. Eigentlich geschah es ihm ganz recht, schließlich hatte er auch Bröker das zweifelhafte Vergnügen eines Speed-Datings verschafft. Andererseits tat ihm der Junge leid, darum riss er schnell ein neues Thema an. „Ich denke, es ist höchste Zeit für eine neue Runde Fleisch", sagte er, stand auf und begab sich wieder zum Grill.

Frieda und Manfred nickten, wahrscheinlich weniger aus Hunger als aus Verlegenheit darüber, dass sie einem Streit zwischen den beiden Freunden beigewohnt hatten. Dem ersten seit Jahren, wie Bröker dachte. Doch er war sich sicher, dass er sich nicht nur deshalb an diesen Abend noch lange erinnern würde.

Kapitel 11
Freundeskreis

Als er am nächsten Tag am Küchentisch saß und seinen Morgenkaffee schlürfte, befiel Bröker ein tiefes Bedauern darüber, am Vorabend Gregors Plänen nicht heftiger widersprochen zu haben. Nun würde er in wenigen Stunden zu seinem ersten Speed-Dating gehen und er ahnte, dass dies leicht in einer Katastrophe enden konnte. Er seufzte laut, als er daran dachte.

„Na, Bröker, hast du gestern wieder zu viel getrunken?", grinste Gregor, als er in diesem Moment die Küche betrat.

„Von wegen", erwiderte Bröker. „Ich wünschte, ich hätte so viel getrunken, dass ich heute Abend nicht einsatzfähig wäre."

„Daher weht also der Wind." Der Junge grinste schadenfroh. „Aber versprochen ist versprochen, du musst da jetzt hingehen. – Vielleicht wird es ja sogar ganz nett", fügte er hinzu, als er Brökers Blick sah. „Schließlich komme ich ja mit."

„Ich glaube nicht, dass es das besser macht, zumal wir ja in unterschiedlichen Gruppen sind", grummelte Bröker. „Aber wenn du schon so ein schlechtes Gewissen hast, kannst du mir vielleicht bei etwas anderem helfen."

„Soll ich für dich den Abwasch machen? Vergiss es!"

„Nein, ich würde dich schon um etwas bitten, bei dem du dich auskennst", konterte der Hausherr.

„Und was? Hast du ein Kind bekommen, dass ich erziehen soll?"

„Nein, ein Kind im Hause reicht mir, so schnell will ich da kein zweites. Aber gestern ist mein Computer explodiert", fügte er schnell hinzu, bevor Gregor wieder zurückschlagen konnte. „Vielleicht kannst du ihn dir mal anschauen und sagen, ob man da noch etwas machen kann."

„Klar kann man da was machen", erklärte der Junge, ohne Anstalten zu machen, sich Brökers Arbeitszimmer auch nur zu nähern. „Wegschmeißen und neu kaufen."

Trotzdem stand Gregor ein paar Minuten später mit Bröker vor den sterblichen Überresten von Abakus in der Bibliothek. Er hob seine Nase in die Luft und schnüffelte. „Riecht verbrannt", konstatierte er.

„Sage ich ja, das Ding hat angefangen zu stinken und ist einfach explodiert", erwiderte Bröker.

Inzwischen hatte Gregor sich dem Bildschirm genähert und schnupperte daran. „Da haben wir ja den Übeltäter", sagte er zu sich. „Du hast Glück", wandte er sich dann an Bröker und deutete auf eine dunkle Stelle am Gehäuse des Monitors. „Es ist gar nicht der Computer, es ist der Bildschirm. Wobei mir schleierhaft ist, wie du das hingekriegt hast. Hast du dir besonders heiße Videos angeguckt?"

„Ich wüsste ja noch nicht einmal, wo man die findet", erwiderte er wahrheitsgemäß. „Und wieso sollte

116

es besser sein, dass es der Bildschirm und nicht der PC ist?"

„Weil ein neuer Rechner immer noch ein bisschen teurer ist als ein neuer Monitor, zum Beispiel. Oder weil wir uns sonst Gedanken machen müssten, wie wir deine Daten von Abakus herunterbekämen. Und außerdem, weil dein Mitbewohner zufällig noch einen älteren Bildschirm in Reserve hat. Den könnte ich dir leihweise zur Verfügung stellen", zwinkerte Gregor.

„Ja, gerne", erwiderte Bröker dankbar.

„Keine Ursache. Aber ich kann dir nicht garantieren, dass das Teil genauso alt ist wie dein Schätzchen."

Bröker konnte sein Glück kaum fassen, als er keine zehn Minuten später seinen Computer wieder bedienen konnte. Ja, es war sogar noch besser: Gregors Bildschirm mochte gebraucht sein, aber es war schon eines dieser schicken Flachbildgeräte und Bröker hatte den Eindruck, als betrete er mit dessen Benutzung ein ganz neues Zeitalter. Auch wenn ihn der Junge darauf hingewiesen hatte, dass Abakus durch den neuen Monitor auch nicht schneller geworden war und dass es über kurz oder lang Zeit für einen neuen Rechner wäre.

Nun fühlte Bröker sich gewappnet, seine Nachforschungen zum Tod Jan Poggemeiers fortzusetzen. Viel, so musste er zugeben, hatte er ja noch nicht herausgefunden. Die K.-o.-Tropfen waren vermutlich nicht legal, aber dennoch leicht erhältlich, sodass er darüber den vermutlichen Täter nicht ermitteln konnte. Wenn es so einfach wäre, hätte allerdings auch die Polizei inzwischen schon einen Verdächtigen präsentiert. Da dies noch nicht geschehen war, tappten die wahrscheinlich im Dunkeln.

Leider musste Bröker zugeben, dass es ihm nicht anders ging: Ihm fehlte noch der richtige Anhaltspunkt und außerdem wusste er einfach noch zu wenig über den Fall, obwohl er bei dem Sturz des Technikers anwesend gewesen war. Bei der Suche nach einem Ansatz würde ihm auch sein Computer nicht weiterhelfen können, auch wenn er seine Ergebnisse nun auf einem Flachbildschirm anzeigte.

Ob er Mütze noch einmal fragen konnte, wie weit die Kripo unterdessen gekommen war? Aber der hatte vorgestern schon ein schlechtes Gewissen bekommen, als er Bröker und Charly vom Stand der Ermittlungen berichtet hatte. Es wäre unfair, seinen Freund noch weiter moralisch in Bedrängnis zu bringen. Da war Charly eindeutig die bessere Wahl. Sie war kaum schlechter informiert als die Polizei und ihr gegenüber brauchte er auch keine Skrupel zu haben – schließlich profitierte sie ja auch von jedem Erfolg Brökers, indem sie darüber berichten konnte. Entschlossen griff er zum Telefon. Seitdem Gregor es vor ein paar Monaten leid gewesen war, den Apparat jedes Mal aus dem Erdgeschoss zu holen, hatte es auch eine Station in der kleinen Bibliothek.

„Charlotte Lindhorst", meldete sich die Journalistin nach dem dritten Läuten.

„Charly, ich bin's, Bröker", erwiderte Bröker.

„B., wie schön, dass du anrufst." Charlys Laune war so gut wie meistens. „Lass mich raten, warum mir die Ehre deines Anrufs zuteilwird? Es ist wegen Jan Poggemeier, oder?"

„Da könntest du recht haben", gab Bröker unumwunden zu.

„Und was möchtest du von mir wissen?"

„Oh, alles, was du mir sagen kannst. Hast du zum Beispiel eine Ahnung, wie weit die Polizei mit ihren Ermittlungen ist?"

„Solltest du das nicht besser Mütze fragen oder noch besser Schewe?", schlug Charly vor.

„Ich frage aber dich. Du weißt es doch auch, meine Lieblingsjournalistin."

„Bröker, Bröker, soll das ein Flirtversuch sein?", lachte die Journalistin dunkel. „Du wirst dich doch nicht nach so langer Zeit mal wieder den Frauen nähern wollen. Ich fürchte, in dem Fall musst du noch ein bisschen üben."

Bröker fühlte sich ertappt und stockte. Hatte Gregor Charly gesteckt, dass er heute zu einem Speed-Dating angemeldet war? Wenn, dann war es nicht unmöglich, dass die Journalistin heute Abend mit einer Kamera vor Ort sein würde. Er spürte, wie er beim Gedanken daran errötete. Gut, dass ihn seine Freundin nicht sehen konnte. „Quatsch!", antwortete er so entschieden er konnte.

„Aber im Grunde hast du natürlich recht", fuhr

Charly fort. „Ich weiß, dass die Polizei noch keine heiße Spur hat. Ähnlich wie du, vermute ich."

„Stimmt", bestätigte Bröker. „Ich habe noch kein so genaues Bild von Jan. Ich kann ihn mir nicht richtig vorstellen. Also seinen Charakter. Wie er aussah, habe ich ja genauer als mir lieb war beobachten können."

Bröker hatte in den vergangenen Jahren oft darüber nachgedacht, warum er einige Fälle schneller aufgeklärt hatte als die Polizei. Und wenn es nicht pures Glück gewesen war – davon hatte er natürlich eine Menge gehabt – so konnte es daran gelegen haben, dass er von den meisten Personen, um die es gegangen war, ein gutes Bild entwickelt hatte.

„Was willst du denn wissen?", fragte Charly.

„Was für ein Mensch war Jan Poggemeier?", eröffnete Bröker seinen Kanon an Fragen. „Welche Vorlieben hatte er, wofür hat er gelebt? Es muss ja einen Grund dafür geben, dass ihm jemand K.-o.-Tropfen verabreicht hat."

„Hm", machte Charly nur und es klang, als ob sie sich Notizen machte.

„Ich habe schon darüber nachgedacht, mich bei seinem Arbeitgeber zu erkundigen", fuhr er daher fort. „Aber den kenne ich natürlich nicht. Und außerdem wissen Arbeitgeber meist sehr wenig außer dem Bruttolohn."

„Das stimmt!", lachte die Journalistin heiser. „Vielleicht versuchst du es besser bei seinen Freunden."

„Ja, das ist mir auch in den Sinn gekommen, aber die kenne ich ebenso wenig."

„Da könnte ich dir weiterhelfen."

„Wie das?"

„Zumindest die Freunde, mit denen er auf dem Leinewebermarkt zusammen ein Bier getrunken hat, haben wir natürlich befragt", erläuterte Charly.

„Das ist ja toll!", entfuhr es Bröker. „Kannst du mir ihre Telefonnummern geben?"

„Ich kann dir auch diktieren, was sie gesagt haben."

„Sei mir nicht böse, Charly, aber wenn ich wissen möchte, wie Jan so getickt hat, muss ich seine Freunde selbst befragen", sagte Bröker, bevor sich Charly geschlagen gab.

Zehn Minuten später hatte Bröker eine Liste von vier Namen mit den zugehörigen Telefonnummern vor sich liegen. Er tippte die erste, die einem gewissen Lukas Hagedorn gehören sollte, in sein Telefon. Er räusperte sich. Wie sollte er beginnen? Telefonieren gehörte nicht zu seinen Stärken, schon gar nicht mit Menschen, die er nicht kannte.

„Hagedorn", meldete sich eine tiefe Stimme.

„Bröker hier", erwiderte Bröker schnell. Aus lauter Aufregung war seine Stimme deutlich höher als gewohnt. „Ich … also, ich wollte Sie etwas fragen … es geht um, um Ihren Freund, den, der gestorben ist, Jan, also Jan Poggemeier." Gott, was für ein Gestotter, dachte Bröker.

In dem Moment meldete sich die tiefe Stimme wieder. „Hier ist natürlich nur der Anrufbeantworter. Wenn Sie mich live und in Farbe sprechen wollen, hinterlassen Sie mir bitte Ihre Telefonnummer. Vielleicht rufe ich dann sogar zurück."

Bröker legte auf. Er schämte sich, dass er die Automatenstimme nicht als solche identifiziert hatte. Mit Lukas Hagedorn wollte er jedenfalls nicht mehr sprechen. Die nächste auf seiner Liste war Carolin Döppenschmitt. Bröker gab auch hier die Nummer ein, aber niemand ging an den Apparat. Immerhin war das besser als wieder von einem Anrufbeantworter zum Narren gehalten zu werden. So konnte er sie gegebenenfalls später noch einmal anrufen. Dennoch brachte es ihn natürlich in seinem aktuellen Versuch, mehr über Jan Poggemeier zu erfahren, keinen Schritt vorwärts. Genervt knöpfte er sich die nächste Nummer vor. Das Ergebnis war das gleiche – niemand zu Hause. Wo mochten sich die jungen Leute nur herumtreiben? Sein Blick fiel auf die Zeitanzeige auf dem Bildschirm vor ihm. Es war ein paar Minuten nach zwölf. Natürlich, blöd von ihm: Sie würden arbeiten.

Nun schon deutlich weniger hoffnungsvoll gab Bröker die letzte Nummer der Liste in sein Telefon. Sie gehörte einem Marcel Schluckebier. Nomen est omen, ging es Bröker eingedenk der Tatsache durch den Kopf, dass dieser Marcel ja mit Jan kurz vor dessen Tod noch ein Bier getrunken hatte. Auf der anderen Seite der Leitung tutete es dreimal, viermal. Bröker wollte auflegen, er hatte einfach eine ungünstige Zeit für seine Anrufe gewählt.

„Schluckebier", hörte in diesem Moment eine merkwürdig helle Stimme.

„Bröker", sagte Bröker seinen Namen und wartete. Noch einmal würde er auf den Trick mit dem Anrufbeantworter nicht hereinfallen, auch wenn er der Einzige wäre, der die Blamage bemerkte.

„Ja hallo?", klang es nach einigen Augenblicken ein wenig ungehalten durch den Hörer.

„Spreche ich mit Herrn Schluckebier?", fragte Bröker zur Sicherheit noch einmal.

„Ja. Und sagen Sie mir jetzt nicht, Sie haben nur wegen des Namens angerufen." Der Mann schien deswegen schon einigen Spott ertragen zu haben.

„Nein, auf keinen Fall", beschwichtigte Bröker. „Ich rufe wegen des Unfalls ihres Freundes am Samstag an."

„Noch einer von den Pressefuzzis", seufzte Marcel. „Ich dachte, ich habe schon mit allen Journalisten gequatscht."

„Ich bin nicht von der Presse." Bröker ahnte in diesem Augenblick, wie es Charly oft ergehen musste.

„Was wollen Sie dann?"

„Ich war anwesend, als Jan von dem Mast gefallen ist. Und nun mache ich mir Gedanken um seinen Tod."

„Sind Sie so etwas wie ein Detektiv?" In der Stimme Marcels klang Skepsis.

Bröker wollte sofort verneinen. Allerdings fiele es ihm dann noch schwerer zu begründen, warum er Marcel angerufen hatte und was er von ihm wollte. „Ja, so etwas Ähnliches", erwiderte er daher schweren Herzens.

„Und Sie waren auf dem Bunnemannplatz als Jan gestorben ist?" In dem Kopf des jungen Mannes arbeitete es. „Warte mal, Detektiv, Bunnemannplatz, da klingelt doch was. Du bist nicht diese Wurst im rosa Kostüm, die auf der Bühne rumgehopst ist, oder?", rief er dann und wechselte unvermittelt zum Du. Trotz des traurigen Anlasses schien ihm die Erinnerung an die Tanzaufführung Vergnügen zu bereiten und ihm gleichzeitig den Respekt vor seinem Anrufer zu nehmen.

„Nein", sagte Bröker sofort entschieden. Er mochte vielleicht nicht ganz glücklich ausgesehen haben, aber ihn als Wurst zu bezeichnen, ging dann doch zu weit. Trotzdem musste er das Interesse seines Gegenübers wachhalten. „Also, auf der Bühne war ich, aber ...", gab er widerstrebend zu.

„Du warst es", rief Marcel Schluckebier triumphierend. „Natürlich, Bröker! Das bist du doch."

„Ja, ich bin Bröker", erwiderte Bröker. Schließlich hatte er nie etwas anderes behauptet.

„Und was willste von mir wissen?"

„Vielleicht als erstes: Hat die Polizei schon mit dir geredet?" Wenn der andere ihn duzte, würde sich Bröker auch dieser Anrede bedienen.

„Ja sicher, Polizei, *Neue Westfälische, Westfalenblatt, Radio Bielefeld,* alle wollten was von meinen Freunden und mir. Mit der Polizei haben wir sogar mehrfach gequatscht."

„Dann wisst ihr vermutlich schon, dass Jans Sturz kein reiner Unfall war, sondern dass ihm jemand K.-o.-Tropfen ins Bier geschüttet hat."

„Ja klar, stand ja überall in den Zeitungen. Aber wenn du jetzt denkst, dass wir das waren, bist du schief gewickelt."

„Wieso sollte ich das denken?", wunderte sich Bröker.

„Weil uns die Bullen auch solche Fragen gestellt haben. Da kommt man sich gleich wie ein Verbrecher vor."

„Ich kann mir nicht vorstellen, dass die das so gemeint haben."

„Aber so was von! Die haben uns echt'n Loch in den Bauch gefragt", beharrte Marcel. „Vor allem so ein Holländer. Der hatte auch gleich so eine Theorie an der Hand, dass Mord unter Bekannten besonders häufig vorkommt und dass wir Jan zeigen wollten, dass er ein Hochstapler ist. Deshalb wäre er aus großer Höhe abgestürzt. Hab selten was Bekloppteres gehört, wenn du mich fragst."

„Ravenstijn", murmelte Bröker.

„Rabenstein, ja, genau so hieß der. Aber wir haben mit Jans Tod nichts zu schaffen. Jan war unser Kumpel!"

„Ja, das glaube ich dir ja. Hat die Polizei denn gar nichts anderes wissen wollen?"

„Doch, da war noch so ein Älterer. Das war der Chef, glaube ich. Der hat noch gefragt, ob uns denn jemand aufgefallen wäre, der vielleicht nur ganz kurz bei uns am Tisch gehalten hat. Es braucht ja nicht lange, um jemandem K.-o.-Tropfen ins Bier zu kippen."

„Und was habt ihr geantwortet?", hakte Bröker nach.

„Keine Chance, das zu sagen. Du hast ja selbst gesehen, was da für ein Gedränge auf dem Leineweber war. Selbst am Bunnemannplatz. Da ist immer mal wieder jemand bei uns stehengeblieben und hat sein Bier abgestellt. Wir saßen ja nicht weit von der einen Bude entfernt. In den zwei Stunden, in denen wir da gesessen haben, sind bestimmt Hunderte an unserem Tisch vorbeigekommen und mehrere Dutzend haben auch bei uns angehalten."

„Hm", machte Bröker. Er sah ein, dass Fragen, die in diese Richtung gingen, nicht besonders fruchtbar waren. Er dachte einen Moment nach. Was konnte er noch fragen, was Schewe nicht eingefallen war. „Wie war es denn an eurem Tisch. Saßt da nur ihr, oder gab es auch Leute, die ihr nicht kanntet?", wagte er einen Schuss ins Blaue.

Marcel schwieg einen Moment. „Ich muss mal nachdenken", bekannte er. „Seitdem ist ja furchtbar viel passiert." Wieder entstand eine Pause. „Aber jetzt, wo du fragst, erinnere ich mich dunkel. Wir saßen natürlich nicht alleine am Tisch. Das war ja so ein Biertisch, da passten locker zehn, zwölf Leute dran. Wir saßen an der einen Ecke und am anderen Ende war genauso eine Gruppe wie wir. Die haben sich übrigens über deinen Auftritt auch krumm und schief gelacht."

„Ja, ja, ist ja schon gut", brummte Bröker, der auch ohne den letzten Halbsatz nicht gewusst hätte, was er mit dieser Information anfangen sollte.

„Und dann war da noch einer. So ein Schwarzhaariger. Etwas älter als wir, würde ich sagen ...", fuhr der Mann am anderen Ende der Leitung fort.

„Wie alt ist das denn?"

„Ich bin 25 und Jan war ein Jahr jünger als ich."

„Okay, das heißt, er war vielleicht 30?"

„Sogar etwas drüber, denke ich."

„Und was war nun mit diesem Schwarzhaarigen?"

„Nichts Besonderes", erwiderte Marcel. „Außer, dass er mir von seinem Äußeren her aufgefallen ist. Ein ziemlicher Kleiderschrank. Mehr als 1,90 Meter groß, denke ich, aber er saß ja. Dazu so eine Schlägervisage. Ich würde sagen, dass ihm schon mehrfach jemand die Nase gebrochen hat. Dazu hatte er Pickel." Er machte eine kurze Pause. Dann fuhr er fort: „Er kam vielleicht fünf Minuten, nachdem wir uns gesetzt hatten. Er hat die ganze Zeit nur ein einziges Bier getrunken, genau wie Jan. Und er schien das, was auf der Bühne geschah, alles sehr spannend zu finden, egal ob das nun du warst, die Tanztruppe oder der Autor, der davor aufgetreten ist."

„Und das war verdächtig?"

„Verdächtig ist zu viel gesagt. Aber ein bisschen auffällig war es schon. Ich meine, wer Krimis hören will, muss ja nicht gleichzeitig auch Zumba mögen."

„Wieso, ihr wart doch auch die ganze Zeit da?"

„Aber wir hatten einen Grund. Jan musste ja in der Nähe der Bühne bleiben, falls etwas passiert. Sonst wären wir nach einem oder zwei Bierchen weitergezogen so wie die meisten anderen auch."

„Verstehe", erwiderte Bröker. „Aber man kann diesem Schwarzhaarigen ja kaum einen Strick daraus drehen, dass er sich für das Geschehen auf der Kulturbühne interessiert hat."

„Nein, kann man wohl nicht", gab Marcel zurück. „Trotzdem war es ein bisschen seltsam. Besonders weil er direkt neben Jan saß."

„Was?" Nun war Bröker hellwach. „Heißt das, er hätte ihm etwas ins Bier kippen können?"

„Beobachtet haben wir das natürlich nicht. Sonst hätten wir Jan ja gewarnt, aber von allen Leuten, die ich am Bunnemannplatz gesehen habe, hatte er zumindest am meisten Gelegenheit und war am dichtesten dran. Und natürlich haben wir ihn nicht die ganze Zeit im Auge behalten."

„Könntest du den Burschen genauer beschreiben?", fragte Bröker, der sich mit einem Mal sicher war, dass Marcel ihm gerade denjenigen beschrieb, der Jans Unfall herbeigeführt hatte.

„Nicht viel besser, als ich es gerade getan habe. Er

hatte ein helles T-Shirt an und dunkle Locken, Pickel. Und wie gesagt: Er war ein ordentlicher Brocken. Kein Bodybuilder, sondern eher kompakt, mehr so wie ein Boxer. Mehr kann ich echt nicht sagen. Ich habe ja nicht geahnt, dass es wichtig sein würde, dass ich mich an ihn erinnere."

„Ja, verstehe", brummte Bröker.

„Übrigens muss ich jetzt zur Arbeit, ich habe Spätschicht", schloss Marcel.

„Eins noch", warf Bröker schnell ein, weil ihm einfiel, dass die Polizei solche Fragen auch immer stellte. „Hatte Jan Feinde?"

„Ha, ist ja ne echte Bullenfrage", erwiderte der junge Mann am anderen Ende der Leitung prompt.

„Und? Hatte er?" Eigentlich war das eine gute Art, um ein Bild von dem Elektriker zu gewinnen.

„Du kanntest ihn echt nicht. Er war eher viel zu lieb. Wollte immer den Schwachen helfen. Aber auch damit kann man sich natürlich Feinde machen."

„Wie meinst du das?"

„Na, manche Menschen werden halt böse, wenn man sich um die Falschen kümmert. Aber sorry, ich muss jetzt echt zur Arbeit. Sonst bekomme ich Ärger."

„Okay. Das will ich natürlich nicht. Vielleicht muss ich für den Moment auch gar nicht mehr wissen", lenkte Bröker ein.

„Und wenn dir noch eine Frage einfällt, kannst du mich ja noch einmal anrufen."

„Danke und frohes Schaffen", verabschiedete sich Bröker.

Nachdenklich legte er auf. Da hatte er also einen Verdächtigen, wahrscheinlich sogar den Täter entdeckt. Wie er ihn aufgrund der Beschreibung Marcel Schluckebiers finden sollte, war ihm allerdings schleierhaft.

Kapitel 12
Auf Freiersfüßen

Je näher der Abend rückte, desto weniger konnte sich Bröker auf den Fall konzentrieren. Eine merkwürdige Unruhe befiel ihn, ein Kribbeln, wie er es vor dem Abiball und der ersten Tanzstunde verspürt hatte – und beides waren Veranstaltungen, an die er nicht unbedingt mit Vergnügen zurückdachte. In der Tanzstunde hatte ein Überschuss an Männern geherrscht, sodass Bröker die meisten Tänze mit einem anderen Jungen einstudiert hatte, noch dazu in der Rolle der Dame. Beim Abiball hatte es zwar keine festen Partnerinnen gegeben, aber einen Wiener Walzer als Eröffnungstanz, bei dem Bröker prompt auf dem Hosenboden gelandet war. Es war Bröker damals nicht entgangen, dass sein Vater zu denjenigen gezählt hatte, die am lautesten über sein Missgeschick gelacht hatten. Nein, in eine solche Situation wollte er nicht noch einmal kommen, dachte er und wurde noch ein wenig nervöser. So war er beinahe dankbar, als Gregor schließlich um sechs Uhr von der Arbeit zurückkam und ihn aus seinen immer schwereren Gedanken riss. „Na, Bröker, gleich ist dein großer Auftritt. Bist du schon aufgeregt?", fragte er zur Begrüßung mit dem gewohnt spöttischen Unterton.

„Quatsch!", gab Bröker zurück und hoffte, der Junge würde ihm seine Lüge nicht ansehen.

„Willst du dich zuerst fertigmachen oder kann ich ins Bad?", fragte sein Mitbewohner stattdessen und machte sich auf den Weg ins Obergeschoss.

„Wie, fertigmachen?", gab Bröker zurück und fügte in Gedanken hinzu, dass ihn der Gedanke an das, was ihm bevorstand, schon genug fertigmachte.

„Na, ein paar andere Klamotten anziehen, kämmen, rasieren", erwiderte Gregor erstaunt und drehte sich auf der Treppe um. „Du willst doch nicht in der Aufmachung zu dem Speed-Dating? Ich glaube jedenfalls, die Frauenwelt erwartet etwas mehr von dir."

„Wieso, was denn?" Bröker fand, dass an seiner Kleidung wenig auszusetzen war. Die grüne Cordhose war vorgestern noch ganz frisch gewesen und das Arminia-Trikot hatte er sogar erst heute Morgen aus dem Kleiderschrank geangelt. Vermutlich war der Junge der Meinung, dass das Blau des Trikots nicht perfekt zum Moosgrün der Hose passte, aber schließlich konnte es darauf doch nicht ankommen. Wenn überhaupt hatte er bisher immer durch innere Werte gepunktet.

„Weil du heute Abend einen guten Eindruck machen sollst", beharrte Gregor. „Wenn schon nicht um deinetwillen, dann damit ich mich auch nachher noch mit dir sehen lassen kann. Na, komm schon, du musst dich ja nicht schminken", schob er nach, als er den Gesichtsausdruck seines Freundes sah.

„Ich habe mich da ja schließlich nicht angemeldet", muffelte Bröker zurück, ließ sich aber von dem Jungen ins Obergeschoss mitnehmen.

Eine gute halbe Stunde später gingen Bröker und Gregor frisch gestylt durch das Gartentor. Der Junge sah nicht wesentlich anders aus als an den Abenden, an denen er mit Freunden zu einer Kneipentour oder einem Discobesuch aufbrach. An Bröker aber wirkten die helle Leinenhose und das weiße Hemd, die ihm Gregor herausgelegt hatte, ungewohnt.

„Fesch siehst du aus!", lächelte der Junge zufrieden. „Vielleicht sollten wir ein Foto machen. Frieda und Manfred glauben mir ja nie, dass du auch einen richtig seriösen Eindruck hinterlassen kannst."

„In meinen anderen Klamotten fühle ich mich mehr wie ich selbst", moserte Bröker.

Zur Antwort warf Gregor ihm einen Helm zu und zog sich auch selbst einen über den Kopf. Dann schwangen sich beide auf Gregors Vespa und brausten los.

So sehr war Bröker mit seinem unguten Gefühl beschäftigt gewesen, dass er sich gar nicht gefragt

hatte, wo denn das Speed-Dating stattfinden würde. Daher staunte er, als Gregor seinen Roller schon
zehn Minuten später vor der Einfahrt zur Ravensberger Spinnerei stoppte. Normalerweise machten die
hellen Industriebauten, in denen sich vor 150 Jahren
tatsächlich einmal eine der größten Flachsspinnerei-
en Europas befunden hatte, mit ihrem umliegenden
Park einen freundlichen Eindruck. Heute aber kam
die Raspi, wie sie bei den Einheimischen hieß, Bröker
bedrohlich vor. „Hier ist es also?", fragte er, nachdem
er den Helm abgesetzt hatte und abgestiegen war.

Der Junge nickte.

„Und wo genau?" Auf dem weitläufigen Gelände
des Ravensberger Parks waren in verschiedenen Ge-
bäuden Veranstaltungsräume, die Volkshochschule,
ein Kino und vieles mehr untergebracht.

„Für uns Jüngere ist es in der Hechelei", erklärte
Gregor.

„Was ist eine Hechelei?"

„Das ist die Disco hier", erwiderte Gregor mit
hochgezogenen Brauen. „Und wenn du jetzt noch
fragst, was eine Disco ist, melde ich dich für die
Gruppe der Über-70-Jährigen um, mit denen kannst
du dich dann zum Tanztee verabreden."

„Ha, ha, sehr lustig. Und wo ist das Speed-Dating
für meine Altersgruppe?"

„Im Historischen Museum", grinste der Junge.
„Das passt so gut zu dir."

Richtig, das Museum befand sich ja auch auf dem

Gelände, fiel Bröker ein, und er fand die Vorstellung eigentlich ganz hübsch. Gregor aber plauderte unterdessen munter weiter: „Das war nur ein Witz. Für euch ist es auch in der Hechelei. Vielleicht sind wir einfach auf verschiedenen Etagen."

Währenddessen hatten die beiden den Park betreten, der die Bauten umgab, und standen nun vor dem Eingang. Über diesem prangte in großen Lettern das Wort Hechelei. Entschlossen öffnete Gregor die Tür und trat ein, während Bröker hinter ihm herschlich wie ein Hund bei Gewitter.

„Hallo, ich bin Sandra. Seid ihr hier zum Speed-Dating?", fragte eine Frau in weißer Bluse und mit braunem Pferdeschwanz, die hinter der Tür stand.

„Ganz genau", erwiderte Gregor. „Also eigentlich nur er", dabei deutete er auf Bröker. „Ich bin sozusagen der Erziehungsberechtigte, aber damit er sich nicht so alleine fühlt, mache ich auch mit."

Die Empfangsdame lächelte Gregor an. „Super, dass du so solidarisch bist. Dann seid ihr sicher auch angemeldet?"

Gregor nickte und nannte ihre Namen.

„Okay, habt ihr denn schon mal an einem Speed-Dating teilgenommen?", wollte die Frau noch wissen.

„Nie!", gab Bröker sofort zu. „Und es soll auch nicht wieder vorkommen", fuhr er im Brustton der Überzeugung fort. So schön, dass er freiwillig wiederkäme, konnte es gar nicht werden.

„Na, wer wird denn so skeptisch sein." Die Organisatorin ließ sich nicht aus der Ruhe bringen. „Ich erkläre euch einmal die Spielregeln. Für dich, Gregor, findet die Veranstaltung hier unten statt. Für Dich …", die Frau sah irritiert auf die Anmeldung. „Wie nenne ich dich eigentlich?", wandte sie sich an Bröker.

„Bröker", sagte der.

„Ja, das steht hier auch. Aber ist das dein Vorname? Den brauchen wir nämlich für die Namensschilder."

„Gewissermaßen. Bröker werde ich am liebsten genannt. Auch wenn man mich duzt", ignorierte Bröker ihre indirekte Frage nach seinem Vornamen.

„Okay, Bröker, du gehst bitte in den ersten Stock. Aber vorher bekommt ihr jeder noch eine Set-Card von uns."

„Ist das nicht eher etwas für Models?", mutmaßte Bröker. Er hatte vor kurzem einen Bericht über eine Modenschau gelesen, bei dem das Wort gefallen war und bekam Sorge, dass er zu allem Überfluss auch noch fotografiert werden würde. Vielleicht sogar in Unterwäsche. Gut, dass er die auch gewechselt hatte.

„Bei uns nicht", lachte Sandra, die die Antwort für einen Witz hielt. „Bei uns trägst du auf die Karte hier die Namen deines Gegenübers ein und dahinter kannst du ja ankreuzen, wenn du die Frau nach eurem Gespräch näher kennenlernen möchtest und nein, wenn nicht. Vergesst nicht, dass ihr für euren Kontakt heute Abend nur sieben Minuten Zeit habt. Danach geben wir ein Zeichen und ihr rückt zur nächsten Partnerin weiter."

„Was machen wir denn mit den Karten?", fragte Bröker, der seine verwirrt betrachtete.

„Die sammeln wir am Ende ein und überprüfen sie. Und wenn es ein Match gibt, geben wir die Email-adressen des anderen Partners weiter." Sie stutzte einen Moment, als ihr Blick erneut auf die Anmeldung fiel. „Ist das richtig, dass ihr beide die gleiche Email-Adresse habt?"

„Wie gesagt, ich bin sein Vormund, vor allem was Technikfragen angeht", erklärte Gregor aufgekratzt. „Sag mal, hast du alles verstanden, Bröker?"

Bröker nickte, aber er hatte kaum zugehört und stattdessen eher die Räume und Leute in Augenschein genommen. Den beiden Etagen war nicht anzusehen, dass die Halle auch als Disco in Gebrauch war, jedenfalls im Moment nicht. Als Bröker die Männer und Frauen inspizierte, mit denen er die nächsten anderthalb Stunden zusammen sein würde, war er froh, dass er Gregors Kleidungsvorschlägen gefolgt war. Andernfalls hätte er sich wohl noch unwohler gefühlt, als das ohnehin schon der Fall war.

„Na, dann kann es ja losgehen", lächelte Sandra. „Ich wünsche euch viel Erfolg und vor allem viel Spaß."

Bröker winkte Gregor zu. Es kam ihm vor, als würde er sich für längere Zeit von ihm verabschieden. Beklommen stieg er die Treppen ins obere Stockwerk hinauf. Hier war das Licht gedimmt, aber es genügte, eine Lederbank zu erkennen, vor der sich sieben einzelne Couchtische befanden. Vor diesen stand jeweils noch einmal ein Hocker. An der Stirnseite des Raumes war eine Bar, an der einzelne Männer auf hohen Stühlen saßen und einen Drink schlürften. Ob sie ebenso aufgeregt waren wie er? Frauen waren auch schon da: Sechs der sieben Bankplätze waren schon besetzt und auch die Damen hatten bereits ein Getränk bestellt. Keine schlechte Idee, vorher noch ein Gläschen Wein zu sich zu nehmen, dachte Bröker, begab sich an die Theke und orderte einen Grauburgunder.

„Nullkommaeins oder nullkommazwei?", fragte der Mann hinter dem Tresen routiniert.

„Haben Sie nicht eine kleine Karaffe?", erwiderte Bröker. Während des Speed-Datings würde er ja kaum Zeit haben, für Nachschub zu sorgen.

Während der Barkeeper sich an einer Flasche Weißwein zu schaffen machte, musterte Bröker verstohlen die Frauen auf ihren Bänken. Ebenso wie die Männer neben ihm an der Theke unterhielten sie sich nicht miteinander, sondern warfen ihren potenziellen Flirtpartnern versteckte Blicke zu. Bei vielen Teilnehmern war eine gewisse Anspannung zu erkennen, nur ein paar hatten vielleicht schon ein paar Mal an einem Speed-Dating teilgenommen und gaben sich locker. Die meisten schienen Bröker zudem deutlich jünger als er. Kein Wunder: In der Altersgruppe 35 bis 50 gehörte er zu den Ältesten – auch wenn er den Eindruck hatte, dass bei den Männern einige bei der Altersangabe etwas gemogelt hatten.

„Hier der Wein, das macht dann 15 Euro", meldete sich der Barkeeper wieder.

Überrascht schaute Bröker auf eine Halbliterkaraffe, wollte schon protestieren, entschied dann aber, dass man nicht zu viel Grauburgunder haben konnte, schon gar nicht so kurz vor so einem Event.

„Guten Abend, liebe Freunde, ich begrüße euch heute zu einer neuen Ausgabe unseres allseits beliebten Speed-Datings", meldete sich in diesem Augenblick Sandra wie auf Stichwort per Mikrofon aus dem unteren Stockwerk. „Wir haben heute zwei Altersgruppen hier. Oben befindet sich die Gruppe der 35- bis 50-Jährigen und die etwas jüngeren Semester haben wir unten bei mir untergebracht. Wer also glaubt, dass alle seine Dating-Partner irgendwie ein bisschen jung oder ein bisschen alt sind, hat jetzt noch die Möglichkeit die Etage zu wechseln."

Vereinzelt erklang ein leises Lachen.

„Wie immer wird jeder von euch in der nächsten Stunde die Möglichkeit haben, sieben neue Menschen des anderen Geschlechts kennenzulernen", fuhr Sandra fort. „Dazu haben wir die Damen schon mal gebeten, sich einen Tisch zu suchen – die Herren werden wir dann gleich auffordern, sich eine Dame für das erste Gespräch auszuwählen. Am besten sucht sich jeder eine andere."

Wieder lachten ein paar. „Nach sieben Minuten geben wir euch Bescheid, dann wird gewechselt: Die Herren rücken einfach einen Platz weiter, ideal wäre, wenn alle in die gleiche Richtung rücken. Aber das bekommt ihr schon hin", fuhr sie fort und machte eine kleine Pause. „Und vergesst nicht auf euren Set-Karten ein Kreuzchen zu machen. Nun wünsche ich aber erst einmal viel Freude in der kommenden Stunde, denn die steht an allererster Stelle."

Höflicher Applaus begleitete den Abschluss der kleinen Ansprache. Bröker fühlte, wie das Kribbeln in seinem Bauch stärker wurde. Er wischte sich seine feuchten Handflächen an seiner Hose ab. Das war doch lächerlich. Nun war er schon fast 50 und war bei der Vorstellung, mit sieben Frauen sprechen zu müssen, noch immer so aufgeregt wie zu Schulzeiten. Ärgerlich darüber, dass die Gelassenheit des Alters bei ihm noch immer auf sich warten ließ, blickte er sich um. An welchen Tisch sollte er sich zuerst setzen? Viel Wahl blieb ihm da nicht, stellte er fest. Bis auf einen Tisch in der Mitte der Bankreihe waren alle anderen Herrenplätze schon besetzt. Bröker nahm seine Karaffe mit Grauburgunder in die linke Hand und das zugehörige Glas in die rechte und begab sich an den einzigen noch freien Platz. Er setzte sich, stellte den Wein ab und begrüßte die dort sitzende Frau per Handschlag.

„Bröker", stellte er sich vor.

„Ist das dein Vorname?", fragte sein Gegenüber.

„Ja." Bröker war nicht nach langen Erklärungen zumute.

„Ich heiße Wiebke", lächelte seine Gesprächspartnerin. Wiebke war eher klein, auch wenn sich das im Sitzen schlecht schätzen ließ. Sie hatte Sommersprossen, Pausbacken und eine Nickelbrille. Ihre blonden Haare trug sie lang und zu einem Pferdeschwanz zusammengebunden. Insgesamt schien sie Bröker ein wenig schüchtern, aber er kam sich im Moment auch nicht sonderlich mutig vor.

Ein Gong ertönte, das erste seiner Speed-Dates konnte also beginnen. „Dann wollen wir mal loslegen", gab sich Bröker selbstsicherer als er sich fühlte.

„Ja", hauchte Wiebke zurück.

Bröker zögerte. Nun, da er so forsch begonnen hatte, erwartete die Frau natürlich, dass er auch den nächsten Schritt machte. Aber was war die nächste Etappe in so einem Sieben-Minuten-Gespräch? Er hatte keine Ahnung. „Also ich bin Bröker", sagte er das erste, das ihm in den Sinn kam.

„Das sagtest du bereits. Ich bin Wiebke", antwortete Wiebke.

Nervös goss sich Bröker ein Glas Weißwein ein und trank es in einem Zug leer. „Möchtest du auch?", fragte er und hob die Karaffe hoch. Großzügigkeit kam ja bei den meisten Frauen gut an.

„Danke, ich habe Kamillentee", erwiderte seine Gesprächspartnerin.

„Igitt", entfuhr es Bröker unwillkürlich. Dann schimpfte er innerlich mit sich. Das war wohl nicht die Art, mit der man neue Bekanntschaften machte. Nun, das hatte er ja auch gar nicht vorgehabt, beruhigte er sich gleich wieder. „Also, ich trinke auch Kamillentee, vor allem wenn ich es mit dem Magen habe", versuchte er trotzdem das vorher Gesagte abzumildern.

„Dann ist er ja auch sehr gut", lächelte Wiebke schüchtern und wartete auf Brökers nächsten Schachzug.

Doch der wusste schon wieder nicht weiter. „Bei Blähungen hilft Kamillentee auch", kramte er in seinen Hausrezepten.

Wiebke nickte nur. Ob ihr das Thema unangenehm war?

Vielleicht. Bröker musste ihr wenigstens dieses schlechte Gefühl sofort nehmen. „Also, das muss dir jetzt nicht peinlich sein. Ich habe auch manchmal Verdauungsstörungen", sagte er schnell. „Besonders wenn ich zu fett gegessen habe." – „Nicht, dass das häufig vorkommt. Ich ernähre mich schon vor allem gesund", schob er nach, weil er ahnte, dass Frauen auch gerne mal einen Salat aßen. Schließlich hatte ja Frieda erst gestern einen zum Grillen mitgebracht. „Aber wenn, dann hilft mir auf jeden Fall Kamillentee", knüpfte er an ihr ungewöhnliches Thema für ein erstes Date an. „Es sei denn, ich habe ganz üble …", wie sagte man denn das jetzt gleich vornehm. „Ganz üble Flatulenz", beendete er den Satz, froh darüber, dass ihm das Fremdwort eingefallen war.

Wiebke schaute Bröker nur mit großen Augen an. Was dachte sie nur? Ob sie über seine Kenntnis der

141

Kräutertees staunte? Oder mochte sie es, wie gewandt er mit Lehnworten aus dem Lateinischen umging? Latein hatte er immer gemocht. Aber Wiebke sagte noch immer nichts. Was hatte sie nur? So stumm vor Bewunderung musste sie nun auch nicht sein. Vielleicht war es ihr immer noch unangenehm, wie schnell Bröker von dem Kamillentee auf ihre körperlichen Beschwerden geschlossen hatte. Da merkte man eben, dass er einige Erfahrung mit Ermittlungen besaß.

„Du muss dich echt nicht schämen. Man riecht wirklich nichts", fügte er sicherheitshalber noch hinzu. „Manche Menschen haben ja selbst dann einen angenehmen Geruch, wenn sie Blähungen haben." Das würde sie wohl so weit beruhigen, dass auch sie zu dem Gespräch beitragen konnte. Obwohl Bröker fand, dass es bislang nicht schlecht gelaufen war und der letzte Satz beinahe so etwas wie ein Kompliment gewesen war, spürte er, dass ein Stichwort von ihr der Unterhaltung neues Leben einhauchen konnte.

Unvermittelt sprang Wiebke auf. „Du bist wirklich unmöglich!", rief sie und lief in Richtung der Damentoiletten. Sie hatte Tränen in den Augen. „Das ist mein erstes Date seit zwei Jahren – ich habe so viel Mut gebraucht, hierher zu kommen", rief sie ihm dabei zu. „Hätte ich geahnt, wie es läuft, hätte ich noch weitere fünf Jahre auf eins verzichtet."

Bröker bemerkte, wie sich die Blicke aller seiner Sitznachbarn auf ihn richteten. Was hatte er da nur angestellt? Offenbar hatte er alles verkehrt gemacht.

Er war es wohl wirklich nicht mehr gewohnt, sich einer Frau zu nähern, ohne sofort alles auszusprechen, was ihm in den Sinn kam.

Er zuckte mit den Schultern, um anzudeuten, dass alles nur halb so wild war. Dann zog er seine Set-Karte hervor. „Wiebke" trug er den Namen seiner ersten Gesprächspartnerin ein. Nach dem, wie die Unterhaltung gelaufen war, konnte er ihr unmöglich ein ‚Nein' geben. Also kreuzte er das Kästchen, über dem ‚Ja' stand, an und verstärkte das X, indem er dreimal mit dem Kugelschreiber darüberfuhr. Dann hielt er die Karte hoch, damit seine Nachbarn sehen konnten, dass er zumindest das richtiggemacht hatte.

Kurze Zeit später erklang endlich der Gong, der Bröker von dieser Runde, die er in den letzten zwei Minuten als Solist bestritten hatte, erlöste. Wie von Sandra angeordnet, rückte er einen Sessel weiter. Aus den Augenwinkeln konnte er auch sehen, dass Wiebke auf ihren Platz zurückkehrte. Sie würdigte Bröker keines Blicks.

Als er aufsah, fand er sich einer kurzhaarigen, blonden Frau mit herben Gesichtszügen gegenüber. Sie mochte etwa in seinem Alter sein, schätzte Bröker und sie konnte auch beinahe seine Gewichtsklasse haben.

„Na, du bist eben ganz schön rangegangen", begrüßte sie ihn mit rauer Stimme. „Ich bin übrigens Karin."

„Bröker", erwiderte Bröker und gab Karin die Hand. „Ich weiß echt nicht, was ich verkehrt gemacht habe. Ich wollte nur ein wenig Konversation machen, anscheinend habe ich nicht den richtigen Ton getroffen."

„Ja, das kenne ich", erklärte Karin. „Das geht mir auch manchmal so. Es kann halt nicht jeder mit der ungeschminkten Wahrheit umgehen." Sie zwinkerte Bröker verschwörerisch zu. „Aber wir beide werden das schon hinkriegen, wie?"

„Ja", erwiderte der nur betreten. Er wollte sein zweites Date nur ungern dazu nutzen, sich über das erste zu unterhalten, zumal er bei einem kurzen Seitenblick den Eindruck bekam, dass Wiebke genau das tat. „Machst du so etwas denn öfter?", fragte er daher.

„Was? Die Wahrheit sagen?" Sein Gegenüber guckte überrascht.

„Nein, Unsinn! Speed-Dating."

„Ach so", Karin lachte heiser. Ob sie wohl rauchte? „Ja, ich bin wenigstens jeden zweiten Monat hier", bekannte sie. „Ist echt 'ne gute Frischfleischtheke."

„Frischfleischtheke? Was meinst du?" Eigentlich war das genau das richtige Thema für Bröker, aber er hatte den Eindruck, dass sie das schöne Wort als Synonym verwendete.

„Ab und zu braucht man doch ein bisschen Abwechslung. Um sein Liebesleben aufzupimpen. Versteht sich doch von selbst, oder?"

„Ach so. Ja, klar, aufpimpen", erwiderte Bröker rasch, auch wenn er nur eine vage Vorstellung hatte, wovon Karin gerade sprach.

„Hier hat man zum einen eine Auswahl", fuhr die ungerührt fort. „Und das finde ich super. Du verstehst schon, ich will ja nicht den Erstbesten mit nach Hause nehmen."

„Ja klar."

„Aber andererseits ist die Auswahl auch nicht so groß, dass man den Überblick verliert. Also, ich habe bisher immer einen gefunden."

Bröker hatte nicht damit gerechnet, dass es hier so konkret zur Sache ging. Er wusste auch nicht, was er gerade antworten sollte. Daher schwieg er. Das machte die Situation aber nicht einfacher.

„Du scheinst mir ähnlich unterwegs zu sein wie ich", entwickelte Karin ihre Gedanken munter weiter. Dabei berührte sie Brökers Hände, die er gefaltet auf dem Tisch abgelegt hatte.

Bröker wusste nicht, was sie damit andeuten wollte, zog aber seine Hände instinktiv zurück. „Ich bin mit dem Roller hier", erwiderte er und deutete auf seinen Helm.

„Ha, ha, Mann, du bist echt eine Granate!" Karins Lachen dröhnte so laut, dass sich nun schon zum zweiten Mal innerhalb von zehn Minuten alle nach ihm umdrehten. Was mochten sie nur von ihm denken? Die eine Frau war heulend in die Toilette gerannt, die andere schüttete sich vor Lachen über ihn aus.

„Aber jetzt mal ehrlich. Was suchst du hier? Und wie sieht dein Sexualleben aus? Worauf stehst du?", wurde Karin nun konkreter.

„Ich, ich …", stotterte Bröker. Himmel, was sollte er denn jetzt sagen? „Zufriedenstellend", brummte er. Das schien ihm eine unverfängliche Antwort. Sein Gegenüber musste ja nicht wissen, dass es für ihn ein durchaus akzeptables Sexualleben war, wenn er sich an einen der wenigen Küsse erinnerte, die er nicht von seiner Mutter bekommen hatte.

„Lass mich mal anfangen, wir haben ja nur noch zwei Minuten", befreite ihn Karin von der Sorge, was er als nächstes sagen sollte. „Dann guckst du einfach, ob das bei dir passt. Ich habe da nämlich ein gutes Gefühl."

Bröker nickte ergeben. Zuhören war bestimmt wesentlich leichter als selbst zu beschreiben, wie es um seine körperlichen Bedürfnisse jenseits von Essen und Trinken bestellt war.

„Also ich suche nichts Festes, nichts auf Dauer, aber das hast du dir wahrscheinlich schon gedacht." Wieder dröhnte Karins Lachen durch den Raum. „Aber für die paar Wochen, in denen wir uns treffen, will ich Spaß haben. Richtig Spaß! Da muss es knallen, verstehst du?"

Wieder nickte Bröker.

„Daher die Frage, was das für dich heißt, wenn es richtig knallt."

„Silvester", sagte Bröker das erste, was ihm einfiel. Innerlich schlug er sich mit der Hand gegen die Stirn. Das hatte Karin bestimmt nicht gemeint. Das merkte er schon daran, dass sie diesmal bei ihrem

Lachanfall dem Erstickungstod nahekam. Vielleicht simulierte sie auch nur, kam es ihm in den Sinn. Wollte ihn näherlocken. Und wenn er dann zu einer Mund-zu-Mund-Beatmung ansetzen würde, wäre er geliefert.

„Ich sehe schon, wir verstehen uns", japste die Frau.

Dabei hatte sich Bröker selten so unverstanden gefühlt. Vergeblich versuchte er sich daran zu erinnern, ob es bei ihm jemals schon richtig geknallt hatte.

„Also, ich mag es gerne etwas härter", ließ sich Karin vernehmen, nachdem sie wieder zu Atem gekommen war. „Und ich bin dominant, musst du wissen. Sehr dominant sogar. Aber ich habe den Eindruck, das kannst du ganz gut ab, oder?" Sie blickte Bröker nun ernst in die Augen. „Kommen wir da zusammen?"

Wieder wusste Bröker nicht, was er sagen sollte. Sollte er erwidern, dass er zwar Erfahrung mit hartem Alkohol, aber nicht mit hartem Sex hatte? Ja, dass er nicht einmal hätte sagen können, wann er das letzte Mal Sex gehabt hatte. Sollte er zugeben, dass ihm Karin Angst machte? Aber die Blöße wollte er sich dann doch nicht geben.

„Also …", holte er aus. In diesem Moment ertönte der Gong aus dem Untergeschoss. „Alle Herren einen Tisch weiterrücken." Sandras Stimme klang in Brökers Ohren engelsgleich.

„Hey, den Satz darfst du aber schon noch beenden", rief ihm Karin hinterher. Sie war sich sicher einen Fang gemacht zu haben.

Bröker machte nur eine unschuldige Geste mit den Händen. „Bei unserem ersten Treffen vielleicht", versuchte er die Frau zu vertrösten.

„Gib mir wenigstens deine Handynummer", insistierte die. „Dann schicke ich dir eine WhatsApp."

„Habe ich nicht installiert." Das war noch nicht einmal gelogen. Ja, Bröker war sogar stolz zu wissen, was sich hinter diesem Namen verbarg. „Aber guck, damit du siehst, dass ich es ernst meine." Bröker zog seine Set-Karte hervor und trug Karins Namen ein, dahinter markierte er das Ja-Feld mit einem dicken Kreuz. Karin zwinkerte ihm noch einmal verschwörerisch zu.

Bröker nahm seine Karaffe und schenkte sich noch einmal ein großes Glas ein. Trotz der beiden Ja-Kreuze, die er gesetzt hatte, waren die ersten beiden Treffen denkbar schlecht gelaufen. Auf ein weiteres Rendezvous dieser Art hatte er beim besten Willen keine Lust mehr. Ob er sich heimlich davonschleichen konnte? Das Schwierigste wäre es sicherlich, im Erdgeschoss unbemerkt an Gregor vorbeizukommen. Einen Versuch war es aber wert. Er trank den restlichen Wein leer und begab sich zum Abgang. Die Tische mit seinen restlichen Dating-Partnern strafte er mit Missachtung, so als habe er sich nur zufällig in die Hechelei verlaufen.

„B.? Bist du das?", hörte er mit einem Mal einen Ruf in seinem Rücken. Bröker blieb stehen. Die Stimme kam ihm vage bekannt vor.

„B.! Sicher, das bist du doch!", wiederholte die Stimme.

Bröker blieb stehen. Wer außer Charly nannte ihn noch bei diesem Spitznamen?

Kapitel 13
Alte Liebe rostet nicht

„Ich hätte nie gedacht, dass ich dich ausgerechnet auf so einem Event wiedersehe." Die kleine Frau mit den langen blonden Haaren guckte Bröker noch immer erstaunt an.

Fünf Minuten zuvor hatten sie gemeinsam das Speed-Dating verlassen. Als Sandra sie fragend angesehen hatte, hatte Bröker ihr stolz seine Set-Karte überreicht und geantwortet: „Ich habe schon jemanden gefunden. Eure Veranstaltungen sind ja eine tolle Möglichkeit Frauen zu treffen."

Keine drei Minuten vor diesem Satz hatte er sich noch überlegt, dass das ganze Speed-Dating großer Mist und er einfach nicht dafür geschaffen war, doch nun hatte sich seine Laune binnen Sekunden ins Gegenteil verkehrt.

„Ich habe schon gehört, dass es bei dir hoch hergegangen ist. Dann wünsche ich euch beiden viel Spaß", hatte Sandra nur erwidert, als Bröker mit Britta die Raspi verlassen hatte, um im Park, der die Gebäude umgab, ein wenig spazieren zu gehen.

„Glaub mir, es war nicht meine Idee bei so einem Speed-Dating mitzumachen", beantwortete Bröker Brittas stumme Frage. „Gregor, ein Junge, der bei mir wohnt, hat mich ohne mein Wissen angemeldet. Er wollte wohl, dass ich mal wieder ein bisschen unter die Leute komme. Dass ich dich dabei treffe, konnte ja niemand ahnen." Bröker lachte heiser.

„Wie lange haben wir uns jetzt nicht mehr gesehen?", fragte Britta.

„Lass mich überlegen. Es muss fast 30 Jahre her sein, dass du dich von mir getrennt hast." Bröker hätte sich beißen können. Seit weniger als zehn Minuten unterhielt er sich nun mit Britta und schon hatte er das Thema auf diesen sensiblen Punkt gebracht, der ihn jahrelang verfolgt hatte.

Doch seine Jugendliebe lachte nur. „Ich dich verlassen? B., bist du dir sicher, dass du dich richtig erinnerst?"

„Ich denke schon."

„Ich könnte noch nicht einmal sagen, ob wir überhaupt zusammen waren", kicherte Britta vergnügt.

„Aber wir haben uns doch geküsst."

„Geküsst, stimmt." Britta lächelte versonnen. „Du warst dabei so niedlich."

„Es war ja auch mein erster Kuss", gab Bröker zu. In Gedanken fügte er hinzu: „Und viele sind seitdem nicht hinzugekommen."

„Echt? Das hast du damals nicht gesagt. Wie alt waren wir denn?"

„Ich glaube, ich war so 20. Das heißt du könntest damals 17 gewesen sein?"

„Kommt hin", pflichtete ihm Britta bei. „Jedenfalls kann ich dir sagen, dass das damals für mich nicht der erste Kuss war."

„Du warst eben ein bisschen reifer als ich", murmelte Bröker wie zu sich selbst.

„Hallo Bröker, was machst du denn hier draußen?", meldete sich in diesem Augenblick eine ihm wohlbekannte Stimme von einem kleinen Teich mit Springbrunnen, den er gerade mit Britta passierte. An dessen Rand saß Gregor, neben sich eine schwarzhaarige Frau, die Bröker auf Anfang 20 schätzte. „Das ist mein alter Kumpel Bröker, bei dem ich wohne", stellte Gregor die Anwesenden vor. „Und das ist Sara, die ich beim Speed-Dating kennengelernt habe. Willst du mir nicht deine Eroberung auch vorstellen?"

„Britta", stotterte Bröker noch immer von der Situation überrumpelt.

„Junge, Junge, Bröker, du gehst ja ganz schön ran", spottete Gregor. „Hätte ich dir gar nicht zugetraut."

„Was?"

„Na hör mal, du gehst zum ersten Mal zu einem Speed-Dating und nicht nur, dass du dir eine halbe Stunde später schon den Namen einer Frau gemerkt hast, du spazierst auch mit ihr durch den Park. – Ihr müsst wissen, sonst ist er nämlich nicht so ein Draufgänger", fügte Gregor an die Frauen gewandt hinzu.

„Das weiß ich", meldete sich Britta zu Wort.

Gregor blickte sie erstaunt an. „Wie, und das schon nach einer halben Stunde?"

„Ich kenne Bröker mit Sicherheit länger als du", erwiderte Britta. „Und auch wenn ich das nicht so genau weiß, so bin ich ihm wahrscheinlich schon nähergekommen als du."

„Wann soll das gewesen sein?"

„Ist schon ne Zeit her."

„Jetzt sag nicht, ihr habt geknutscht und er hat dir die Kleider vom Leib gerissen", feixte Gregor.

„Geknutscht auf jeden Fall." Britta hatte sichtlich Spaß an der Unterhaltung mit dem Jungen, während sich Bröker sekündlich unwohler fühlte.

„Und das mit den Kleidern?", schob Gregor die nächste Frage nach.

„Vom Leib gerissen hat er sie mir eher nicht. Auch wenn ich mir das manchmal gewünscht habe", erwiderte Brökers Jugendliebe. Dabei streichelte sie seinen Arm. Bröker zog ihn diesmal nicht zurück.

„Bröker, da habe ich dich immer ganz falsch eingeschätzt. Du musst ja früher ein toller Hecht gewesen sein. Und wenn man dich heute so sieht, weiß man, wie viel früher das gewesen sein muss." Ein leises Lachen des Jungen begleitete diesen Satz.

Bröker wusste, dass er Gregors Bemerkungen noch lange würde erdulden müssen. „Was haltet ihr davon, wenn wir zusammen etwas trinken gehen, also alle vier?", versuchte er das Gespräch auf ein Thema zu bringen, bei dem er sich wohler fühlte. Er kannte zwar Sara noch nicht und mit ihren vielen Piercings, die ihm in den letzten Minuten aufgefallen waren – einige davon sogar durch Lippen und Nase – kam sie ihm fremdartig vor und ein bisschen unheimlich. Aber peinlicher als jetzt konnte ein Gespräch zu viert auch nicht werden.

Gregor hingegen konnte sich für den Vorschlag nicht erwärmen. „Geht ihr ruhig alleine etwas trinken", erwiderte er. „Sara und ich kennen uns ja noch nicht so lange wie ihr beide. Und dementsprechend viel haben wir uns auch zu erzählen." Gleichzeitig zeigte er Bröker einen Vogel, um anzudeuten, für wie einfältig er dessen Idee hielt. Als ob er in den ersten Stunden mit einem Mädchen nichts Besseres zu tun habe, als mit ihr, Bröker und dessen Jugendliebe ein Bier zu trinken.

„Über was wollt ihr denn reden?", fragte Bröker naiv, nur um weiter von sich und seiner Beziehung zu Britta abzulenken.

„Mann, Bröker, du kannst vielleicht Fragen stellen!", erwiderte Gregor genervt. „Sara studiert Soziale Arbeit – und wie du weißt, habe ich auch einen sozialen Beruf. Das wäre doch zum Beispiel ein Thema. Aber bestimmt finden wir auch noch viele andere", schob er mit einem Augenzwinkern zu Sara nach.

„Dann gehen Britta und ich eben zu zweit etwas trinken, das wird bestimmt auch schön. Es gibt so viel, was wir uns aus den letzten 30 Jahren erzählen können", entgegnete Bröker. Zumindest für heute

Abend würde der Junge mit seinen Indiskretionen die wiederentdeckte Freundschaft zu Britta nicht stören.

Seufzend ließ sich Bröker keine Viertelstunde später auf einem dunkelbraunen Holzstuhl in einer Kneipe unweit der Raspi nieder, die auf den Namen Nordpol hörte. Doch trotz dieses Namens war es in dem Bistro an diesem Frühlingsabend angenehm warm. Aber das war nicht der einzige Anlass zur Freude für Bröker. Schon am Eingang hatte er eine Aufforderung gelesen, die sein Lebensmotto hätte sein können: „Schütz dich selbst und iss bei uns! Je mehr du wiegst, desto schwerer kannst du entführt werden", strahlte es ihm dort von einer weißen Tafel entgegen.

Bröker ließ sich das nicht zweimal sagen. Ohne lange zu zögern bestellte er einen Burger mit Pommes frites und eine weitere Karaffe Grauburgunder. Britta schloss sich bei der Getränkewahl an, begnügte sich aber beim Essen mit einem Salat.

„Ich sehe, dass sich dein Appetit in den letzten 30 Jahren nicht geändert hat", sagte Britta, als sie sah, wie sich Bröker auf seinen Burger stürzte.

„Doch, er ist größer geworden", erwiderte der ungeniert kauend. „Außerdem habe ich seit heute Nachmittag nichts mehr gegessen. Und da waren es auch nur ein paar Kekse." Dass er eine ganze Packung Cookies vertilgt hatte, verschwieg er lieber. Britta kannte die Portionen, die er vernichten konnte, ohnehin.

„Es ist schon erstaunlich, da lebt man jahrzehntelang in der gleichen Stadt und läuft sich nie über den Weg und dann trifft man sich ausgerechnet auf einem Speed-Dating, wo man neue Menschen kennenlernen möchte", griff sie unterdessen den Gedankengang aus dem Park wieder auf.

„Richtig", pflichtete ihr Bröker bei. „Aber daran, dass wir uns so lange nicht mehr gesehen haben, bin nicht nur ich schuld."

„Das wollte ich auch gar nicht sagen", beschwichtigte Britta. „Außerdem habe ich von dir wenigstens gelegentlich gelesen."

„Ach, jetzt fang du nicht auch mit dem Mister-Marple-Quatsch an."

„Magst du den Namen nicht? Ich finde ihn süß."

„Der Name ist mir egal", erklärte Bröker. „Aber, wenn mich fremde Menschen auf der Straße ansprechen, finde ich das unangenehm."

„Du bist immer noch ein bisschen menschenscheu, was?"

„So würde ich das nicht nennen. Ich habe nur gerne meine Ruhe."

„Verstehe", nickte Britta, lächelte und nippte an ihrem Wein. „Und was machst du sonst, wenn du nicht gerade Detektiv spielst?"

„Detektiv spielen trifft es noch nicht einmal. Ich stolpere mehr so in die Fälle hinein, weißt du? Und dann werde ich halt neugierig, wie sich alles zugetragen hat", erwiderte Bröker. „Einmal habe ich zum Beispiel eine Leiche im Schwimmbad gefunden. Und gerade Samstag erst war ich zufällig dabei, als dieser Techniker auf dem Leinwebermarkt zu Tode gekommen ist. Davon hast du vielleicht gehört."

„Natürlich. Sag nicht, das war auch Mord."

„Unmöglich wäre es nicht. Es stand ja auch schon was dazu in der Zeitung."

„So genau habe ich das nicht gelesen. Aber sag mal, kollidieren deine Ermittlungen nicht mit deinem Beruf oder kannst du dir so viel freinehmen?"

„Kann ich", lächelte Bröker. „Ich bin nämlich beruflich Privatier."

„Das wäre ich auch gerne."

„Ja, ich habe es ganz gut getroffen. Du weißt ja noch, wo meine Eltern gewohnt haben, oder?"

„Ja, das war doch diese Villa an der Sparrenburg."

„Villa klingt so riesig, aber ja, das Haus habe ich geerbt. Und dazu noch ein Bankkonto. Außerdem hatte ich vorletztes Jahr Glück mit ein paar Aktien, die ich gekauft hatte." Dass Bröker zwischendurch befürchtet hatte, das investierte Geld komplett zu verlieren, brauchte er Britta ja nicht auf die Nase zu binden. Er hatte inzwischen seinen Burger verzehrt und wollte noch einen Schluck Wein trinken, doch die Karaffe war schon wieder leer. Schnell orderte er eine neue.

„So viel Glück kann natürlich nicht jeder haben", sagte Britta mit einem leichten Bedauern in der Stimme. „Ich muss hart für mein Geld arbeiten."

„Was machst du denn?", fragte Bröker, während er sich nachschenkte.

„Ich habe Jura studiert, aber für ein Richteramt haben leider meine Noten nicht gereicht. Und in so einer Großkanzlei wollte ich nicht arbeiten."

„Das kann ich mir bei dir auch nicht so richtig vorstellen. Du warst doch früher immer so ein weiblicher Robin Hood. Immer auf der Seite der Schwächeren", erinnerte sich Bröker.

„Ja, irgendwie bin ich das immer noch", entgegnete Britta. „Ich habe einen Job bei der Mieterhilfe gefunden. Der macht mir richtig Spaß. Da unterstütze ich diejenigen, die von ihrem Vermieter unfair behandelt, unter Druck gesetzt oder rausgeschmissen werden."

„Sag das nicht Gregor", lachte Bröker.

„Wieso? Setzt du ihn unter Druck?"

„Die einen sagen so, die anderen so. Aber dafür, dass er keine Miete zahlt und sich sogar an meinem Kühlschrank bedienen darf, muss er halt auch meine Anwesenheit und gelegentlich meine Kochkünste erdulden."

„Ich kann mir nicht vorstellen, dass das so unerträglich ist. Du warst doch damals schon ein ordentlicher Koch."

„Ich hoffe, das bin ich immer noch. Du kannst meine Künste bei Gelegenheit ja mal testen. Jedenfalls ist es schön, dass du einen so sinnvollen Beruf gefunden hast", sagte Bröker und dachte dabei an Frieda und Manfred. Aber die waren ja inzwischen ausgezogen, sodass ihnen wohl auch kein Mieterschutzverein mehr helfen konnte.

„Ja, ich glaube auch, dass er genau der richtige für mich ist", bestätigte Britta. „Übrigens brauchen wir auch immer ehrenamtliche Helfer. Hattest du nicht damals ein großes Herz für Menschen, die es schwer haben?"

„Wie kommst du denn darauf?" Bröker war verblüfft, diesen Eindruck hinterlassen zu haben.

„Na komm, du erzählst mir, dass du diesen Jungen umsonst bei dir wohnen lässt."

„Ja, das stimmt, aber das ist auch ein wenig Eigennutz. Es ist nicht immer schön, ganz allein zu wohnen. Und außerdem kennt er sich viel besser mit technischen Geräten aus als ich."

„Und ich weiß, dass du eine Zeit lang für eine Studentenzeitung geschrieben hast", fuhr Britta fort.

„Den Rotbarsch, stimmt. Und die hast du gelesen?"

„Ich glaube, ich habe kaum einen Artikel von dir verpasst. Ihr wart doch auch immer auf der Seite der Schwächeren. Das fand ich damals richtig cool."

Bröker spürte, wie ihn das Lob freute, ihm aber auch ein bisschen peinlich war. Betreten guckte er zu Boden. „Das meiste hat ja Charly gemacht."

„Die Journalistin, die inzwischen für die *Neue Westfälische* schreibt und dir diesen schönen Spitznamen verpasst hat?"

„Genau."

„Aber du hast auch einiges geschrieben, das weiß ich. Und mir hat es gefallen. Dein Stil, vor allem aber deine Einstellung."

„Ja, kann schon sein. Aber wenn du jetzt darauf hinaus möchtest, dass ich mich auch im Mieterschutz engagieren soll: Entschuldige, aber dazu habe ich gerade wirklich wenig Zeit."

„Hast du nicht gesagt, du bist Privatier?", wunderte sich Britta.

„Ja, aber ein vielbeschäftigter", lachte Bröker. „Im Ernst: Ich habe dir ja gesagt, dass ich in Fällen recherchiere, die ich interessant finde. Und der angebliche Unfall dieses Technikers auf dem Leineswebermarkt ist so einer. In den nächsten Tagen oder Wochen werde ich wohl damit beschäftigt sein."

„Verstehe", nickte Britta ein wenig enttäuscht. „Dann spreche ich dich später noch einmal darauf an. Irgendwann werde ich dich schon noch in unsere gerechte Sache hineinziehen."

Sie ahnte nicht, dass sie viel früher von Bröker in seine Recherchen hineingezogen werden würde.

Kapitel 14
Nachtschicht

Als Bröker die Tür zu seinem Haus an der Sparrenburg aufschloss, schallten ihm aus der Küche fröhliche Geräusche entgegen. Eine Frau, wahrscheinlich Frieda, lachte, dazwischen hörte er die helle Stimme Gregors.

„Na, du Casanova", begrüßte der ihn, als er die

Küche betrat. „Hast du doch noch den Weg nach Hause gefunden? Wir hatten schon gedacht, du bleibst die ganze Nacht weg."

„Wir haben nur ein bisschen erzählt", gab Bröker zurück und warf einen verstohlenen Blick auf die Uhr an der Mikrowelle. Halb zwölf schon, also hatte das Gespräch mit Britta länger gedauert, als er gedacht hatte. „Nach fast 30 Jahren hatten wir ja jede Menge Gesprächsstoff", fügte er noch erklärend hinzu.

„Erzähl!", erwiderte Gregor mit einem Augenzwinkern. „Ich habe bislang noch nicht einmal gewusst, dass du jemals eine Freundin hattest."

„Was glaubst du denn? Ich war schließlich auch mal jung", rechtfertigte sich Bröker. Irgendwie klang das lahm.

„Es ist doch toll, dass du gleich jemanden gefunden hast", schaltete sich nun auch Manfred in das Gespräch ein. „Bei uns hat es ja auch gleich beim ersten Mal gefunkt." Er lächelte Frieda verliebt an.

„Moment! So war es ja bei mir nicht", protestierte der Hausherr. „Ich kannte Britta schon und habe sie nur wiedergesehen." Das Gespräch lief in eine ganz und gar verkehrte Richtung. „Gregor hat aber jemanden kennengelernt", schob er nach, um das Interesse auf ein anderes Thema zu lenken.

„Wirklich? Das ist ja super!", jubelte Frieda sofort.

„Ja, schon, Sara und ich fanden uns sympathisch", gab Gregor zu.

„Immerhin so sympathisch, dass ihr das Speed-

Dating vorzeitig abgebrochen habt", trumpfte Bröker auf, merkte aber gleich, dass er mit diesem Thema im Glashaus saß.

„Genau wie ihr", erwiderte Gregor auch prompt.

„Ja, aber wir wollten, wie gesagt, reden."

„Wir auch", lachte Gregor. „Knutschen natürlich auch. Leider muss Sara morgen früh raus. Darum bin ich jetzt schon hier. Ich frage gar nicht erst, ob Britta und du auch geknutscht habt."

„Das ist doch auch nicht wichtig", versuchte Bröker abzuwiegeln.

„Also ich finde, es gehört dazu", befand Frieda und gab Manfred einen Kuss.

Bröker guckte weg. „Was macht denn Sara so?", fragte er, um das Gespräch in eine ihm angenehmere Richtung zu lenken.

„Das habe ich doch schon gesagt: Sie studiert Soziale Arbeit", gab Gregor zurück. „Aber was mich viel mehr interessiert: Du und Britta, wart ihr wirklich einmal zusammen?"

„Na ja, irgendwie schon", stotterte. Er hatte sich und Britta immer als ein Paar gesehen. Dass Britta das vor ein paar Stunden hinterfragt hatte, gab ihm aber noch zu denken.

„Ach Bröker, du bist irgendwie süß", äffte ihn der Junge nach. „So richtig? Ich meine: Hast du sie mal nackt gesehen?"

„Daran kann ich mich nicht erinnern", schwindelte Bröker. Gregor musste ja nicht wissen, dass er einer Frau nicht oft so nahegekommen war, dass ein derartiges Erlebnis aus seinem Gedächtnis ausgelöscht worden wäre.

„Wenn Bröker nicht darüber sprechen will, darfst du ihn nicht drängen", nahm ihn Frieda scheinbar in Schutz. Nur um gleich darauf nachzulegen: „Aber wir sind natürlich alle neugierig."

Bröker konnte sehen, wie ihre Augen vor Freude blitzen. „Ich weiß es wirklich nicht", sagte er schnell. „Ich weiß auch nicht, warum die Frage, ob ich Britta nackt gesehen habe, so wichtig ist."

„Es geht mir ja nicht um Britta", lächelte Gregor süffisant. „Ich will nur meinen Vermieter besser kennenlernen."

Über die Jahre hatte sich eine tiefe Freundschaft zwischen Bröker und dem Jungen entwickelt. Dennoch würde sich keiner von ihnen die Gelegenheit entgehen lassen, den anderen in einer derartigen Situation aufzuziehen – das war ein fester Teil ihres Zusammenlebens.

„Damit du nachher wieder über mich herziehen kannst, ich kenne dich", erwiderte Bröker. „Dabei sollte ich eher darauf aufpassen, dass du keinen Unsinn machst. Willst du mir Sara nicht mal vorstellen?"

„Du hast sie schon gesehen", sträubte sich der Junge. „Hierher lade ich sie nur ein, wenn du versprichst dich zu benehmen. Nicht dass du ihr Leitungswasser als Quellwasser verkaufst, wie meiner Mutter damals."

„Ich habe ja bei dieser Britta ein ganz komisches

Gefühl", legte er nach einer kurzen Pause noch einmal nach. „Hat die überhaupt einen richtigen Beruf? Oder ist das eher eine Heiratsschwindlerin, die nur auf dein Geld aus ist?"

„Sie wusste bis eben noch nicht einmal, dass ich ganz nett geerbt habe", verteidigte sich Bröker, als sei der Angriff ernst gemeint gewesen.

„Das hätte ich an ihrer Stelle auch gesagt." Der Junge ließ nicht locker.

„Außerdem hat sie einen Beruf. Sie hat Jura studiert und arbeitet für den Mieterschutz", zog der Hausherr einen Schlussstrich unter die Debatte. Er konnte sehen, wie seine neuen Mitbewohner aufhorchten. „Ja, ich habe auch gleich an euch gedacht", wandte er sich an sie. „Aber mir schien, als sei es in eurem Fall schon zu spät."

„Ja, das stimmt", bestätigte Manfred. „Wir haben die Kündigung ja schon akzeptiert."

„Und heute Nachmittag haben wir auch unsere Möbel einlagern lassen", fügte Frieda hinzu. „Ich glaube nicht, dass wir Lust haben, jetzt noch einmal alles von vorne aufzurollen."

„Noch dazu mit so unsicheren Erfolgschancen." Manfred schüttelte resigniert den Kopf.

„Ich kann euch verstehen." Gregor war mit einem Mal wieder ernst geworden. „Vielleicht seid ihr bei uns für den Moment auch besser aufgehoben." Dann wandte er sich an Bröker: „Ich hätte gar nicht gedacht, dass du Menschen kennst, die sich so für soziale Aufgaben einsetzen. Bislang habe ich ja im Wesentlichen Journalisten und Polizisten zu deinem Bekanntenkreis gezählt."

„Und von dir würdest du nicht behaupten, dass du sozial aktiv bist?", erwiderte der.

„Ja klar, Anwesende ausgenommen", schmunzelte der Junge. „Mieterschutz ist total wichtig. Und wie du an Manfred und Frieda siehst, wird er auch immer wichtiger. Die Gentrifizierung macht eben auch vor Bielefeld nicht halt."

„Ja, ich weiß", bestätigte Bröker. „Britta hat mich sogar gefragt, ob ich nicht ehrenamtlich für die Mieterhilfe tätig sein möchte."

„Und da hast du nicht sofort zugestimmt?", fragte Gregor empört.

„Im Moment ist es zeitlich ganz schlecht", verteidigte sich Bröker.

„Wieso? Musst du morgens lange ausschlafen?", spottete Gregor. „Ich finde, dass es dir immer guttut, wenn du eine Aufgabe hast."

„Aber die habe ich ja. Ich muss mich doch um meinen neuen Fall kümmern."

„Du hast einen neuen Fall?" Manfred war ganz Ohr.

„Das heißt, wir bekommen live mit, wie du ermittelst?", freute sich auch seine Frau.

„Stellt euch nicht zu viel darunter vor", wiegelte Bröker ab. „Meist sitze ich hier in der Küche und denke nach. Aber ja, ich mache mir mal wieder um einen Todesfall Gedanken."

„Und in diesem Zusammenhang ist das Wort Fall wörtlich zu nehmen", fügte Gregor hinzu.

„Ja, es geht um Jan Poggemeier, den Techniker, der auf dem Leinewebermarkt von dem Mast gestürzt ist", erklärte Bröker weiter.

„Du ermittelst in Jans Todesfall?", fragte Frieda in einem erstaunlich familiären Ton.

„Er ist mir beinahe auf den Kopf gefallen", übertrieb Bröker. „Ich war am Bunnemannplatz, als das Unglück passiert ist. Und das habe ich als einen Wink des Schicksals genommen. Aber so wie du von Poggemeier sprichst, klingt es ja fast, als hättet ihr ihn gekannt?"

„Das haben wir auch", bestätigte Manfred. „Die Meldung, dass er umgekommen ist, war ein Schock für uns."

„Besonders als herauskam, dass er vielleicht umgebracht wurde", nickte Frieda.

„Das kann ich mir vorstellen. Aber woher kanntet ihr Jan denn?", nahm Gregor seinem Freund die Worte aus dem Mund.

„Wir kennen vor allem seine Großmutter", erklärte Frieda. „Edith Pankoke wohnt in dem Haus, das wir gerade verlassen haben. Sie ist zwar schon über achtzig, also noch etwas älter als wir, trotzdem haben wir uns gleich angefreundet, nachdem wir unsere Wohnung vor anderthalb Jahren bezogen hatten."

„Jan hat sie immer Ömchen genannt. Und er hat

sie fast jeden Tag besucht. Also haben wir natürlich auch ihn kennengelernt", ergänzte Manfred.

„Er war so ein sympathischer junger Mann und er hat sich wirklich rührend um sein Ömchen gekümmert", nickt Frieda in Gedanken versunken. „Das war auch so wichtig. Edith hatte ja sonst kaum jemanden."

„Wieso? Wenn sie einen Enkel hatte, muss sie ja wohl auch Kinder haben", wunderte sich Bröker.

„Schon", erwiderte Frieda. „Aber Monika, Jans Mutter, ist beruflich sehr beschäftigt. Es sah so aus, als sei es ihr lästig, wenn sie sich auch noch um ihre Mutter kümmern müsste."

„Dann konnte Frau Pankoke ja kaum etwas Besseres passieren, als so einen Enkel zu haben", sinnierte Bröker.

„Ja, besonders, weil Edith nicht mehr so mobil ist", erläuterte Frieda. „Sie hat ja sehr stark Arthritis und was einen sonst noch alles so im Alter befällt und wäre allein gar nicht mehr aus dem Haus gekommen."

„Aber sie wollte einfach nicht ausziehen", fuhr Manfred fort. „Sie hat natürlich auch ein Schreiben erhalten, dass ihre Wohnung saniert werden soll. Und natürlich kann sie sich die danach auch nicht mehr leisten."

„Wahrscheinlich hat der Vermieter gedacht, bei ihr hätte er ein leichtes Spiel", überlegte Frieda. „So alt und gebrechlich wie sie ist, da würde sie über kurz oder lang sowieso in ein Altersheim gehen. Aber das wollte sie nicht."

„Und Jan auch nicht. ‚Ömchen, ich helfe dir doch. Da kannst du zu Hause wohnen bleiben', hat er immer gesagt." Manfred schluckte bei diesen Worten sichtbar. „Also hat sie die Kündigung nicht akzeptiert und sich sogar geweigert, für eine Sanierung auszuziehen. Als der Ton unseres Vermieters in seinen Briefen drängender wurde, hat Jan sogar einen Anwalt eingeschaltet. Ganz billig war das wahrscheinlich nicht."

„Aber mit dem Zuhause-Wohnen ist es wohl jetzt vorbei. Ich wüsste nicht, wie sie den Alltag alleine meistern sollte. Jans Mutter wohnt zwar in Bielefeld, aber die ist, wie gesagt, beruflich sehr eingebunden und kann sich nicht kümmern", sagte Frieda bedauernd. „Schade, Edith ist geistig noch so fit. Aber wenn man nicht mehr alleine aus dem Haus kommt und zu Hause auch weder kochen noch Wäsche waschen kann, ist es vielleicht in einem Heim doch besser."

„Auch wenn ich nur Jugendheime kenne und keine Altersheime: So schlecht ist es da gar nicht. Wir kümmern uns um unsere Schützlinge", versuchte Gregor Manfred und Frieda die Sorge um die alte Dame zu nehmen. „Wichtig ist nur, dass ihre Freunde sie dort auch besuchen. Aber da habe ich bei euch keine Bedenken."

Seine Mitbewohner tauschten sich noch eifrig über die Vor- und Nachteile von Altenheimen und Wohnstiften aus, aber Brökers Gedanken schweiften ab. Endlich hatte Jan Poggemeier für ihn eine Kontur und einen Charakter bekommen. Aus der schwankenden Gestalt auf dem Mast war ein sympathischer junger Mann geworden.

Kapitel 15
Der Besuch der alten Dame

Am nächsten Morgen fühlte sich Bröker ungewohnt frisch. Vielleicht lag es daran, dass er am Vorabend, für seine Verhältnisse, wenig Wein getrunken hatte, was es ihm wiederum ermöglichte, besonders früh aufzustehen – ebenfalls für seine Verhältnisse. So saß er schon um neun Uhr morgens mit einem Kaffee in seinem Becher mit dem Logo von Arminia Bielefeld vor dem Computer in der Bibliothek. Nicht, dass er von Abakus viel Hilfe bei seinen Überlegungen erwartete, der Flachbildschirm, der ihm seit neuestem die Gedanken des Rechners mitteilte, gab Bröker nur das Gefühl in einer modernen Umgebung zu arbeiten. Seine Gedanken, falls sie denn würdig waren aufgeschrieben zu werden, notierte er sich nach wie vor mit einem Bleistiftstummel in seiner Kladde.

Noch aber gab es nicht viel niederzuschreiben. In dem Gespräch mit dem Apotheker hatte er erfahren, dass man die K.-o.-Tropfen wahrscheinlich vor jeder besseren Disko bekam und sich so der Täter kaum ermitteln lassen würde. Das Telefonat mit Marcel,

Jans Kollegen, das er am letzten Nachmittag geführt hatte, hatte zwar einen Verdächtigen zutage gefördert, aber mehr als dass der schwarzhaarig, vierschrötig und um die 30, 35 Jahre alt war, war über ihn auch nicht herausgekommen. Bröker hatte keine Ahnung, wie er den Verdächtigen mit dieser Beschreibung suchen sollte. Da befriedigte es ihn nur wenig, dass er damit wahrscheinlich immerhin einen Schritt weiter war als die Polizei, jedenfalls hatte er in der Zeitung diese Täterbeschreibung noch nicht gelesen.

Das Gespräch mit Gregor, Frieda und Manfred am Vorabend kam ihm wieder in den Sinn. Als die beiden von der fürsorglichen Zuneigung Jans für seine Großmutter berichtet hatten, hatte Bröker das Gefühl bekommen, den Jungen besser kennenzulernen. Vielleicht war das auch der richtige Weg, um seinem Täter auf die Spur zu kommen. Und wer wäre besser geeignet ihm mehr von Jan zu erzählen als dessen Großmutter, zu der er offenbar ein inniges Verhältnis gehabt hatte? Zum Glück wusste er im Prinzip sogar, wo sie wohnte. Er musste nur Frieda und Manfred fragen, die er schon seit geraumer Zeit in ihrem Zimmer auf- und abgehen hörte.

Entschlossen stand er auf, verließ die Bibliothek und klopfte an der Tür der beiden. Eine Frieda im geblümten Morgenrock und mit zerzaustem Haar öffnete. Ihr Blick war seltsam glasig. „Guten Morgen, Bröker!", begrüßte sie ihn. Dabei lächelte sie ihn an. Trotzdem war Bröker irritiert. Nicht nur dass sie völlig verschlafen wirkte, ihre Schlafbrille war noch immer halb über ihren Augen. Sie konnte beinahe nichts sehen, doch das schien sie nicht zu stören.

„Ich dachte, du bist ein Langschläfer", sagte sie mit schleppender Stimme.

„Ich bin ein Ausschläfer", korrigierte Bröker. „Aber kannst du mich überhaupt erkennen?"

„Wieso fragst du?"

Bröker zeigte auf Friedas Brille, ohne zu Bedenken, dass die das wahrscheinlich nicht sehen konnte. Doch Frieda hatte unterdessen selbst eine Ahnung. Irritiert tastete sie nach ihren Augen. Mit einem Ruck zog sie die Schlafbrille hoch. „Und ich habe schon gedacht, es sei noch mitten in der Nacht", sagte sie, als sie endlich wieder klar sehen konnte. „Danke!"

„Entschuldige, wenn ich euch gestört habe, ich dachte, ich hätte Geräusche gehört."

„Das hast du bestimmt auch", gab Frieda mit einem vorwurfsvollen Blick in Richtung des Zimmerinneren zurück. „Manfred ist ein echter Frühaufsteher. Und wenn er einmal wach ist, kann er nicht still liegenbleiben."

„Und was macht er dann?", fragte der Hausherr.

„Ach nur ein bisschen Sport. Ein paar Situps und Liegestütze", erklärte Manfred, der in diesem Moment in blauem Trainingsanzug hinter seiner Frau in der Tür auftauchte.

„Ums Bett bist du auch gejoggt", beschwerte die sich. „Na ja, egal, daran werde ich mich wohl auch noch gewöhnen. Wolltest du eigentlich etwas Bestimmtes oder hast du dir nur wegen der Geräusche Sorgen gemacht?", wandte sie sich wieder Bröker zu.

„Ich bin hier, um euch nach eurer alten Adresse zu fragen", erwiderte Bröker.

„Oh, möchtest du unserem ehemaligen Vermieter mal richtig die Meinung sagen? Da komme ich mit", kam es von Manfred sogleich unternehmungslustig.

Fehlt nur, dass er dem Hausbesitzer einen Stinkefinger zeigt, dachte Bröker. „Sehe ich aus wie ein Schläger?", sagte er. „Nein, zu Eurem Vermieter wollte ich nicht. Zumindest vorerst. Ich dachte eher, dass ich Jans Großmutter mal einen Besuch abstatte."

„Das ist aber lieb von dir", lächelte Frieda. „Ich habe schon gestern Abend gedacht, dass sie sich bestimmt über jede Abwechslung freut."

„Dann bräuchte ich nur noch die Adresse", bat Bröker sie.

Frieda nannte ihm eine Hausnummer in der Friedrichstraße, bevor sie ankündige, sich nun für den Tag ankleiden zu wollen und die Zimmertür schloss.

Neugierig betrachtete Bröker die Gebäude, als er eine knappe Stunde später zu der von Frieda genannten Adresse ging. Er erinnerte sich, dass noch vor 10, 15 Jahren ganz normale Leute die Mehrfamilienhäuser bewohnt hatten und bislang schien sich daran noch wenig geändert zu haben. Allerdings konnte er sich gut vorstellen, dass diese Objekte dank ihrer Lage auch für Besserbetuchte interessant waren, wenn man sie erst einmal gemäß den Ansprüchen dieser Klientel renoviert hatte. Wo aber sollten dann die Familien hin, die bislang hier wohnten? Bröker konnte sie ja schließlich nicht alle bei sich aufnehmen.

Vor einem Haus mit sieben Briefkästen hielt er an. Das musste es sein. Bröker ging die Klingelschilder durch. Zuerst stieß er auf die Namen von Frieda und Manfred. Natürlich, bislang hatte sich niemand die Mühe gemacht, diese zu entfernen. Schräg darüber war auch ein Schild mit dem Aufkleber „Pankoke" zu finden.

Bröker holte Luft und schellte. Er wartete. Eine Zeit lang passierte nichts. Ob die alte Dame nicht zu Hause war? Aber das schien ihm nach Manfreds und Friedas Schilderungen unwahrscheinlich, auch wenn es Mittwochvormittag war und die Geschäfte geöffnet hatten. Vielleicht hatte sie die Türglocke auch nicht gehört. Bröker drückte den Klingelknopf erneut. Wieder geschah nichts. Dass es passieren konnte, dass ihm niemand öffnete, hatte er nicht bedacht. Was sollte er nun tun?

In diesem Moment ging die Haustür auf und eine Frau im Businesskostüm, die Bröker auf Anfang 50 schätzte, trat ins Freie. Sie hielt sich ein Handy ans Ohr.

„Du, sorry, ich verspäte mich etwas zu unserem Meeting", sagte sie so laut, dass Bröker jedes Wort verstehen konnte. „Du weißt ja: Gerade ist bei meiner Mutter alles etwas hektisch und ich musste nach dem Rechten sehen. Wird Zeit, dass sie einsieht, dass das Altersheim für sie die beste Lösung ist. Da gibt es Pfleger, die sich professionell um Leute wie sie kümmern."

Ihre Stimme wurde leiser, als sie ihre Schritte in Richtung Innenstadt lenkte. Die Haustür fiel wieder ins Schloss.

Mist!, fluchte er innerlich, er hatte vor Neugier die Chance verpasst, das Haus auf diese Weise zu betreten. Schon wollte er zum dritten Mal schellen, als sich eine dünne Stimme durch die Gegensprechanlage meldete: „Ja bitte?"

„Spreche ich mit Edith Pankoke?", fragte Bröker schnell, bevor sich die Frau am anderen Ende wieder verabschieden konnte.

„Ja", erwiderte die Stimme. „Aber wer sind Sie denn?"

„Mein Name ist Bröker. Frau Pankoke, ich habe von dem Unfall ihres Enkels gehört und ich wollte fragen, ob ich Ihnen irgendwie helfen kann."

„Das ist lieb", sagte die alte Dame. „Aber Sie kennen mich doch gar nicht – und ich Sie auch nicht." Trotz ihres fortgeschrittenen Alters, oder vielleicht gerade deshalb, hatte Frau Pankoke offenbar nichts von ihrer Wachsamkeit verloren.

„Das stimmt. Und es ist auch gut, dass Sie so vorsichtig sind", erklärte Bröker. „Wenn Sie keine Hilfe benötigen, gehe ich auch gerne wieder. Ansonsten können sie mich ja ins Treppenhaus lassen und dann gucken, ob ich vertrauenswürdig aussehe." Er hoffte inständig, dass er heute einen seriösen Eindruck hinterließ. Es gab Tage, an denen er sich selbst nicht ins Haus lassen würde. „Ich soll auch einen Gruß von Frieda und Manfred ausrichten, die kennen Sie doch. Sie wohnen seit drei Tagen bei mir", schob er sicherheitshalber nach, das würde hoffentlich wirken.

Jans Großmutter zögerte einen Moment, dann sagte sie: „Kommen Sie hoch, es ist im zweiten Stock."

Ein Summer ertönte und Bröker drückte die Haustür auf. Er blickte in Treppenhaus mit hölzernen Stufen und weiß gekachelten Wänden. Nirgendwo war ein Aufzug zu sehen. Also würde er sich zu Fuß auf den Weg in den zweiten Stock machen müssen.

Er keuchte schwer, als er die 36 Stufen eine gute Minute später bewältigt hatte. Vielleicht müsste er doch etwas mehr Sport treiben. Bislang lag seine größte Stärke auf diesem Gebiet in der Unterstützung der Arminia – und natürlich im Verzehr von drei bis vier Würstchen in den Halbzeitpausen. Beides, so wusste er aus Erfahrung, trug nicht zur Steigerung der Kondition bei. Zudem war jetzt Sommerpause.

Allerdings war es wohl um Edith Pankokes Beweglichkeit noch schlechter bestellt als um seine. Sie hatte es in der Zeit, die er für den Weg ins zweite Geschoss des Hauses benötigt hatte, noch nicht einmal bis zur Wohnungstür geschafft. Aber wie konnte das sein? Befand sich nicht die Gegensprechanlage direkt daneben? Außerdem meinte er direkt hinter der Tür Geräusche zu hören.

So oder so dauerte es weitere halbe Minute, bevor jemand öffnete. Bröker sollte es recht sein, so konnte er noch einmal durchpusten. Ein weißhaariger Kopf schob sich in einer Höhe von etwa 1,50 Meter durch den schmalen Türspalt und musterte ihn unverhohlen.

„Entschuldigung, ich habe erst noch meine Kittelschürze ausgezogen", eröffnete Edith Pankoke das Gespräch. „Wie war noch gleich Ihr Name?" Ihre Stimme klang merkwürdig verwaschen. Ob sie schon am frühen Morgen Alkohol zu sich genommen hatte? Möglich, dass sie auf diese Weise versuchte, den Schmerz über den Tod ihres Enkels zu betäuben.

„Bröker", antwortete Bröker. „Ich bin hier, weil ich sehen wollte, wie es Ihnen geht."

„Schlecht geht es mir", nuschelte die alte Dame. „Sehr schlecht, seitdem Jan gestorben ist."

„Das kann ich mir denken", versuchte Bröker sich in sie hineinzuversetzen.

Noch einmal betrachtete ihn Frau Pankoke eingehend. „Sie sehen nicht aus, als planten Sie eine Schandtat", beschloss sie dann. „Außerdem wären Sie vielleicht auch ein bisschen zu dick, um schnell fliehen zu können." Unverhofft kicherte Brökers Gegenüber.

Der schwieg irritiert. Gegen Gregor oder Mütze hätte er sich mit einem Spruch zur Wehr zu setzen gewusst, aber Edith Pankoke konnte er schlecht offen beleidigen.

„Also kommen Sie doch rein", bot die Frau ihm an. „Drinnen spricht es sich leichter und außerdem fällt mir das lange Stehen schwer." Sie öffnete die Tür ganz und Bröker trat in einen dunklen Flur. Rechts konnte er eine Garderobe erkennen, an der aber nur ein Schirm, eine graue Strickjacke und eine geblümte Kittelschürze hingen.

„Kommen Sie mit in die gute Stube", bat ihn Jans Großmutter und ging voran. Dabei stützte sie sich auf einen Rollator, der ihre ohnehin schmächtige Gestalt noch gebeugter erscheinen ließ. Zittrig bewegte sie sich auf das dem Eingang gegenüberliegende Zimmer zu und öffnete die Tür. Langsam schob sie sich hinein. Bröker folgte ihr.

Ächzend ließ sich die Frau in einen der beiden moosgrünen Ohrensessel fallen, die zusammen mit einer ebenfalls grünen Couch um einen kleinen dunklen Tisch herumstanden. „Nehmen Sie Platz", keuchte sie und wies auf den anderen Sessel. „Sie sehen, mit dem Gehen klappt es auch nicht mehr so gut. Eine längere Bergtour würde ich wohl kaum noch durchhalten." Sie lachte. Ihren Humor hatte sie trotz ihrer Gebrechlichkeit und des kürzlichen Todes ihres Enkelsohns anscheinend noch nicht verloren.

Bröker setzte sich. Versonnen rieb er über die Polster, die daraufhin ihre Farbe von moos- zu dunkelgrün wechselten. Schnell wischte er noch einmal in die entgegengesetzte Richtung und die Stelle zeigte wieder die ursprüngliche Farbe.

„Ja, die changieren, wenn man drüber reibt", erklärte die alte Dame.

„Ach, das macht nichts", erwiderte Bröker gönnerhaft.

Für einen Moment hielt Frau Pankoke die Luft an, schien sogar mit ihrer Fassung zu kämpfen. „Wollen Sie etwas zu trinken?", fragte sie dann. „Viel kann ich nicht anbieten, aber Wasser, Tee und Kaffee sollten noch im Haus sein."

„Sie müssen mir gar nichts anbieten, aber vielleicht wollen Sie ja etwas trinken", entgegnete Bröker.

„Ja, ein Kaffee wäre schön. Seit Jan tot ist, habe ich mir keinen mehr gemacht." Die Augen der alten Frau leuchteten.

Bröker stand auf. „Ich mache ihn schon", bot er an. „Sie müssten mir nur sagen, wo die Küche ist."

„Gleich links um die Ecke", wies ihn Edith Pankoke an. „Das Kaffeepulver steht im Regal und die Maschine finden Sie auf dem Kühlschrank."

Bröker sah sich prüfend um, als er wenig später allein in der Küche stand. Hier sah es aus, als habe erst kürzlich jemand oberflächlich über die Arbeitsplatte gewischt. Vielleicht war Frau Pankoke doch beweglicher, als er das eingeschätzt hatte.

Er setzte rasch einen Kaffee auf. „Nehmen Sie Milch und Zucker?", rief er in den Nebenraum. Gleichzeitig öffnete er den Kühlschrank.

„Zucker nehme ich nicht und Milch ist keine mehr da", erwiderte Edith Pankoke.

Ein Blick in den Kühler verriet Bröker, dass sie recht hatte. Ja, außer ein paar Scheiben Graubrot und einer Dauerwurst waren die Vorräte komplett aufgezehrt. Er schenkte Kaffee in zwei Porzellanbecher, nahm diese und ging zurück ins Wohnzimmer.

„Ich habe mir erlaubt, einen Blick in Ihren Kühlschrank zu werfen", sagte er, nachdem er den einen Kaffee vor seiner Gastgeberin abgestellt und den anderen mit zu seinem Platz genommen hatte. „Es scheint mir nicht mehr viel da zu sein."

„Das stimmt, Jan hat immer für mich eingekauft, aber das letzte Mal ist nun schon eine Woche her", bestätigte Frau Pankoke. „Und gerade war meine Tochter da. Aber die ist ja immer so beschäftigt und hat es nicht geschafft, mir etwas zu besorgen."

Bröker erinnerte sich an die Frau, mit der er vor der Haustür beinahe zusammengestoßen war. Nun ergaben auch deren Worte am Telefon einen Sinn. „Soll ich vielleicht schnell ein paar Sachen für Sie holen?", erbot er sich.

„Das ist lieb. Gestern hätte ich das auch sofort angenommen, aber vor zwei Stunden hat mir meine Nachbarin das gleiche angeboten. Heute Abend ist mein Vorratsschrank also wieder gefüllt. Wenigstens das." Die alte Dame seufze. Ihre Augen füllten sich mit Tränen.

„Jan fehlt Ihnen sehr", stellte Bröker das Offensichtliche fest. Er wusste nicht, was er sonst hätte sagen sollen.

„Ja. Ich weiß gar nicht, wie es jetzt weitergehen soll", erwiderte Frau Pankoke. „Sie müssen wissen, dass wir alle hier im Haus die Mitteilung erhalten haben, dass wir für eine Zeit umziehen sollen, einige müssen sogar ganz ausziehen. Das Gebäude soll saniert werden. Jan hat immer gesagt, es seien Luxussanierungen und danach könnten wir uns die Miete sowieso nicht mehr leisten. Er hat sich auch mit dem Vermieter gestritten."

„Das weiß ich. Frieda Brömmelsiek und Manfred Dreckshage wohnen seit ein paar Tagen bei mir", erinnerte Bröker sie. „Die haben mir davon berichtet."

„Haben Sie sie aufgenommen? Das ist lieb von Ihnen. – Herr Vorderbrügge, der ist seit fast anderthalb Jahren unser Vermieter, hat mir schon dreimal gesagt, für mich wäre es sowieso das Beste, wenn ich in ein Heim ginge. Und Monika, meine Tochter, findet das auch. Eben haben wir uns deshalb sogar gestritten. Ich will doch in meiner Wohnung bleiben. Jan hat mir so sehr geholfen, dass ich nicht ausziehen musste, sogar einen Anwalt hat er beauftragt, was das alles gekostet hat!" Edith Pankoke nahm einen Schluck Kaffee. Ihr Gebiss, das offenbar etwas locker saß, schlug dabei gegen die Tassenwand und es klackte leise.

Bröker versuchte es zu überhören. „Kann Sie denn nicht ein Pflegedienst unterstützen?", überlegte er.

„Natürlich. Das hat meine Nachbarin auch gesagt.

Aber ich habe Angst, dass das nicht reicht. Bei meiner Pflegestufe kommen die doch nur alle zwei Tage mal." Bröker überlegte, ob er ihr raten sollte, einen Antrag auf Erhöhung der Pflegestufe zu stellen. Aber zum einen kannte er sich damit nicht aus, zum anderen wurde er abgelenkt. Wieder nahm die Frau einen Schluck Kaffee und erneut hörte er das Klappern des künstlichen Gebisses.

Ärgerlich setzte Edith Pankoke die Tasse ab, fuhr sich mit der Hand in den Mund und förderte ihre Zähne zutage. „Die sitzen auch nicht richtig, aber wie soll ich nun ohne Jan zu einem Zahnarzt kommen?"

Bröker schüttelte sich innerlich und wandte sich ab. Vielleicht war es ja auch eine unterbewusste Handlung der alten Dame, vielleicht wollte sie so ihrem Vermieter die Zähne zeigen, dachte er.

„Nein, ich glaube, jetzt bleibt mir nichts anderes, als dem Vorschlag von meiner Tochter und diesem Vorderbrügge zu folgen und in ein Altenheim zu ziehen", sagte sie schwermütig. „Davor habe ich ein bisschen Angst. Herr Vorderbrügge hat gesagt, er wäre mir bei der Suche behilflich, er hätte da in Nullkommanichts etwas an der Hand. Aber ich weiß nicht: Ich kenne in so einem Heim ja niemanden. Und was das auch alles kostet." Wieder standen ihr Tränen in den Augen.

„Vielleicht ist das ja nicht die einzige Möglichkeit", stammelte Bröker. Er hatte mit solchen Situationen noch nie gut umgehen können und fühlte sich hilflos.

„Ich kann noch immer nicht fassen, dass jemand Jan umgebracht hat. Ich weiß nicht, wer so etwas tut", wechselte Frau Pankoke das Thema. Sie hatte ein geblümtes Stofftaschentuch aus dem Ärmel hervorgezogen und tupfte sich damit die Augen. „Ich habe gelesen, dass irgendjemand meinem Jan so ein Betäubungsmittel ins Bier geschüttet hat."

„Sie haben also keinen Verdacht, wer das getan haben könnte?", hakte Bröker nach. Auf dem Terrain von Ermittlungsfragen fühlte er sich deutlich wohler. Außerdem kam er so dem eigentlichen Grund seines Hierseins näher.

„Nein, ich habe keine Ahnung", erwiderte die alte Dame. „Er war doch so ein guter Junge. Hilfsbereit. Nicht nur mir gegenüber. Er hat sich immer engagiert, wenn er etwas ungerecht fand."

„Dabei tritt man aber manchmal auch anderen Leuten auf die Füße", murmelte Bröker in Gedanken versunken. Die Worte Marcel Schluckebiers waren ihm wieder in den Sinn gekommen. „Vielleicht war das ja der Grund, warum jemand Jan Böses wollte."

Edith Pankoke überlegte einen Augenblick. Wieder war ein Klacken der dritten Zähne zu hören. Diesmal benötigte sie noch nicht einmal eine Tasse für das Geräusch. Unbewusst schob sie das künstliche Gebiss mit der Zunge nach vorne und ließ es dann im Mundraum rotieren. Damit könnte sie glatt auftreten, dachte Bröker und versuchte gleichzeitig, nicht hinzusehen.

„Damit könnten Sie sogar recht haben", sagte Frau Pankoke nach einer Weile.

„Haben Sie jemand Konkretes vor Augen, der Jan hätte schaden wollen?"

„Jan hat mich in den letzten Monaten etwas weniger oft besucht als sonst", holte die alte Dame aus – Bröker lauschte gespannt. „Nicht, dass ich mich beschweren will. Der Junge hat ja sowieso schon viel Freizeit für mich geopfert. Er hat ja auch ein eigenes Leben. Ich habe ihm immer gesagt, er soll auch mal was für sich unternehmen. Aber dass es anderen gut ging, war ihm immer wichtiger. In der letzten Zeit hat er sich auch für Flüchtlinge engagiert. Sie wissen, wir haben doch in letzter Zeit so viele hier in Deutschland. Schlimm ist das …"

Die alte Dame machte eine Pause und Bröker überlegte, wie er sie zum Weiterreden animieren könnte.

Zum Glück bedurfte es dieser Anregung nicht: „Sie haben ihm leidgetan und er hat gedacht, da müsse er helfen. Zuerst hat er nur versucht, sie bei Behördengängen zu unterstützen und Deutschunterricht zu geben", fuhr Edith Pankoke fort.

„Wie kann man sich denn sonst noch engagieren?"

„Er hat gemerkt, wie feindlich viele Deutsche den Flüchtlingen gegenüberstehen. Und auch ihm, seitdem bekannt war, dass er etwas für sie tut. Jan hat mir erklärt, dass es einfach nicht reicht, wenn man diesen armen Leuten nur materiell hilft oder ihnen

Unterricht gibt, man muss die Einstellung der Leute hier ändern."

„Und das hat er versucht?"

„So gut er das eben konnte. Er ist zu Treffen von politischen Organisationen gegangen, so Gruppen, wie hießen die noch?", sinnierte Frau Pankoke. „Die einen hießen Flüchtlingshilfe und die anderen Anti irgendwas?"

„Antifa?", fragte Bröker.

„Genau, Antifa. So hat Jan immer gesagt. Dort hat er sich eben auch engagiert. Da ist er auch manchmal mit Leuten aneinandergeraten, die es nicht gut fanden, dass die Flüchtlinge hierherkommen", sagte die alte Dame leise.

„Und Sie meinen, von denen könnte jemand Jan die K.-o.-Tropfen ins Bier gemischt haben?"

„Ich weiß es nicht", gab Edith Pankoke zu. „Aber nachdem mir Jan einmal erzählt hat, dass auf einer ihrer Versammlungen ein Trupp von Glatzköpfen aufgetaucht ist und sie mit Baseballschlägern bedroht hat, hatte ich große Angst um ihn. Immer wieder habe ich ihm gesagt, er soll auf sich aufpassen …" Abrupt beendete sie den Satz.

Bröker schaute sie fragend an.

„Ich habe ihm auch gesagt, er soll sich überlegen, ob es überhaupt lohnt, sich für die Flüchtlinge zu engagieren, wenn er dabei zusammengeschlagen wird", sagte sie mit feuchten Augen. „Aber da ist er böse geworden. ‚Wenn alle so denken, haben die Menschen, die aus ihrer Heimat fliehen müssen, weil sie dort verfolgt werden oder Krieg herrscht, bald überhaupt keinen Ort mehr, wo sie hinkönnen', hat er gesagt. Wenn ich nun doch mit meinen Befürchtungen recht hatte, würde ich mir nie verzeihen, dass ich nicht nachdrücklicher war."

„An Ihnen hat es bestimmt nicht gelegen", beruhigte Bröker sie. „Trotzdem kann ich ja mal versuchen, mich umzuhören, ob an Ihrem Verdacht etwas dran ist. Wissen Sie, wie die Glatzköpfe hießen, die damals die Versammlung aufgemischt haben?"

„Namen hat mir Jan keine genannt", erwiderte die alte Dame mit brüchiger Stimme. „Ich weiß auch nicht, ob die jemals bekannt geworden sind. Aber es gab da eine Gruppe von Ausländerfeinden, von der hat Jan immer erzählt hat."

„Und wie hießen die?"

„Ich kann mich nicht mehr so genau erinnern." Angestrengt legte Edith Pankoke die Stirn in Falten. „Bielefeld kam in dem Namen vor. Aber mehr weiß ich nicht."

„Bielefeld", murmelte Bröker, als er wenig später die alte Dame verlassen hatte und wieder vor ihrer Haustür stand. Er ärgerte sich, dass jemand den Namen seiner Heimatstadt für derartige politische Zwecke missbrauchte. Wer diese rechte Gruppierung war, würde er schon herausfinden. Aber ob er damit auch in seiner Ermittlung des Mörders von Jan Poggemeier weiterkommen würde, wusste er nicht zu sagen.

Kapitel 16
Botschaften aus dem Dunkeln

Nachdem Bröker Edith Pankoke verlassen hatte, hatte er sich schnurstracks in die Wunderbar begeben. Zum einen lag sein Lieblingscafé nicht weit von der Wohnung der alten Dame entfernt, zum anderen brauchte er sein Frühstück bestehend aus ein oder zwei Tassen guten Kaffees, einem Lachsbrötchen und einem mit altem Gouda, um seine Gedanken zu ordnen.

Doch obschon Bröker an diesem Tag sogar drei Tassen Kaffee trank, sprangen die Erinnerungen an die Vorfälle der letzten Tage in seinem Kopf noch immer durcheinander wie junge Hunde. Einerseits bedauerte er Frau Pankoke und überlegte, wie man ihr helfen konnte. Aber eine andere Lösung, als ihr einen Heimplatz zu besorgen, fiel ihm nicht ein – und dasselbe hatte ihr derzeitiger Vermieter ja auch schon angeboten. Andererseits gingen ihm ihre Schilderungen von Jans Konflikt mit der rechtsextremen Gruppe nicht aus dem Sinn. War das vielleicht ein Ansatzpunkt, um denjenigen zu finden, der ihm die K.-o.-Tropfen in das Bier geschüttet hatte? Bröker fühlte, dass es sich lohnte, länger darüber nachzudenken.

Darum hatte er sich nach seinem Cafébesuch zu Fuß durch die Bielefelder Innenstadt auf den Heimweg gemacht. Er hatte einen Abstecher bei seinem Lieblingsfeinkostladen gemacht, für den Abend ein paar leckere Steaks gekauft, dazu Süßkartoffeln und

Gemüse, das er im Ofen grillen wollte, und war dann weiter in Richtung Sparrenburg gegangen.

Schon aus einiger Entfernung sah er, dass Gregors Roller vor der Eingangstür parkte. Der Junge war also zu Hause. Hatte er nicht vor zwei Tagen noch Spätschicht gehabt? Wie konnte er da jetzt schon nachmittags daheim sein? Andererseits hätte Bröker noch nicht einmal sagen können, wie viele Stunden Gregor wöchentlich arbeiten musste und außerdem freute er sich, dass er einen Gesprächspartner hatte, mit dem er sich über die neuen Entwicklungen austauschen konnte.

Auch Gregor schien auf ihn gewartet zu haben, als Bröker kurze Zeit darauf die Küche betrat. „Hallo Bröker, willst du einen Kaffee? Ich habe mir gerade einen gemacht", begrüßte er ihn.

„Gerne, gib her", erwiderte sein älterer Freund, schenkte sich seine Arminiatasse randvoll, nahm einen großen Schluck und setzte sich zu Gregor an den Küchentisch. Erst danach fiel ihm ein, dass er ja schon eine knappe Stunde zuvor drei kräftige Tassen Kaffee zu sich genommen hatte. So ging es ihm manchmal, wenn er nachdachte, besonders, wenn er mit Ermittlungen beschäftigt war. Er trank den ganzen Tag über Kaffee, wenn seine Gedanken auf Touren kommen sollten, wenn er Pause brauchte oder auch nur, um sich an seinem Becher festzuhalten. Und erst, wenn er am späten Nachmittag feststellte, dass er sich nicht mehr konzentrieren konnte, kam ihm wieder in den

Sinn, dass er sich eigentlich vorgenommen hatte, seinen Konsum des Heißgetränks zu reduzieren.

„Ich komme gerade von Edith Pankoke", sprudelte er los, ohne die Reaktion seines Freundes abzuwarten. „Das ist Jans Großmutter", fügte er überflüssigerweise hinzu. „Die Frau ist wirklich arm dran. Die kommt ohne Hilfe kaum bis zur Wohnungstür. Ihre Tochter ist so eine Karrierefrau, ich habe sie vor dem Haus kurz getroffen. Das Einkaufen für Frau Pankoke übernimmt eine Nachbarin, wer ihre Wäsche macht, weiß ich nicht und da geht es mir wahrscheinlich nicht anders als ihr."

„Wo wohnt die Frau denn, vielleicht kann ich mal bei ihr vorbeigehen", bot Gregor an.

„Wenn du das tätest, würde sie sich bestimmt freuen. Ich glaube, sie kann im Moment jede Hilfe gebrauchen." Bröker nannte ihm die Adresse.

Der Junge wollte etwas antworten, aber Bröker kam ihm zuvor: „Aber im Kopf ist sie noch ganz fit", schob er hinterher. „Nur mit ihren Zähnen hat sie so einen Tick …"

„Mit den Zähnen?"

„Ja, sie hat ein künstliches Gebiss und mit dem versucht sie einen Salto mortale – sowohl im Mund als auch davor."

„Was? Ärks, das ist ja ekelhaft!" Gregor schüttelte sich vor Abscheu.

„Na, irgendwelche Marotten legen wir uns im Alter vielleicht alle zu."

„Wenn du anfängst, deine Zähne auszuspucken, erschieße ich dich."

„Na, dann will ich versuchen, sie bei mir zu behalten", erwiderte Bröker und fuhr fort: „Aber vielleicht hänge ich dann auch nicht mehr so am Leben. Ich wollte aber eigentlich sagen, dass …"

„Ich wollte dir auch etwas zeigen …", unterbrach ihn der Junge.

„Ich zuerst!", entschied Bröker. „Also: Frau Pankoke ist wie gesagt geistig noch sehr beweglich. Sie interessiert sich auch zumindest noch so sehr für das alltägliche Geschehen, dass sie von Jans politischen Aktivitäten berichten konnte."

„Wollte er Oberbürgermeister werden oder war er in der Jungen Union?"

„Weder noch. Er hat sich für Flüchtlinge eingesetzt. Erst hat er Deutschunterricht gegeben, später dann war er wohlmöglich auch bei der Antifa, zumindest aber in deren Sympathisantenkreis."

„Und du meinst, das hat etwas mit seinem Tod zu tun?"

„Ausschließen würde ich es zumindest nicht. Frau Pankoke wusste auch, dass eine Veranstaltung mal von einer Gruppe Skinheads gestürmt wurde", fuhr Bröker fort. „Außerdem gibt es da wohl so eine politisch rechte Gruppe, die gegen die Antifa gehetzt hat. Die müssen irgendetwas mit Bielefeld heißen."

„Bielefelder Patrioten", erwiderte Gregor spontan. „Sie nennen sich auch BiPas."

Bröker stutzte. „Was ist das für eine Organisation und wieso kennst du die?"

„Das hängt mit dem zusammen, was ich dir zeigen wollte", entgegnete der Junge und zauberte sein Tablet hervor. Bröker fragte sich manchmal, ob er das eigentlich am Leib trug, so schnell, wie es in einigen Situationen auftauchte und wieder verschwand. Er tippte darauf herum, wischte und schob es seinem Freund zu. „Guck mal", sagte er.

Bröker blickte auf eine Internetseite, die vorwiegend in den Farben Schwarz, Weiß und Rot gehalten war. In Runenschrift trug sie den Titel Bielefelder Patrioten. Wäre stattdessen dort ein eisernes Kreuz abgebildet gewesen, wäre die Reichskriegsflagge perfekt, dachte er und sagte: „Sieht scheußlich aus."

„Das ist nur die Startseite", erklärte Gregor. „Richtig mies wird es erst, wenn man auf die Unterkategorien klickt, die hier zum Beispiel." Er wischte erneut über das Tablet und eine andere Seite öffnete sich. Diese trug, ebenfalls in Runen, die Überschrift Aktuelles. Der erste Beitrag war in roten Buchstaben mit *Tod eines Negerfreundes*, ein Kommentar überschrieben.

Bröker zog die Stirn in Falten. Er war nie jemand gewesen, der in seiner Sprache übertriebenen Wert auf political correctness gelegt hatte. Er war schon immer der Meinung, dass es mehr auf die Taten als die Worte ankam. Dass es aber inzwischen politisch höchst inkorrekt war, jemanden mit Neger oder Negerfreund zu bezeichnen, wusste selbst er. Gespannt las er weiter.

„Wie inzwischen allgemein bekannt sein dürfte, ist am Samstagnachmittag der Ausländerfreund Jan Poggemeier von einem Mast in den Tod gestürzt", stand da. „Jetzt heißt es, ihm hätte jemand vorher K.-o.-Tropfen ins Bier geschüttet. Wir alle kennen Jan Poggemeier von einigen Veranstaltungen, die wir „begleitet" haben. Er war ein Flüchtlingskumpel, ein Negerfreund, hat lieber mit Moslems rumgehangen als mit aufrechten Deutschen. Egal, wer ihm die Tropfen ins Bier getan hat, er hat der Allgemeinheit einen Dienst erwiesen. Ich hoffe, dass seine Kollegen von der sogenannten Antifa merken, was jemandem zustoßen kann, der sich für die falschen Leute einsetzt."

Bröker sah, dass der Text noch ein paar Zeilen weiterging, aber er hatte genug gelesen. Mit einem Gesichtsausdruck, als habe er vergammelte Milch getrunken, schob er das Tablet zurück zu Gregor.

„Widerlich, oder?", fragte der.

„Du sagst es", entgegnete Bröker.

„Das ist doch der letzte Abschaum. Wie kann man denn Menschen in Deutsche und Nicht-Deutsche unterscheiden und gegen jemanden hetzen, der Ausländern hilft. Noch dazu, wo er jetzt tot ist. Ich sage dir, wenn ich nicht so eine pazifistische Grundhaltung hätte, dann …", erwiderte der Junge erregt.

Bröker guckte nachdenklich. „Wenn ich das lese,

ahne ich, dass Edith Pankoke recht haben könnte, was die Gründe für Jans Tod angeht", sagte er.

„Keine Frage", erboste sich Gregor weiter.

„Es klingt aber auch so, als ob der Autor dieser abstoßenden Zeilen denjenigen, der Jan das Betäubungsmittel verabreicht hat, nicht kennt."

„Er kann ja schlecht schreiben: Ich war's!"

„Stimmt schon", gab Bröker zu. „Trotzdem. Wenn du mich fragst: Der Schmierfink – wie heißt er eigentlich?"

„Er hat mit Hermann der Deutsche unterzeichnet."

Bröker lachte. „Also: Wenn du mich fragst, kannte dieser Hermann den Mörder nicht. Er hat sich gefreut, dass Jan tot ist, und daraus macht er auch keinen Hehl. Aber selbst hat er nichts mit der Tat zu tun."

„Bist du da nicht ein bisschen voreilig?", fragte Gregor.

„Wieso?"

„Du hast den Artikel ja noch nicht einmal zu Ende gelesen."

„Das muss ich auch nicht. Ich kann mir nicht vorstellen, dass der Autor seinen Tonfall in den nächsten Zeilen ändert."

„Darum geht es auch gar nicht."

„Sondern?"

„Am Ende des Artikels stehen die Kommentare der Leser", erklärte Gregor und schob seinem Freund das Tablet erneut zu.

Der scrollte mit seinen wurstigen kleinen Fingern

nach unten. Tatsächlich. Unter dem Beitrag dieses Hermanns fanden sich etwa zwei Dutzend Leserzuschriften. Und sie versuchten dem Kommentar des Autors in ihrem Ton nicht nur gleichzukommen, sondern diesen sogar zu übertreffen. Die Zeilen, die Bröker las, trieften vor Hass. Nach fünf Leserbeiträgen hatte er genug und schob das Tablet erneut von sich. „Das ist wirklich abstoßend", sagte er. „Nun verstehe ich auch, was Marcel Schluckebier gemeint hat."

„Wer ist Marcel Schluckebier?"

„Einer von Jans Kumpeln, mit denen er am Bierstand auf seinen Einsatz auf dem Leinewebermarkt gewartet hat."

„Den hast du gesprochen?"

„Ich habe es auch bei den anderen versucht, aber die waren bei der Arbeit. Jedenfalls hat Marcel nicht nur eine verdächtige Gestalt beschrieben, die die ganze Zeit mit ihnen am Tisch saß, sondern er hat Jan auch als jemanden dargestellt, der immer auf der Seite der Schwächeren stand – und sich dadurch auch manchmal den Ärger der Stärkeren zugezogen hat", brachte Bröker seinen Mitbewohner auf den neuesten Stand.

„Ich verstehe", nickte Gregor. „So ekelhaft die Kommentare auf der Seite dir übrigens vorkommen mögen, sie eröffnen auch einen möglichen Kreis von Verdächtigen."

Bröker schwieg.

„Was hast du, stimmst du mir nicht zu?", fragte Gregor.

„Doch natürlich. Das gleiche habe ich auch schon gedacht", erwiderte Bröker. „Das ist ja gerade das Problem."

„Wieso ist das ein Problem?"

„Wenn wir die Bielefelder Patrioten oder ihre Anhänger verdächtigen, müssen wir auch in diesen Kreisen ermitteln."

„Ja, klar. Das sehe ich genauso", bestätigte Gregor. Mit einem Blick auf den kleinen Computer fügte er hinzu: „Morgen am späten Nachmittag gäbe es dazu eine gute Möglichkeit. Die BiPas haben eine Demo angemeldet, die am Jahnplatz enden soll."

„Und du meinst, da sollte ich hingehen, um denen mal auf den Zahn zu fühlen?", fragte Bröker. Seine Stimme klang ungewohnt zaghaft.

„Ja, was denn sonst?"

Wieder schwieg Bröker.

„Was ist?", fragte der Junge.

„Ich traue mich nicht", gab Bröker schließlich zu. „Frau Pankoke hat ja berichtet, was für Gestalten in der rechten Szene unterwegs sind. Skinheads, Schläger, die sind nicht zimperlich, schätze ich. Und wie du weißt, habe ich ja vor allem Bauchmuskeln."

Gregor lachte nicht.

„Das heißt, du willst nicht weiter in dem Fall Jan Poggemeier ermitteln?" Er starrte seinen Freund ungläubig an.

„Doch, will ich schon", erwiderte Bröker zögernd. Ein Vorschlag nahm Gestalt in seinem Kopf an.

„Aber du willst nicht zu einer Versammlung der BiPas gehen?"

„Wenn ich es vermeiden könnte, würde ich der wirklich lieber fernbleiben."

„Aber wie willst du dann mit den Rechten sprechen?"

„Will ich ja eigentlich gar nicht", scherzte Bröker, wurde aber sofort wieder ernst. „Du hast ja recht, dass die Demo eine Möglichkeit wäre."

„Also gehst du doch hin!"

„Nur wenn du mich begleitest", stieß Bröker hervor. Auch wenn Gregor eher schmächtig war, würde er sich mit dem Jungen an seiner Seite sicherer fühlen.

„Ich?" Gregor starrte seinen Freund entsetzt an.

„Ja. Du hast mich doch auf die Idee gebracht."

„Aber ich kann doch nicht in der einen Woche für die *Cyberhoods* auf die Straße gehen und mich die Woche darauf mit den BiPas sehen lassen. Wenn das meine Freunde mitkriegen, bin ich bei denen unten durch."

„Wie sollten sie es denn mitbekommen? Von denen läuft da ja hoffentlich keiner mit."

„Trotzdem, Bröker, ich will mit diesen BiPas nichts zu tun haben. Vor allem nicht, weil ich jetzt gelesen habe, welchen Dreck sie auf ihren Webseiten verbreiten. Die sind für mich das Letzte!" Gregor war rot vor Zorn geworden, etwas, was bei ihm so gut wie nie vorkam.

„Bitte, Gregor", schlug Bröker einen bettelnden Ton an. „Alleine schaffe ich das einfach nicht. Und wenn sie mich zusammenschlagen, verlierst du vielleicht auch deine Unterkunft", setzte Bröker auch sein letztes Argument ein.

„Willst du mich erpressen?", fragte Gregor gespielt erbost.

„Nein, ich schildere nur die traurigen Fakten."

Gregor seufzte. „Okay, okay, du hast mich überredet. Ich werde dich also morgen zu dieser Glatzendemo begleiten. Hoffen wir, dass auch etwas dabei herauskommt."

„Danke." Die Erleichterung in Brökers Stimme war nicht gespielt.

„Aber dafür habe ich etwas bei dir gut", erwiderte der Junge und machte sich auf den Weg in sein Zimmer im Obergeschoss.

Kapitel 17
In der Höhle des Löwen

Gegen Mittag des folgenden Tages befiel Bröker angesichts dessen, was auf ihn zukam, Unruhe. Schon bei der Demo der *Cyberhoods,* zu der ihn Gregor einmal mitgenommen hatte, hatte er sich anfänglich unwohl gefühlt, obwohl er gewusst hatte, dass er und seine Mitdemonstranten einer Meinung waren. Er war eben nur dann gerne von vielen Menschen umgeben, wenn sich diese in einem Fußballstadion befanden, vorzugsweise dem der Arminia. Nun aber würde er vor allem auf Leute treffen, mit denen er im normalen Leben jeden Kontakt mied, ja deren Existenz er sogar verdrängte. Ob sie ihm ansehen würden, dass er Ausländerhass für eine abscheuliche Charaktereigenschaft hielt? Wenn ja, würde er sie kaum davon überzeugen können, dass es in Bielefeld genug Platz für alle gab. Die Glatzen, die bei Edith Pankokes Schilderung vor seinem geistigen Auge erschienen waren, waren nicht gerade für ihre verfeinerte Diskussionskultur bekannt – eher für ihre schlagenden Argumente. Was konnte er denn tun, um bei der Demonstration nicht aufzufallen? Ob er sich selbst eine Glatze scheren lassen sollte? Er schüttelte den Kopf: Sich jetzt auch noch äußerlich zu verunstalten wäre wirklich mehr, als jede Recherchearbeit von ihm verlangen konnte.

Seine Nervosität wuchs mit jeder Viertelstunde weiter, mit der die Veranstaltung der BiPas näher rückte. Als Gregor kurz vor fünf das Haus betrat, tigerte Bröker durch die Villa wie ein Raubtier, kurz bevor es die Manege betritt. Er fühlte sich aber eher wie eines seiner Opfer.

„Na, Bröker, alles klar für den nächsten Schritt bei deinen Nachforschungen?", begrüßte ihn der Junge lässig.

„Ja, alles in Ordnung", nuschelte Bröker, bekannte aber sofort danach: „Ich habe ein bisschen Schiss."

„Wird schon nicht so schlimm werden", erwiderte

Gregor, aber Bröker meinte eine leichte Unsicherheit in seiner Stimme herauszuhören.

„Soll ich mich irgendwie verkleiden?", hakte der Hausherr nach.

„Ich schätze, Springerstiefel hast du nicht", grinste der Junge. „Also muss es wohl ohne gehen. Zieh halt nicht gerade ein T-Shirt mit dem Aufdruck *Ich hasse Nazis* an."

„So etwas habe ich gar nicht", gab Bröker zurück. „Aber du hast mich auf eine Idee gebracht."

Eine halbe Stunde später lief Bröker zusammen mit seinem Freund auf eine größere Menschenmenge zu, die sich am oberen Ende der Bahnhofstraße in der Nähe des Jahnplatzes versammelt hatte. Eigentlich war es ein schöner, lauer Frühsommerabend, aber er konnte diesen nicht genießen. Obwohl deutlich weniger Demonstranten zusammengekommen waren, als Bröker erwartet hatte – er schätzte ihre Zahl auf höchstens 100 – spürte er einen deutlichen Adrenalinstoß, als er die Menge sah.

„Irgendwie fühle ich mich wie eine Presswurst in einem Arminia-Dress", zischte er und versuchte mit einem Lachen von seiner eigenen Aufregung abzulenken.

„Das hast jetzt du gesagt", gab Gregor mit einem Augenzwinkern zurück.

„Ja, ja, mag sein, dass mir das Trikot von Frank Pagelsdorf nicht mehr so gut passt wie vor 30 Jahren, aber ihm auch nicht", erwiderte Bröker. „Und außerdem gibt es mir ein Gefühl der Sicherheit. Den Dicken würde hier keiner blöd anmachen." Er hatte den ehemaligen Stürmer der Arminia immer bewundert und ebenso ging es wohl vielen älteren Bielefeldern.

„Zumindest vom Körperumfang bist du ihm auch nicht unähnlich", grinste der Junge. „Was den Fußball angeht, spielst du vielleicht nicht ganz so gut wie er, aber ich wette, du bist genauso begeistert."

Dann trafen sie auf die ersten Demonstranten. Zu Brökers Überraschung sahen die wenigstens von ihnen wie Skinheads aus. Natürlich, eine Handvoll Glatzen standen dort auch, aber die meisten anderen Teilnehmer der Kundgebung waren eher ganz normale Leute, vorwiegend ältere, die Bröker auf der Straße nie als Ausländerfeinde erkannt hätte. An den Plakaten hingegen war deutlich zu sehen, auf was für eine Veranstaltung Bröker und Gregor geraten waren. Deutschlandfahnen wurden geschwenkt. „Kein Platz für Moslems", stand auf einem der Betttücher, die die Demonstranten hochhielten, auf einem zweiten „Gegen die Islamisierung Bielefelds", auf einem dritten: „Türkische Neger raus!"

Obwohl er noch immer das Gefühl hatte, sich auf feindlichem Terrain zu befinden, musste Bröker lachen. Vermutlich war der Anteil an Menschen schwarzer Hautfarbe unter Türken nicht wesentlich höher als unter Deutschen.

„Ey, guck dir diese Vollspaten an: Türkische Neger!"

Gregor fand das Plakat offenkundig weit weniger lustig als Bröker.

„Ruhig", ermahnte der ihn. „Du wusstest doch vorher, dass wir hier nicht auf die Hochbegabten unserer Stadt treffen."

Bevor Gregor etwas erwidern konnte, gingen auf der Bühne, die sich am Kopfende der Bahnhofstraße befand, die Scheinwerfer an. Für einen bedrückenden Moment fühlte sich Bröker an Jans Tod fünf Tage zuvor erinnert. Dann gingen Gregor und er ein paar Schritte auf das Podium zu, um nicht als Außenstehende wahrgenommen zu werden.

Ein Mann in einem grünen Kapuzenpullover kletterte auf das Podest und ging ans Mikro. Er rückte es zurecht, räusperte sich und begann: „Liebe Bielefelderinnen und Bielefelder, liebe Deutsche!"

Zum ersten Mal brandete Jubel auf, auch wenn Bröker fand, dass bislang inhaltlich wenig gesagt worden war.

„Ich freue mich, dass ihr trotz allem, was in der Lügenpresse in den vergangenen Wochen und Monaten über uns verbreitet worden ist, so zahlreich zu unserer Demo gekommen seid", fuhr der Kapuzenpulli fort.

Wieder klatschten ein paar Leute. Charly würde sich freuen, wenn sie das hörte, dachte Bröker. Er hatte den Eindruck, dass es nicht so schwer war, die Teilnehmer dieser Kundgebung zu Applaus zu bewegen: Man musste nur wissen, welche Knöpfe es

zu drücken galt – vielleicht war das auch eine Fest-
stellung, die für viele politische Veranstaltungen galt.
Er stellte sich kurz vor, dass er oben auf der Bühne
stünde, schauderte dann aber bei dem Gedanken.

Der Redner entwickelte inzwischen eine krude
Theorie, die einen Zusammenhang zwischen der zukünftigen Rentenentwicklung und der Anzahl der auf-
genommenen Flüchtlinge herstellte. „Darum müssten
wir ja demnächst alle bis 70 oder 75 arbeiten", rief er.
„Nicht, um eure Renten zu sichern, die werden immer
kleiner, das habt ihr bestimmt auch schon gemerkt.
Sondern, um den Lebensunterhalt für die Ausländer
zu verdienen, die nach dem Willen der links-grünen
Faschisten hierherkommen und uns zum Dank auch
noch mit islamischem Terror überziehen. Die eure
Frauen und eure Kinder begrapschen und nicht eher
ruhen werden, bevor sie unser schönes Land zerstört
haben." Nach diesem Satz war der Jubel besonders
laut.

Bröker schüttelte den Kopf. In dieser Theorie
folgte kaum ein Gedanke logisch aus dem vorherge-
henden. Aber den Umstehenden kam es auch nicht
auf ein schlüssiges Gedankengebäude an, sie waren
mit ein paar markigen Worten zufrieden, die ihnen
sagten, gegen wen sie ihren Hass richten sollten. Bröker merkte, wie er ungewollt die Fäuste ballte.

Gregor war da schon deutlich weiter. „Ich gehe
gleich auf die Bühne und zeige dem Kerl, was für ein
Idiot er ist", flüsterte er so laut, dass Bröker Angst

hatte, dass es im Umkreis von mindestens zehn Metern zu hören war.

„Das lässt du schön bleiben", gab er leise zurück. „Auch wenn hier deutlich weniger Glatzen sind, als ich befürchtet habe, so sehen zumindest die da drüben in der Ecke ziemlich gefährlich aus."

„Aber ich kann mir diesen Mist nicht mehr lange anhören", erwiderte Gregor. „Das ist ja völlig krank."

„Einen Moment müssen wir wohl noch zuhören", flüsterte Bröker.

„Könnt ihr beiden mal still sein", unterbrach ihn ein nahestehender Rentner wütend. „Man bekommt ja gar nichts mit."

„Bei dem Müll wird das wohl nicht so tragisch sein", nuschelte Bröker, wagte aber nicht das laut zu sagen. Gerade hatte er Gregor ermahnt, sich so zu verhalten, dass sie nicht auffielen, nun musste er sich auch selbst an diese Regel halten. Er ließ die wirren Gedankengänge des Kapuzenpullis auf dem Podium weiter auf sich einprasseln, hörte aber nicht mehr zu. Ohren zu und durch, dachte er. Je weniger er das, was der Redner sagte, an sich heranließ, desto weniger konnte er sich darüber ärgern. Überhaupt machte er sich gerade über etwas ganz anderes Sorgen.

Als die Demonstranten mal wieder klatschten – Bröker hätte nicht sagen können, warum – stieß er Gregor an.

„Jetzt regt es dich endlich auch auf, was der Kerl für einen Mist labert!", reagiert der sofort.

„Nein, darum geht es mir gar nicht", raunte Bröker zurück.

„Worum denn dann? Sag nicht, du denkst wieder mal nur ans Essen?"

„Ausnahmsweise nicht. Wieso sollte ich auch? So lecker klingt diese braune Soße nun auch wieder nicht. Ich mache mir Gedanken um unseren Fall." Diesmal hatte Bröker nicht auf seine Lautstärke geachtet. Prompt war in diesem Moment der Applaus abgeebbt und seine letzten Worte waren deutlich zu hören. Einige der Umstehenden guckten Bröker erstaunt an, andere nickten. Vielleicht kannten sie ihn aus dem, was sie Lügenpresse nannten.

Zum Glück fuhr der Redner fort, bevor sie weiter nachdenken konnten, was Bröker gemeint haben konnte. „Und darum haben wir etwas gegen die Islamisierung Bielefelds", rief er. „Weil wir nicht länger zusehen wollen, wie unserer Heimat durch Drogenhandel und Prostitution in den Schmutz gezogen wird."

Bröker musste unwillkürlich grinsen. Er hatte gar nicht gewusst, dass der Islam für den Handel mit Rauschmitteln und die Legalisierung von Prostitution eintrat.

„Inwiefern denkst du über unseren Fall nach?", flüsterte ihm Gregor in diesem Augenblick zu.

„Ich frage mich, wie wir hier vorankommen sollen", gab Bröker leise zurück. „Selbst, wenn es hier neun von zehn Demonstranten nicht so schlimm finden, dass jemand Jan umgebracht hat, wird das im Moment keiner zugeben. Es gibt ja auch gar keinen Grund dazu. Ganz davon zu schweigen, dass wir einen Verdächtigen für den Mord finden."

„Da hast du recht", flüsterte der Junge. „Ich war so mit den skurrilen Theorien dieses Redners beschäftigt, dass ich ganz vergessen habe, warum wir eigentlich hier sind."

„Was machen wir denn nun?" Bröker war ratlos.

In diesem Moment brandete noch einmal Jubel auf. Die Leute klatschten rhythmisch, der Kapuzenpulli hob in einer Jubelgeste beide Arme über dem Kopf, seine Rede hatte geendet. Trotzdem trat er noch einmal ans Mikrofon. „Und nun ist Zeit für eure Fragen und Kommentare", kündigte er an.

Bröker blickte sich um. Einige Zeit lang geschah nichts. Dann meldete sich ein älterer Herr drei Reihen hinter ihm zu Wort. „Ich wollte nur bemerken, dass unsere Renten auch jetzt schon nicht reichen. Wir können es uns daher nicht leisten, noch mehr Flüchtlinge durchzufüttern!", sagte er und bekam dafür vor allem von seinen Altersgenossen Beifall.

„Aber wir müssen auch auf die Kinder gucken", meldete sich eine Frau in den 30ern zu Wort. „Da, wo ich wegkomme, in Milse, da sind in den Kitas und Grundschulen mittlerweile ein Drittel aller Kinder Ausländer. Von wen sollen meine Töchter denn da noch anständiges Deutsch lernen?"

Sicher nicht von ihrer Mutter, dachte Bröker, aber

auch für diese Äußerung gab es Beifall. Mit einem Mal hatte er eine Idee, wie er diese Veranstaltung vielleicht doch noch so nutzen konnte, dass sie nicht vollständig vergeblich war. Er hob die Hand. Gregor sah ihn erstaunt an. Doch sofort kam ein junger Mann mit einem Mikrofon herbeigelaufen.

„Ja, der Mann mit dem alten Arminiatrikot bitte?", moderierte der Kapuzenpulli.

„Ich?", fragte Bröker, um Zeit zu gewinnen.

„Ja, bitte", antwortete die Stimme von vorne.

Bröker räusperte sich. Irritiert bemerkte er, dass das Geräusch über den ganzen Jahnplatz getragen wurde. „Ich wollte nur sagen, dass ja auch schon etwas unternommen wird", begann er. Er machte eine kleine Pause.

„Was denn zum Beispiel?", rief ein Mann hinter ihm.

„Ich denke an diesen Elektriker, der immer für die Flüchtlinge eingetreten ist. Ihr wisst schon, wen ich meine", holte Bröker aus. „Bei der Antifa war er auch, soweit ich weiß. Und nun ist er am Samstag von einem Mast gestürzt. Nicht ganz freiwillig wie man hört." Er machte erneut eine Pause. Diesmal rief niemand dazwischen. Die Teilnehmer der Demonstration schienen gebannt zu lauschen. Bröker hasste sich für seine Worte, aber es musste sein, wenn er in seinen Ermittlungen vorankommen wollte. „Ich wollte die Gelegenheit nutzen, demjenigen zu danken, der da ein bisschen aufgeräumt hat. Es ist schön zu sehen, dass es Leute gibt, die sich genauso viel Sorgen um unsere Stadt und ihre deutsche Bevölkerung machen wie ich", fügte er hinzu und versuchte süffisant zu lächeln. Gleichzeitig bekam er eine Gänsehaut.

Wieder sagte niemand etwas. Dann klatschten ein paar.

Also hatte ich recht. Man muss nur die richtigen Knöpfe drücken, um Applaus zu bekommen, dachte Bröker, während der Beifall stärker wurde.

„Ja, gut, dass diesem Heini mal einer gezeigt hat, dass man sich so nicht benimmt in Bielefeld", rief eine helle Stimme direkt vor der Bühne. Auch dieser Satz wurde von Applaus begleitet.

In diesem Moment meldete sich wieder der Hauptredner mit dem Kapuzenpulli zu Wort. „Ich danke dir für diesen Beitrag", erklärte er. Er schien nach Worten zu suchen. „Wie du weißt, sind wir hier alle dafür, dass Flüchtlinge am besten dortbleiben, wo sie herkommen. Wir haben unser Land mit unseren eigenen Problemen – die wir auch gewillt sind selbst zu lösen." Je länger er sprach, desto sicherer wurde er wieder. Vereinzelt klatschten auch schon wieder Leute zu diesen Sätzen.

„Trotzdem bleiben wir von den BiPas natürlich so lange es geht auf dem Boden der Legalität. Wie wollen wir den von den Ausländern Recht und Ordnung einfordern, wenn wir uns selbst nicht an die Gesetze halten? Selbstverständlich gibt es besondere Situationen, die besondere Mittel erfordern. Aber schon um uns die Polizei vom Hals zu halten, würde ich dir hier offiziell sagen: Wir haben mit diesem Anschlag auf den Techniker nichts zu tun."

Er fügte noch ein Wort hinzu, das in Brökers Ohren wie „leider" klang, das aber in einer Mischung aus Murren und Applaus unterging.

Kapitel 18
Ertappt

„Dass du dich getraut hast, dich zu Wort zu melden!", wunderte sich Gregor, als er zusammen mit Bröker eine Viertelstunde später den Jahnplatz in Richtung Bahnhofstraße verließ. Beim Gehen hatten einige Demonstranten anerkennend den Daumen gehoben, andere hatten ihm beifällig auf die Schulter geklopft.

„Gut, dass das mal jemand laut ausgesprochen hat", hatte eine Glatze gesagt und versucht Bröker mit einer Gib mir fünf Geste abzuklatschen. Der hatte dem ungewollten Verbrüderungszeichen gerade noch ausweichen können, war aber von seinen neuen Bewunderern dermaßen angewidert gewesen, dass er Gregor nur mit einem knappen Nicken bedeutet hatte, so schnell wie möglich vom Ort der Veranstaltung zu verschwinden.

„Ich dachte, ich müsste irgendetwas sagen, dass

diesen Kapuzineraffen aus der Reserve lockt. Er sollte sich zu Jans Tod erklären müssen", legte er dem Jungen jetzt dar.

„Das hatte ich mir schon gedacht", erwiderte der. „Was ich dagegen weniger weiß ist, wohin du willst?"

Gerade war Bröker zielstrebig hinter einem Kaufhaus um die Ecke gebogen. „Nach diesem Kraftakt steht uns eine ordentliche Mahlzeit zu", erläuterte er. „Ich habe da neulich eine nette Bar gesehen. Nichtschwimmer oder so. Die haben bestimmt etwas für deinen kleinen Appetit – und auch etwas für meinen großen."

„Da lag ich ja eben gar nicht so falsch – du hast doch ans Essen gedacht", grinste Gregor, folgte Bröker aber ohne weitere Diskussion.

„Einen Moment mal!", ertönte in diesem Moment eine Stimme hinter dem Rücken der beiden Freunde, deren Klang Bröker bekannt vorkam.

Er drehte sich um. „Charly, du bist es!", rief er, als er sah, wer ihn angesprochen hatte. „Wie schön, dich zu treffen."

„Das werden wir noch sehen, B.", antwortete seine Freundin mit einer ungewöhnlichen Schärfe. Ihre gesamte Körperhaltung war vorwurfsvoll, ja, beinahe erwartete Bröker sogar von ihrem roten Pferdeschwanz eine Rüge.

„Haben wir dich übersehen, oder warum bist du so sauer?", fragte er.

„Übersehen? Ja, das wahrscheinlich auch." Charly

lachte heiser. „Sonst hättest du dir das ja wohl kaum geleistet."

„Ja was denn?", wollte nun auch Gregor wissen.

„Ich meine deinen äußerst wertvollen Beitrag bei der Versammlung eben, Bröker", Charlys Stimme triefte vor Ironie. „Ich hätte nie gedacht, dass du bei einer Demo der BiPas mitläufst. Dass du dann aber auch noch das Wort ergreifst und einen solchen Mist von dir gibst, schlägt dem Fass den Boden aus! Hast du dich wirklich seit unseren gemeinsamen Schreibversuchen im Rotbarsch so sehr geändert? Oder ist das das Alter und du wirst dement? Bis vor Kurzem habe ich dich noch auf meiner Seite gewähnt."

„Ach daher weht der Wind …" Bröker lachte erleichtert.

„Ja, was hast du denn gedacht? Natürlich daher. Hast du dir mal überlegt, was du mit solchen Reden für einen Schaden anrichten kannst? Du bist ja in Bielefeld kein Unbekannter." In ihrem plötzlich aufgeflammten Zorn schien Charly keinen Gedanken daran zu verschwenden, warum ihr Freund denn die Rede ausgerechnet auf den toten Techniker gebracht hatte.

Bröker wollte es ihr erklären. Gleichzeitig lag ihm auf der Zunge zu antworten, dass seine Popularität ja nicht zuletzt ihre Schuld war, doch er kam zu keinem von beidem.

„Dass du den Jungen mit zu deinen verwirrten politischen Freunden nimmst, macht die Sache übrigens auch nicht besser", fuhr die Journalistin unbeirrt fort. „Allerdings hätte ich von dir, Gregor, auch nicht gedacht, dass du dich für eine derartige Veranstaltung hergibst. Freundschaft hin oder her. Für mich ist ein guter Freund jemand, der einen auch von einem Irrweg abbringt und nicht einer, der dann auch noch hinterherläuft." Nun hatte sich Charly vollends in Rage geredet.

„Aber, Charly, lass dir doch erklären …", setzte Bröker erneut an.

„Na, da bin ich aber gespannt, wie du das erklären willst."

„Es ist wirklich nicht so, wie es aussieht", ergriff auch Gregor die Partei seines Freundes.

„Wieso fällt Männern eigentlich immer nur dieser Satz ein, wenn sie in Bedrängnis kommen?" Charly verdrehte die Augen.

„Charly, nun mach aber mal halblang!" Unvermittelt hatte Bröker seine Stimme erhoben. „So gut solltest du mich nach all der Zeit doch kennen, dass du mir eine solche politische Meinung nicht zutraust."

„Das hätte ich bis vor einer halben Stunde auch gesagt. Aber dann habe ich es mit eigenen Ohren gehört", gab die Angesprochene zurück. Allerdings schien ihre spontane Wut zu bröckeln.

„Die Teilnahme an der Demo, mein Redebeitrag, das alles ist Teil meiner Ermittlungen", erklärte Bröker. „Wenn du mir jetzt also weiter Vorwürfe machen willst, kannst du das gerne tun. Wenn du aber wis-

sen willst, wie weit ich inzwischen bei meinen Nachforschungen bin, dann kommst du mit ins Nichtschwimmer, isst einen Happen mit uns und lässt es
dir berichten."

Charly zögerte einen Moment, dann siegte ihre
Freundschaft zu Bröker, oder ihr berufliches Interesse
an dessen Fortschritt, oder beides, und sie begleitete
die Freunde in das nahegelegene Restaurant.

20 Minuten darauf hatten sie es sich in einer Ecke
des Lokals gemütlich gemacht. Charly saß auf einer
lederbezogenen Bank, Gregor und Bröker hatten sich
auf zwei Stühlen ihr gegenüber niedergelassen. Auch
die Getränke waren schon gekommen – ausnahmsweise hatten sie sich auf etwas einigen können und
Bröker hatte eine Flasche Weißburgunder bestellt.
Zu diesem gesellten sich auch die ersten Vorspeisen,
Bröker hatte zunächst einmal zwei von jeder Köst-
lichkeit auf der Karte geordert.

„Du weißt schon, dass du mich nicht bestechen
kannst", eröffnete Charly das Gespräch, nahm sich
aber trotzdem ein Pfännchen, in dem Riesengarne-
len mit Olivenöl und Tomate angebraten waren und
einen Duft verströmten, der Bröker das Wasser im
Mund zusammenlaufen ließ. „Selbst, wenn du mich
hier noch so gut bewirtest, will ich wissen, was dich
zu deinen Äußerungen am Jahnplatz gebracht hat.
Und wenn du sie mir nicht gut erklären kannst, werde ich richtig sauer. – Allerdings bin ich auch bereit

mich zu entschuldigen, falls ich falsch gelegen haben sollte", fügte sie nach kurzem Nachdenken hinzu.

„Beides darfst du dann auch", entgegnete Bröker und nahm sich selbst eine Schale mit Lammkoteletts, bevor seine Freunde ihm diese streitig konnten machen konnten. „Wo soll ich denn beginnen? Dass ich mir Gedanken um den Tod dieses Technikers mache, weißt du ja schon, Charly."

Die Journalistin nickte bestätigend. Bröker blickte noch einmal auf die Vorspeisen und wurde ein wenig fahrig. Ihm war aufgefallen, dass Gregor noch nichts zu essen genommen hatte und von den Garnelen war nur noch ein Pfännchen auf dem Tisch. „Nimm dir doch von dem Gemüseteller, der sieht echt lecker aus", schlug er dem Jungen vor.

Der tat wie ihm geheißen, warf der Reporterin dabei aber einen vielsagenden Blick zu.

„Okay, dass du ermittelst, weiß ich. Aber wieso musst du dazu zu einer Demo von diesen Rechtsradikalen gehen und sogar eigene Reden schwingen", brachte Charly das Gespräch wieder auf das eigentliche Thema.

„Dazu muss ich etwas ausholen", erklärte Bröker und nahm sich schnell das übrige Garnelenpfännchen. „Ich habe derzeit wieder Untermieter, Manfred und Frieda."

„Die sind über siebzig, ich hatte schon Sorge, dass Bröker vorhat, unser Haus in eine Alten-WG umzuwandeln ", warf Gregor zwinkernd dazwischen.

211

„Vorsicht!", drohte im Charly lachend. „Ich bin auch nicht viel jünger als Bröker. Aber jetzt zu den beiden Untermietern. Was haben die mit Poggemeier zu tun?"

„Die haben zufällig mit seiner Großmutter in einem Haus gewohnt. Gar nicht weit von hier, in der Friedrichstraße." Bröker versuchte gleichzeitig bei den Vorspeisen und dem Wein nicht zu kurz zu kommen und Charly auf den neuesten Stand zu bringen, ein Unterfangen, das ihm einigen Stress verursachte.

„Und wieso wohnen sie jetzt bei dir? Konnten sie ihre Miete nicht zahlen?" Der Journalistin war Brökers betuliche Art der Erklärung zu langsam. Sie wollte Informationen. Und sie wollte sie jetzt.

„Sie wurden gekündigt. Das Haus soll luxus-saniert werden und danach wird sich keiner mehr die Mieten leisten können", erläuterte Gregor, weil sein Freund gerade dabei war, die Hackbällchen mit Datteln zu probieren, von denen er sich auch ein Schälchen gesichert hatte. „Das ist doch echt ein Skandal, darüber müsstest ihr mal berichten."

„Machen wir ja", verteidigte sich Charly.

„Jedenfalls wussten Manfred und Frieda, dass sich Jan rührend um seine Oma gekümmert hat. Ja, dass Frau Pankoke, das ist die Großmutter, ohne ihn gar nicht mehr in der Wohnung leben könnte, weil sie schon ein wenig gebrechlich ist", fuhr Bröker fort. Da er dabei noch ein Hackbällchen kaute, waren seine Worte ein wenig undeutlich. „Ich war daher gestern bei ihr, um zu sehen, ob ich ihr irgendwie helfen kann."

„Oder sie dir", konterte Charly mit einem wissenden Nicken. „Und wie es aussieht, hat sie dich auf eine Spur gebracht."

„Immerhin wusste sie, dass ihr Enkel sich nicht nur um sie gekümmert hat, sondern seit einiger Zeit auch um Flüchtlinge. Und dass er bei Veranstaltungen der Antifa war und in diesem Zusammenhang auch schon ein paarmal Ärger mit der rechten Szene hatte." Bröker hatte das Hack mit einem Glas Weißwein hinuntergespült und war nun wieder besser zu verstehen.

„Und da hast du gedacht, unter diesen Leuten könnte auch der Mörder sein?", fragte die Reporterin.

„Undenkbar wäre es zumindest nicht", erwiderte ihr Freund. „Zumal es ja im juristischen Sinne wahrscheinlich gar kein Mord war. Vielleicht wollten sie ja auch nur einen Warnschuss abgeben. Jedenfalls waren die BiPas und ihre geistigen Brüder wohl nicht unglücklich über Jans Sturz."

„Er untertreibt", fiel Gregor ein. „Du solltest mal ihre Internetseiten sehen. Da wimmelt es nur so von Hate-Posts zu Jan. Wer auch immer ihm was ins Bier gekippt hat: Da wird er gefeiert."

„Genau das war auch der Auslöser dafür, dass wir auf der Demo aufgelaufen sind", ergänzte Bröker.

„Jetzt verstehe ich zumindest, warum ihr eben auf der Demo aufgetaucht seid", nickte Charly nachdenklich. „Aber musstest du wirklich auch noch diese Rede halten, Bröker?"

„Anders war aus den Leuten ja nichts rauszukriegen", erwiderte der. „Die stehen da und hören ihrem Guru zu. Keiner steht freiwillig auf, geht nach vorne und sagt: Ich war das, ich habe Jan Poggemeier dieses Drecksszeug ins Bier gekippt."

„Einverstanden. Aber bist du jetzt schlauer?" Die Journalistin war noch immer skeptisch.

„Das habe ich mich auch gefragt", gab Gregor zu.

„Sie haben zumindest offiziell abgestritten, dass sie etwas mit der Sache zu tun haben", rechtfertigte sich Bröker.

„Etwas Anderes ist ihnen ja wohl auch kaum übrig geblieben", gab der Junge zu bedenken. „Besonders in der Öffentlichkeit. Da stellt sich doch keiner aufs Podium und sagt: Ich habe den Anschlag auf den Negerfreund verübt. Das ist genau wie auf ihrer Internetseite."

„Die BiPas waren doch unter sich", verteidigte sich sein Freund.

„Bis auf uns", grinste Gregor.

„Ja, aber das wussten sie nicht", erwiderte Bröker.

„Also was denn nun?", unterbrach Charly das Duell der beiden Freunde. „Denkt ihr nun, dass die BiPas oder deren Anhänger etwas mit dem Anschlag zu tun hatten oder nicht?"

Bröker und Gregor sahen einander an. Das war die Gretchenfrage.

„Wenn du mich fragst, so denke ich, dass wir zumindest die Anführer der BiPas von dem Verdacht freisprechen können, Jan etwas ins Bier gekippt zu haben", sagte Bröker schließlich zögernd.

„Ich bin mir da weniger sicher", erklärte Gregor. „Aber vielleicht kann Bröker ja sagen, wie er zu seinem Urteil kommt."

„Es liegt vor allem an der Art, wie der Mann mit dem Kapuzenshirt …", holte der aus.

„Beckmann", half ihm Charly mit dem Namen aus.

„… wie also dieser Beckmann reagiert hat. Wenn er oder jemand, der ihm politisch nahesteht, wirklich an der Tat beteiligt gewesen ist, hätte er sich ja unklarer ausdrücken können. Schließlich wäre er dann heimlich stolz darauf, vielleicht auch unheimlich. Er aber hat gesagt, er wisse von niemandem aus dem Umfeld der BiPas, der in die Tat verstrickt gewesen sei."

Gregor dachte nach. „Vielleicht hast du recht", gab er schließlich zu. „Das, was Beckmann geäußert hat, sagt man nicht, wenn man sich im kleinen Kreis mit der Tat brüstet. Und man kann wohl davon ausgehen, dass jemand in seiner Position eine Menge potenzieller Täter kennt – und er hat gesagt, er weiß von niemandem, der es getan hat."

„Außerdem hat er, glaube ich, ‚leider' hinzugefügt", ergänzte Bröker.

„Wirklich? Das habe ich gar nicht gehört", erwiderte Gregor. „Nach dem Satz, den du zitierst, war doch sofort so ein Gemurmel, sodass ich nichts mehr verstehen konnte."

„Ja, dieses Murren im Publikum, zeigt auch, dass die meisten es zwar bedauerlich fanden, dass es nicht die BiPas waren, die den Anschlag in Auftrag gegeben haben, dass sie aber den Täter auch nicht kennen. Und da war doch auch eine Wortmeldung, die auch darauf hindeutet."

„Und Beckmann hat ‚leider‘ gesagt", warf Charly nach kurzem Nachdenken ein. „Ich stand ganz rechts an der Seite des Jahnplatzes. Ich wollte ja über die Kundgebung berichten, aber nicht gerne als ein Teilnehmer gezählt werden. Ich war also direkt neben einem Lautsprecher. Da konnte man das ‚leider‘ noch deutlich hören."

„Also sind wir uns einig", resümierte Bröker und warf dabei einen traurigen Blick auf den Tisch. Während ihrer Diskussion hatten sie alle Vorspeisen verzehrt, ohne es zu bemerken. Wenigstens eine zweite Flasche Wein konnte er ja schon einmal bestellen. „Die BiPas scheiden aus dem engsten Kreis der Verdächtigen aus."

„Ihre Anhänger auch?", zweifelte Gregor noch kurz.

Als Bröker erwiderte: „Der engste Kreis sicherlich. Und je weiter jemand von diesem inneren Zirkel entfernt ist, desto weniger Motivation hat er für so einen Anschlag", nickte der Junge.

„Unsere schöne Einigkeit hat nur einen kleinen Nachteil", konstatierte er dann.

„Welchen?", wollte Bröker wissen.

„Wenn wir recht haben, ist der Kreis unserer potenziellen Täter leer", erwiderte der Junge.

Alle drei schwiegen.

Erst als der Wein gebracht worden war und Bröker einen Schluck genommen hatte, sagte er an Charly gewandt: „Einen Verdächtigen gibt es noch: Ich habe mich an deine Telefonnummern gehalten und mit den Kollegen gesprochen, mit denen Jan auf dem Leinewebermarkt war. Also eigentlich nur mit einem. Der hat einen Mann Anfang bis Mitte 30 mit dunklen Locken und Pickeln gesehen. Der hat mit den Freunden am gleichen Tisch direkt neben Jan gesessen und ist ihm im Nachhinein suspekt vorgekommen."

„Das muss der Kerl sein, den auch Mütze erwähnt hat", fiel Charly ein.

Ihre beiden Begleiter sahen sie fragend an.

„Ihr wisst doch, dass ich auch bei der Polizei meine Quellen habe. Eine davon ist Mütze. Ich habe mit ihm zuletzt gestern Morgen telefoniert. Und da wusste er, dass sich eine neue Spur ergeben hat. Die Polizei sucht jetzt nach einem dunkelhaarigen Mann zwischen 30 und 35 Jahren im hellen Shirt, der am gleichen Tisch wie Jan gesessen haben soll", erklärte sie.

„Dann hat sich dieser Marcel Schluckebier wahrscheinlich noch einmal bei der Polizei gemeldet, nachdem ich ihn darauf gebracht habe, genau zu überlegen, wer ihm denn am Samstagabend verdächtig vorgekommen ist." Für einen Moment sah Bröker frustriert aus. Dann hellte sich seine Miene wieder auf: „Egal, wenn das der Weg ist, um denjenigen zu finden, der den Anschlag auf Jan verübt hat, dann ist die Polizei viel besser aufgestellt als ich. Wir können sowieso keine Fahndung auf die Beine stellen – und das will ich auch nicht. Dann kann ich dieses Mal eben nur einen kleinen Beitrag zur Ergreifung des Mörders leisten."

„Ich kann dir sagen, dass Schewe und van Ravenstijn auch noch nicht viel weitergekommen sind", beruhigte die Journalistin ihn. „Dunkelhaarig und Anfang bis Mitte 30, das trifft wahrscheinlich auf 2 000 bis 3 000 Bielefelder oder mehr zu. Ich glaube, Schewe hat sogar ein paar Streifenpolizisten mit einem Phantombild zu sämtlichen Sportclubs der Stadt geschickt. Ohne Erfolg. Es sagt ja auch keiner, dass der Täter wirklich aus Bielefeld kommt. Schließlich zieht der Leinewebermarkt auch Tausende auswärtiger Besucher an."

„Auf dem Weg kommen wir nicht weiter", stimmte auch Gregor zu.

„Einverstanden", ergänzte Bröker. „Ich frage mich nur, wie wir dann weitermachen sollen." Er machte eine kurze Pause und grinste dann schelmisch. „Für heute Abend hätte ich immerhin einen Ansatz."

„Welchen?", fragten Charly und Gregor unisono.

„Wir bestellen endlich ein Hauptgericht und reden über was Anderes", lachte Bröker. „Aber ab morgen brauchen wir eine ganz neue Idee."

Kapitel 19
Auf den Zahn gefühlt

„Denk dran, was du uns vor drei Tagen versprochen hast", rief Gregor Bröker zu, bevor er gegen neun Uhr am nächsten Morgen das Haus verließ.

„Was denn?", murmelte der schläfrig und starrte in seine Kaffeetasse auf dem Küchentisch.

„Das hast du nicht wirklich vergessen?", fragte ihn Gregor mit entsetztem Blick. „Bröker, bist du noch gesund? Ich sage nur: Essen."

„Essen, Stadt im Ruhrgebiet, 600 000 Einwohner." Bröker stand um diese Uhrzeit der Kopf nicht nach Rätseln.

„Mann, Bröker, du bist echt so früh am Morgen nicht du selbst! Ich helfe dir mal auf die Sprünge: Abendessen. – Ich gebe auf. Du weißt es wirklich nicht, oder?", sagte Gregor resigniert, als er Brökers verwirrten Blick sah.

Der schüttelte den Kopf.

„Du warst Dienstag beim Speed-Dating, erinnerst du dich daran wenigstens noch?"

„Natürlich."

„Und du warst ganz happy, Britta wiedergetroffen zu haben, deine alte Jugendliebe, die du aber nie nackt gesehen hast."

„Das hatten wir noch nicht geklärt."

„Ah ja, da kommt die Erinnerung ja doch langsam zurück", spottete Gregor. „Jedenfalls warst du so gut drauf, dass du am Ende eures Treffens Britta zum Essen für heute eingeladen hast."

Richtig! Böker hatte die Vorstellung, Britta wieder für 30 Jahren aus den Augen zu verlieren, wenig erfreulich gefunden, besonders als er sich ausgerechnet hatte, wie alt er dann sein würde. Andererseits wollte er sie nicht plump nach ihrer Telefonnummer fragen. Das hätte ihm zu sehr nach Anmache ausgesehen. Da war ihm die Essenseinladung in den Sinn gekommen. Er nickte.

„Dann weißt du vielleicht auch noch, dass du später am Abend auch Frieda, Manfred und mich gebeten hast, zu kommen. Es klang ein bisschen so, als fürchtetest du dich, mit Britta allein zu sein", fuhr Gregor unbarmherzig fort.

„Jetzt wo du es sagst", erwiderte Bröker. „Dann koche ich heute Abend also für uns fünf."

„Sechs."

„Wieso sechs?", wunderte sich Bröker. „Und jetzt sag nicht, dass ich für zwei esse. Das ist bei meinen Portionen schon eingepreist."

„Geschenkt. Nein, du hast gefragt, ob Sara nicht auch kommen will. Ich habe sie gefragt. Sie will."

„Wer ist Sara?"

„Uff, Bröker, deine Vergesslichkeit ist wirklich weit ausgeprägter, als ich es ohnehin schon befürchtet habe. Sara habe ich auf dem Speed-Dating kennengelernt."

„Ach, die mit den vielen Löchern", erinnerte sich Bröker.

„Piercings."

„Gut, Piercings. Gibt es irgendwelche Sachen, die sie nicht isst? Und sag nicht: Fleisch."

„Doch, Fleisch mag sie. Sie ist beinahe das Gegenteil eines Vegetariers: Sie isst kaum Gemüse, aber viel Fleisch. Besonders von Tieren, die vom Aussterben bedroht sind", grinste Gregor.

„Das macht sie mir gleich doppelt so sympathisch", entgegnete Bröker, aber das hörte der Junge nicht mehr. Mit einem „Ich muss los", hatte der die Tür hinter sich zugezogen.

Bröker seufzte. Absagen konnte er das Dinner nun wohl nicht mehr. Somit war seine dringlichste Sorge für den Moment nicht mehr, einen neuen potenziellen Täter für Jan zu präsentieren, sondern, was er am Abend servieren sollte.

Er nahm einen Schluck Kaffee. Er war noch schön heiß, aber gerade das schien ein Problem zu sein. Ein stechender Schmerz fuhr durch seinen Backenzahn. Sorgfältig tastete er mit der Zunge die schmerzende Stelle ab. So fühlte sich der Zahn ganz hinten unten links tadellos an. Nur den Kontakt mit heißen Flüssigkeiten schien er nicht zu mögen. Das war ein wenig bedauerlich, da Kaffee eindeutig zu Brökers Lieblingsgetränken zählte. Er setzte die Tasse ab und widmete sich wieder dem Problem der Menügestaltung. Die Nachspeise war schnell gefunden: Bröker liebte Mousse au Chocolat. Natürlich war das ein bisschen mächtig, vor allem aber mächtig lecker. Trotzdem konnte er bei der Hauptspeise ja gegensteuern. Gerade war Spargelzeit, da ließ sich mit Sicherheit etwas Nettes zaubern: Er konnte ihn mit Pellkartoffeln servieren und klarer Butter oder Sauce Hollandaise, am bestem mit beidem, dazu etwas Schinken, rohen und gekochten, vielleicht von jedem 200 Gramm pro Person. Dann fiel Bröker Gregors Bemerkung zu Saras Essverhalten ein. Ihr könnte es vielleicht zu wenig Fleisch sein. Ohne lange nachzudenken schrieb er noch sechs Hähnchenbrüste und zwölf Kalbsschnitzel auf seine Einkaufsliste. Zufrieden nickte er und nahm gedankenverloren noch einen Schluck Kaffee. Wieder zog es in seinem Backenzahn.

Nun fehlte nur noch eine Vorspeise. Schnell entschied er, dass ein paar Antipasti aus dem Feinkostladen, Oliven, getrocknete Tomaten und eingelegter Schafskäse, die Menüfolge hervorragend abrunden würden. Ja, das müsste es sein, beschloss er und leerte schnell seine Kaffeetasse. Erneut protestierte der Backenzahn heftig. Selbst nachdem der akute Schmerz abgeebbt war, blieb ein leises Pochen. Das unangenehme Gefühl ignorierend machte sich Bröker auf den Weg in die Stadt.

Der Zahn schmerzte noch immer, als Bröker drei Stunden später wieder aus der Innenstadt zurückgekehrt war. Er dachte nach: So würde er weder beim Kochen, noch in dem Mordfall, der ihm immer wieder durch den Kopf ging, einen klaren Gedanken fassen können. Er könnte natürlich eine Tablette gegen den Schmerz nehmen, aber für den Moment war ein Schluck eines ausgezeichneten Single Malts bestimmt ebenso gut. Er ging an die Vitrine im Wohnzimmer, zog einen Lagavulin hervor, goss sich mit Schwung dreifingerbreit ein und leerte das Glas in einem Zug. „Ah", seufzte er behaglich. Diese Behandlungsmethode hatte den Vorteil, dass sie sein Leid linderte und zudem sehr gut schmeckte.

Dann machte er sich an die Essenzubereitung. Eine halbe Stunde später war der Spargel geschält und auch die französische Schokoladenmousse zusammengerührt und im Kühlschrank kaltgestellt. Bröker blickte auf die Uhr. Es war halb drei. Vor sieben Uhr würden seine Gäste sicherlich nicht erscheinen. Somit blieben ihm noch gut vier Stunden, bis er sich an die Zubereitung der restlichen Gänge machen musste. Zeit, die er mit Recherchearbeit verbringen konnte. Allerdings meldete sich in diesem Moment sein Backenzahn wieder. Was sollte er nur tun? Eigentlich hatte die Whiskey-Therapie ja gut geholfen, nur war ihr nicht sehr lange Erfolg beschieden gewesen. Das lag wahrscheinlich an der Menge. Er sollte die Flüssigkeit einfach nicht in Fingerbreiten bemessen. Das war ohnehin albern, schließlich bestimmte nicht nur die Höhe, sondern auch die Grundfläche des Glases, wie viel des schottischen Lebenselixiers er zu sich nahm. Mit der Menge, die er sich diesmal genehmigte, jedenfalls sollten die Zahnschmerzen für die nächste Stunde verschwinden.

Das taten sie auch. Bröker lehnte sich entspannt auf der Küchenbank zurück. Wie schön die Welt war, wenn einem nichts wehtat. Allerdings musste er zugeben, dass seine Konzentration ein bisschen unter der Medizin litt, ja, die Lust über den Fall nachzudenken, war nahezu verflogen. Sollten doch Schewe und sein holländischer Quacksalber van Ravenstijn auch einmal etwas herausfinden. Er würde unterdessen ein wenig die Zeit ohne Zahnschmerzen genießen. Um sicherzugehen, dass sie nicht zu schnell vorüber war, schenkte er sich noch einmal ein und trank den Whiskey in einem Zug. Er kicherte, bei der Erinnerung daran, dass er die Menge bei der ersten Runde abgemessen hatte. Nach dem dritten Glas war nun alles besser. Er fühlte sich leicht, aber auch sehr müde. Einen Moment würde er die Augen schließen, das würde auch seinen Nachforschungen entgegenkommen.

„Bröker!" Gregors Stimme riss ihn aus dem Schlaf. „Träume ich, oder sitzt du wirklich hier in der Küche und schläfst?"

„Ich habe nur für einen Augenblick die Augen

zugemacht", erwiderte der Hausherr schlaftrunken. „Ich war plötzlich so müde."

„Wenn ich die Flasche auf dem Tisch sehe, weiß ich auch warum. Hast du wenigstens für das Dinner schon alles vorbereitet?"

„Das Dinner?" Bröker kehrte nur langsam in die Welt zurück.

„Du hast nicht schon wieder vergessen! Vielleicht solltest du in dem Fall deinen Alkoholkonsum etwas einschränken. Zu viel davon kann durchaus zu Demenz führen", sagte Gregor langsam und schien am Geisteszustand seines Freundes zu zweifeln.

Der Junge konnte wirklich manchmal etwas spießig sein, ging es Bröker durch den Kopf, aber er sprach seine Gedanken nicht aus. „Ach so, das Dinner, nein, das habe ich nicht verdrängt", erwiderte er stattdessen selbstsicher. „Die Mousse au chocolat steht im Kühlschrank und der Rest ist schnell zubereitet."

„Das will ich hoffen, es ist nämlich schon zwanzig vor sieben."

„Echt? Oh Gott." Schnell sprang Bröker von der Küchenbank auf, merkte aber, dass er sich ein bisschen taumelig fühlte. Gleichzeitig begann sein Zahn auch wieder zu pochen. Verdammt! Das hatte ihm gerade noch gefehlt. Nach Gregors Ansprache wollte er vor seinen Augen nicht einfach einen weiteren Whiskey kippen.

„Bin gleich wieder da", nuschelte er nur, begab sich ins Obergeschoss und verschwand im Badezimmer. Er öffnete die Tür des Arzneischränkchens und kramte darin. Endlich hielt er die Packung mit Schmerztabletten in Händen. Schnell warf er einen Blick auf das aufgedruckte Datum. Es lag fünf Jahre in der Vergangenheit. Egal, beschloss er, er konnte sich nicht vorstellen, dass Paracetamol schlecht werden konnte, höchstens krümelig wie die Kekse in der Prinzenrolle. Er drückte zwei Tabletten aus dem Blister, schob sie sich in den Mund und spülte sie mit einem Schluck Wasser aus dem Kran hinunter.

Als er eine Viertelstunde später in der Küche stand und die Hähnchenbrüste und Kalbschnitzel panierte, meinte er schon, Linderung zu spüren. Erleichtert atmete er auf. So lecker der Whiskey auch war, gegen Schmerzen waren die Tabletten eindeutig vorzuziehen.

Nun galt es die verlorene Zeit wieder einzuholen. Er holte Schälchen aus dem Schrank und richtete darin eingelegte Oliven, getrockneten Tomaten und Schafskäse an. Lecker sah das alles aus! Das Geräusch der Türglocke schreckte ihn auf. Die ersten Gäste waren also schon da.

„Gregor, kannst du mal die Tür aufmachen?", rief er seinem Mitbewohner zu.

Er hörte, wie jemand die Treppe aus dem Obergeschoss herunterstürmte und kurz darauf Stimmen an der Haustür. Gleichzeitig waren weitere Schritte von der Treppe zu vernehmen, wahrscheinlich Frieda und Manfred. In Windeseile stellte er sechs Teller auf den Tisch und drapierte die Vorspeisen dazwischen.

Als er gerade dabei war, eine Flasche Wein zu öffnen, ging die Küchentür auf und Gregor führte die Gäste hinein.

Zehn Minuten später hatten alle ihren Platz gefunden. Gregor hatte den Einweiser gegeben und Frieda und Manfred auf die eine Seite der Küchenbank gesetzt, während Sara und er gegenüber Platz genommen hatten. Britta und Bröker schließlich hatten sich an je einem der beiden verbleibenden Enden des Tisches niedergelassen. Bröker guckte in die Runde. Ein bisschen seltsam war die Zusammenstellung seiner Gäste schon. Manfred und Frieda waren sicherlich 50 Jahre älter als Sara. Die junge Frau war heute komplett in schwarz gekleidet und hatte sogar ihre Fingernägel schwarz lackiert. Bröker kamen sie dadurch wie abgestorben vor. Als er sich wieder seinen anderen Gästen zuwandte, bemerkte er verwirrt, dass ihn alle anguckten. Sie schienen auf ein paar Begrüßungsworte zu warten. Sollte er wirklich? Schließlich hatte er ja nichts vorbereitet. Er zögerte einen Moment, dann gab er sich einen Ruck.

„Liebe Freunde", begann er langsam nach Worten suchend, bemerkte aber, dass sich diese Ansprache streng genommen dann nur an Gregor und bestenfalls noch Britta richtete, „und Mitbewohner", fügte er daher hinzu. Sara war damit aber noch immer nicht erfasst. „Und Freunde von Mitbewohnern", schob er deshalb nach.

„Und Freunde von Freunden von Mitbewohnern", äffte ihn Gregor nach und verdrehte die Augen. „Mach's halt noch ein bisschen komplizierter."

„Liebe Gäste", fand Bröker nun allmählich in die richtige Spur.

„Guten Appetit", ergänzte der Junge grinsend.

„Nun lass Bröker doch mal ausreden." Sara guckte ihren Freund ungehalten an.

„Danke", sagte der Hausherr. „Ich will auch gar keine großen Reden schwingen …"

„Aber man kann eben nicht immer, wie man will", vollendete Gregor den Satz.

„Ich finde es schön, dass wir hier alle zusammen sind", fand Bröker seinen eigenen Satzschluss. „Und wer weiß, wenn ich am Samstag nicht auf dem Leinewebermarkt gewesen wäre, auf dem Jan Poggemeier so unglücklich zu Tode gekommen ist …"

„Jetzt macht er Stimmung", raunte Gregor den restlichen Gästen so laut zu, dass auch Bröker es deutlich hören konnte.

„… und wenn ich dort nicht Frieda und Manfred gesehen hätte, wie sie mit Flugblättern eine neue Wohnung gesucht haben", fuhr der ungerührt fort. „Und wenn die Gregor und mich schließlich nicht dazu animiert hätten, uns bei einem Speed-Dating anzumelden …"

„Animiert ist gut – wir haben dich an Händen und Füßen gefesselt dahin tragen müssen", lachte Gregor laut.

„Wie dem auch sei, wenn dies alles nicht so gut zusammengekommen wäre", war Bröker nicht bereit, sich weiter aus der Fassung bringen zu lassen.

„… besonders der Tod von Jan Poggemeier", gab auch Gregor sein Bestes.

„… dann wären wir alle heute Abend vielleicht nicht so nett beisammen – und das wäre doch schade", beendete der Hausherr seine Rede.

„Frag mal Jan", ergänzte der Junge noch, aber das ging im allgemeinen Gläserklirren und Anstoßen unter.

„Darum wünsche ich euch allen einen guten Appetit!", sagte Bröker und wischte sich über die Stirn. Eigentlich hatte er seine Sache gar nicht so schlecht gemacht. Er hob sein Glas und prostete seinen Gästen noch einmal zu. „Nun zu dem, was es heute geben soll: Als Vorspeise haben wir nur ein paar Oliven, Tomaten und Schafskäse, später gibt es noch Spargel mit Kartoffeln und Schinken, Hähnchen und Kalbsschnitzel und zum Abschluss eine kleine Schokoladenmousse. Lasst es euch schmecken!"

Die Speisenfolge entlockte seinen Gästen ein freudiges Raunen.

„Du hast dich wirklich kein bisschen verändert, vielleicht bist du nur noch genussfreudiger geworden", flüsterte ihm Britta quer über den Tisch zu.

„Und älter", erwiderte er und nahm sich ein paar der kleinen Oliven mit Knoblauch und ein wenig Schafskäsesalat, um auch seine Gäste zu animieren.

Die langten ordentlich zu und die Schälchen mit den Antipasti leerten sich rasch. Ein paar Oliven, die in Oregano und Zitrone eingelegt waren, lachten Bröker noch an. Er tat sich eine kleine Portion auf den Teller, dazu noch drei, vier getrocknete Tomaten.

„Pass auf, die sind mit Stein", hörte er Gregors Stimme aus dem Off, wusste aber nicht, worauf sich dieser Satz beziehen konnte.

Bröker spießte eine Olive auf die kleine Gabel, die er als Besteck hierfür vorgesehen hatte und roch daran. Der Duft war wirklich köstlich. Er schob sich die Gabel in den Mund und biss herzhaft zu. Aus dem hinteren Teil seines Mundes hörte er ein ungutes Splittergeräusch.

Kapitel 20
Dem Tode nah

Gregor sah, wie sein Freund bleich wurde. Die anderen schienen nichts zu bemerken. Britta erzählte munter davon, dass Bröker schon ein großartiger Koch und ein noch besserer Esser gewesen sei, als er gerade erst begonnen hatte zu studieren, was Sara, Frieda und Manfred mit aufgekratztem Gelächter quittierten. Gregor aber kannte Bröker – irgendetwas musste geschehen sein.

Der Hausherr tastete mit seiner Zunge die Mundhöhle ab, stieß auf zwei harte Gegenstände und beförderte zunächst einen Olivenstein hervor und dann etwas, das auf den ersten Blick aussah, als habe er ein Stück von dem vor ihm liegenden Teller abgebissen. Der Schmerz in seinem Mund aber belehrte ihn eines Besseren: Er hatte einen Teil seines Backenzahnes verloren.

Als er das porzellanfarbene Stück auf seinem Finger betrachtete, spürte er, wie das Blut aus seinem Hirn sackte. „Oh Gott", stieß er hervor.

„Bröker, was ist?", fragte Gregor besorgt.

Sein Freund antwortete nicht.

„Los, sag schon!", beharrte der Junge, stand auf und ging zu Brökers Platz.

„Mein Backenzahn ist abgebrochen", erwiderte der mit weinerlicher Stimme.

„Echt?"

„Ja, schau doch." Bröker hielt den Splitter in die Höhe.

„Mann, du machst Sachen!" Gregor konnte nicht verhindern, dass seine Stimme erleichtert klang. „Ich hatte schon befürchtet, du hast einen Herzinfarkt."

„Nein, das nicht, aber es tut mindestens doppelt so weh", erwiderte sein Freund.

Unterdessen hatten auch die anderen bemerkt, dass es ihm nicht gut ging.

„Hört mal, wir haben ein kleines Problem. Bröker hat auf einen Olivenstein gebissen und sich dabei ein Stück eines Zahns abgebrochen", brachte Gregor all Gäste auf den neuesten Stand.

„Oh je." Britta war aufgestanden und strich Bröker beruhigend über den Arm.

Der quittierte die Zuwendung mit einem lauten Stöhnen. „Ich habe solche Schmerzen", jammerte er und hielt sich die Wange.

„Du Ärmster", erwiderte Britta. Ihre Stimme klang dabei so mitfühlend, dass sich Gregor fragte, ob sie vielleicht noch Gefühle für seinen Freund hegte.

„Wie können wir dir denn helfen?", schaltete sich nun auch Frieda ein.

„Gar nicht", stöhnte Bröker. „Es tut so weh, ich glaube ich muss sterben." Dabei war der schmerzende Zahn nur ein Grund für seine Todesangst. Der zweite war, dass er Zahnärzte inbrünstig verabscheute und fürchtete, seit er als kleines Kind seine erste Spritze erhalten hatte. Damals war er so vor der monströsen Injektionsnadel zurückgeschreckt, dass es dem Zahnarzt im Verein mit seiner Mutter erst nach einer Viertelstunde gelungen war, ihn zu überreden, den Mund wieder zu öffnen. Nun ahnte Bröker, dass kein Weg an einem Zahnarztbesuch vorbeiführen würde.

„Weißt du was? Ich kenne einen sehr guten Zahnarzt, da musst du keine Angst haben", sagte Britta in diesem Augenblick, als habe sie seine Gedanken gelesen.

„Nein!", klagte Bröker laut, obwohl er früher oder später mit so einem Vorschlag gerechnet hatte. „Ich muss doch für euch kochen, ich habe euch schließlich eingeladen", schob er schnell eine Begründung

nach, die ihn nicht wie einen Waschlappen erscheinen ließ.

„Mach dir darum keine Gedanken. Das Kochen
übernehme ich", erbot sich Gregor umgehend. „In
deinem Zustand gehörst du in einen Behandlungsstuhl und nicht an den Herd."

Für einen Moment verfluchte Bröker, dass sich der
Jungen im Laufe der Zeit immer mehr von seinen
Kochkünsten abgeschaut hatte. „Um die Uhrzeit hat
sowieso kein Arzt mehr geöffnet", versuchte er noch
einen letzten Einwand.

„Ich kenne Dr. Wütherich schon lange, ich rufe
ihn gleich mal an und frage, ob wir noch kommen
dürfen", machte Britta auch diesen Versuch zunichte.
„Und ich fahre dich natürlich." Bevor Bröker widersprechen konnte, hatte sie auch schon ihr Mobiltelefon gezückt.

Zwanzig Minuten später stoppte Britta ihren kleinen
Wagen vor einem unscheinbaren Haus in Bielefeld
Quelle. Hätte nicht eines der üblichen Praxisschilder
„Dr. med. dent. Markus Wütherich, Zahnarzt" ver-
kündet, wäre Bröker kaum auf die Idee gekommen,
hier einen Dentisten zu vermuten. So aber wunderte
er sich nur, ob jemand mit diesem Namen einen anderen Beruf als Zahnarzt hätte ergreifen können.

Britta half ihm aus dem Wagen. Bröker fühlte
sich alt und schwach, als sie ihn auf dem Weg zu der
Arztpraxis unterhakte, aber es half ihm auch. Britta

schellte, Bröker hörte Schritte, dann öffnete sich die Tür einen Spalt breit. Ein grauhaariger Mann, der mindestens zehn Zentimeter kleiner war als Bröker, beäugte die Besucher durch eine dicke Brille. Wahrscheinlich hatte Doktor Wütherich zu dieser späten Stunde seinen Vater als Sprechstundenhilfe engagiert.

„Ach da sind Sie ja, Frau Johannsmeyer." Das Hutzelmännchen schien Britta zu kennen und erwartet zu haben. Wahrscheinlich half er auch sonst gelegentlich in der Praxis aus. „Und hier ist wohl auch ihr Freund mit dem abgebrochenen Zahn", fuhr der Türsteher fort.

Bröker guckte nur leidend. Er hatte den Eindruck, dass jedes Wort seine Schmerzen verschlimmern würde. Bestimmt war auch seine Backe schon dick.

„Dann kommen Sie mal rein", forderte ihn der Mann auf und gab die Tür frei.

Von drinnen schlug Bröker der charakteristische Geruch einer Zahnarztpraxis entgegen. Für ihn, den schon beim Anblick eines weißen Kittel Panik ergriff, wäre dies ohne Britta ein Grund gewesen, das Haus des Arztes umgehend wieder zu verlassen. Er wusste gar nicht, wie es den Dentisten gelang diesen Geruch so penetrant in ihren Räumen zu verbreiten, vielleicht badeten sie dreimal täglich in Desinfektionsmitteln.

Seine Freundin schien Brökers Furcht zu erahnen, denn sie fasste ihn am Ärmel und schob ihn mit sanftem Druck ins Wartezimmer.

„Gehen Sie doch gleich durch", bat der Mann und öffnete die Tür zum Behandlungsraum. „Ich bin in ein paar Augenblicken da."

Ob der Mann nun der Behandlung beiwohnte oder nicht, war Bröker herzlich egal. Doktor Wütherich sollte kommen – oder vielleicht doch nicht. Mit einem mulmigen Gefühl trat er auf den Zahnarztstuhl zu. Ob er sich schon setzten sollte?

„Na los, nimm Platz", forderte ihn Britta auf. „Noch ein paar Minuten, dann bist du deine Schmerzen los."

„Es tut schon gar nicht mehr weh", nuschelte Bröker. „Vielleicht gehen wir besser wieder."

„Wer's glaubt", lachte Britta. „Wir bleiben schön hier. Und du lässt dich behandeln."

„Wenn du meinst", erwiderte Bröker und kroch in den Stuhl. Sein Blick fiel auf den Bohrer und die kleinen Aufsätze, die davor aufgestellt waren. Bei Gedanken daran, was ihm bevorstand, wurde ihm ganz anders. Ob sich einer davon gleich in seinen maroden Backenzahn wühlen würde?

„Sssssst", machte er, um das Geräusch vorwegzunehmen, vermochte damit aber seiner Angst nicht Herr zu werden. Er spürte, wie sich seine Nackenhaare sträubten. Und irgendjemand schien in seinen Eingeweiden zu wüten.

Die Tür zum Behandlungsraum öffnete sich und der alte Mann von vorhin trat ein. Er hatte sich einen weißen Kittel angezogen, nun konnte auch Doktor Wütherich nicht mehr lange auf sich warten lassen.

„Na dann zeigen Sie mal her", sagte der Mann, zog ein Paar Latexhandschuhe an, füllte das Wasserglas an Brökers Stuhl und brachte diesen in die Waagrechte. Er richtete die Untersuchungsleuchte auf Brökers Gesicht und der guckte einen kurzen Augenblick versehentlich hinein. Ihm tanzen Sterne vor den Augen.

„Machen Sie bitte den Mund auf", sagte der Mann.

Bröker zögerte. Wenn er mit seinen Mutmaßungen richtiglag, dann untersuchte ihn gerade der Sprechstundengehilfe. „Sollten wir nicht vielleicht noch etwas warten?", fragte er zaghaft.

„Warten? Worauf? Dass die Schmerzen noch größer werden? Ich habe nicht vor, den ganzen Abend in der Praxis zu verbringen." Der Mann guckte ihn staunend an.

„Ich dachte nur, wenn wir abwarten, bis Doktor Wütherich hier ist, brauchen Sie mich nicht zweimal zu untersuchen", gab Bröker zu bedenken.

Der Mann stutze. Dann lachte er meckernd los. „Sie sind ja vielleicht eine Marke. Ich bin Doktor Wütherich", kicherte er. „Und jetzt öffnen Sie bitte den Mund", wurde er gleich darauf wieder streng.

War das möglich? War das wirklich der Zahnarzt? Misstrauisch beäugte Bröker die dicken Brillengläser des Mannes. Er musste fast blind sein – und dabei kam es gerade bei einem Dentisten doch auf akkurates Arbeiten an. An was für einen Schlachter hatte ihn Britta da nur verraten?

„Gerne", erwiderte Bröker, machte aber keine Anstalten, sich behandeln zu lassen. „Mögen Sie Ihren Beruf eigentlich?", fragte er stattdessen. Vielleicht konnte er den Zahnarzt in ein Gespräch verwickeln. Nur, um ihn besser einschätzen zu können natürlich.

„Ja, schon", entgegnete Doktor Wütherich. „Im günstigsten Fall hilft man den Leuten, sich bis ins hohe Alter ein tolles Gebiss zu erhalten. Und andernfalls befreit man sie von Schmerzen." Der Arzt schien zu spüren, dass er Bröker nicht sofort behandeln konnte, sondern erst dessen Vertrauen gewinnen musste. „Und was machen Sie beruflich?", fügte er daher hinzu.

„Ich habe ein bisschen was geerbt und bin Privatier", erwiderte Bröker wahrheitsgemäß. Wenn es nicht so weh getan hätte, hätte er sich gleich darauf auf die Zunge beißen können. Wahrscheinlich vermutete der Zahnarzt nun eine größere Geldquelle in seinem Patienten und würde jeden Zahn doppelt behandeln. Ob es hülfe, sich als verarmter Privatier auszugeben?

„Bröker ermittelt manchmal auch in Mordfällen", unterbrach Britta seine Gedanken.

„Wirklich?" Doktor Wütherich zog nachdenklich die Stirn in Falten. „Kann es sein, dass ich dann schon einmal etwas über Sie in der Zeitung gelesen habe?"

„Schon möglich", murmelte Bröker. Hauptsache der Arzt schob ihm keinen Bohrer und keine Zange in den Mund. Dafür war er bereit alles zuzugeben, was dieser über ihn zu wissen glaubte.

„Sind Sie nicht der Mister Marple von der Sparrenburg?", hakte der Dentist weiter nach. Mit einem Mal war sein Interesse geweckt.

„Ja, die Zeitungen nennen mich manchmal so", gab Bröker zu.

„Und haben Sie aktuell auch einen Fall, in dem sie recherchieren?", fragte Doktor Wütherich.

„Er war dabei, als dieser Techniker auf dem Leinewebermarkt in den Tod gestürzt ist. Sie wissen schon: Der, bei dem später K.-o.-Tropfen im Blut festgestellt wurden", schaltete sich Britta wieder ein.

„Davon habe ich gelesen. Haben Sie denn schon eine Spur?", erkundigte sich der Arzt.

„Spur ist zu viel gesagt", musste Bröker zugeben, war aber froh, dass der Zahnarzt noch nicht begonnen hatte zu bohren. „Ich muss mich ja auch ein wenig um die Großmutter des Toten kümmern", übertrieb er, um nicht grundlos ohne konkreten Verdacht dazustehen.

„Wieso das?" Doktor Wütherich hatte offenbar vollständig vergessen, weshalb der Patient vor ihm im Behandlungsstuhl saß.

„Bislang hat das Jan Poggemeier, also, der tote Techniker gemacht", erläuterte Bröker. „Aber nun kann er das ja nicht mehr. Die alte Frau ist schon sehr gebrechlich. Und eigentlich hat sie auch eine Kündigung am Hals. Ihre Wohnung wurde von so einem Immobilienspekulanten gekauft, der das ganze Haus luxus-sanieren will."

„Gibt es das jetzt auch schon in Bielefeld? Die Welt wird wirklich immer schlechter", wunderte sich der Zahnarzt. „Wo soll das denn sein?"

„Friedrichstraße", murmelte Bröker. In diesem Augenblick hatte sich sein maroder Zahn wieder gemeldet. Um sich nichts anmerken zu lassen, fuhr er sich mit der Hand übers Gesicht, wie um ein Gähnen zu unterdrücken.

„Sie wissen nicht zufällig, wie der feine Vermieter heißt?", erkundigte Doktor Wütherich neugierig.

Bröker überlegte einen Moment. „Vorderbrügge", erinnerte er sich dann an den Namen, den ihm Edith Pankoke genannt hatte.

„Den Burschen kenne ich", erwiderte der Zahnarzt überraschend.

„Woher das denn?" Mit einem Male schaltete sich auch Britta in das Gespräch ein.

„Als Arzt muss man sich ja Gedanken um seine Altersvorsorge machen", erläuterte Doktor Wütherich. „Nicht jeder hat ja das Glück, als Privatier leben zu können."

„Na, aber als Zahnarzt ist man ja auch nicht so weit davon entfernt." Der schmerzende Zahn machte Bröker unleidlich. Zu spät erinnerte er sich daran, dass er nicht ausgerechnet die Person verärgern sollte, die ihm in Kürze mit Bohrer und Spritze im Mund herumfuhrwerken würde.

Aber der Arzt schien seine Bemerkung gar nicht gehört zu haben. „Ich hatte vor ein paar Jahren mal die Idee, dass eine Immobilie eine gute Investition für die Zeit wäre, in der ich mal nicht mehr praktizieren kann."

„Da hatten Sie sicher auch recht", bestätigte Britta.

„Ich habe mir damals ein paar Häuser angesehen und bei einem wollte ich auch zuschlagen", fuhr Wütherich fort. „Wie sich dann herausstellte, war ich nicht der einzige Interessent. Dieser Vorderbrügge hatte sich auch um das Mietshaus beworben."

„Und wer hat es dann bekommen?", wollte Brökers Freundin wissen.

„Er natürlich", erwiderte der Dentist. „Er wusste seinen Willen durchzusetzen. Nicht nur dadurch, dass er den Preis immer höher getrieben hat. Er hat auch mich unter Druck gesetzt. Das ging sogar so weit, dass ich persönliche Drohungen erhielt. Ich kann Ihnen sagen, der Herr ist nicht gerade zimperlich, wenn es darum geht, an sein Ziel zu gelangen. Und so wichtig war mir das Haus dann auch wieder nicht." Der Arzt war in der Erinnerung im Gesicht puterrot vor Zorn geworden. Eine Ader an seiner Schläfe war geschwollen.

Verwirrt blickte er Bröker durch seine dicken Brillengläser an. Endlich schien ihm wieder einzufallen, warum er sich in seinem Behandlungsraum und nicht in seinem Wohnzimmer befand. „So, genug geplaudert. Dann wollen wir mal gucken", wandte er sich seinem Patienten zu. „Bitte öffnen Sie jetzt den Mund."

Bröker fiel nichts mehr ein, mit dem er die Behandlung hätte hinauszögern können. Außerdem pochte der Backenzahn weiterhin schmerzhaft. Zögernd kam er der Bitte des Arztes nach. Skeptisch sah er, wie der seine dickglasige Sehhilfe durch eine Lupenbrille ersetzte, seinen Mundschutz nach oben zog und dann einen Spiegel und eine hakenförmige Sonde in Richtung des maroden Zahnes führte. Er spannte sich an. Gleich würde es sehr wehtun.

„Da ist ja ein ordentliches Stück abgebrochen", erklärte der Arzt dumpf durch den Mundschutz.

Das hatte Britta ihm doch gesagt. Bröker fragte sich, ob Doktor Wütherich ein Gebiss wie aus einer Zahnpastareklame erwartet hatte, antwortete jedoch nicht. Zum einen fand er es absurd, dass Zahnärzte ihre Patienten immer dann in lebhafte Diskussionen verwickeln wollten, wenn diese die Hälfte ihres Bestecks im Mund hatten. Zum anderen war er zu sehr darauf konzentriert zu erspüren, wann die Hakensonde seinen zerstörten Zahn berühren würde, um nicht durch den plötzlichen Schmerz überrascht zu werden. Angespannt und mit geschlossenen Augen wartete er. Der Arzt konnte nur noch wenige Millimeter von der Zahnruine entfernt sein. Jetzt, ja jetzt spürte er es auch. Bröker schrie aus Leibeskräften. „Au! Seien Sie vorsichtig! Das tut so weh!"

Verwundert stellte er fest, dass seine Worte klar und deutlich waren. Er riss die Augen auf.

Doktor Wütherich saß auf einem Drehstuhl vor

seiner Behandlungsliege, beide Hände mit den Instrumenten in die Höhe gereckt. „Ich habe Sie doch überhaupt nicht berührt", sagte er erstaunt.

„Es hat sich aber so angefühlt", verteidigte sich Bröker. „Der Zahn ist halt erst gerade abgebrochen, wahrscheinlich ist er noch sehr empfindlich."

„So empfindlich, dass er eine Berührung aus 50 Zentimeter Entfernung spürt?", wunderte sich der Arzt. „Dann werde ich ihn wohl besser betäuben, bevor ich ihn untersuche." Er drehte seinen Stuhl und fuhr damit zu einem Metallschrank, der an der Stirnwand der Praxis stand. Schnell zog er zwei Schubladen auf, der einen entnahm er eine bräunliche Ampulle, der anderen eine Plastikspritze und eine Injektionsnadel.

Eine sehr lange Injektionsnadel, wie Bröker fand. Natürlich hatte er nicht gewollt, dass Doktor Wütherich ihn ohne Betäubung behandelte, aber vor der Spritze hatte er beinahe ebenso viel Angst.

Routiniert setze der Arzt die Nadel auf den Kolben und zog das Anästhetikum auf. Bröker rutschte tiefer und tiefer in den Behandlungsstuhl. „Haben Sie denn keine kleinere?" Beinahe ungewollt kamen die Worte aus seinem Mund.

„Kleinere was?", fragte der Dentist mit hochgezogenen Brauen, während Britta ein prustendes Geräusch von sich gab.

„Spritze", murmelte Bröker. „Gibt es keine kleinere Spritze?"

„Das ist eine ganz normale Injektionsnadel, eine andere haben wir nicht", entgegnete der Zahnarzt nun leicht ungehalten. „Sie werden spüren, dass es kaum etwas zu spüren gibt."

„Können Sie die Stelle wenigstens vorher vereisen?", fragte Bröker zaghaft. Als er in Kindertagen eine seiner wenigen Spritzen erhalten hatte, hatte das sein damaliger Zahnarzt so gemacht.

„Das mache ich eigentlich nur bei Kleinkindern", erwiderte Doktor Wütherich prompt. „Aber bitte, wenn es Ihnen dann bessergeht." Aus einer weiteren Schublade des Metallschranks zog er eine Sprühflasche. Mit ihr in der Linken und der Spritze in der Rechten, kam er zu Bröker zurück. „Mund auf!", befahl er. Das höfliche „bitte", das seine Anweisungen bisher begleitet hatte, ließ er diesmal weg.

Bröker öffnete den Mund. Der Arzt setzte sich wieder die Lupenbrille auf, dann besprühte er drei Stellen um den maroden Backenzahn mit dem Eisspray. Bröker spürte, wie diese ihr Gefühl verloren, gleichzeitig hatte er einen bitteren Geschmack auf seiner Zunge.

Unterdessen hatte der Zahnarzt die Sprühflasche weggestellt und sich die Spritze gegriffen. Aus der Nähe betrachtet sah sie noch bedrohlicher aus.

„Nein", hauchte Bröker und wollte instinktiv den Mund schließen.

Aber es war zu spät. Der Arzt hatte seinen Kiefer so ergriffen, dass diese die Mundhöhle wie in einem

Schraubstock weit aufdrückten. Noch einmal tauchte die riesenhafte Injektionsnadel vor seinen Augen auf. Wahrscheinlich wurden auch keine anderen Spritzen eingesetzt, wenn man einem Elefanten einen Stoßzahn ziehen wollte. Unwillkürlich schloss er die Augen. Er spürte, wie das Blut aus seinem Gehirn zu entweichen schien. Dann wurde er ohnmächtig.

Kapitel 21
Wer den Schaden hat

Als Bröker die Augen aufschlug, sah er zwei Gesichter, die sich über ihn beugten. Das eine gehörte zweifellos Britta und das andere – ja, das war der Zahnarzt. Schnell warf Bröker einen Blick auf dessen rechte Hand. Die bedrohliche Spritze war verschwunden, er atmete erleichtert auf.

„Herr Bröker, ist alles in Ordnung bei Ihnen?", fragte der Arzt.

„Ja, alles bestens, mir war nur gerade ein wenig schwindelig", log Bröker und versuchte aus dem Stuhl aufzustehen, um zu beweisen, wie gut es ihm schon wieder ging. Außerdem würde er sich dem Arzt dann nicht mehr so ausgeliefert fühlen. Als er seinen Oberkörper anhob, merkte er, dass er noch immer benommen war.

„Bleiben Sie bitte liegen." Auch Doktor Wütherich hielt nichts davon, dass sein Patient sich erhob. „Der Notarzt muss gleich hier sein."

„Notarzt?" Bröker war entsetzt. Als ob ein Arzt im Raum nicht genug war. „Mir geht es doch schon wieder gut", sagte er schnell. „Und außerdem sind Sie ja auch Arzt."

„Ja, aber Zahnarzt", klärte ihn der Dentist auf. „Wir haben keine allgemeinmedizinische Ausbildung und wenn es hart auf hart kommt, müssen wir die Kollegen rufen. Das ist so Vorschrift."

In diesem Augenblick hörte Bröker auch schon ein Martinshorn näher kommen. Wenig später zuckte ein Blaulicht durch das Fenster der Arztpraxis. Es schellte. Doktor Wütherich ging zur Tür und kam mit drei Männern zurück. Der eine trug eine orange Uniform mit der Aufschrift „Notarzt", seine Begleiter mussten Sanitäter sein.

„Das ist Herr Bröker", stellte der Zahnarzt seinen Patienten vor. „Ich wollte ihm gerade eine Injektion setzen, da ist er zusammengesackt."

„Das gibt es nicht." Der eine der beiden Sanitäter, der Bröker eher an einen Schlachter erinnerte, brach in lautes Lachen aus.

„Ja, leider haben immer noch viele Leute Angst vor dem Zahnarzt." Doktor Wütherich versuchte verständnisvoll zu klingen. „Allerdings werden die Wenigsten beim Anblick einer Spritze ohnmächtig. Zum Glück, sonst könnte ich meinen Job an den Nagel hängen." Diesmal lachten nicht nur die Sanitäter, auch die beiden Ärzte konnten offenbar nur mit Mühe ein Prusten unterdrücken. Nur Britta stimmte nicht ein. Sie hatte still auf einem Stuhl am anderen Ende des Behandlungszimmers Platz genommen. Wahrscheinlich schämte sie sich für Bröker.

„Wie dem auch sei, wenn wir gerufen wurden, muss ich den Patienten untersuchen", ergriff der Notarzt schließlich das Wort. „Damit uns nachher niemand nachsagen kann, wir hätten die Sache nicht ernst genommen." Er hielt Bröker ein Fläschchen mit Riechsalz unter die Nase. Der atmete tief ein – und schüttelte sich. Das Zeug stank bestialisch.

„Sehen Sie, manchmal kann ich damit sogar Tote wieder zum Leben erwecken", grinste der Notarzt. Anschließend maß er Brökers Puls und Blutdruck. „Soweit scheint wieder alles in Ordnung zu sein", konstatierte er. „Eine Infusion lege ich ihm jedenfalls nicht, sonst habe ich ihn ruckzuck wieder im Reich der Träume." Wieder lachten die Männer, der Schlachter wieherte beinahe.

Der Klingelton eines Handys befreite Bröker aus der peinlichen Situation, die nach seinem Gefühl schon eine Ewigkeit dauerte. Der Notarzt zog ein Mobiltelefon aus der Hosentasche und warf einen raschen Blick auf die Anzeige. „Der nächste Einsatz ruft", sagte er in Richtung seiner Sanitäter. An Doktor Wütherich gewandt fügte er hinzu: „Herr Bröker ist jetzt wieder Ihr Patient. Behandeln Sie ihn pfleglich, nicht, dass wir gleich wieder vor Ihrer Praxis stehen." Mit einem Zwinkern verabschiedete er sich. Von der Tür her hörte er ihn noch sagen: „Ich hoffe, der nächste Einsatz wird etwas ernsthafter."

Bröker wäre am liebsten unsichtbar geworden. Aber es gelang ihm nicht. Oder vielleicht doch. Jedenfalls sagte Doktor Wütherich außer seinem obligatorischen „Öffnen Sie bitte den Mund" kein Wort mehr zu ihm. Und auch Britta schien vergessen zu haben, wer er war und wo sie sich befand. Sie starrte auf einen Punkt, der sich einen halben Meter von ihren Fußspitzen entfernt befand. Bröker hatte schon viele peinliche Situationen erlebt, aber diese gehörte zu den Schlimmsten, an die er sich erinnern konnte.

Der einzige Vorteil war, dass er so sehr auf das Geschehene konzentriert war, dass er die Behandlung seines maroden Zahnes wie in Trance erlebte. Weder sah er die Spritze, noch spürte er den Einstich der Injektionsnadel. Ja, als er eine halbe Stunde später die Zahnarztpraxis mit einem tauben Gefühl in der Wange verließ, musste er mit der Zunge überprüfen, ob der Arzt den abgebrochenen Zahn repariert oder gezogen hatte.

„Du bist nicht wirklich in Ohnmacht gefallen!", rief Gregor, als Britta Bröker zwanzig Minuten später wieder zu Hause absetzte und schilderte, wieso der Zahnarztbesuch so lange gedauert hatte. „Ich fasse es nicht. Sag, dass das nicht wahr ist", wandte er sich an Brökers Freundin.

„Doch, es stimmt", erwiderte die und Bröker wusste nicht, ob in ihrer Stimme mehr Scham oder mehr Mitleid mitschwang. Immerhin sprach sie überhaupt wieder.

„Und warum?" Auch Sara, die als einzige der Gäste noch mit Gregor in der Küche saß, folgte Brittas Bericht gespannt.

„Eigentlich lief alles ganz normal", beschönigte diese den Beginn des Zahnarztbesuchs noch etwas. „Aber der Anblick der Spritze muss B. etwas erschreckt haben und kurz bevor Doktor Wütherich sie setzen konnte, ist Bröker zusammengesackt."

„Das musst du genauer erzählen – in allen Einzelheiten." Gregor konnte sich einfach an der Geschichte nicht satthören.

„Tut mir leid, Leute", sagte Bröker mit einem lauten Seufzer. „Es kommt mir vor, als hätte ich das alles schon mal gehört, ja, fast als hätte ich es miterlebt." Seine Wange fühlte sich bei diesen Sätzen an, als würde sie hin- und herschwingen wie eine Schale Wackelpudding. Außerdem nuschelte er leicht, weil er sich bemühte, den Mund nicht zu weit zu öffnen. „Ich bin müde. Das Ganze hat mich doch ein bisschen mitgenommen."

Ohne auf Gregors weitere Kommentare oder Brittas mitleidigen Blick zu achten, schenkte er sich noch einen Whiskey ein und machte sich auf den Weg in sein Schlafzimmer.

Eine Stunde später lag Bröker noch immer wach im Bett. Mit aller Macht versuchte er, die Ereignisse in der Praxis von Doktor Wütherich zu verdrängen. Dabei wurde er das vage Gefühl nicht los, dass irgendetwas an dem, was der Zahnarzt gesagt hatte, für seine Ermittlungen relevant sein könnte. Doch immer wenn es ihm fast gelungen war, die Szene im Behandlungsstuhl zu verdrängen und sich auf die Sätze des Arztes zu konzentrieren, hörte er Gregors herzhaftes Lachen aus der Küche und ahnte, was seinen Mitbewohner so erheiterte.

Dann wieder richtete er seine Aufmerksamkeit auf den behandelten Zahn, den der Arzt zum Glück nicht gezogen hatte. Als er merkte, dass sein Gesicht nicht länger bis hin zum Augenlid gefühllos war und die Betäubung langsam nachließ, kam die Angst hinzu. Ob der Schmerz gleich einsetzte? Vielleicht sollte er vorsorglich noch eine Schmerztablette einwerfen. Allerdings lagen die im Apothekerschränkchen im Badezimmer und Bröker fürchtete, auf dem Weg dorthin Manfred oder Frieda zu begegnen. Auch ihnen noch von seinen Erlebnissen bei dem Zahnarzt zu berichten, ginge über das hinaus, was er an einem Tag an Peinlichkeiten zu ertragen bereit war.

Wieder lachte in der Küche jemand. Bröker hätte schreien können. So würde er in der nächsten Stunde keine Ruhe finden. Verzweifelt schnappte er sich sein Kopfkissen, legte sich auf die Seite und drückte es sich aufs Ohr. Nun waren die Laute dumpfer, aber immer noch zu hören. Er blickte sich in seinem Schlafzimmer um. Da war ja noch ein zweites Kissen, auf dem Sessel am Fußende des Bettes. Eigentlich war es Ulis Schlafplatz, aber heute mussten eben alle Opfer bringen. Bröker stand auf und weckte den Kater. Der sprang mit einem protestierenden Mauzen auf.

„Sei still, Uli, ist ja nur für eine Nacht", beruhigte Bröker ihn und nahm sich das Kissen. Seufzend ließ er sich wieder in sein Bett fallen, nahm seine seitliche Schlafposition ein, legte sein Kopfkissen aufs Ohr und Ulis Kissen darauf. Endlich war Ruhe! Das letzte, was Bröker spürte, war, dass Uli auf sein Polster zurückkehrte und sich auf dem Kissenturm über Brökers Ohr einrollte. Dann schlief er ein.

Kapitel 22
Unverhoffte Begegnungen

Als Bröker am nächsten Morgen in die Küche kam, saß Sara mit seiner Lieblingstasse am Küchentisch. Sie trug eins von Gregors T-Shirts und sonst – soweit Bröker es beurteilen konnte – nichts.

„Guten Morgen", begrüßte sie ihn, als sei ihre Gegenwart die natürlichste Sache der Welt. „Ich hoffe, es geht dir wieder besser."

„Ja, geht schon", brummte Bröker. Tatsächlich hatte er beim Aufstehen erleichtert zur Kenntnis genommen, dass sich sein Zahn seit dem Einschlafen nicht mehr gemeldet hatte. Er hoffte, dass sich das im Laufe des Tages nicht ändern würde.

„Dann kannst du dir ja einen Kaffee nehmen", forderte ihn das Mädchen auf. „Ich habe uns einen aufgesetzt."

Bröker wollte schon antworten, dass das sehr freundlich sei, er aber leider keine Tasse mehr habe. Aber Sara konnte ja nicht wissen, dass sie seinen Lieblingsbecher gegriffen hatte.

„Guck mal, was ich für eine lustige Tasse gefunden habe", sagte sie just in diesem Moment. „Mit dem Logo von Arminia. Gregor kann manchmal ein richtiger Kindskopf sein."

Wortlos ging Bröker zum Küchenschrank und nahm sich einen Becher. Neutralschwarz. Passend zu Saras Fingernägeln. Das würde die junge Frau hoffentlich davon abhalten, sich über ihn lustig zu machen. Er goss sich ein und setzte sich zu ihr an den Küchentisch. Dabei vermied er es peinlich, sie anzusehen. Der Blick beim Betreten der Küche hatte genügt. Gregors T-Shirt offenbarte mehr als es verhüllte, überall blitzte Saras weiße Haut.

„Hast du denn überhaupt schlafen können?", fragte Sara.

„Ja, irgendwann waren die Schmerzen weg", gab sich Bröker diplomatisch.

„Das ist gut, aber das meinte ich gar nicht", kicherte Sara. „Wir waren ja gestern Abend noch ganz schön laut."

Bröker fiel das Johlen wieder ein, das immer wieder aus der Küche nach oben gedrungen war. Oder meinte sie etwas Anderes? Er spürte, wie er rot wurde. Ein Glück, dass er nicht alles mitbekommen hatte, was sich letzte Nacht unter seinem Dach abgespielt hatte. „Ich habe nichts gehört", erwiderte er halb gelogen, halb wahrheitsgemäß.

„Dann ist es ja gut", lächelte das Mädchen. „Übrigens: Keine Sorge, dass ich dir den ganzen Tag auf den Geist gehe. Um elf treffe ich mich mit zwei Kommilitoninnen. Wir müssen was für die Uni tun. Ich wollte nur nicht so früh raus wie Gregor. Ey, er ist mitten in der Nacht aufgestanden, um zur Arbeit zu gehen. Und das am Wochenende! Wenn ich das sehe, vergeht mir die Lust auf das Arbeitsleben."

Nun schaute Bröker Sara doch an. Obwohl er ihre Piercings noch immer unheimlich fand, machte dieser letzte Satz sie ihm sympathisch. „Ich habe das mit dem Arbeiten auch immer vermieden", lachte er und zwinkerte ihr zu.

Da auch Manfred und Frieda aus dem Haus gegangen sein mussten, bevor er aufgestanden war, war Bröker eine Stunde später wieder allein. Um wenigstens vor sich selbst so zu tun, als arbeite er, setzte er sich in die Bibliothek. Doch es fiel ihm nicht leicht, sich zu konzentrieren. Immer wieder gingen ihm die Erlebnisse des gestrigen Tages durch den Kopf. Er schämte sich. Mein Gott, war das peinlich gewesen!

Da half es auch nichts sich zu sagen, dass er ja nicht absichtlich in Ohnmacht gefallen war. Wie er diesem Doktor Wütherich beim Nachsorgetermin unter die Augen treten sollte, wusste er beim besten Willen nicht. Ob er einfach schwänzen konnte? Schließlich tat ihm der Zahn ja nicht mehr weh.

Nur allmählich gelang es ihm, sich wieder auf den Fall zu konzentrieren. Aber auch dabei spukte ihm der Zahnarzt im Hinterkopf herum. Schließlich hatte der ihn ja nicht nur nach seinen Ermittlungen gefragt, sondern er kannte sogar Vorderbrügge. Ob Bröker gestern deshalb das Gefühl gehabt hatte, der Zahnarzt hätte irgendetwas Wichtiges gesagt? Allerdings schien Bröker der Immobilienunternehmer doch eher eine Randfigur zu sein. Auch wenn er von ihm geträumt hatte, wie er sich nun erinnerte. Genau, ein Zahnarzt hatte sich im Traum mit einer gewaltigen Injektionsnadel über ihn gebeugt. Erst hatte der Weißkittel die Physiognomie von Doktor Wütherich, doch nachdem Bröker kurz die Augen geschlossen hatte, hatte ihn ein unbekanntes Gesicht angeblickt.

„Ich bin Doktor Vorderbrügge und ich bin nicht zimperlich", hatte der Fremde gesagt.

Bröker lachte. Was für einen Unsinn sein Gehirn manchmal im Schlaf verzapfte. Dabei hätte er doch eigentlich Wichtigeres zu tun gehabt. Noch immer hatte er keine heiße Spur, was den Tod des jungen Technikers anging. Dabei war das alles nun schon wieder eine Woche her. Sicher, er hatte herausgefunden, dass sich ein dunkelhaariger Mann am gleichen Tisch wie der Elektriker befunden hatte. Aber auch wenn er sich verdächtig verhalten haben mochte, konnte niemand sagen, ob es sich bei ihm auch um denjenigen handelte, der Jan die Tropfen ins Bier gekippt hatte. Und selbst wenn: Wie sollte er den Mann finden? Was diese Frage anging, schien selbst die Polizei ratlos. Und anders als diese besaß Bröker nicht die Möglichkeit, beispielsweise ein Phantombild anfertigen zu lassen. Auch der Verdacht, dass es sich bei dem Täter um eine Person aus dem Dunstkreis der BiPas handelte, war eine Sackgasse gewesen. Jedenfalls, wenn er mit seiner Einschätzung nicht völlig danebenlag.

Bröker schlug seine Kladde auf. Frustriert bemerkte er, dass dort nur die Zutaten für das gestrige Abendessen in den vergangenen zwei Tagen neu hinzugekommen waren. Kein einziger Gedanke, wie er seine Recherchen voranbringen konnte! Keine seiner Ideen hatte sich als fruchtbar erwiesen und gerade wusste er auch nicht, in welcher Richtung er weiterermitteln sollte. Er brauchte dringend einen neuen Aspekt, hatte aber keine Ahnung, wie er den finden sollte. In anderen Fällen war ihm oft der Zufall zu Hilfe gekommen, doch diesmal hatte ihn sein Glück wohl verlassen.

Wie weit die Polizei wohl in ihren Ermittlungen war? Wenn er Charly Glauben schenken durfte, tappten Schewe und sein Team noch genauso im Dunkeln wie er selbst. Aber vielleicht hatte die ihm auch nicht alles gesagt, oder gar nicht alle Details gewusst. Ob er Mütze danach fragen durfte?

Beherzt ging er nach unten, nahm das Telefon und wählte Mützes Nummer.

„Polizeipräsidium Bielefeld, Kerstingjos", meldete sich kurz darauf eine weibliche Stimme.

Bröker hielt inne. Hatte er sich verwählt? „Guten Tag, Bröker hier, ich hätte gerne mit Hauptkommissar Schikowski gesprochen", bat er unter Benutzung von Mützes vollständiger Amtsbezeichnung.

„Ich verbinde", sagte die Frau und gleich darauf tutete es im Hörer. Dreimal, viermal, fünfmal. Dann war Frau Kerstingjos wieder in der Leitung. „Herr Bröker? Ich sehe gerade, dass Herr Schikowski heute keinen Dienst hat."

„Nicht?", wunderte sich Bröker. „Ist er im Urlaub?"

„Nein." Die Frau am anderen Ende schien ein Lachen zu unterdrücken. „Herr Schikowski muss samstags in der Regel nicht arbeiten. Außerdem war er meines Wissens am vergangenen Wochenende im Einsatz, da haben wir ihm heute einmal einen freien Tag gegönnt." Die Telefonistin der Bielefelder Polizei war gut aufgelegt.

„Ach, es ist ja Samstag." Bröker hätte sich ohrfeigen können. Solche Details entgingen dem Privatier regelmäßig, vor allem in der Zeit zwischen Ende Mai und Mitte August, wenn der Fußball gerade pausierte. „Entschuldigung, daran hatte ich überhaupt nicht gedacht", erwiderte er zerknirscht und legte auf.

Nun fiel ihm auch wieder ein, dass Mütze ihm bei ihrem letzten Treffen gesagt hatte, er sei an diesem Wochenende beim Geburtstag seiner Schwester in Bochum. Nein, dort würde er ihn auf keinen Fall anrufen. Mütze war sowieso viel zu häufig auch in seiner Freizeit mit seinen dienstlichen Aufgaben beschäftigt. Da sollte er heute unbehelligt bleiben.

Bröker stellte das Mobilteil seines Telefons wieder in die Ladestation und dachte nach. Bei wem sonst konnte er sich nach dem Ermittlungsstand der Polizei erkundigen? Charly hatte immer gute Quellen, aber sie hatte ihm ja erst vorgestern Abend gesagt, was sie wusste, da war wohl kaum viel Neues hinzugekommen. Es war zum Haare raufen. Im Moment war in diesem Fall einfach kein Vorankommen.

Außerdem hatte er Hunger. Irritiert guckte er auf die Uhr. Es war ja schon nach drei. Hatte er so lange über den Fall gebrütet? Kein Wunder, dass sein Magen knurrte, er hatte noch nicht einmal etwas zum Frühstück gegessen. Er ging in die Küche, öffnete den Kühlschrank und zog ein langes Gesicht. Gregor mochte die Gäste gestern Abend gut bekocht haben, aber er hatte auch die Vorräte gründlich geplündert. Aus dem Kühlfach blickte Bröker ein halbes Stück Butter und zwei Tomaten entgegen, letztere mussten wohl Frieda und Manfred gehören. Ansonsten herrschte gähnende Leere. Zumindest das ließ sich ja ändern und damit hätte Bröker auch eine Aufgabe für den Tag.

Zwei Stunden später hatte Bröker seine Einkäufe erledigt. Er hatte sich ausgiebig Zeit gelassen, dementsprechend viele gute Dinge gefunden und schleppte nun schwer an seinen Taschen. Der Schweiß stand ihm auf der Stirn und lief in kleinen Bächen seine Schläfen und seinen Rücken hinab. Selbst für einen Frühsommertag war es heute heiß in Bielefeld. Eigentlich hatte Bröker geplant, seine Besorgungen gleich in die Stadtvilla zu bringen. Dann aber stand ihm der Sinn danach, sich den frühen Abend durch einen kleinen Aperitif zu versüßen. Ein Glas Weißwein vielleicht oder einen Krug Bier, der besser zu dem Durst passte, der ihn mit einem Mal überfallen hatte. Aber was wäre der beste Ort dafür? Zielloser als gewöhnlich streifte er durch die Stadt.

Wahrscheinlich erinnerte er sich dabei unbewusst an seinen Besuch im Nordpol vor ein paar Tagen, denn plötzlich fand sich Bröker in dem Park neben der Ravensberger Spinnerei wieder. Lächelnd erinnerte er sich daran, dass er hier erst vor wenigen Tagen mit Britta spazieren gegangen war.

Interessiert sah er, dass gerade wieder eine größere Gruppe die Hechelei verließ. Ob schon wieder ein Speed-Dating gewesen war? So oft konnten die sich doch kaum rentieren. Dennoch meinte er in diesem

Augenblick Sandra, die Frau, die durch das Event geführt hatte, zu erkennen. Und die Frau daneben kannte er auch. Genau, das war ja Wiebke. Also hatte doch schon wieder ein Speed-Dating stattgefunden. Bröker war erleichtert. So traumatisch war das Zusammentreffen mit ihm für Wiebke dann doch nicht gewesen, wenn sie sich gleich für das nächste Treffen angemeldet hatte. Trotzdem hielt ihn Wiebkes Anblick davon ab, einfach zu Sandra hinüberzugehen, um ihr zu sagen, dass er auf dem Event eine besonders sympathische Frau getroffen hatte, mit der er seitdem sogar schon einmal gekocht hatte. Fast gekocht hatte, fügte er in Gedanken an den gestrigen Abend hinzu.

Bröker stutzte. Die Gestalt, die hinter Wiebke aus der Hechelei gekommen war, konnte man eigentlich nicht verwechseln. Nein, die Person mit dem mageren Oberkörper und den dünnen weißen Beinchen, die kurze orangefarbene Hosen und ein gleichfarbiges T-Shirt trug, musste van Ravenstijn sein. Diesen verbotenen Modegeschmack besaß in ganz Bielefeld nur der selbsternannte Profiler der Bielefelder Kripo. Aufgeregt wanderte er auf und ab. Scheinbar wartete er auf jemanden. Nach wem er nur Ausschau hielt? Die Frage war schnell beantwortet. Keine fünf Meter hinter van Ravenstijn trat eine Frau mit langer blonder Mähne ins Freie. Aus der Entfernung sah sie deutlich jünger aus als der Holländer. Auf jeden Fall aber war sie deutlich attraktiver.

Bröker blieb stehen und beobachtete gespannt, was geschehen würde. Van Ravenstijn redete wie ein Wasserfall auf seine Begleiterin ein. Die lachte zunächst kokett, schüttelte dann aber den Kopf und begab sich in Richtung des Parkausgangs. Der Holländer folgte ihr auf dem Fuß, dabei hörte er einfach nicht auf zu reden. Bröker ging in einigem Abstand hinter den beiden her. Zu schade, dass er nicht verstehen konnte, was van Ravenstijn sagte. Wieder schüttelte die Blondine den Kopf, dieses Mal auf eindeutige Weise. Der Polizeipsychologe deutete die Straße hinauf. Dort konnte Bröker einen BMW-Sportwagen erkennen, ein Gefährt, in dem van Ravenstijn auch ihn schon mehrfach befördert und dabei zu Tode erschreckt hatte. Die Frau schien sich ebenso wenig aus schnellen Autos zu machen wie er. Sie winkte noch einmal und lief dann in Richtung Kesselbrink. Das war der Augenblick, um sich van Ravenstijn zu nähern. Der Holländer war noch so verdutzt von der Abfuhr, dass er seinen Erzfeind zunächst gar nicht bemerkte.

„Hallo Bröker", sagte er schließlich, als ihm klargeworden war, wen er vor sich hatte. Er kam Bröker merkwürdig zurückhaltend vor.

„Hallo Ravenstijn." Bröker fühlte, dass er gute Karten hatte. „Wieso sehen Sie eigentlich aus wie ein Kind, das man beim Bonbonklauen erwischt hat?"

„Ich verstehe Sie nicht", erwiderte der Psychologe mit unschuldigem Augenaufschlag. „Nun lebe ich schon so lange in Ostwestfalen, aber einige Ihrer Redewendungen kenne ich immer noch nicht."

„Macht nichts", brummte Bröker. „Wer war eigentlich die blonde Frau, mit der Sie sich gerade so angeregt unterhalten haben? Sie sah ja richtig nett aus – das hätte ich Ihnen gar nicht zugetraut."

Van Ravenstijn tat, als müsse nachdenken. „Ach die", sagte er. „Die ist nicht so wichtig."

„Wenn ich Ihr Gesicht sehe, bin ich mir dessen nicht so sicher." Diese Spitze hatte sich Bröker einfach nicht verkneifen können.

„Und wenn ich Ihr Gesicht sehe, denke ich, dass Sie etwas mehr Sport machen sollten", konterte der Holländer. „Bröker, wie können Sie denn bei den zwei Taschen so in Schweiß geraten?"

„Ich arbeite eben. Sogar samstags", rechtfertigte sich der schnell. „Das kann wohl nicht jeder von sich behaupten. Aber wenn ich Sie hier treffe und nicht im Polizeipräsidium, dann war die Ermittlungsarbeit der Polizei im Fall Jan Poggemeier ja vielleicht schon sehr erfolgreich."

Spontan war Bröker die Idee gekommen, dass er den Holländer nicht nur als Gegner für einen verbalen Schlagabtausch nutzen konnte, sondern auch um herauszufinden, wie weit die Recherchen der Polizei gediehen waren.

„Wir sind immer sehr erfolgreich", gab sich der selbsternannte Profiler selbstbewusst. „Das sehen Sie ja unserer Aufklärungsquote."

„Zu der ich auch ein wenig beigetragen habe", ergänzte Bröker.

„Geschenkt", erwiderte van Ravenstijn großspurig. „Aber sagen Sie nicht, Sie ermitteln auch im Fall dieses toten Technikers."

„Das musste ich. Es war sozusagen ein himmlischer Auftrag."

„Bröker, Sie sprechen in Puzzeln."

„Rätseln. Es heißt: Sie sprechen in Rätseln", korrigierte Bröker den Holländer. „Und so rätselhaft ist es gar nicht, Jan Poggemeier ist mir beinahe aus dem Himmel vor die Füße gefallen. Ich war genau zur richtigen Zeit am Bunnemannplatz, oder genau zur falschen, wie man es nimmt. Jedenfalls fühle ich mich berufen, mir meine Gedanken zu machen."

„Sie sollten sich keine zu großen Hoffnungen machen. Es ist ja doch meist sehr schwierig, wenn man nicht beruflich ermittelt", gab sich der Psychologe gönnerhaft. Bröker erinnerte sich, dass er noch vor wenigen Stunden das gleiche gedacht hatte, hätte sich aber eher die Zunge abgebissen, als das zuzugeben.

„Außerdem haben wir den Fall schon beinahe gelöst", fuhr der Holländer zu seinem Erstaunen fort.

„Ach wirklich? Wer war denn der Täter?" Bröker war ernsthaft neugierig. Sollte die Polizei diesmal wirklich schneller gewesen sein als er?

„Das darf ich Ihnen natürlich nicht sagen." Van Ravenstijn kostete immer jeden Informationsvorsprung aus. „Aber, weil Sie ein guter Freund von Herrn Schikowski sind und uns manchmal auch schon einen kleinen Tipp gegeben haben, sagte ich so viel: Jan Poggemeier hatte Schulden."

„Schulden?" In diese Richtung hatte Bröker noch gar nicht gedacht. „Schulden sind bestimmt etwas Hässliches." Er selbst hatte ja noch nie welche gehabt. „Aber soll das das Mordmotiv sein? Wer bringt jemanden denn wegen seiner Schulden um? Ich dachte, sie seien eher lebensverlängernd. Keiner will doch, dass man stirbt, bevor man sie zurückbezahlt hat."

„Aber wenn man die Schulden bei einem Leihhai hat …"

„Kredithai, Ravenstijn, so viel Zeit muss sein."

„Gut, also, wenn man die Schulden bei einem Kredithai hat und sie nicht zurückzahlt, kann es sein, dass der irgendwann böse wird."

„Und so einen Kredithai haben Sie ausfindig gemacht?"

„Nicht ich persönlich. Das fällt nicht in meinen Kompetenzbereich. Ich werde vielmehr das Psychogramm erstellen, das erklärt, was den Mann zu seiner Tat veranlasst hat und warum er keinen anderen Weg gewählt hat", erklärte van Ravenstijn. „Aber Schewe hat so einen Geldhai gefunden."

„Donnerwetter, dass er so fix ist, hätte ich nicht gedacht." Bröker war ernsthaft betroffen. Einmal hatte er zugegeben zu ermitteln, bevor er ein Ergebnis vorweisen konnte, und prompt war Schewe schneller als er. „Hat denn der Täter schon gestanden?"

„So weit sind wir noch nicht."

Bröker fiel bei diesen Worten des Holländers ein Stein vom Herzen. „Wir müssen diesen Rösner erst noch in die Mangel nehmen."

„Rösner?"

„Martin Rösner. So heißt der Verdächtige." Im gleichen Augenblick schlug sich van Ravenstijn mit der Hand vor den Mund, wie um die Worte zurückzunehmen. „Ist natürlich ein Ermittlungsgeheimnis", fügte er rasch hinzu.

„Keine Sorge, ich habe den Namen schon vergessen", beruhigte ihn Bröker. Den Teufel würde er tun, dachte er dabei.

„Ich habe wirklich schon zu viel erzählt", beschloss van Ravenstijn die Unterhaltung, bevor er noch mehr Interna ausplaudern konnte. „Ich muss nach Hause gehen." Er überlegte einen Moment. „Oder haben Sie vielleicht noch Lust, mit mir eine Pizza zu essen?"

Bröker, der den Geschmack des Niederländers ebenso gut kannte wie dessen Geiz, schüttelte spontan den Kopf. Bestimmt wusste van Ravenstijn einen Geheimtipp, eine Pizzeria, bei der es als Belag Plastikmozzarella gab und Champignons, die ihre Jugend in einer Dose verbracht hatten – dafür alles aber ganz billig. „Tut mir leid, Ravenstijn", sagte er. „Aber heute Abend habe ich schon eine Verabredung – mit einem sehr guten Freund. Wir genießen zusammen immer ein ausgezeichnetes Essen und hervorragenden Wein." Dass dieser Freund er selbst war, musste er dem Holländer ja nicht auf die Nase binden.

Kapitel 23
Von Haien und kleinen Fischen

Schon als Bröker nach dem Gespräch mit van Ravenstijn nach Hause gekommen war, war er voller Sorge gewesen. Geistesabwesend hatte er den kompletten Inhalt der Leinenbeutel in den Kühlschrank geräumt, darunter auch sein Portemonnaie. Immer wieder kreisten seine Gedanken um das Gespräch mit van Ravenstijn. Wieder einmal hatte der Holländer in seinem Bestreben, die Polizeiarbeit möglichst gut dastehen zu lassen, viel mehr ausgeplaudert, als er eigentlich gedurft hätte. Immerhin hatte Bröker dadurch einen Einblick in Schewes Ermittlungsstand bekommen. Und die Spur mit dem Kredithai konnte in der Tat vielversprechend sein. Bröker ärgerte sich kurz, dass er selbst nicht schon in diese Richtung gedacht hatte. Allerdings wusste er nicht, wie Schewe diesen Hinweis erhalten hatte und es war ja auch der Polizei noch nicht klar, wie aussichtsreich die Fährte nun wirklich war. Vielleicht konnte er selbst jetzt schneller sein. Um das beurteilen zu können und wenn er sich nicht von der Bielefelder Kripo abhängen lassen wollte, musste er sich mit Rösner unterhalten.

Aufgeregt lief Bröker in der Küche auf und ab. Er hätte nicht sagen können, warum er sich ausgerechnet in diesen Fall so hineinhängte. Auch in früheren Ermittlungen hatte er mehr Ehrgeiz an den Tag gelegt, als er sich zugetraut hatte, aber so tief wie jetzt war er selten in einen Fall eingetaucht. Vielleicht war es gar nicht schlecht, wenn Schewe einmal schneller war als er, versuchte er sich einzureden. Er wollte sich den Leitenden Hauptkommissar der Bielefelder Kripo ja nicht zum Feind machen. Dann aber genügte die Vorstellung von van Ravenstijns selbstzufriedenem Grinsen um ihn erneut anzustacheln. Er musste diesen Fall einfach selbst aufklären.

Aber wie? Anders als die Polizei verfügte er nicht über das Recht, diesen Rösner einfach vorzuladen. Der Finanzhai wäre auch nicht verpflichtet, auf irgendeine von Brökers Fragen zu antworten, wenn er ihn einfach aufsuchte. Ja, Bröker hatte noch nicht einmal seine Adresse. Wenigstens bei der würde ihm Gregor allerdings helfen können. Trotzdem wäre er wohl noch mindestens anderthalb Tage zur Untätigkeit verdammt, schließlich war gerade Samstag und es war noch nicht einmal 20 Uhr. Bröker seufzte schwer. Ob ihm wieder einmal nichts Anderes bliebe, als den Abend mit einer Flasche Wein zu verbringen?

Wie zur Antwort hörte er in diesem Moment, wie sich ein Schlüssel in der Haustür drehte. Er vernahm Gregors Stimme, dann auch die von Manfred und

Frieda. Wenig später standen alle drei bei Bröker in der Küche.

„Ihr kommt wie gerufen", sagte der Hausherr, dessen Laune spontan besser geworden war. „Gerade habe ich mich gefragt, ob ich lieber einen Weißwein oder einen Rotwein öffnen soll."

„Wenn das dein Hauptproblem ist, kann es dir nicht mehr so schlecht gehen", konstatierte Gregor trocken. „Tut der Zahn gar nicht mehr weh?"

„Ach der." Bröker musste tatsächlich erst an die Behandlung einen Tag zuvor erinnert werden. „Ist schon wieder deutlich besser. Vielleicht muss ich gar nicht zu diesem Kontrolltermin."

„Bröker, Bröker, wenn du nur nicht so leicht zu durchschauen wärst", lachte Gregor. „Aber um auf die Weinfrage zurückzukommen: Wenn du dich nicht zwischen weiß und rot entscheiden kannst, wie wäre es mit einem Rosé?"

„Rosé ist für Mädchen", maulte Bröker, sah dann aber erschrocken zu Frieda.

„Um uns musst du dich nicht kümmern", sagte die, als sie Brökers Blick sah. „Manfred und ich gehen gleich noch ins Kino."

„Sag nicht, du lässt mich heute Abend auch allein?", fragte Bröker an den Jungen gewandt. Seine Stimme klang dabei erschrockener, als er das gewollt hatte. „Ich habe auch noch einen schönen Rosé aus der Toskana."

„So schnell wirst du mich nicht los, besonders

nicht, wenn du Wein hast", grinste Gregor. „Vielleicht kochst du uns ja auch noch etwas Leckeres."

Eine halbe Stunde später saß Bröker mit Gregor in seiner Gartenlaube. Er hatte auf die Schnelle ein paar Antipasti gezaubert und zwischen beiden stand die geöffnete Weinflasche in einem Kühler.

„Endlich mal wieder ein richtiger Männerabend", konstatierte Bröker zufrieden, um dann besorgt nachzuhaken: „Willst du nicht lieber zu Sara?"

„Keine Sorge, sie hat zwar Vorzüge, die du mir nicht bieten kannst", erklärte sein Mitbewohner, „aber heute Abend ist sie mit Freundinnen verabredet. Wenn, dann sehen wir uns erst um Mitternacht."

„Gut."

„Aber sag mal, ist bei dir wirklich alles in Ordnung? Du sahst noch ein bisschen blass aus, als ich gekommen bin."

„Das liegt aber nicht an dem Zahn. Den spüre ich wirklich nicht mehr", grübelte Bröker. „Vielleicht kommt es daher, dass ich vorhin Ravenstijn getroffen. Stell dir vor, der kam auch von einem Speed-Dating."

„Ich dachte, bei dem muss die Frau eher auf Drogen sein, wenn sie sich mit ihm einlässt", kicherte der Junge.

„Er hat auch keine abbekommen. Gerade deshalb konnte ich ja mit ihm sprechen."

„Und, hat er wieder einmal eine seiner abstrusen Theorien von sich gegeben?"

„Nein, aber er hat ausgeplaudert, dass Schewe einer neuen Spur folgt."

„Was für einer Spur?"

„Unser Lieblingskommissar hat angeblich herausgefunden, dass Jan Poggemeier Schulden bei einem Kredithai hatte."

„Und das war ein Mordmotiv? Wie hoch waren die Schulden denn?"

„Keine Ahnung, davon hat der Holländer nichts gesagt. Dafür hat er aber den Namen des Kreditgebers verraten: Martin Rösner."

„Hm", sagte Gregor nachdenklich und nippte an seinem Wein. „Wenn ich jemandem Geld leihe, bringe ich ihn ja lieber nicht um. Sonst sehe ich die Kohle ja nie wieder."

„Das habe ich ihm auch gesagt. Dann ist mir allerdings eingefallen, dass die Sache vielleicht anders aussieht, wenn du mehreren Leuten Geld geliehen hast. Dann könnte man schon einmal stärker Druck auf einen Schuldner ausüben. Schon damit die anderen sehen, dass es besser ist, wenn man rechtzeitig bezahlt."

„Aber zwischen Druck ausüben und einem Mordanschlag gibt es schon noch einen Unterschied."

„Richtig, aber es muss ja auch nicht unbedingt so geplant gewesen sein, wie es dann abgelaufen ist."

Beide unterbrachen ihre Überlegungen, um sich den Vorspeisen zu widmen: Mozzarella, ein paar in Knoblauch gebratene Zucchini und Auberginen und

Bröker hatte ein Glas mit eingelegten Sardellen geöffnet und ein Brot dazu aufgebacken.

„Wenn ich noch einmal darüber nachdenke, kann ich mir schon vorstellen, dass es Geldeintreiber gibt, die etwas härter zupacken", sagte Gregor schließlich kauend.

„Stimmt", entgegnete Bröker. „Wenn Schewe so einen Verdacht hat, kann durchaus etwas dran sein. Es stimmt sicherlich, dass Ravenstijn mehr als nur ein bisschen skurril ist, aber Schewe ist bestimmt nicht blöd."

„Trotzdem ist es von einem Kredit noch ein weiter Weg bis zu einem Anschlag mit K.-o.-Tropfen."

„Ja, das ist auch nicht falsch. Man müsste sich diesen Rösner halt einmal genauer angucken. Dann wüsste ich vielleicht besser, was man ihm alles zutrauen kann."

„Und warum machst du das nicht?"

„Außer dem Namen weiß ich ja nicht viel über diesen Kredithai. Keine Adresse, keine Telefonnummer, nichts", jammerte Bröker. „Und außerdem ist morgen Sonntag, da komme ich sowieso nicht an ihn ran."

„Daran, welchen Wochentag wir haben, kann ich auch nichts ändern", erwiderte Gregor mit einem Zwinkern. „Aber an die Adresse komme ich sicherlich, dabei kannst du einem ehemaligen Hacker vertrauen."

„Das hatte ich gehofft", gab Bröker zu. „Ich habe mich nur nicht getraut zu fragen."

Bevor der Junge zu einer seiner scharfzüngigen Antworten ansetzen konnte, klingelte sein Handy und er gab Bröker ein Zeichen, dass er das Gespräch annehmen wollte.

„Es war Sara", erklärte er, nachdem er wieder aufgelegt hatte. „Sie hat doch schon ab halb elf Zeit für mich. Ich hoffe, dir wird für den Rest des Abends ohne mich nicht langweilig."

„Ach, ich habe schon vorgesorgt", grinste Bröker und zog eine Flasche Chianti unter dem Gartentisch hervor.

Auf Zehenspitzen schlich Bröker am nächsten Morgen die Treppe hinunter. Er wusste nicht, ob Gregor zu Hause übernachtet hatte, aber wenn, dann wollte er sicherlich ausschlafen. Dafür saßen seine beiden anderen Mitbewohner schon plaudernd am Frühstückstisch.

„Wir haben gestern Abend so einen schönen Film gesehen", begrüßte Frieda den Hausherrn. „Ach, Bröker, es tut so gut, endlich wieder jemanden zu haben, mit dem man gemeinsam ins Kino gehen kann."

„Das solltest du vielleicht auch mal wieder tun", fügte Manfred hinzu. „Britta ist doch sehr nett und wenn ihr Kino mögt, kann ich die Kamera nur empfehlen."

„Ja, mal gucken", erwiderte Bröker defensiv und goss sich einen Kaffee ein. So schön er es fand, Britta wiedergetroffen zu haben, so wenig war es ihm recht, dass sie jetzt als seine feste Freundin angesehen wurde. Das war vielleicht vor knapp 30 Jahren so gewesen und selbst da hätte man sich über diese Bezeichnung streiten können, wie er vor kurzem hatte erfahren müssen.

„Übrigens lag dieser Zettel für dich heute Morgen auf dem Küchentisch", unterbrach Frieda seine Grübeleien und schob ihm die Rückseite eines Briefumschlags zu.

„Martin Rösner", las Bröker. Darunter hatte Gregor in seiner schwungvollen Handschrift eine Adresse und eine Telefonnummer notiert. „Das hätte übrigens auch so ein Superhacker wie du herausfinden können. Der Name steht im Telefonbuch", hatte sich der Junge einen spöttischen Kommentar nicht nehmen lassen.

Bröker fischte sich den Zettel, nahm seinen Kaffee und das Mobilteil seines Telefons und wandte seine Schritte mit einem „Ich wünsche euch noch einen schönen Sonntag" in Richtung seiner Bibliothek.

Dort angekommen gestand er sich ein, dass er vermutlich soeben auf seine beiden neuen Mitbewohner einen merkwürdigen Eindruck gemacht hatte, aber er musste sich darüber klar werden, was er mit der Adresse, die ihm der Junge verschafft hatte, anfangen konnte. Da ihm nichts Besseres einfiel, probierte er die Telefonnummer, die auf dem Zettel stand. Ein Freizeichen ertönte, Bröker ließ es fünfmal klingeln, sechsmal, dann legte er wieder auf. Es hätte auch einer ordentlichen Portion Glück bedurft, damit Rösner an einem Sonntagvormittag in seinem Büro war.

Als nächstes warf er einen genaueren Blick auf die angegebene Adresse. Die Postleitzahl, die Gregor gewissenhaft notiert hatte, ließ ihn stutzen. Das war Brake, ein Bielefelder Vorort, in den es ihn nur gelegentlich in seiner Jugend verschlagen hatte. Ob er sich Rösners Büro wenigstens einmal ansehen sollte? Vielleicht war das nicht die schlechteste Idee. Zum einen würde er so einen ersten Eindruck bekommen, zum anderen hatte er heute, an einem Sonntag ohne Bundesliga, sowieso nichts Besseres zu tun. Außerdem konnte er sich die Tatsache zunutze machen, dass Brake über einen eigenen Bahnhof verfügte und daher auch heute mit öffentlichen Verkehrsmitteln relativ gut erreichbar war. Kurz entschlossen schnappte er sich seine Kladde und den zugehörigen Bleistiftstummel, steckte sich etwas Geld und das Mobiltelefon ein und machte sich auf den Weg.

Eine Dreiviertelstunde später stieg Bröker auf dem Bahnhof von Bielefeld Brake aus dem Regionalzug. Interessiert blickte er sich um, als er das Bahnhofsgebäude verließ, und ging ein paar Schritte auf und ab. Vieles hatte sich verändert, seitdem er zuletzt hier gewesen war. Neue Geschäfte waren entstanden, andere waren geblieben. Ein Grill fiel ihm ins Auge, an dem er schon vor 25 Jahren eine Currywurst gegessen hatte. Die war nicht schlecht gewesen, erinnerte er sich, gut, dass es den Imbiss noch gab. Leider hatte er aber im Augenblick geschlossen, sonst hätte Bröker hier eine kleine Pause einlegen können. Stattdessen folgte er der Hauptstraße zu der Adresse, die Gregor zu Rösners Firma herausgesucht hatte. Er musste lachen, als er sah, dass diese nicht nur gegenüber von einem Einkaufszentrum lag, sondern auch direkt neben der Filiale einer bekannten Bank. Ganz schön clever, dieser windige Hund, dachte Bröker, ohne Rösner bislang genauer kennengelernt zu haben.

Als er wenig später an dem Ladenlokal vorbeiging, musste er erneut kichern. „Martin Rösner, Finanzdienstleistungen aller Art", sagte ein silbernes Firmenschild. Im Wesentlichen war es ja wohl nur eine Art Finanzdienstleistung, die Rösner anbot, wenn van Ravenstijn mit seiner Beschreibung nicht übertrieben hatte. Das Schild kam ihm vor, als wenn eine Domina Liebesdienste aller Art anbot.

Dann sah er sich genauer an, was das große Fenster preisgab. Ein überdimensionaler Schreibtisch stand so, dass derjenige, der daran arbeitete, direkt auf die Straße gucken konnte. Eine Tür neben dem Schreibtisch ließ Bröker einen Blick auf einen dahinterliegenden Flur erhaschen. Von dort zweigten noch ein oder zwei weitere Räume ab. Es schienen also nicht alle Geschäfte, die hier getätigt wurden, so zu sein, dass man sie vor aller Öffentlichkeit abschließen wollte. Vielleicht ging aber diese Interpretation auch zu weit.

Bröker stutzte. Täuschte er sich oder hatte er einen Schatten auf dem Flur gesehen? Nun noch einmal. Eindeutig, es schien jemand in Rösners Laden zu arbeiten. Das war seine Chance. Bröker suchte nach einer Klingel, aber auf der Vorderseite war nichts zu sehen. Doch da, an der linken Seitenwand befand sich eine Eingangstür.

Keine zwanzig Sekunden später stand Bröker daneben. Es gab nur zwei Namensschilder. Kerstin Döppelmeyer, sagte das eine. Finanzdienstleistungen Rösner das andere. Bröker holte Luft und drückte Rösners Türglocke. Ein durchdringendes Schellen war aus dem Inneren des Hauses zu vernehmen. Ansonsten tat sich dort aber nichts. Bröker klingelte noch einmal, diesmal länger.

„Ja, ja, ich komme ja schon", hörte er eine ungehaltene Männerstimme. Dann näherten sich Schritte, jemand öffnete die Tür.

„Herr Rösner?", fragte Bröker aufs Geratewohl. Erst dann blickte er sein Gegenüber an.

Der Mann, der ihm geöffnet hatte, war einen halben Kopf größer als Bröker und hatte halblange, blonde Haare, die fettig in alle Richtungen von seinem Kopf abstanden. Die knollige Nase stak rot aus seinem Gesicht heraus, das von Aknenarben übersät war.

„Wer will das wissen?", fragte er mit rauer Stimme.

„Mein Name ist Bröker." Er streckte Rösner die Hand entgegen.

„Guten Tach", sagte Rösner in breitem Westfälisch

ohne auf die dargebotene Hand zu achten. „Und wie kann ich Ihnen helfen?"

Bröker zögerte. Er war nicht darauf vorbereitet gewesen, Rösner persönlich zu begegnen. „Ich bräuchte einen Kredit", schwindelte er einer spontanen Eingebung folgend.

„Sie wissen schon, dass heute Sonntach ist?" Rösner beäugte ihn misstrauisch aus seinen wasserblauen Augen, die aus kleinen Schweinsritzen hervorlugten.

„Ja, das weiß ich schon. Aber es ist dringend", fügte Bröker der ersten Lüge eine zweite hinzu.

„Na, dann komm' Se erst einmal rein", entschied sein Gegenüber. „Muss ja nicht jeder sehen, dass ich am Sonntach Geschäfte mache."

Bröker folgte dem Kredithai ins Innere seines Geschäfts, doch statt in dem Raum mit dem großen Fenster zur Straße hin landeten sie in einem Zimmer davor. Dieses schien als eine Mischung aus Abstellraum und Büro zu dienen. Hinter einem Schreibtisch aus abgeschabten Holz stapelten sich in einem Regal Akten und Büromaterialien. Wenn Rösner in diesen Räumlichkeiten neue Kunden gewinnt, müssen die seine Kredite ganz schön nötig brauchen, dachte Bröker.

„Herr …", Rösner hatte den Namen seines Gegenübers schon wieder vergessen.

„Bröker."

„Herr Bröker, nehmen Sie bitte Platz." Der Finanzberater wies auf einen Stuhl mit abgeschabten Lederpolster. Jetzt, da es ums Geschäftliche ging, klang seine Stimme eine Spur seriöser und auch sein westfälischer Dialekt war deutlich weniger ausgeprägt.

Bröker tat wie ihm geheißen.

„Darf ich vielleicht als erstes fragen, wie Sie gerade auf mich kommen?"

Dass Rösner diese Frage stellen würde, hätte Bröker eigentlich ahnen können. Dennoch schwamm er. „Ich, ich, Sie wurden mir von einem Freund empfohlen. Besser gesagt einem Kollegen. Jan Poggemeier", spann er seine Geschichte weiter. Innerlich nickte er zufrieden. Das war ein guter Weg, um das Gespräch auf den toten Techniker zu bringen.

„Jan Poggemeier, warten Sie." Rösner legte seine Stirn in Falten. Erstaunlicherweise schien ihm der Name wenig zu sagen. Oder aber er war ein sehr guter Schauspieler. Hatte denn Schewe ihn nicht zu Poggemeier befragt? Oder war Bröker durch seinen sonntäglichen Einsatz wieder einmal schneller als die Polizei? Vielleicht waren die Ermittlungen des Hauptkommissars bislang auch mehr im Hintergrund abgelaufen. Van Ravenstijns Äußerungen ließen sich jedenfalls in diese Richtung deuten. Dennoch hätte Rösner der Name des Elektrikers doch etwas sagen müssen.

Rösner jedenfalls warf einen Computer an, der zwar immer noch deutlich jünger war als Brökers Abakus, aber auch seine besten Tage schon eine Weile hinter sich hatte. Dieser erwachte mit einem Brummen zum Leben. Der Kredithai klickte dreimal mit der Maus, dann hatte er die Datei, nach der er gesucht hatte, gefunden und geöffnet. Er scrollte, doch da Bröker den Bildschirm nicht sah, wusste er nicht, was Rösner sich anguckte. Dessen Gesicht spiegelte schließlich eine Mischung aus Heiterkeit und Ärger wieder. „Sagen Sie nicht, Sie wollen auch so einen Kleckabetrach wie Poggemeier", bellte er heiser.

„Kleckerbetrag?", echote Bröker. „Ich habe keine Ahnung, um wie viel es bei ihm ging."

„Also meine Unterlagen sagen, ich habe ihm zweimal etwas geliehen. In der Summe 10 000."

„Euro?"

„Nein, Mandarinen. Natürlich Euro, Mann."

„Und das ist für Sie Kleingeld?"

„Das sind jedenfalls nicht die Geschäfte, mit denen ich viel verdiene. Vermutlich hat mir der Kerl damals leidgetan. Ansonsten gebe ich mich mit solchem Spielgeld eher nicht ab." Rösner klang bei diesen Worten ziemlich arrogant. Aber andererseits schien er auch ehrlich, das war nicht nur Aufschneiderei, fand Bröker.

So oder so, für ihn war das die Chance dem eigenen Lügengeflecht zu entkommen, bevor er sich selbst nicht mehr darin zurechtfand. „10 000 Euro sind für mich eine Menge Geld", sagte er mit zaghafter Stimme. „Meine Vorstellungen von einem Kredit waren eher kleiner."

„An was hatten Sie denn gedacht?" Die Frage

Rösners war mehr seiner Neugier geschuldet. Sein geschäftliches Interesse war bei den letzten Worten Brökers erloschen, was dieser daran sah, dass der Kredithai den Bildschirm seines Computers ausstellte.

„Ich hatte so an 500 Euro gedacht", spielte Bröker seine Rolle weiter. „Vielleicht auch 700 oder 800. Bei mir herrscht gerade Ebbe in der Kasse und ich muss noch die Stadtwerke bezahlen und auch die Telefonrechnung habe ich seit Monaten nicht mehr beglichen. Darum brauche ich das Geld. Ich weiß ja nicht, welche Sicherheiten ich dafür bieten müsste."

„500?" Rösner lachte rau. „Junge, dafür gehste besser zur Sparkasse. Für 500 wollen die auch nicht mehr als deinen Gehaltsstreifen sehen." Jetzt, da sich Bröker als ein zu kleiner Fisch für einen Deal herausgestellt hatte, duzte er ihn auch ungeniert. „Sicherheiten müsstest du bei mir keine haben, dafür sind aber die Zinsen ein bisschen höher." Dabei zeigte er mit einem schmierigen Grinsen seine ungleichmäßigen Zähne.

„Wie hoch denn?"

„Na so fünf, sechs Prozent musst du schon rechnen", erwiderte Rösner.

„Da zahle ich ja beim Überziehen meines Girokontos mehr", runzelte Bröker die Stirn.

„Mag sein, aber bei mir ist es pro Monat", prustete der Kredithai. „Junge, du kennst dich ja so gar nicht in unserem Geschäft aus."

„Das stimmt", gab Bröker zu und blieb tapfer beim Sie. „Zum Beispiel weiß ich nicht, warum Sie keine

Sicherheiten benötigen. Wie kommen Sie denn an Ihr Geld, wenn ein Schuldner mal nicht zahlt?"

„Keine Sorge, da haben wir schon unsere Möglichkeit. Wir können sehr überzeugend sein, wenn du verstehst was ich meine." Dabei zeigte Rösner seine Faust. Auf die Knöchel waren kleine Totenköpfe tätowiert. „Aber nun muss ich wirklich was tun. Ich habe einfach keine Zeit, dir Nachhilfe im Finanz- und Kreditgeschäft zu geben." Bei diesen Worten erhob er sich. Seine Körpersprache war dabei so eindeutig, dass auch Bröker nicht sitzen blieb.

Rösner begleitet ihn zur Tür. „Hat mich gefreut", sagte er zum Abschied wie ein echter Geschäftsmann. „Wenn du mal einen echten Kredit brauchst, so über 50 000 oder 100 000 Euro zum Beispiel, kannst du dich wieder bei mir melden. Gerne auch mehr. Aber ehrlich gesagt: Du siehst nicht so aus, als würdest du dir derartige Beträge leihen wollen."

Damit hatte er zweifelsohne recht. Alles andere aber blieb Bröker rätselhaft. Hatte dieser unsympathische Großkotz wirklich den Anschlag auf Jan Poggemeier in Auftrag gegeben?

Kapitel 24
Bilanz und Frühstück

Als Bröker den zwielichtigen Finanzberater verlassen hatte, verspürte er ein deutliches Ziehen im Magen.

Komisch, jetzt, wo er der Gefahr, enttarnt zu werden, entronnen war, fühlte er seine Angst so viel deutlicher als zuvor. Als er Rösner gegenübergesessen hatte, waren ihm seine Lügen doch relativ leicht über die Lippen gegangen. Er horchte genauer in sich hinein. Vielleicht war es keine Angst, vielleicht war es Hunger. Selten war Bröker so sehr in seine Nachforschungen vertieft, dass er das Essen vernachlässigte und wenn es einmal geschah, wusste er nicht, ob er das für ein gutes oder ein schlechtes Zeichen halten sollte.

Neben dem Bahnhof gab es eine Gaststätte. Dem Namen nach war in diesem Gebäude früher das Stellwerk untergebracht gewesen. Die Kneipe sah von außen gemütlich aus, aber leider musste Bröker beim Näherkommen feststellen, dass sie geschlossen war.

Er seufzte. Zum Glück jedoch fuhr wenige Minuten später ein Zug zurück nach Bielefeld. Dort würde er unter Dutzenden Cafés wählen können, die ihm auch um diese nachmittägliche Zeit noch ein reichhaltiges Frühstück servierten. Er erinnerte sich an etliche Lokalitäten, in denen er schon hervorragend gefrühstückt hatte, aber heute stand ihm der Sinn nach etwas Neuem.

Und so fand sich Bröker eine gute halbe Stunde, nachdem er von Rösner vor die Tür gesetzt worden war, in einem Café wieder, das ihm schon vor ein paar Wochen aufgefallen war und das auf den klangvollen Namen Mokkaklatsch hörte. Ein Blick auf die Speisekarte bestätigte ihm, dass er die richtige Wahl getroffen hatte. Hier gab es vieles von dem, was ein Brökerherz zum Frühstück begehrte. Er bestellte Rührei mit Knoblauchwurst, dazu einen deftigen Teller mit Frischkäse und altem Gouda und einen großen italienischen Kaffee.

Als alles vor ihm stand, seufzte er erneut, diesmal allerdings behaglich. Mit einem solchen Mahl ließ es sich doch ganz anders über den Fall nachdenken als mit knurrendem Magen. Seine Gedanken wanderten zu dem toten Techniker und von dort zu dessen Großmutter. Edith Pankoke saß wahrscheinlich gerade wenige Straßen von hier in ihrer Wohnung und betrauerte ihren Enkel. Vielleicht hatte sie auch unterdessen in ein Seniorenheim umziehen müssen. So oder so, war sie wohl von allen Menschen diejenige, die der Tod Jans am meisten getroffen hatte.

Bröker stutzte. Vielleicht war das auch ein Gedankenfehler. Er hatte ja auch Jans Mutter schon gesehen und vermutlich hatte er, wie die meisten Menschen, auch einen Vater. Der Mutter hatte er keine übertriebene Trauer anmerken können, aber mehr als ein paar Augenblicke hatte er ja nicht gehabt, um sich einen Eindruck zu verschaffen. Wahrscheinlich war das einfach zu wenig gewesen, um festzustellen, wie sehr der Tod ihres Sohnes sie betroffen machte. Wo der Vater lebte und wie nahe ihm der Tod seines Sohnes gegangen war, wusste er nicht. Darüber hinaus gab es neben den Kumpels, mit denen Jan auf dem Leinewebermarkt gewesen war, vielleicht auch noch andere Freunde oder sogar eine feste Freundin. Mit all denen konnte Bröker auch sprechen, um hinter mögliche Motive für den Anschlag auf Jans Leben zu kommen. Wahrscheinlich musste er sogar mit ihnen reden, wenn er weiterkommen wollte, denn nach wie vor fand er den aktuellen Stand seiner Ermittlungen unbefriedigend.

Gestern Abend war ihm van Ravenstijns ungewollter Hinweis auf den Kredithai noch so vielversprechend erschienen und er hatte den Eindruck gehabt, der Lösung des Falls nahe zu sein. Nun aber, nachdem er mit Rösner gesprochen hatte, war von dem Verdacht gegen ihn nicht mehr viel übrig. Sicherlich, der Kerl war unsympathisch bis in die Spitzen seiner fettigen Haare. Er war ein Angeber, zugegeben, und Bröker war sich beinahe sicher, dass etliche seiner Geschäfte am Rande der Legalität waren, ohne dass ihm das leicht nachzuweisen gewesen wäre. Ja, es gab auch wenig Zweifel daran, dass Rösner rabiat werden konnte, wenn jemand seinen Kredit nicht zurückzahlte. Hatte er so etwas nicht selbst angedeutet?

Dennoch war Bröker geneigt, ihn zumindest für den aktuellen Todesfall von der Liste der Verdächtigen zu streichen. Die 10 000 Euro, die Jan dem Kredithai schuldete, waren einfach zu unbedeutend im Vergleich zu seinen anderen Geschäften, um die Mühen und auch die Gefahren, die ein solcher Anschlag mit sich brachte, zu rechtfertigen. Jedenfalls wenn er den Aussagen Rösners Glauben schenkte.

Und in diesem besonderen Fall hatte er an Rösners Worten wenig Zweifel. Er erinnerte sich, dass der selbsternannte Finanzberater zunächst einmal seinen Computer hatte befragen müssen, um Jans Namen einordnen zu können. Dabei hatte Rösner nicht geschauspielert, da war sich Bröker sicher. Nein, Jan war für Rösner keine große Nummer.

Gedankenverloren nahm er einen Bissen Rührei und trank einen Schluck Kaffee. Beides war inzwischen nur noch lauwarm. Wie konnte er sich nur derart tief in seinen Nachforschungen verlieren, dass er darüber die guten Speisen und Getränke vergaß? Schnell nahm Bröker einen Bissen von seinem Goudabrötchen und spülte diesen mit einem weiteren Schluck Kaffee hinunter.

Natürlich war es möglich, dass Rösner ein bisschen dick aufgetragen hatte, als er die Größenordnung der von ihm üblicherweise vergebenen Kredite beschrieb. Aber er hatte keinen Grund Bröker wirklich zu täuschen. Schließlich hatte er in ihm ja einen potenziellen Kunden gesehen und keinen Hobby-Detektiv, der sich Gedanken um die hinterlistige Ermordung Jan Poggemeiers machte. Natürlich war es so oder so gut, vorsichtig zu sein, wenn man einen solchen Mord in Auftrag gegeben hatte, aber aus Rösners ganzem Verhalten hatte Bröker eher den Eindruck gewonnen, dass dieser wohlmöglich noch gar nichts vom Tod des jungen Technikers gehört hatte. Wie anders hätte er seinen Namen vergessen können? Und in diesem

Falle gab es auch keinen Grund für ihn, einem neuen Kunden gegenüber argwöhnisch zu sein.

Wie Bröker es drehte und wendete, der unsympathische Finanzhai schien ihm nicht hinter der Ermordung Jan Poggemeiers zu stecken. Das Problem war nur: Mit ihm strich Bröker wieder einmal seinen einzigen Verdächtigen von der Liste. Wenn Rösner nicht hinter dem Anschlag steckte, konnte Bröker mit seinen Ermittlungen von vorne beginnen. Außerdem wurde er das Gefühl nicht los, dass Rösner irgendwie doch mit dem Fall zu tun haben könnte. Was war das nur? Wie konnte denn Rösner in den Tod verwickelt sein, ohne ihn in Auftrag gegeben zu haben? Oder täuschte er sich bei dieser Vermutung? Noch nie hatte Bröker einen solch vertrackten Fall vor sich gehabt.

Er hob die Hand, um noch einen Kaffee zu ordern. Vielleicht musste er sich wirklich noch genauer unter Jans Verwandten und in seinem Freundeskreis umhören. Wie so oft schien in diesem Fall das Motiv der zentrale Punkt zu sein, um den sich die Ermittlungen drehen mussten. Hatte er dieses erst einmal gefunden, war er dem Täter auch auf den Fersen. Und über so ein Motiv konnten oftmals Freunde oder Verwandte am besten Auskunft geben. Ja manchmal waren sie sogar diejenigen, die die besten Motive für einen Mord besaßen.

Bröker leerte den Teller mit dem Rührei. Wieso nur hatte er ein so gutes Gefühl gehabt, bevor er Rösner persönlich gesprochen hatte? Er nickte innerlich. Geld, ein offener Kredit, das wäre einfach ein Puzzlestückchen gewesen, das sich gut in den Fall eingefügt hätte. Obwohl Jan ein sozialer und freundlicher Mensch gewesen zu sein schien, gab es viele, die ihm nicht freundlich gesonnen waren. Bei keinem von denen hatte Bröker aber den Eindruck gewonnen, dass die Antipathie für einen Mord gereicht hätte. Wenn jedoch ein größerer Geldbetrag im Spiel gewesen wäre, sähe die Sache schon ganz anders aus. Geld, viel Geld, war beinahe immer ein gutes Mordmotiv.

Ob van Ravenstijn über Schewes Nachforschungen auf der Höhe gewesen war? Oder war der Hauptkommissar inzwischen schon weiter und führte Rösner wohlmöglich gar nicht mehr als Verdächtigen? Zu dumm, dass Bröker nicht einfach Schewe anrufen konnte, um ihn das zu fragen. Aber der Leitende Hauptkommissar war ein viel zu korrekter Polizist, um etwas über den Stand seiner Ermittlungen preiszugeben. Außerdem betrachtete er Bröker als Konkurrenten, seitdem der seinen ersten Fall gelöst hatte, bei dem Schewe die Ermittlungen der Kripo geleitet hatte. Und obwohl Bröker noch nie übertrieben ehrgeizig gewesen war, hatte er diesen Wettkampfgedanken nach und nach aufgegriffen. Wenn er nun schon gleichzeitig mit dem Hauptkommissar über einem Fall brütete, wollte er auch nicht der zweite sein, der ihn löste. Schewe schied also als Informationsquelle aus.

Mit dessen Lakaien, dem selbsternannten Profiler

van Ravenstijn, wollte Bröker allerdings erst recht nicht sprechen. Ein Sieg über Schewe, den er nur durch einen Tipp des Holländers errungen hätte, hätte Bröker geschmeckt wie eine Portion ranziger Wurstebrei. Außerdem schien der Holländer nicht mehr zu wissen, als er gestern preisgegeben hatte.

Und Mütze war bei seiner Schwester und daher nicht zu sprechen. Bröker leerte seinen zweiten Kaffee. Moment, heute war ja schon Sonntag und es war mittlerweile nach drei Uhr. Ewig konnte ja diese Geburtstagsfeier von Mützes Schwester nicht dauern. Vielleicht war sein Freund schon wieder in Bielefeld. Dann durfte er ihn auch anrufen. Auch Mütze war nicht der Gesprächigste, wenn es um Auskünfte über den Stand von Ermittlungen ging, besonders solchen, die er nicht selbst führte. Aber vielleicht konnte es Bröker ja so aussehen lassen, als würde er die Informationen nur so nebenbei erfragen.

Ja, das war doch eine Idee. Er würde sich mit seinem Freund einfach auf ein Glas Bier verabreden. Bestimmt würde es nicht bei einem Glas bleiben, und wenn er dann auch noch erfuhr, wie verdächtig Schewe denn Rösner fand, umso besser.

Bröker griff in seine Hosentasche und zog sein Mobiltelefon hervor.

Kapitel 25
Es braut sich etwas zusammen

Noch am gleichen Abend saßen sich Bröker und Mütze in den hohen Räumen des Bielefelder Brauhauses gegenüber. Hier hatten die Betreiber inmitten der Gaststube hohe Kupferkessel aufgestellt, in denen das Bier reifte, das die Gäste zu sich nahmen. Bröker liebte diese urige Atmosphäre, mehr noch aber mochte er den Gerstensaft und die deftigen Speisen, die dazu gereicht wurden. So hatte er auch jetzt eine gewaltige Schweinshaxe vor sich stehen und dazu ein großes Glas des messingfarbenen Getränks. Auf Mützes Seite des Tischs sah es ähnlich aus, nur, dass er sich mit einem Schnitzel begnügt hatte.

„Wenn man die Portionen sieht, die du vertilgst, könnte man fast meinen, du hättest das ganze Wochenende nichts zu essen bekommen", spottete Mütze und machte Zeichen, um mit Bröker anzustoßen.

„Prost", erwiderte der und stieß sein Glas gegen das des Polizisten. „Du hast beinahe recht. Meine letzte Mahlzeit ist tatsächlich schon fünf Stunden her. Und heute Morgen habe ich sogar vergessen, ordentlich zu frühstücken."

„Ach, Bröker", lächelte Mütze. „Ich hatte schon den Verdacht, dass du tief in Ermittlungen verstrickt bist, weil wir uns schon zum zweiten Mal innerhalb einer Woche sehen. Dass du sogar eine Mahlzeit auslässt, ist der beste Beweis, dass ich damit recht habe."

„Vielleicht liegst du wirklich nicht ganz verkehrt, du bist eben ein hervorragender Ermittler", gab Bröker zu und schnitt sich einen saftigen Streifen der Schweinshaxe ab. „Ich habe vorgestern Ravenstijn getroffen und das, was er von Schewe wusste, hat mich gezwungen, auch am Wochenende zu arbeiten."

„Da bist du ja fleißiger als die Polizei", grinste sein Freund. „Vielleicht sollte ich dir einen Praktikumsplatz bei uns besorgen. Aber was hat denn unser Polizeipsychologe schon wieder ausgeplaudert?"

Bröker schilderte dem Hauptkommissar in knappen Worten, was er über Jan Poggemeiers Schulden bei Rösner erfahren hatte.

„Mann, Mann, Mann! Van Ravenstijn ist wirklich ein Tratschweib." Mütze war ernsthaft erbost. „Wenn ein Schiff ein solches Leck hätte wie wir mit dem Holländer, es käme keine drei Meter weit."

Bröker sagte nichts und widmete sich seinem Essen. Er wollte verhindern, dass der Zorn seines Freundes auch ihn traf. Immerhin fühlte er sich ein wenig schuldig, dass er die neuen Informationen so bereitwillig aufgegriffen hatte.

„Und du hast dir diesen Rösner sofort angeguckt, oder?", fragte der schließlich.

Bröker nickte. „Ich wusste nicht, wie ich sonst hätte weiterkommen sollten. Also bin ich heute Mittag rausgefahren", bekannte er. „Der Bursche wohnt ja in Brake. Und ich hatte Glück: Er war in seinem Büro und er hat sich sogar mit mir unterhalten."

„Wie bist du denn zu der Ehre gekommen? Ich weiß, dass Schewe am Freitag auch zu ihm gefahren ist, aber Rösner hat einfach nicht geöffnet."

„Vielleicht hatte ich den Vorteil, dass ich nicht aussehe, wie ein Bulle. Der Herr hat nämlich von seinem Büro aus einen hervorragenden Blick auf die Straße und Schewe sieht man den Kommissar drei Meilen gegen den Wind an", lachte Bröker. „Ich hingegen habe Rösner vorgeschwindelt, dass ich einen Kredit brauche."

„Und jetzt weißt du nicht, wie du die hohen Zinsen aufbringen sollst und ich soll dir helfen?", zwinkerte ihm Mütze zu.

„So weit kommt es noch. Nein, der feine Herr wollte mir gar keinen Kredit geben."

„Warst du ihm etwa nicht seriös genug?"

„Ich kann mir nicht vorstellen, dass es daran gelegen hat. Ich habe gesagt, dass ich so 500 Euro brauchen würde. Anscheinend fand er, dass sich das nicht lohnt."

„Verstehe", nickte Mütze, leerte sein Glas und bestellte umgehend ein neues Bier.

„Für mich auch eins", rief Bröker der Kellnerin hinterher.

„Und was hattest du sonst für einen Eindruck von diesem Finanzberater?" Mütze schaute seinen Freund nachdenklich an.

Der zögerte einen Moment. Eigentlich hatte ja er Mütze über Schewes Kenntnisstand befragen wollen.

Nun wurde mit einem Mal er zu einer Quelle für den Polizisten. Aber das war wohl nur fair. So oft hatte ihm sein Freund mit Informationen und manchmal auch mit seiner persönlichen Anwesenheit geholfen. Und außerdem hinkte Schewes Ermittlungsstand allem Anschein nach noch hinter Brökers her.

„Er ist einer der unsympathischsten Menschen, die ich je getroffen habe", begann er schließlich. „Und ich glaube, er kann auch gewalttätig werden, wenn jemand seine Schulden nicht zurückzahlt."

„Wie kommst du darauf?", wollte Mütze wissen.

„Er hat es mehr oder weniger selbst zugegeben, als ich ihn gefragt habe, wieso er denn auf Sicherheiten für das geliehene Geld verzichten kann. Trotzdem habe ich Zweifel, dass er aktiv in den Anschlag auf Jan verwickelt war."

„Bislang klingt sehr viel nach Vermutungen und Glauben", runzelte Mütze die Stirn.

„Das gebe ich zu", erwiderte Bröker postwendend. „Das ist ja mein Vorteil. Ja, man könnte es sogar meine Methode nennen, wenn das nicht so großspurig klänge. Ich muss nicht immer alles beweisen, was ich mir denke, es muss zunächst einmal nur plausibel aussehen. Erst, wenn ihr ins Spiel kommt, muss alles stichhaltig sein."

In diesem Augenblick kam das Bier und die Mienen der beiden Freunde hellten sich auf. Wieder prosteten sie sich zu und tranken.

„Anders als ihr habe ich eben keinen großen Apparat zur Verfügung", erläuterte Bröker weiter. „Wenn ich überhaupt etwas herausfinden will, bin ich darauf angewiesen, den Kreis der Verdächtigen zunächst einzugrenzen. Und das basiert halt oft nur auf Mutmaßungen."

„Verstehe", nickt Mütze. „Aber auch wenn du das denkst: Sehr viel anders sieht es auch bei uns meistens nicht aus. Wir geben es nur nicht so freimütig zu, zumindest nicht offiziell."

„Das Dumme ist nur, dass ich den Kreis der Verdächtigen inzwischen so weit verkleinert habe, dass er so gut wie leer ist", fuhr Bröker fort.

Mütze lachte. „Auch da geht es dir wahrscheinlich nicht anders als Schewe."

„Mir fehlt noch jedes Gefühl für ein Motiv. Weißt du, ob Schewe Jans Eltern schon deswegen befragt hat?" Bröker ließ die Frage wie beiläufig fallen, wartete aber gespannt auf die Antwort. Auf diese Weise würde sich eventuell eigenen Befragungen ersparen können.

„Hat er", erwiderte der Polizist. „Aber ich glaube, auch da hat sich nicht viel Neues ergeben. Die beiden sind getrennt. Der Vater wohnt noch nicht einmal mehr in der Stadt und kannte seinen Sohn entsprechend schlecht. Und die Mutter ist eine Karrierefrau, Schewe hatte sogar den Eindruck, dass ihr der Tod ihres Sohnes nicht besonders nahegegangen ist."

„Kann ich mir vorstellen. Ich habe sie selbst kurz gesehen, als ich Jans Großmutter einen Besuch abgestattet habe. Hat denn Schewe auch herausgefunden, ob Jan vielleicht eine Freundin hatte?"

Mütze schüttelte den Kopf: „Nicht mehr. Die beiden haben sich vor ein paar Monaten getrennt."

„Könnte dahinter ein Motiv versteckt sein?"

„Ich ermittle ja nicht in diesem Fall", erinnerte Mütze Bröker. „Aber soweit ich das mitbekommen habe, war es eine ganz normale, ja sogar einvernehmliche Trennung. Jedenfalls nach Aussage der Freundin. Jan hat sie auch noch ein paar Mal danach gesehen. Von ihr haben wir auch den Hinweis auf Rösner."

„Verstehe", nickt Bröker. Das klang wirklich nicht so, als lohnte es sich, an dieser Stelle tiefer zu graben. „Manchmal denke ich, meine Chancen sind in diesem Fall noch schlechter als die Aufstiegschancen des VFL Bochum in der nächsten Saison", seufzte er.

„Hör mal!", protestierte sein Freund umgehend. „Nur, weil das mal ein paar Jahre für die Arminia gut gegangen ist, musst du nicht anfangen, große Töne zu spucken."

„Ach, der feine Herr Bochumfan will wohl nächste Saison aufsteigen", spottete Bröker. Über eine Fußballdiskussion konnte er spontan die spannendste Ermittlung vergessen.

„Wollen schon, manchmal klappt es halt nicht so, wie man will. Aber für die Arminia sehe ich bestenfalls in zwei Jahren wieder Aufstiegschancen."

„In zwei Jahren, das wäre doch auch nicht schlecht", befand Bröker.

„Ja, aber dazu müsst ihr nächste Saison erst einmal absteigen", freute sich der Polizist.

„Wenn mir mein Bier nicht zu schade wäre, würde ich es dir ins Gesicht kippen", lachte Bröker.

„Dazu müsste erst einmal etwas im Glas sein", konterte Mütze. „Aber meins ist auch leer, ich bestelle uns noch eins, ja?" Ohne die Antwort seines Freundes abzuwarten, riss er den Arm nach oben, um der Kellnerin ein Zeichen zu geben. Vielleicht war er dabei etwas zu ungestüm, vielleicht war es in dem Brauhaus auch nur sehr voll, jedenfalls fuhr Mütze dabei einem Mann, der in dem Moment an ihm vorbeiging, beinahe mit dem Finger ins Auge.

„Hey, hey, immer ruhig mit den jungen Pferden", brummte der und wollte weitergehen. Dann betrachtete er den Polizisten genauer: „Ach Herr Schikowski, Sie sind es", begrüßte er ihn.

Auch Mütze schaute auf. „Herr Oberbäumer", erwiderte er und schüttelte dem Neuankömmling herzlich die Hand. „Schön Sie zu sehen."

„Bochumfans unter sich", spöttelte Bröker.

„Bochumfan, das ich nicht lache", gab Oberbäumer mit einem verächtlichen Schnauben zurück. „Ich hoffe, an dieser Geschmacksverirrung leidet hier am Tisch nur einer." Dabei grinste er gutmütig.

„Dann sind Sie auch ein Anhänger von Arminia?", fragte Bröker den etwa Gleichaltrigen hoffnungsfroh.

„Ein waschechter", erwiderte der. „Wo das geklärt ist: Darf ich mich dazu setzen? Es ist hier ja fast kein

Platz zu finden und meine Kollegen, mit denen ich verabredet war, entdecke ich auch nirgends."

„Gerne", erwiderte Mütze und machte auf seiner Seite des Tisches Platz. „Und wenn wir schon zusammensitzen, möchte ich die beiden Arminiafans einander vorstellen. Also, Bröker, das ist Herr Oberbäumer. Er arbeitet für das Bauamt der Stadt Bielefeld und wir hatten mal bei einem Fall vor ein paar Jahren miteinander zu tun."

Oberbäumer nickte Bröker zu.

„Und das ist Herr Bröker", setzte Mütze die Vorstellungsrunde fort. „Er wird allerdings am liebsten Bröker genannt, ohne den Herrn."

„Alles klar, Bröker", erwiderte Oberbäumer. „Kann es eigentlich sein, dass ich den Namen schon mal gehört habe?"

„Kann schon sein", gab sich Bröker bedeckt. „Ist ja in Ostwestfalen kein ganz seltener Name."

„Ne, ne, ne, das meine ich nicht", beharrte der andere Arminiafan. „Ich meine, ich hätte Ihren Namen schon mal in der Zeitung gelesen."

Mütze grinste Bröker vielsagend an. Der hob seine Augen hilfesuchend zur Decke.

„Jetzt habe ich es", stieß Oberbäumer hervor. „Sind Sie nicht dieser Ermittler von der Sparrenburg?"

In Augenblicken wie diesem verfluchte Bröker Charlys journalistischen Eifer und hätte sie am liebsten ins tiefste Ruhrgebiet verbannt. Beispielsweise nach Bochum. Er sagte nichts.

„Ja, das stimmt, Bröker ist sozusagen der Bielefelder Hausdetektiv", erklärte Mütze an seiner statt.

„Das ist ja mal wirklich abgefahren", freute sich der Bauamtler. „Ich fand es ja schon spannend, damals Herrn Schikowski und der Kripo mit ein paar Auskünften helfen zu können. Aber der Mister Marple von der Sparrenburg, das ist noch einmal eine ganz andere Hausnummer." – Er machte eine kurze Pause und guckte zu Mütze. „Entschuldigen Sie, Herr Hauptkommissar", fügte er noch schnell hinzu.

Mütze winkte lässig ab.

„Gibt es einen Fall, in dem Sie aktuell Nachforschungen anstellen?", fragte Oberbäumer neugierig.

Wieder schwieg Bröker. Mütze hatte den Mitarbeiter des Bauamts an den Tisch gebeten, dann sollte er auch dessen Fragen beantworten.

Mütze sah das offenbar genauso. „Bröker ermittelt gerade im Fall des jungen Technikers, der auf dem Leinewebermarkt zu Tode gekommen ist", klärte er seinen Bekannten auf. „Er war in der Nähe, als es passiert ist."

„Und dem Herrn Hauptkommissar passt das nicht in den Kram", lachte der Mitarbeiter des Bauamts. Der Gedanke schien ihm Freude zu bereiten.

„Mir kann das egal sein", konterte Mütze. „Durch eine Anhäufung glücklicher Zufälle untersuchen Bröker und ich nie den gleichen Fall."

„Verstehe", nickte Oberbäumer. „Gibt es denn schon Anhaltspunkte?"

„Gerade tappe ich ebenso im Dunkeln wie die Polizei", entgegnete Bröker wahrheitsgemäß.

„Also, wenn ich Ihnen helfen kann, müssen Sie es nur sagen", bot sich der andere Arminiafan an. „Mit Ihnen würde ich sogar noch lieber zusammenarbeiten als mit der Kripo."

Bröker seufzte. „Ich wünschte, ich hätte eine Frage an Sie", sagte er. „Aber wie gesagt, ich habe gerade keine Ahnung, in welche Richtung ich ermitteln soll. Wenn ich mit Herrn Schikowski und damit mit der Polizei rede, muss ich schon ziemlich verzweifelt sein." Bei diesen Worten zwinkerte er Mütze zu. „Und damit Sie mir helfen könnten, wäre es wahrscheinlich hilfreich, wenn jemand in dem Fall etwas mit Bauen zu tun hätte. Aber da fällt mir, ehrlich gesagt, keiner ein." Er kratzte sich nachdenklich am Kopf und nahm noch einen Schluck Bier. Es tat ihm leid, dass seine Antwort ein wenig abweisend geklungen hatte. Er dachte nach, ob er seinem neuen Bekannten wenigstens irgendetwas anbieten konnte. „Oder doch, warten Sie, einen könnten Sie vielleicht kennen", kam es ihm dann in den Sinn. „Es ist der Vermieter der Großmutter des Opfers. Vorderbrügge heißt er, wenn ich mich richtig erinnere."

„Vorderbrügge? Ingolf Vorderbrügge?", fragte Oberbäumer beinahe triumphierend.

„Ja, kann sein, dass er Ingolf mit Vornamen heißt", erwiderte Bröker. „Sie kennen den Herrn?"

„Den kenne ich sogar sehr gut", erklärte der Mitarbeiter des Bauamts. „Herr Vorderbrügge ist jemand, der Luxussanierungen im großen Maßstab durchführt. Sie verstehen schon: Billig kaufen, teuer wieder verkaufen."

„Ja, genau das hat mir Jan Poggemeiers Großmutter auch gesagt", bestätigte Bröker. „Und meine derzeitigen Untermieter mussten sogar seinetwegen aus ihrer Wohnung ausziehen. Denen hat er einfach gekündigt."

„Man kann davon natürlich halten, was man will", führte Oberbäumer weiter aus. „Aber uns versorgt er dadurch gut mit Arbeit."

„Sie hätten doch aber ohnehin einen sicheren Job", gab Mütze zu bedenken.

„Ja klar", bestätigte sein Bekannter. „Ich wollte auch nur gesagt haben, dass der Herr alle paar Monate mit einem neuen Bauantrag bei uns vor der Tür steht."

„So oft?", wunderte sich Bröker, der keine Vorstellung vom Ausmaß von Vorderbrügges Tätigkeit gehabt hatte.

„Ja, schon", bestätigte Oberbäumer. „Manchmal sind es nur kleinere Sachen, zwei oder drei Wohnungen, manchmal auch etwas Großes. Wobei, jetzt, wo wir darüber sprechen: Eins ist schon merkwürdig."

„Was?", fragten Mütze und Bröker gleichzeitig.

„Seit mindestens anderthalb Jahren habe ich Herrn Vorderbrügge nicht mehr bei uns gesehen", erklärte der Mitarbeiter des Bauamts. „Natürlich kriege ich nicht immer alles mit, was auf unserem Flur stattfindet, aber sind Sie sicher, dass er noch lebt?"

„Immerhin ist er noch so lebendig, dass er Jans Großmutter nahegelegt hat, in ein Seniorenheim zu ziehen", erwiderte Bröker.

„Na, dann will ich nichts gesagt haben", antwortete Oberbäumer. Sein letzter Gedanke schien ihm ein wenig peinlich zu sein. „Es scheint ja auch so, als habe Herr Vorderbrügge nur am Rande mit Ihren Ermittlungen zu tun."

Bröker nickte bestätigend und Oberbäumer guckte ein wenig neidisch auf Mützes Bier. „Ich weiß übrigens gar nicht, wo meine Kollegen bleiben", wechselte er das Thema. „Vielleicht gehe ich sie doch mal suchen. Hier am Tisch bekomme ich ja auch nichts zu trinken. Es war mir eine Ehre, Sie persönlich kennenzulernen, Bröker." Er stand auf und klopfte zum Abschied auf den Tisch. Dann ging er mit suchenden Blicken in den hinteren Teil des Lokals.

„Eine Ehre, hast du das gehört, Bröker", frotzelte Mütze.

„Immerhin", brummte der. „Über die Kriminalpolizei hat er das nicht gesagt." Dann machte er eine Geste, um zwei weitere Bier zu bestellen. „Ich weiß gar nicht, was daran so schwer sein soll, hier ein Bier zu bekommen", lachte er, als die Getränke wenig später vor den Freunden auf dem Tisch standen.

Kapitel 26
Können Sie denn nicht aufpassen

Bröker hatte einen Brummschädel, als er am nächsten Morgen mit seinem Frühstückskaffee am Küchentisch saß. Der drückende Schmerz erinnerte ihn daran, dass sich der Abend mit Mütze länger und intensiver gestaltet hatte als geplant. Dem dritten Bier, das sie getrunken hatten, während Oberbäumer bei ihnen am Tisch gesessen hatte, war ein viertes gefolgt und diesem ein fünftes, sechstes und siebtes. Es war spät gewesen, als Bröker endlich das Gefühl gehabt hatte, für diesen Abend kein Bier mehr sehen zu können. Und dann war er zum Abschluss noch zu seinem griechischen Lieblingsimbiss gegangen und hatte eine Gyros Pita mit extra Knoblauch bestellt und diese mit drei Ouzo hinuntergespült. Danach war er so angeschlagen gewesen, dass er den Heimweg lieber in einem Taxi angetreten hatte.

Zur Strafe schmerzte ihm nun der Kopf. Wie zum Ausgleich taten ihm aber seine Zähne nicht mehr weh. Trotzdem hatte er schon zwei Aspirin eingeworfen, aber noch nicht das Gefühl bekommen, dass diese auch wirkten. Er schimpfte innerlich auf seine Disziplinlosigkeit. Gerade schienen die Ermittlungen einen klaren Kopf zu verlangen, aber daran hatte er bei den zahlreichen Bieren gestern Abend nicht gedacht. Zum Glück war wenigstens Gregor nicht hier, der sich gerne über derartige Zustände seines

Freundes amüsierte und dem er gerade an Tagen wie diesem hilflos ausgeliefert war.

Früher war Bröker mit einem derartigen Schädel gerne in die Wunderbar eingekehrt. Ganz davon abgesehen, dass er dort sowieso gerne war, hatten die bis vor ein paar Jahren noch ein Katerfrühstück bestehend aus einem Rollmops, einem schwarzen Kaffee, einem Glas Pils und einer Aspirintablette auf der Karte gehabt. Leider hatten sie dieses Frühstück irgendwann aus dem Angebot gestrichen, vielleicht, weil Bröker der einzige gewesen war, der es regelmäßig bestellt hatte. Eventuell war aber auch ein Besuch der Wunderbar ohne das Katerfrühstück eine gute Idee. Die Kopfschmerztabletten hatte er ja schon eingenommen, ein Pils bekäme er, auch wenn es nicht auf der Frühstückskarte stand und der Rollmops ließ sich vielleicht durch ein doppeltes Lachsbrötchen ersetzen. Zufrieden darüber, dass er trotz seines Katers noch so viel Kreativität und Energie aufbrachte, schnappte er sich seine Hausschlüssel, schlüpfte in seine Sandalen und machte sich auf den Weg.

Wie gut die Frühsommerluft doch roch. Trotz des Pochens hinter seiner Stirn vermochte er die wärmenden Strahlen der Sonne zu genießen. Ja, ein kleiner Fußmarsch war jetzt genau das Richtige, er würde heute seine Zeit nicht in öffentlichen Verkehrsmitteln vergeuden.

Beinahe fröhlich schlenderte er den Niederwall hinab, registrierte erfreut, dass schon wieder ein paar neue Restaurants eröffnet hatten und versank schließlich zum wiederholten Male in Gedanken über den Fall des toten Elektrikers.

Er hatte gestern gegenüber Mütze nicht geschwindelt: Auch wenn er bei diesen Untersuchungen mehr Leute verdächtigt hatte als üblich – den Unbekannten, der bei Jan und seinen Freunden gesessen hatte, die BiPas und ihre Anhänger und zuletzt den Kredithai – so stand er, wenn er Rösner als Verdächtigen fallen ließ, mit leeren Händen da. Dass es Schewe und der Bielefelder Kripo nicht anders ging, beruhigte Bröker nicht. Es ging ihm ja in erster Linie darum, den Fall aufzuklären und nur an zweiter Stelle kam, dass er dabei schneller sein wollte als die Polizei.

Irgendwie wurde er das Gefühl nicht los, schon viele wertvolle Puzzleteile in diesem Fall zusammengetragen zu haben. Es war nur so, als lägen alle am falschen Platz und verstellten somit den Blick auf das eigentliche Motiv und den Täter. Dabei hatte er sie schon so oft in seinem Kopf hin und her bewegt.

Wieso er allerdings den Verdacht hegte, schon alles Wesentliche beisammen zu haben, hätte Bröker nicht sagen können. So war es ja oft bei seinen Ermittlungen: Er ließ sich von seinen Mutmaßungen und seiner Intuition leiten und erst später stellte sich heraus, dass sich alle Stücke zu einem logischen Ganzen fügten. Er konnte nur hoffen, dass es auch diesmal nicht anders sein würde.

Unterdessen hatte Bröker den Jahnplatz erreicht.

Seine Kopfschmerzen hatten sich beinahe vollständig verflüchtigt und er dachte mit Vorfreude an das bevorstehende Frühstück. Vielleicht musste er es ja nicht bei einem Lachsbrötchen belassen. Er würde sich jedenfalls durch diese vertrackten Ermittlungen den herrlichen Frühsommertag nicht vermiesen lassen.

Als die Fußgängerampel Grün zeigte, war er schon wieder tief in Gedanken, sodass er, als er wieder aufblickte, nur noch das rote Ampelmännchen sah. Erst bei der zweiten Grünphase überquerte er den Jahnplatz und ging weiter durch die Bahnhofstraße. Was hatte er denn in den letzten Tagen Neues erfahren? Gut, dass Jan Schulden gehabt hatte, wusste er bis vor Kurzem nicht, aber bis jetzt konnte er auch nicht sagen, ob das von Belang war und wenn ja, wieso. Wenn er Rösner als Täter ausschloss, war vielleicht ja die Frage, wieso Jan Schulden gehabt hatte ausschlaggebender als bei wem. Das war sicher ein Ansatzpunkt, über den es sich lohnte weiter nachzudenken. Edith Pankoke fiel ihm ein. Hatte die nicht mehrfach gesagt: Was das alles gekostet hat? Hatte also Jan für sie einen Kredit aufgenommen? Aber wofür hatten die alte Frau und ihr Enkel das Geld dann verwendet?

Seine Gedanken wanderten weiter. Gestern Abend war da dieser Oberbäumer gewesen. Aber der war für den Fall bestimmt nicht wichtig. Bis auf eine Randfigur kannte er ja auch niemanden. Auch dieses Treffen war somit wohl unbedeutend. Trotzdem war es ihm aus irgendeinem Grund im Gedächtnis haften geblieben. Vielleicht, weil die Randfigur, über die er mit Oberbäumer gesprochen hatte, dieser Vorderbrügge, die gleiche war, über die er sich auch mit dem Zahnarzt unterhalten hatte. Manchmal war die Welt schon sehr klein und voller seltsamer Zufälle.

Bröker hörte einen Ruf. Ein Schmerz im Bein durchfuhr ihn. Instinktiv hielt er sich das Knie. Dann erst nahm er die alte Frau im Rollstuhl wahr, die eine Decke über ihre Beine gelegt hatte und sich durch seine gebückte Haltung nun auf Kopfhöhe vor ihm befand. Hinter dem Rollstuhl stand ein junger Mann mit langen lockigen Haaren, wahrscheinlich der Zivi, der das Gefährt schieben sollte. Bröker war mit den beiden zusammengestoßen und bei dem Kontakt mit dem Metallrahmen des Rollstuhls hatte der sich als härter erwiesen als sein Knie. Es schien ihm, als ob dieses spontan anschwoll und zu pochen begann. Konnte man sich seine Knie bei einem solchen Unfall brechen?

„Verdammt! Können Sie denn nicht aufpassen?", zischte Bröker durch die Zähne und versuchte die Tränen zu unterdrücken. Das fehlte noch, dass der Bielefelder Hausdetektiv inmitten der Innenstadt zu heulen begann.

„Also hören Sie mal, Sie sind doch in den Rollstuhl gelaufen, als hätten Sie uns überhaupt nicht gesehen. Ich habe Sie doch sogar noch vorher gewarnt, aber Sie sind einfach weitergerannt", ereiferte sich der Lockenkopf.

„Vielleicht sollten Sie besser aufpassen und nicht wie ein Hans-Guck-in-die-Luft durch die Innenstadt stolpern", mischte sich nun auch die alte Dame ein und funkelte ihn durch eine kleine Brille mit Silberrand wütend an.

„Ist ja schon gut. Ich habe Sie einfach nicht gesehen", erwiderte Bröker verschämt und hinkte weiter.

Wahrscheinlich hatten die Alte und ihr Zivi sogar recht: Er war einfach zu sehr in Gedanken versunken gewesen und hatte die beiden daher nicht gesehen. Ob er sich bei ihnen entschuldigen sollte? Schließlich hatte er sie ja ziemlich angepflaumt. Das war eigentlich nicht seine Art.

Bröker drehte sich noch einmal um, aber das Gespann war schon weitergezogen und überquerte gerade die Ampelkreuzung am Jahnplatz. Zu spät. Bröker blieb mit schmerzendem Knie und schlechtem Gewissen stehen.

Vielleicht konnte er seinen Fauxpas ja wiedergutmachen, indem er nach seinem Besuch der Wunderbar noch einmal bei Edith Pankoke vorbeischaute und ein paar Einkäufe für sie erledigte. Das war zwar nicht die Dame, mit der er gerade zusammengestoßen war, aber immerhin war sie auch hilfsbedürftig. Sie würde sich auf jeden Fall freuen. Eigentlich bräuchte Frau Pankoke auch so einen Rollstuhl, dachte er.

Mit einem Mal hielt er inne. Was war ihm da gerade durch den Kopf gegangen? Genau, Jans Großmutter bräuchte einen Rollstuhl. Nein, das war es nicht. Aber der Grund für diesen Gedanken: Sie war nach dem Tod ihres Enkels so gut wie hilflos. Noch einmal stutzte er. War es möglich, dass hier ein Schlüssel lag, um den Anschlag auf Jan aufzuklären? Mit einem Mal zeichnete sich ein deutliches Bild des Falles vor seinem inneren Auge ab. Plötzlich war auch die Benommenheit durch den Alkoholgenuss am Vortag wie weggeblasen. Namen gingen ihm durch den Kopf, Personen mit ihren Geschichten: Edith Pankoke, die verloren in ihrer Wohnung saß. „Jetzt bleibt mir nichts anderes, als dem Vorschlag von diesem Vorderbrügge zu folgen und in ein Altenheim zu ziehen", klangen ihm ihre Worte im Ohr. Vorderbrügge, den Bröker noch nie gesehen hatte, der ihm aber im Traum in der Maske des Zahnarztes erschienen war. Wie hatte der noch gleich gesagt? „Er ist nicht zimperlich, wenn es darum geht seinen Willen durchzusetzen", oder so ähnlich. Das klang nicht nach einem angenehmen Zeitgenossen. Auch Oberbäumer hatte gestern Abend etwas über den Immobilienspekulanten gewusst, oder vielmehr nicht gewusst. Er hatte im vergangenen Jahr keinen Bauantrag mehr eingereicht, sodass sich der Mitarbeiter des Bauamts sogar erkundigt hatte, ob Vorderbrügge noch am Leben war. Das musste doch einen Grund haben.

Und dann war da noch Rösner – irgendwie passte auch der mit einem Male ins Bild. Ja, es gab eine mögliche Geschichte, die all diese Menschen mitei-

nander verband und je länger Bröker über die Zu-
sammenhänge nachdachte, desto plausibler erschien
ihm diese.

Natürlich war nichts von alledem bis jetzt belegt.
Außer seinem Gefühl, dass sich der Anschlag genau
aus dem Grund, den er gerade vermutete, zugetragen
hatte, hatte er noch nichts in der Hand. Er musste
überprüfen, ob sich nicht auch diese Geschichte
bei genauerer Betrachtung in Wohlgefallen auflöste,
musste noch einmal alle Fakten abklopfen.

Bröker hielt inne und schüttelte den Kopf. So
häufig er die Wunderbar auch aufsuchte und so gern
er dort Lachsbrötchen und Kaffee zu sich nahm, für
das, was er nun tun musste, war sein Lieblingscafé
gerade der verkehrte Ort.

Mit einem Schwung, der sein lädiertes Knie laut
protestieren ließ, drehte sich Bröker um und machte
sich auf den Weg zurück in Richtung Sparrenburg.

Kapitel 27
Puzzeln

Schnell fasste Bröker einen Plan: Er musste die exak-
ten Details von Edith Pankokes Wohnsituation herausfinden. Dabei konnten ihm Manfred und Frieda
helfen. Wenn sich bestätigte, was er vermutete, würde er einen rechtlichen Rat brauchen. Aber eins nach
dem anderen, ermahnte er sich zur Ruhe.

Dann hielt er inne und änderte noch einmal die Richtung. Er war aber auch ein Idiot, schalt er sich. Wenn er etwas über Edith Pankoke in Erfahrung bringen wollte, dann war es wohl das Einfachste, die alte Dame selbst zu befragen. Entschlossen hinkte er in Richtung der Friedrichstraße.

Zehn Minuten später stand er vor der Haustür der Seniorin. Oder viel mehr vor dem, was noch vor Kurzem ihre Haustür gewesen war, denn so oft Bröker auch die Aufkleber auf den Klingelschildern und Briefkästen durchging: Edith Pankokes Name war verschwunden und durch ein Blankoschild ersetzt worden. Auch Manfreds und Friedas Türschild gab es nicht mehr. Das war kein gutes Zeichen. Ohne viel Hoffnung drückte Bröker die Schelle, die noch vor wenigen Tagen zu Edith Pankokes Wohnung gehört hatte. Doch ohne Erfolg. Noch einmal klingelte er und wartete. Schließlich hatte es auch beim ersten Mal mehrerer Anläufe bedurft, bevor ihm geöffnet worden war. Aber erneut tat sich nichts. Endlich sah er ein, dass Jans Großmutter offenbar nicht mehr hier wohnte. Bröker konnte kaum glauben, wie schnell das gegangen war.

Zum Glück hatte er noch einen Plan B. Nun hieß es, auf seinen ersten Gedanken zurückzugreifen und seine neuen Mitbewohner zu befragen, um an die gewünschten Informationen zu gelangen.

„Manfred, Frieda? Seid ihr da?" Ganz gegen seine Gewohnheit rannte Bröker eine halbe Stunde später die Treppe hoch ins Obergeschoss seiner Stadtvilla. Dabei nahm er weder auf sein immer noch schmerzendes Knie noch auf sein Seitenstechen Rücksicht. Seitdem er zum ersten Mal eine Ahnung von dem Motiv hinter dem Anschlag auf Jan bekommen hatte, konnte er es kaum abwarten, seinen Verdacht bestätigt zu sehen. Und da Edith Pankoke auf die Schnelle nicht mehr aufzufinden war, brauchte er dazu zunächst einmal seine Mitbewohner. Die aber schienen nicht zu Hause zu sein.

„Manfred, Frieda? Wo seid ihr denn?", rief er noch einmal. Wieder bekam er keine Antwort. Er klopfte an die Zimmertür der beiden – keine Reaktion. „Wieso haben Rentner eigentlich den ganzen Tag so viel zu tun, dass sie nie zu Hause sind?", fluchte er innerlich. Dann stieg er die Treppe wieder hinab. Vielleicht waren die beiden ja in der Küche und hatten ihn nicht gehört.

Als er diese allerdings leer vorfand, gestand sich Bröker ein, dass sein Rufen zweifellos durchs ganze Haus zu hören gewesen war. Dass niemand geantwortet hatte, zeigte wohl, dass er derzeit die einzige Person war, die die Stadtvilla bevölkerte. Allmählich nahm der Schwung, der ihn noch vor ein paar Minuten beseelt hatte, ab. Wenn seine neuen Mitbewohner nicht zu Hause waren, würde er auf sie warten müssen und damit wichtige Zeit verlieren. Gegenüber Schewe und van Ravenstijn, vor allem aber auch gegenüber demjenigen, den er des Anschlags auf Jan Poggemeier verdächtigte. Denn wie er sich die benötigten Informationen anders beschaffen sollte, wusste er nicht. Dabei war es doch nur eine einzige Frage, die er den beiden stellen wollte.

Ihm kam eine Idee. Die Nummer der beiden musste eigentlich noch in dem Speicher seines Telefons registriert sein. Mit welchem der Apparate hatte er Frieda noch gleich kontaktiert? Sein Handy war ja ohne Saft gewesen. Nein, es war sein Festnetzapparat. Er ging in den Flur, griff sich das Mobilteil und betrachtete es grübelnd. Bestimmt konnte man hier die zuletzt gewählten Nummern abrufen, aber wie? Leise fluchend drückte er ein paar Tasten. Nach drei vergeblichen Versuchen war er endlich erfolgreich. Schnell scrollte er die Liste nach unten. Da, das musste Friedas und Manfreds Nummer sein! Dann hielt er inne. Ja, es war ihre Nummer – aber ihre Festnetznummer, die seit ihrem Umzug zu ihm nicht mehr aktiv war.

Verdammt!, schimpfte er und knallte das Telefon zurück auf seine Ladestation. Fluchend kehrte er in die Küche zurück. Dadurch weckte er seinen Kater. Uli huschte unter der Bank hervor, bedachte sein Herrchen mit einem vorwurfsvollen Blick und stolzierte in Richtung Tür durch den Raum. Was hat dich denn dazu gebracht, dich in die Küche zu setzen, dachte Bröker und folgte seinem Haustier zum Wohnzimmer. Vielleicht konnte er sich dort hinsetzen, eine seiner Lieblings-Jazz-CDs hören und auf Manfred und Frieda warten. Aber nein, dazu war er jetzt viel zu unruhig. Dennoch ging er weiter in seinen Salon. Dort angekommen registrierte er mit einem Stirnrunzeln, dass die Terrassentür offenstand. Bröker hatte nie eine übertriebene Angst vor Einbrechern gehabt, aber wenn seine Mitbewohner die Türen offenstehen ließen, musste er doch einmal ein ernstes Wort mit ihnen reden.

In diesem Moment hörte er Stimmen von draußen. Frieda trat zwischen zwei Blutbuchen hervor, die den Gartenbereich vom Haus abtrennten. „Bröker, du bist ja wieder zu Hause", rief sie erfreut. „Manfred und ich haben es uns im Garten gemütlich gemacht. Der ist ja wirklich zu herrlich. Setz dich doch zu uns, ich hole eben noch etwas Kaffee."

Bröker nickte. Er kam der Aufforderung seiner neuen Mitbewohnerin nur zu gerne nach. Und das nicht nur, weil auch er sich gerne in seinem Garten aufhielt. Dass das überhaupt noch möglich war, war ein Verdienst Gregors, der irgendwann die Aufgaben des von Bröker früh entlassenen Gärtners übernommen hatte. Dabei hatte er im Laufe der Zeit sogar Blumen angepflanzt, die zu kultivieren Bröker nie in den Sinn gekommen wäre.

Als er in dem kleinen Pavillon bei Manfred Platz nahm, konnte Bröker jedoch nicht bestreiten, dass die Blütenpracht dazu beitrug, dass er sich in seinem Garten so wohl fühlte.

„Gut, dass ihr da seid", fiel er mit der Tür ins Haus, sobald Frieda den Espressokocher auf dem Tisch abgestellt hatte. „Ich muss nämlich dringend mit euch sprechen."

„Müssen wir wieder ausziehen?" Manfreds Stirn umwölkten Sorgenfalten. Die schlechten Erfahrungen, die er mit seinem letzten Vermieter gemacht hatte, prägten offenbar auch seine Erwartungshaltung gegenüber Bröker.

„Nein, ach was, darum geht es doch gar nicht", erwiderte Bröker. „Obwohl es mit Ausziehen durchaus etwas zu tun hat."

„Sag doch einfach, was los ist", wurde nun auch Frieda unruhig.

„Okay, es geht um Edith Pankoke. Eigentlich wollte ich von ihr etwas wissen. Dass ich nun euch fragen muss, liegt daran, dass sie inzwischen nicht mehr in der Friedrichstraße wohnt", eröffnete Bröker. Manchmal konnte er sich einem Gesprächsthema einfach nicht auf direktem Weg nähern.

„Ist sie weggezogen?" Frieda sah erschrocken aus.

„Ich vermute es", erklärte Bröker. „Ihr Name steht nicht mehr am Türschild und es macht auch niemand auf, wenn man schellt."

„Ich befürchte, nun, da ihr Enkel nicht mehr für sie da ist, musste sie doch ins Altersheim ziehen", unkte Manfred. „Das war ja nicht nur Vorderbrügges Vorschlag – ihre Tochter lag ihr damit auch schon seit Jahren in den Ohren."

„Auszuschließen ist das wohl nicht." Bröker teilte die Besorgnis seines neuen Untermieters. „Jedenfalls wende ich mich deswegen an euch: Wisst Ihr, wie lange sie zuvor in der Friedrichstraße gewohnt hat?"

„Hm, schwer zu sagen", überlegte Manfred. „Wie du weißt, waren wir ja selbst ja nicht allzu lange in dem Haus."

„Aber Edith hat gerne von ihren ersten Jahren in der Friedrichstraße erzählt", wusste Frieda. „Sie ist in die Wohnung gezogen, kurz nachdem ihr Mann bei einem Unfall ums Leben gekommen ist. Und der war damals irgendetwas wie Ende 40 oder Anfang 50."

„Ich weiß nicht, ob Herr Pankoke wesentlich älter oder jünger war als seine Frau, aber wenn man mal annimmt, dass sie ungefähr gleichaltrig waren, kann man ausrechnen, dass Edith in den späten 70ern oder frühen 80ern in die Friedrichstraße gezogen ist", ergänzte ihr Mann.

„Edith könnte das natürlich viel genauer sagen. Ich würde sie ja auch gerne besuchen, aber dazu müssten wir erst einmal herausfinden, in welches Heim sie gekommen ist", schloss Frieda.

„Das wird sie bestimmt freuen, aber für mich ist das nicht notwendig", sagte Bröker schnell. Auch er würde bei Gelegenheit einmal wieder bei der alten Dame vorbeischauen, wenn er ihre Adresse hatte. Für den Moment aber war er zu sehr mit der Aufklärung des Todes ihres Enkels befasst. „Ich wollte nur einen ungefähren Zeitraum wissen. Dass sie mehr als

30 Jahre in ihrer Wohnung gewohnt hat, genügt mir vollkommen."

„Kommst du denn mit deinen Ermittlungen voran?", erkundigte sich Manfred.

„Das werden wir sehen, vielleicht kann ich euch bald mehr sagen – hoffentlich sehr bald sogar", gab sich Bröker kryptisch und stand auf. „Und damit ich das kann, muss ich jetzt telefonieren. Danke noch einmal, dass ihr mir geholfen habt."

„Gerne doch", erwiderte Frieda noch. „Wunder dich nicht, wenn wir nachher nicht da sind, wir müssen uns ja weiterhin Wohnungen angucken."

Aber das hörte Bröker schon nicht mehr.

Zwei Minuten später hatte er sich mit seinem Telefon in die Bibliothek zurückgezogen. Er brauchte eine Rechtsauskunft und auch wenn er die prinzipiell in den Tiefen des Internets würde finden können, so hatte er schnell beschlossen, dass Britta in dieser Frage eine weitaus sicherere und schnellere Quelle war. Dennoch warf Bröker seinen Computer an, um die Telefonnummer des Bielefelder Mieterschutzes herauszusuchen. Zufrieden registrierte er, dass auf deren Internetseite sogar Brittas persönliche Nummer samt Emailadresse verzeichnet war. Rasch gab er die Zahlenkombination in sein schnurloses Telefon ein. Kurz darauf verkündete ein rasches Tuten, dass Britta gerade mit jemand anderem telefonierte.

Himmel, konnte denn in diesem Fall nicht irgendetwas einfach mal problemlos vonstattengehen? Nicht ausrasten, versuchte Bröker sich zu beruhigen. Es war ja nichts geschehen, außer dass er Britta fünf Minuten später befragen konnte als gedacht.

Doch auch nach weiteren fünf Minuten gab das Telefon noch das gleiche nervtötende Besetztzeichen von sich. Es war wirklich zum Auswachsen. Ungeduldig versuchte Bröker die gewünschten Informationen einer Suchmaschine zu entlocken. Vielleicht wählte er die falschen Schlagwörter, vielleicht war er auch nicht geübt darin, juristische Texte zu lesen, jedenfalls konnte er mit den erhaltenen Suchergebnissen wenig anfangen. „Verflixtes Juristenkauderwelsch", schimpfte er. Noch einmal wählte er Brittas Nummer, aber das Ergebnis war dasselbe wie die beiden Mal zuvor. Bröker seufzte. Auch wenn er ahnte, was ihm Britta sagen würde, musste er einfach an die benötigten Fakten kommen. Und wenn seine Freundin gerade in einem Dauergespräch war, blieb ihm nichts Anderes als zu ihr zu fahren. Zum Glück waren die Räume des Bielefelder Mieterschutzes leicht zu finden.

Eine halbe Stunde später stand Bröker vor dem Leinenmeisterhaus. Imposant überblickte das siebengeschossige Gebäude den Vorplatz des Bielefelder Hauptbahnhofes. Wenn die Adressangabe im Internet korrekt war, befand sich der Bielefelder Mieterschutz im dritten Stock. Bröker überflog die Türschilder an der Eingangstür. Direkt daneben hatte

sich früher der Eingang zu einem Kino befunden, erinnerte er sich. Dann entdeckte er einen weißen Pfeil
auf rotem Grund, das Logo der Vereinigung, für die
Britta tätig war. Tatsächlich, die Gesellschaft hatte
ein paar Büroräume in der dritten Etage angemietet.

Bröker öffnete die Tür und sah sich um. Es war
doch nicht möglich, dass es in dem Hochhaus keinen
Aufzug gab. Allein er konnte keinen entdecken. Auf
die Nachlässigkeit des Architekten schimpfend nahm
er die weiten Treppen in das angegebene Stockwerk.
Kurz bevor er es erreicht hatte, begann sein Knie
wieder wehzutun. Außerdem hatte er schon in der
ersten Etage Atemprobleme bekommen. Zum Glück
musste er nicht täglich hier hoch, für die Arbeit im
dritten Stock war er einfach nicht gemacht.

Vor einer Glastür blieb er schließlich stehen. Er
keuchte und rieb sich die schmerzende Stelle am
Bein. Dann versuchte er die Tür zu öffnen, doch sie
war verschlossen. Hier ging es zunächst einmal nicht
weiter. Er drückte einen Klingelknopf.

„Ja bitte?", ertönte kurz darauf eine weibliche
Stimme, die durch die Qualität der Gegensprechanlage nach Plastik klang. Die Sprecherin war aber
nirgends zu sehen.

„Ich würde gerne mit Frau", Bröker machte eine
Pause. Verzweifelt versuchte er sich an den Nachnamen seiner Ex-Freundin zu erinnern. Bei dem Speed-
Dating war er froh gewesen, sie wiedererkannt und
ihren Vornamen gewusst zu haben.

„Ja?", quengelte die Plastikstimme.

„Ich würde gerne mit Frau Johannsmeyer sprechen", fiel ihm der Name gerade noch rechtzeitig wieder ein.

„Haben Sie einen Termin?", kam prompt die nächste Frage.

„Ja, natürlich", log Bröker. Britta würde ihn hoffentlich nicht verpfeifen.

„Ihr Name, bitte?"

„Bröker."

„Einen Moment, Herr Bröker."

Bröker fragte sich, ob die Empfangsdame in diesem Moment mit Britta sprach und ob diese sich überrascht zeigte, ihren Freund als Kunden bei der Mieterberatung wiederzutreffen. Wenn, dann hatte sie sich ihre Überraschung offenbar nicht anmerken lassen, denn kurze Zeit später meldete sich die Plastikstimme erneut: „Frau Johannsmeyer erwartet sie, zweite Tür links!"

Darauf ertönte ein Summer, Bröker schob die Glastür auf und trat ein. Die Frau, die ihn über die Gegensprechanlage bespaßt hatte, war nirgends zu sehen. Egal, er wusste ja, wohin er musste. Vor dem angegebenen Raum hielt er inne, die Tür war verschlossen. Bröker zögerte einen Moment, dann klopfte er zaghaft.

„Herein", rief eine weibliche Stimme von der anderen Seite, die eindeutig Britta gehörte.

Bröker drückte die Türklinke herunter, öffnete

die Tür einen spaltbreit und schob seinen Kopf hindurch.

„B.! Du bist es". Britta, die hinter einem großen Schreibtisch mit Computerbildschirm und einem Haufen Papieren saß, schien erfreut. Dabei musste doch sein Besuch von der Frau am Empfang angekündigt worden sein.

„Komm rein!", forderte sie ihn auf und wies mit einladender Geste auf einen Besucherstuhl, der auf der ihr gegenüberliegenden Seite des Schreibtischs stand.

Bröker schob sich in Brittas Arbeitszimmer, schloss die Tür und nahm auf dem Stuhl Platz. „Donnerwetter, du hast ja ein Büro für dich", staunte er und bewunderte den Blick auf den Bahnhof. Wenn er sich richtig an die Hierarchien in Verwaltungseinheiten wie dieser erinnerte, war ein Einzelbüro schon ein Zeichen dafür, dass jemand in gehobener Stellung arbeitete.

„Wenn jemand so viel Publikumsverkehr hat wie ich, geht das nicht anders", relativierte Britta sogleich seine Vorstellungen. „Eine zweite Person käme hier ja nicht mehr zum Arbeiten."

„So heftig?", fragte Bröker mitfühlend. Wenn er einem Beruf nachgehen würde, bräuchte er einen Job, bei dem er auch mal Zeit für sich hatte, dachte er. Insofern war Privatier genau das Richtige für ihn.

„Manchmal schon. Heute Vormittag bin ich zum Beispiel nicht vom Telefon losgekommen. Andauernd hat es geklingelt. Irgendwann habe ich einfach den Hörer danebengelegt. Wenn ich in einem fort neue Anfragen annehme, komme ich nicht dazu, denen zu helfen, die mich gestern oder vorgestern um meine Hilfe gebeten zu haben."

Das erklärte zumindest, warum der Apparat immer besetzt gewesen war, wenn Bröker versucht hatte, seine Freundin zu erreichen. Inzwischen hatte sie den Hörer aber wieder an seinen Platz gehängt, wie er mit einem Seitenblick feststellte. Er nickte.

„Aber jetzt mal Butter bei die Fische, B. Ich freue mich natürlich dich zu sehen, aber du bist doch nicht hergekommen, um dir anzusehen, ob ich in einem Einzel- oder in einem Großraumbüro arbeite", fragte Britta neugierig.

„Stimmt", gab Bröker zu. „Ich brauche deinen professionellen Rat."

„Meinen professionellen Rat?" Britta musste lachen. „B., wenn ich mich recht entsinne, warst du vor ein paar Tagen noch Hausbesitzer, sogar von einer recht ansehnlichen Villa. Das wird sich seitdem doch nicht geändert haben."

„Nein …"

„Und wenn du Ärger mit diesem Jungen hast, der bei dir wohnt …"

„Gregor."

„Genau, wenn du mit ihm Ärger hast, dann solltest du wissen, dass ich rein beruflich eher auf seiner als auf deiner Seite stehe."

„Es geht doch gar nicht um mich – und auch nicht um Gregor", versuchte Bröker zu erklären.

„Um wen denn dann?"

„Ich bin im Zuge meiner Überlegungen in dem Fall auf eine Frage gestoßen, bei der du mir vielleicht helfen kannst. Insofern geht es schon um mich, aber um kein Mietverhältnis, an dem ich beteiligt bin."

„Junge, Junge, B. Du machst ja ein ganz schönes Geheimnis aus deinem Anliegen."

„Hatte ich eigentlich nicht vor", erläuterte Bröker. „Aber du hast ja gefragt."

„Okay, okay. Dann schieß mal los", forderte ihn Britta auf. In diesem Moment begann das Telefon auf ihrem Schreibtisch zu läuten. Bröker warf dem Apparat einen hasserfüllten Blick zu, aber Britta beachtete die Störung gar nicht. „Also?", fragte sie noch einmal.

„Die Frage ist, wenn jemand schon lange in einer Wohnung wohnt …"

„Wie lange?", wollte Britta sofort wissen. Unterdessen verstummte das Telefon.

„30 Jahre", erwiderte Bröker. „Also wenn jemand schon so lange in einer Wohnung lebt und zudem gebrechlich ist, wie leicht kann man ihm dann kündigen?"

Britta zog die Stirn kraus. „Es ist gut, dass ich dich nun schon ein Weilchen kenne, B.", sagte sie. „Ansonsten hätte ich einen bösen Verdacht."

„Ich habe ja schon gesagt, dass es nicht um mich geht."

„Schon gut." Britta dachte einen Moment nach. „Allgemein gesagt hat ein Vermieter nur wenige Möglichkeiten, einem Mieter überhaupt zu kündigen", begann sie dann zu dozieren. „Mieter sind bei uns gut geschützt. Ausnahmen sind, wenn er zum Beispiel dauerhaft gegen die Hausordnung verstößt oder Tiere hält, obwohl das im Mietvertrag verboten ist. Das schärfe ich auch meinen Klienten immer ein. – Ein anderes Thema sind Eigenbedarfskündigungen. In dem Fall muss der Mieter tatsächlich oft ausziehen. Wenn er allerdings schon vorher 30 Jahre in der Wohnung gewohnt hat, hat er dafür auch neun Monate Zeit."

„Nein, um Eigenbedarf geht es nicht. Wie sieht es denn im Fall von Luxussanierungen aus?", präzisierte Bröker sein Anliegen.

„Ach daher weht der Wind. Modernisierungen sind uns tatsächlich oft ein Dorn im Auge. Der Vermieter darf sie durchführen, sogar ohne sie vorher anzukündigen. Und er darf die Kosten auf die Miete aufschlagen. Bis zu elf Prozent jährlich und das natürlich auch mehrfach hintereinander. Das führt dazu, dass viele Mieter sich bald schon die Miete nicht mehr leisten können und freiwillig ausziehen. In dem Fall spart der Vermieter sogar oft die Kosten für eine Übergangswohnung, während die Hauptwohnung saniert wird. Das ist also sozusagen eine indirekte Kündigung. Und wenn der Vermieter nachweisen kann, dass er nach einer umfänglichen

Sanierung an so einer Wohnung wesentlich mehr verdienen kann, darf er sogar eine Kündigung aussprechen. Auf die Weise mussten sich in den letzten Jahren viele Menschen eine neue Bleibe suchen."

„Und da kann man gar nichts machen?", fragte Bröker und dachte dabei auch an Manfred und Frieda.

„Im Allgemeinen ist das, was ich dir gerade beschrieben habe, die Rechtslage, leider", erklärte Britta. „Allerdings, wenn der Mieter oder die Mieterin gebrechlich oder schwerbehindert ist oder sogar beides, gestaltet sich die Lage für den Vermieter viel schwieriger."

„Wie das?", war Bröker hellhörig geworden.

„In dem Fall gibt es eine so genannte Sozialklausel. Wenn die Gebrechlichkeit des Mieters festgestellt wird, kann das die Kündigungsfrist wesentlich herauszögern oder die Kündigung sogar vollständig unwirksam machen. In so einem Fall haben wir auch schon durchgesetzt, dass nur eine altersgerechte Erdgeschosswohnung als Übergangswohnung akzeptiert werden musste. Und je stärker die körperlichen Einschränkungen des Mieters sind, desto umfangreicher werden natürlich auch seine Rechte. Auch wenn der Vermieter bei Sanierungen viel Entscheidungsspielraum hat, sind die Gerichte bei alten und körperlich eingeschränkten Menschen oft auf unserer Seite."

Es klopfte. Bröker fuhr zusammen. Eine Frau mittleren Alters betrat den Raum, ohne Brittas Antwort abzuwarten. Als sie Bröker sah, hob sie die Brauen.

„Hast du noch lange zu tun?", fragte sie. „Wir haben da einen Fall, wo wir deine Expertise gebrauchen könnten."

„Sorry. Das kann noch einen Augenblick dauern." Britta hob entschuldigend die Arme.

„Nein, nein. Du hast mir mit deinem letzten Satz sehr geholfen", sprang Bröker dazwischen. „Genau das hatte ich zu hören gehofft."

Tatsächlich passten Brittas Auskünfte perfekt in das Bild, das er sich gemacht hatte. Mit einem Triumpfgefühl verabschiedete er sich und verließ ihr Büro.

„Viel Erfolg, Robin Hood", rief sie ihm hinterher. „Ich habe ja gewusst, dass du dich mal für das Mieterrecht einsetzen würdest."

Kapitel 28
Letzte Stücke

Als Bröker vor das Leinenmeisterhaus trat, grinste er zufrieden. Der Verdacht, der ihm am Vormittag gekommen war, erhärtete sich zunehmend. Die alte Frau Pankoke hatte schon seit einer halben Ewigkeit in ihrer Wohnung gewohnt und aufgrund dessen und ihrer Gebrechlichkeit war es schwer, ja wahrscheinlich sogar unmöglich, sie auch nur übergangsweise umzusiedeln. Das war zweifellos ärgerlich für ihren Vermieter, besonders, weil der plante die Wohnungen zu veredeln und dann viel teurer neu zu vermieten oder zu verkaufen. Aber diese beiden Puzzleteile hätten noch nicht genügt, um Brökers Vermutung genügend Nahrung zu geben. Mit diesen Erkenntnissen konnte er noch nicht zur Polizei gehen. Ein letzter Baustein musste her, vielleicht sogar der alles entscheidende. Und auch hier hatte Bröker nur ein Bauchgefühl. Um es zu bestätigen, musste er noch einmal nach Brake. Zum Glück war der Bahnhof keine 100 Meter vom Leinenmeisterhaus entfernt.

Eine halbe Stunde später lief Bröker die gleiche Hauptstraße in dem Bielefelder Ortsteil hinab wie am Vortag. An einem Wochentag war Brake belebter als sonntags, ansonsten aber hatte sich nicht viel geändert. Vor Rösners Büro blieb Bröker stehen und schellte. Von innen erklangen Schritte, Rösner öffnete. Auch der selbsternannte Finanzberater hatte sich in den letzten 24 Stunden nicht verändert, nicht einmal seine Kleidung hatte er gewechselt.

„Sie?", fragte erstaunt, als er seines vermeintlichen Kunden vom Vortag ansichtig wurde. Anscheinend hatte er vergessen, dass er Bröker zu Ende ihres letzten Aufeinandertreffens geduzt hatte. „Sie scheinen ein Talent für ungewöhnliche Zeiten zu haben. Gestern war Sonntag, heute kommen Sie in der Mittagspause. Sie haben Glück, dass ich die immer in meinem Büro mache."

„Es tut mir leid, wenn ich ungelegen komme",

entgegnete Bröker. Das war nur halb geschwindelt. Er hatte sich tatsächlich wenig Gedanken über die Uhrzeit gemacht.

„Und was wollen Sie? Haben Sie es sich anders überlegt und wollen sich nun doch einen nennenswerten Betrag bei mir leihen? Sagen wir mal 25 000 für den Anfang? Denken Sie nur: Damit könnten Sie Ihre Telefonrechnung für die nächsten 100 Jahre zahlen." Ein bellendes Lachen begleitete diese Frage. Rösner rechnete wohl selbst nicht damit, dass Bröker mit einem Mal zu einem interessanten Kunden geworden war.

„Es ist ein bisschen anders", entgegnete der prompt.

„Und wie?"

„Können wir das vielleicht drinnen besprechen?"

„Herr …, wie hießen Sie noch gleich?", fragte Rösner ungeduldig.

„Bröker."

„Herr Bröker, ich bin ein vielbeschäftigter Mann. Wenn Sie mir meine Zeit stehlen, kann ich sehr ungemütlich werden." Dabei trommelte der Kredithai mit den Fingerspitzen gegen die Haustür.

Bröker atmete tief ein. Dass Rösner unangenehm werden konnte, glaubte er ihm aufs Wort, dazu musste er sich wahrscheinlich noch nicht einmal anstrengen. Dennoch wollte er sich von diesem Unsympathen nicht so einfach abfertigen lassen. Und er musste seinen Verdacht bestätigen. Dringend. Dazu musste er selbstbewusst wirken, gleichgültig, ob er sich gerade so fühlte oder nicht. „Kommen Sie, wir sollten das wirklich drinnen besprechen. Ich verspreche Ihnen, dass es sich auch für Sie lohnt", sagte er und ließ seine Stimme eine Oktave tiefer sacken.

Rösner blickte verdutzt auf. „Na, wenn Sie meinen, dann kommen Sie mal rein", erwiderte er. „Den Weg in mein Empfangszimmer kennen Sie ja schon." Erneut gab er ein kurzes Bellen von sich und wies auf die Rumpelkammer, in der er Bröker schon am Vortag abgefertigt hatte.

„Und nun erzählen Sie mal, was haben Sie auf dem Herzen und wieso sollte mich das interessieren?", fuhr er fort, nachdem er sich hinter seinen Schreibtisch gesetzt hatte. Offenbar hatte er seine Verblüffung über Brökers Wandel in den letzten dreißig Sekunden wieder abgelegt.

„Ich muss wohl etwas gestehen", begann der, klang dabei aber nicht so kleinlaut, wie man es bei einem derartigen Satz hätte erwarten können.

„Da sind Sie hier falsch. Die Polizei ist auf der anderen Seite des Bahnhofs. Und die katholische Kirche liegt ein Stück die Straße hinunter." Rösner schien sich sehr über seinen dürftigen Witz zu amüsieren.

„Herr Rösner, ich brauche gar keinen Kredit", fuhr Bröker unbeirrt fort.

„Dann sind Sie hier erst recht falsch, etwas anderes kriegen Sie bei mir nicht", war die schnelle Antwort. „Ich sage es Ihnen noch einmal: Stehlen Sie nicht meine Zeit!"

„Warten Sie es ab! Tatsächlich besitze ich selbst ein gut gefülltes Konto."

„Und was wollen Sie dann von mir?"

„Dass ich keinen Kredit benötige, heißt nicht, dass ich nicht an Ihren Krediten interessiert bin."

„Och ne, jetzt nicht auch noch so ein Intelligenztest für Arme. Sagen Sie schon, was Sie zu sagen haben!", forderte ihn der Kredithai auf.

Bröker wollte schon erwidern, dass das vielleicht genau die richtige Art Intelligenztest für Rösner war, behielt die Bemerkung aber dann für sich. Sein Gegenüber wirkte körperlich einschüchternd und schien wenig Spaß zu verstehen. Außerdem war Bröker darauf angewiesen, von ihm Informationen zu erhalten, auch dafür war es besser, wenn er ihn nicht beleidigte. „Ich bin bei einer Recherche auf Ihren Namen gestoßen", sagte er daher lakonisch.

„Ne, das glaube ich jetzt nicht. Sie sind aber kein Journalist, oder? Ne warten Sie, so sehen Sie nicht aus, jetzt habe ich's. Sie sind Detektiv." Rösner lachte laut bei dieser Vorstellung.

Normalerweise hielt Bröker diese Bezeichnung für völlig unangebracht und stritt sie dementsprechend heftig ab. Nun aber wusste er nicht, wie er Rösner anders erklären sollte, warum er Nachforschungen anstellte. Außerdem ärgerte er sich über dessen Überheblichkeit. „So etwas Ähnliches", murmelte er daher.

„Ich fasse es nicht." Rösner lachte sein Hyänenlachen. „Detektive habe ich mir immer groß, muskulös und smart vorgestellt. Du weißt schon, so eine Art Magnum. Du bist in jeder Hinsicht das Gegenteil." Offenbar konnte er sich nicht entscheiden, ob er Bröker duzen oder siezen sollte.

Der ging nicht weiter auf die Beleidigungen seines Gegenübers ein. „Sagt Ihnen der Name Vorderbrügge etwas, Ingolf Vorderbrügge?", fragte er mit sonorer Stimme.

Rösner hob kurz die Brauen. „Und wenn? Den kennen hier doch viele, ist so ein Baulöwe, wenn ich mich richtig erinnere. Der kauft alte Häuser, pimpt sie auf und verscherbelt sie dann wieder teuer."

„Das wissen in der Tat viele. Aber kann es sein, dass der bei Ihnen auch in der Kreide steht?", fuhr Bröker mit seiner Befragung fort.

„Also Freundchen, das geht nun wirklich zu weit", unterbrach ihn Rösner. „Wenn ich einem dahergelaufenen Privatschnüffler verrate, wer bei mir Schulden hat und wohlmöglich noch, in welcher Höhe, kann ich den Laden hier gleich dichtmachen. Dann leiht sich keiner mehr was bei mir. Diskretion ist ein Kern meines Geschäftsmodells, wenn du verstehst, was ich meine."

„Wäre aber traurig für einige Bielefelder Kreise, wenn Sie kein Geld mehr verleihen würden", schmierte Bröker seinem Gegenüber Honig ums Maul. „Wie man hört, sind Sie der einzige, der Privatkredite in gewisser Höhe vergibt." Der letzte Satz war ein Schuss ins Blaue, aber er verfehlte seine Wirkung nicht.

„Kann schon sein, dass ich hier eine Art Platzhirsch bin", erwiderte Rösner und ein stolzes Lächeln umspielte seine Mundwinkel. „Trotzdem oder gerade deshalb sage ich nichts. Hast du außerdem nicht versprochen, dein Besuch sei auch in meinem Interesse? Bislang höre ich nur, was dich so interessiert."

Bröker musste zugeben, dass er damit nicht ganz falsch lag. Nun galt es, schnell eine gute Antwort zu finden. „Ich erkläre es Ihnen ganz langsam, damit Sie es verstehen", erwiderte er selbstbewusst und fand sich selbst dabei viel zu großspurig. Sein Gegenüber aber schien diese Art von Antworten eher zu verstehen als ein vorsichtiges Lavieren und hörte weiter zu. „Jan Poggemeier, derjenige, dem Sie 10 000 Euro geliehen haben, ist tot", fuhr Bröker daher fort. „Und nicht nur das: Er wurde ermordet."

„Echt? Scheiße!", unterbrach ihn der Kredithai. In seinem Kopf schien es zu rattern.

„Ja, echt. Sie scheinen ja nicht viel von Zeitungen zu halten, sonst wüssten Sie das auch längst."

„Ne, diese Käseblätter lese ich nicht", erwiderte Rösner großsprecherisch. „Das erklärt immerhin einiges: Deshalb konnte ich ihn in den letzten Tagen nicht erreichen." Schnell eilten seine Gedanken weiter zu seinen Geschäften. „Wenn er tot ist, kann ich das Geld wohl abschreiben. Er war sowieso schon spät dran mit seinen Zahlungen, wieder einmal, aber nun ist die Kohle wohl endgültig futsch."

Nein, Rösner schauspielerte in diesem Augenblick

nicht, da war sich Bröker sicher. Er hatte anscheinend tatsächlich noch nichts von Jan Poggemeiers Tod gehört. Nun, Lesen gehörte vielleicht tatsächlich nicht zu den Stärken des Kredithais. „Herr Rösner, ich glaube, Sie haben die Tragweite des Ganzen noch nicht richtig begriffen", übernahm er wieder die Initiative.

„Na klar, ich habe es doch gerade gesagt: Mein Geld ist weg, futschikato, perdu. Was gibt es denn daran nicht zu begreifen?"

„Das könnte vielleicht nicht ihr größtes Problem sein. Sie haben gerade zugegeben, dass Jan mit seinen Zahlungen im Rückstand war."

„Ja, war er. Ich habe, als ich ihm das Geld geliehen habe, gleich gewusst, dass das ein Fehler war. Sein Elektrikergehalt reichte einfach nicht, da gab es immer wieder Engpässe. Darum kam er ja überhaupt zu mir. Aber manchmal habe ich einfach ein zu weiches Herz."

Bröker starrte sein Gegenüber ungläubig an. Ihn hätte er als letztes mit einem zu weichen Herzen in Verbindung gebracht.

„Er hat irgendetwas von einer kranken Großmutter gefaselt. Die müsse er versorgen und er bräuchte für sie auch Geld für einen Anwalt. Keine Ahnung, um was es da ging. Wie ein Knasti sah er ja nicht gerade aus. Aber der Grund, warum jemand Geld von mir braucht, interessiert mich meist nicht so sehr", erklärte der. „Ob er es zurückzahlen kann dagegen eher."

Bröker hingegen hatte sehr wohl eine Ahnung, wofür Jan das Geld verwendet hatte, aber um dies zur Gewissheit werden zu lassen, brauchte er die Aussage Rösners.

„Aber was hat nun dieser Vorderbrügge mit Poggemeier zu tun? Das ist doch eine ganz andere Baustelle!", meldete sich der wieder.

„Für Sie vielleicht", erwiderte Bröker und setzte ein Pokerface auf. „Für mich sieht es folgendermaßen aus: Poggemeier ist tot. Er konnte einen Kredit bei Ihnen nicht zurückzahlen. Sie haben gestern selbst zugegeben, dass Sie nicht zimperlich sind, wenn es darum geht, Geld einzutreiben. Das macht Sie für mich zu einem Verdächtigen im Fall Jan Poggemeier."

„Ha, das ich nicht lache. Für 10 000 Euro bringe ich doch keinen um!", gab Rösner zurück. Sein Gesicht aber zeigte, dass ihm nicht zum Lachen zumute war.

„Das sagen Sie. Es würde mich interessieren, ob die Polizei das genauso sieht." Bröker kam sich gerade richtig professionell vor. Wie ein richtiger Detektiv, dachte er und schmunzelte innerlich.

„Und wie kommt jetzt dieser Vorderbrügge ins Spiel?", erkundigte sich der Kredithai aufs Neue und rieb sich das Kinn.

„Ein guter Detektiv recherchiert natürlich in alle Richtungen", erklärte Bröker mit einem überlegenen Gesichtsausdruck. Allmählich fand er Gefallen an der Rolle. „Und da ist Vorderbrügge ein anderer Verdächtiger. Wieso, das erkläre ich Ihnen vielleicht ein anderes Mal. Um die Hinweise gegen ihn zu untermauern, muss ich jedenfalls wissen, ob Sie ihm Geld geliehen haben."

Rösner blickte Bröker lange nachdenklich an. Der wartete. „Irgendwie ergibt das, was du sagst, noch immer keinen richtigen Sinn für mich", gab der Finanzberater nach einigen Augenblicken zu. Bröker konnte es ihm nicht verdenken. „Wieso soll Vorderbrügge verdächtig sein? Wieso kannte er diesen Elektriker überhaupt?"

„Das ist eine lange Geschichte. Ich habe jetzt wirklich keine Zeit, Ihnen die Details zu erklären", bluffte Bröker.

Rösner rieb sich das Kinn. „Nun gut, wenn ich dir damit zeigen kann, dass ich mit dem Tod dieses Poggemeier nichts zu tun habe, gebe ich dir die gewünschte Auskunft. Ja, ich kenne Vorderbrügge und ja, ich habe ihm Geld geliehen. Mehrfach sogar. Bei den Banken steht er regelmäßig so tief in der Kreide, dass die ihm nichts mehr geben. Er hat immer riskante Geschäfte am Laufen und dabei wohl auch gelegentlich einiges verdient. Jedenfalls hat es dann immer gereicht, um seine Schulden inklusive Zinsen bei mir zurückzuzahlen. Aber für eine Bank waren einige seiner Unternehmungen wohl zu gewagt."

„Und wie hoch sind seine Außenstände bei Ihnen?"

„Aus dem Kopf kann ich das nicht so genau sagen, warte." Wie gestern fuhr Rösner seinen alten Computer hoch. Er öffnete eine Datei, scrollte mit der Maus nach unten und hielt dann einen Finger auf den Bildschirm. „Da!" sagte er. „Ohne die Zinsen schuldet mir Vorderbrügge genau 550 000 Euro. Mit Zinsen kannst du da eine sieben an die erste Stelle setzen."

„Donnerwetter!" Bröker pfiff durch die Zähne. „Eine ganze Menge."

„Das kannst du laut sagen. Er ist derzeit mein bester Kunde."

„Zahlt er auch pünktlich?", wollte Bröker wissen.

„Tja, da liegt der Hase im Pfeffer. Früher hat Vorderbrügge immer rechtzeitig gezahlt. Nie gab es Probleme. Er war fast mein Lieblingsklient. Wie gesagt, hat er wohl selbst mit dem Verkauf seiner Wohnungen so viel Kohle gemacht, dass er sich sogar meine Zinsen leisten konnte. Sonst hätte ich ihm auch nichts mehr geliehen."

„Und jetzt ist das anders?"

„Leider. In den letzten Monaten kam keine Zahlung von Vorderbrügge pünktlich. Die letzten beiden sind sogar ganz ausgefallen, sodass ich ihm meine Jungs auf den Hals hetzen musste."

„Ihre Jungs?"

„Ich habe dir ja schon gesagt, dass ich meine eigene Art habe, um mein Geld zurückzubekommen. Dafür sind meine Jungs da. Freunde, sage ich immer. Ein paar von denen kommen sogar ganz klassisch aus Osteuropa. Andere sind aber auch echte Westfalen, da bin ich nicht wählerisch. Hauptsache, sie sind –

wie hast du so schön gesagt – nicht gerade zimperlich in ihren Methoden. So genau muss ich das meist
auch gar nicht wissen, das einzige, was zählt, ist, dass
die Kohle dann wieder stimmt. Ich entlohne sie dafür ja auch ordentlich. Eigentlich zahlen das meine
Klienten sogar selbst. Das ist in meinen Zinsen sozusagen eingepreist." Erneut lachte er bellend. „Aber sie
würden natürlich niemanden umbringen", beeilte er
sich hinzuzufügen. „Obwohl ein hoher sechsstelliger
Betrag schon ein viel besserer Grund für ein bisschen
Druck ist als 10 000 Euro."

Bröker schwieg. Sein Gegenüber war gerade in
Plauderlaune und die wollte er nicht durch Zwi-
schenfragen stören.

„Also die Jungs geben schon ganz ordentlich Gas",
fuhr Rösner fort. „Auf welche Weise, das ist von Fall
zu Fall verschieden. Jeder Kunde hat eben eine andere Schwachstelle. Bei manchen ist es der teure Sport-
wagen, der nicht zerkratzt werden darf, andere haben
Angst um ihre alte Mutter." Er ließ ein schmieriges
Grinsen sehen. „Ich habe meinen Freunden auch gesagt, dass sie meine Schuldner körperlich bedrohen
dürfen, wenn es nicht anders geht."

„Was heißt das?"

„Na, ein bisschen kitzeln eben. Da bekommt jemand schon mal ein blaues Auge verpasst oder er
quetscht sich ganz übel seinen Finger." Rösner schien
Freude bei dieser Vorstellung zu empfinden, denn
sein Grinsen wurde breiter. „Kann auch sein, dass

der eine oder andere wirklich Angst um sein Leben hat. Diese Angst ist unser größtes Druckmittel, auch wenn die Jungs ihre diesbezüglichen Drohungen niemals in die Realität umsetzen würden. Schon in meinem eigenen Interesse."

„Verstehe", warf Bröker ein. Die Schilderungen des Kredithais bereiteten ihm Übelkeit. Er wollte sich aber nichts anmerken lassen.

„Also noch einmal für die Akten: Die Jungs schlagen niemanden tot", erklärte Rösner. „Schon gar nicht, wenn er bei mir so tief in den roten Zahlen steckt wie dieser Vorderbrügge. Ich schreibe doch nicht einfach mehr als 700 000 in den Wind."

„Ja, ja, ich glaube Ihnen ja", erklärte Bröker. „Vorderbrügge ist ja auch noch am Leben." Was er wissen wollte, hatte er erfahren. Nun hoffte er, dass Rösner die genauen Details, wie er säumige Schuldner unter Druck setzte, für sich behalten würde.

„Dann ist ja gut", sagte der nur. „Mit dem Mord an diesem Elektriker habe ich nämlich nichts zu tun."

Bröker schwieg. Dann erhob er sich. „Danke für Ihre Auskünfte", sagte er. „Ich werde sie so weit wie möglich für mich behalten."

Hier gab es nichts mehr zu tun. Auf magische Weise hatten sich alle Details des Verdachts, der ihm am Vormittag gekommen war, als wahr erwiesen. Nun brauchte er nur noch ein Geständnis. Am besten würde er einfach Vorderbrügge mit seinem Verdacht konfrontieren. Mal sehen, was er dazu sagte. Wenn

Bröker daran dachte, merkte er, dass er vor Aufregung innerlich zitterte.

Kapitel 29
Das Unschuldslamm

Noch auf dem Bahnsteig des Braker Bahnhofs versuchte Bröker die Adresse Vorderbrügges herauszufinden. Dank des Smartphones, das ihm noch immer wie ein technisches Wunderwerk aus einem Science-Fiction-Roman vorkam, gestaltete sich diese Aufgabe erstaunlich einfach. Vorderbrügges Firma, die den wenig originellen Namen „Am schönsten Wohnen" trug, war nicht nur im Telefonbuch registriert, sondern sie hatte auch einen eigenen Internetauftritt. Diesem entnahm Bröker, dass sich die Firma in einem Bürogebäude unweit des Kesselbrinks befand. Praktischerweise waren es vom Bielefelder Hauptbahnhof höchstens zehn Minuten bis dorthin.

Eine halbe Stunde später befand sich Bröker an der angegebenen Adresse. Auf dem Weg zurück in die Bielefelder Innenstadt hatte er versucht, sich mental auf das bevorstehende Treffen vorzubereiten. Dennoch schlug ihm das Herz bis zum Hals, als er den Klingelknopf von Am schönsten Wohnen-KG drückte. Nach einer kurzen Pause knackte es, dann hörte er eine Frauenstimme, die durch die Gegensprechanlage ähnlich klang wie die der Empfangsdame von Brittas Mieterschutzverein. „Ja, bitte", plärrte sie.

Bröker merkte, dass über den Klingelschildern eine Kamera angebracht war, die sich bei diesen Worten surrend in seine Richtung bewegte. „Mein Name ist Bröker, ich würde gerne mit Herrn Vorderbrügge sprechen", erwiderte er.

„Herr Vorderbrügge ist beschäftigt", kam prompt die Antwort. „Worum geht es denn?"

Bröker hatte sich gesagt, dass auch hier nur ein möglichst selbstbewusstes Auftreten helfen würde. Daran musste er sich nun wieder erinnern. „Es geht um ein paar Fragen zum Geschäftsgebaren Ihres Chefs", erwiderte er. „Ich glaube, die kann er am besten selbst beantworten."

Die Stimme am anderen Ende der Gegensprechanlage blieb verdächtig lang still. Dann hörte Bröker wieder ein Knacken. „Wie gesagt: Herr Vorderbrügge ist gerade in einer Besprechung", sagte die Frau.

„Ich kann warten", erwiderte Bröker. Da er am Abend nichts vorhatte, würde ihn höchstens der Hunger, den er mit einem Mal verspürte, davon abhalten können, vor der Tür auszuharren, bis Vorderbrügge herauskam. Allerdings wurde ihm in diesem Moment auch klar, dass er ihn noch nicht einmal erkennen würde, falls er ihm gegenüberstand. Im Traum hatte er ausgesehen wie Doktor Wütherich, aber das musste für die Realität ja nichts bedeuten. Vielleicht konnte er im Internet ein Bild des Baulöwen finden. Aber viel einfacher wäre es, wenn er sich einfach Einlass in Vorderbrügges Büro verschaffte.

„Das kann dauern", sagte die Empfangsdame nicht unerwartet. Offenbar war sie darin geschult, ungebetene Besucher von ihrem Chef fernzuhalten. „Vielleicht ist es am besten, Sie machen einen Termin."

„Wo ich doch schon mal hier bin, wird Herr Vorderbrügge doch eventuell ein paar Minuten für mich aufbringen können", erwiderte Bröker. „Es dauert auch nicht lange." Er war mit seinem Tonfall unzufrieden, er klang einfach zu unterwürfig.

„Heute wird es nichts mehr werden", antwortete die Stimme auch prompt.

Bröker merkte, wie Wut in ihm aufwallte. Die Vorwürfe gegen den Immobilienhändler schienen ihm unumstößlich. Wenn der das ahnte, war es kein Wunder, dass er sich verleugnen ließ. Aber so konnte man mit Bröker nicht umspringen.

„Hören Sie, ich kann die Sache auch der Polizei übergeben, wenn Herrn Vorderbrügge das lieber ist", entgegnete er spontan. „Vielleicht fragen Sie ihn einfach mal."

Diese Drohung, die Bröker ein wenig plump vorgekommen war, war erstaunlich wirkungsvoll. Zunächst herrschte Stille, aber keine halbe Minute später summte es. Einem Impuls folgend drückte Bröker gegen die Haustür, die sich wie erwartet öffnete. Bröker warf einen Blick auf die Firmenschilder, die neben der Aufzugtür angebracht waren und fuhr dann in das oberste Stockwerk, in der sich die Büros der Am schönsten Wohnen-KG befanden.

Auch dort ertönte ein Summen vor einer Glastür, die Bröker aufdrückte. Mit Erstaunen stellte er fest, dass hinter dem breiten Empfangstresen nicht die Frau stand, mit der er gesprochen hatte, sondern ein Mann mit grauem Anzug und einem malvenfarbenen Tuch.

„Nehmen Sie doch bitte in unserem Wartebereich Platz", sagte der und zeigte mit keiner Regung, ob Brökers Drohung die Polizei einzuschalten bis zu ihm vorgedrungen war. Bröker öffnete eine weitere Glastür. Der Raum dahinter war in dunklen Hölzern eingerichtet. Ein weicher, dunkelroter Teppich schluckte jeden Schritt. Die Polster der Sessel waren farblich passend auf den Bodenbelag abgestimmt. Bröker ließ sich in eines der Sitzmöbel fallen. Durch ein Panoramafenster hatte er einen Blick über halb Bielefeld. Keine Frage, hier sollten Vorderbrügges Kunden auf den Luxus eingestimmt werden, der sie in den Wohnungen, die sie hoffentlich kaufen würden, erwartete. In einen Schrank war sogar eine Kaffeemaschine eingelassen. Ein Tablett daneben offerierte eine bunte Auswahl an Kaffeekapseln.

Warum eigentlich nicht?, dachte Bröker. Wenn er bei Vorderbrügge ähnlich selbstbewusst auftreten wollte wie bei Rösner, dann sollte er schon hier damit beginnen. Und dazu gehörte auch, dass er die dargebotenen Annehmlichkeiten wie selbstverständlich akzeptierte. Er stand wieder auf und betrachtete die angebotenen Kapseln lange. Er hatte keine Ahnung, welche Geschmacksrichtung sich hinter welcher Farbe verbarg. Bei ihm zu Hause war der Kaffee nicht bunt, sondern einfach gut. Schließlich entschied er sich für einen kleinen Aluminiumbehälter in einem tiefen Rot, der farblich gut zur Inneneinrichtung des Raumes passte. Er schob ihn in die vorgesehene Öffnung und drückte den Startknopf.

Erst jetzt bemerkte er, dass er vergessen hatte, eine Tasse unter die Öffnung der Maschine zu stellen. Hektisch guckte er sich um, aber Geschirr war nirgends zu entdecken. Brummend erwachte der Kaffeeautomat zum Leben und spie einen dicken, braunen Strahl in das Auffangbecken. Dieses schien allerdings nicht sehr tief zu sein. Wenn es voll war, würde der Kaffee über den Schrank hinab auf den Teppich laufen. Einen Moment lang erwog Bröker sich einfach zurück auf seinen Sessel zu setzen und so zu tun, als habe er mit all dem nichts zu tun. Dann kam ihm die Idee, den Ausschalter des Apparats zu betätigen. Sofort verstummte das Gerät und auch dessen Inkontinenz war spontan geheilt. Mit einem Seufzen der Erleichterung ging Bröker zu seinem Platz zurück. Hoffentlich hatte niemand den Vorfall bemerkt.

In diesem Moment öffnete sich die Tür des Warteraums und der Mann mit dem bunten Tuch vom

Empfang trat ein. Hatte er etwas gesehen? War auch der Wartebereich mit Kameras überwacht?

„Herr Bröker, darf ich Sie in den Raum hier vorne links bitten?", sagte er nur und deutete auf eine Tür, die von dem zentralen Flur abging. „Herr Vorderbrügge ist in ein paar Minuten bei Ihnen."

Der Mann hatte nicht übertrieben. Kaum hatte sich Bröker in einen der Stühle mit schwarzem Lederbezug gesetzt, die rund um einen Konferenztisch angeordnet waren, betrat auch schon ein hochaufgeschossener Mann den Raum. Er war kräftig gebaut, trug einen edel wirkenden Anzug und Lederschuhe, die Bröker auf den ersten Blick für handgefertigt hielt. Dennoch kam er Bröker wie eine auf teuer getrimmte Ausgabe Rösners vor.

„Vorderbrügge", sagte der Anzugträger und reichte Bröker die Hand. Sein Händedruck war beinahe übertrieben kräftig. Bröker versuchte eben so kraftvoll zurückzudrücken und gleichzeitig einen kleinen Schmerzensschrei zu unterdrücken.

„Man hat mir gesagt, Herr Bröker, Sie wollten mit mir sprechen und drohten andernfalls zur Polizei zu gehen." Vorderbrügge hatte Bröker gegenüber Platz genommen und eröffnete mit sonorer Stimme das Gespräch. Seine Brauen schnellten bei diesem Satz nach oben und sein Blick bohrte sich in Brökers. Offensichtlich war es nicht leicht, ihn einzuschüchtern.

Bröker überlegte einen Augenblick. Wenn sein Gegenüber keine Zeit mit Vorgeplänkel vertat, hieß

es auch für ihn selbst, sofort zum Angriff überzuge-
hen. „Das stimmt", erwiderte er. „Ich ermittele in
dem Todesfall Jan Poggemeier. Ich denke, man kann
es ruhig einen Mordfall nennen."

„Jan Poggemeier? Wer soll das sein?" Vorderbrügge
sah verblüfft aus. Entweder war er ein guter Schauspieler oder er konnte mit dem Namen des Technikers wirklich nichts anfangen.

„Komisch, ich dachte, Sie kannten ihn", ließ sich
Bröker nicht bluffen. „Mehr noch: Meiner Meinung
nach sind Sie eng in den Mordfall verwickelt."

„Hört, hört." Vorderbrügge lächelte dünn. „Herr
Bröker, ich glaube, wenn Sie mich mit einer solchen
Anschuldigung konfrontieren, sollten Sie mir den
Sachverhalt etwas genauer erläutern."

Bröker holte tief Luft. Nun galt es, die ganze Tat
so nah an der Realität wie möglich zu schildern.
Wenn ihm das gelang, würde Vorderbrügge vielleicht
einknicken. Wahrscheinlich sogar. Auf diese Weise
hatte er schon verschiedentlich zuvor einen Täter
überführt. „Jan Poggemeier ist der junge Elektriker,
der vor gut einer Woche auf dem Leinewebermarkt
zu Tode gestürzt ist. Davon haben Sie sicherlich gehört?", holte er aus. Es konnte nicht sein, dass auch
Vorderbrügge keine Zeitung las.

„War der nicht besoffen?", erwiderte der mit unschuldigem Blick.

„Nicht ganz. Man hatte ihm K.-o.-Tropfen ins
Bier gemischt."

„Das würde ich manchmal nach einer durchzechten Nacht auch gerne behaupten." Dem Immobilienspekulanten schien Poggemeiers Tod nicht sonderlich nahe zu gehen. „Aber davon mal abgesehen: Was habe ich mit diesem Fall, der vielleicht doch eher ein Unfall war, zu tun?"

„Das will ich Ihnen gerne erklären", fuhr Bröker fort. Er bemühte sich seine Stimme leise, aber dennoch gefährlich klingen zu lassen. „Jan Poggemeiers Großmutter ist Edith Pankoke."

„Aha", sagte Vorderbrügge. „Und wer ist Edith Pankoke?" schützte er Unwissenheit vor. Seinen Augen aber glaubte Bröker anzusehen, dass der Name ihm geläufig war.

„Edith Pankoke wohnt in dem Objekt in der Friedrichstraße, das Sie vor mehr als einem Jahr gekauft haben und das Sie gerne in Luxusappartments umwandeln möchten, um diese dann teuer zu verkaufen. Daran erinnern Sie sich ja vielleicht noch?"

„Herr Bröker, Sie schildern meine Geschäftstätigkeit in einem unschönen Licht", spottete der Immobilienspekulant, ohne auf Brökers Frage einzugehen. „Ich würde eher von notwendigen Restaurierungsarbeiten sprechen, um die Wohnungen attraktiver zu machen. Und ich kann auch nichts Verwerfliches daran finden, restaurierte Immobilien zu angemessenen Preisen zu verkaufen – noch dazu in der Lage. Aber ich weiß noch immer nicht, wieso die Tatsache, dass Frau Pankoke bei mir wohnt, mich mit dem

Anschlag auf ihren Enkel in Verbindung bringen sollte."

„Edith Pankoke ist der Grund, warum Sie die geplanten Sanierungsarbeiten nicht durchführen können. Jedenfalls hatten Sie vergangene Woche noch nicht damit begonnen, obwohl Ihnen das Haus schon anderthalb Jahre gehört", sagte Bröker trocken. „Die Frau ist über achtzig und körperlich stark eingeschränkt. Sie können sie nicht einfach kündigen. Ja, sogar sie vorübergehend in eine andere Wohnung umzusetzen, ist rechtlich außerordentlich schwierig. Ich vermute, all das wissen Sie auch. Nicht zuletzt deshalb, weil der Anwalt, den Jan Poggemeier diesbezüglich eingeschaltet hat, Sie darüber in Kenntnis gesetzt haben dürfte."

„Ach, darum geht es. Jetzt erinnere ich mich dunkel an den Fall", gab Vorderbrügge vor. „Ich gebe zu, dass es da einen kleinen Konflikt zwischen den Interessen der alten Dame und meinem Bestreben, das Haus wiederherzurichten, gab."

„Und dieser Konflikt ist für Sie umso bedrohlicher, weil Sie das Haus auf Pump gekauft haben", schoss Bröker seine nächste Salve ab. „Und Sie konnten sich das Geld nicht bei einer Bank leihen, weil Sie dort keine Kredite mehr bekommen, sondern mussten zu einem Wucherer gehen, der Sie mit seinen Zinsen in den Ruin treibt und Ihnen seine Geldeintreiber auf den Hals hetzt, wenn Sie nicht zahlen können."

„Ich weiß zwar nicht, woher Sie das wissen wollen,

aber auch wenn dem so wäre, wüsste ich nicht, wieso mir der Tod dieses Elektrikers helfen könnte", erwiderte sein Gegenüber. Zum ersten Mal schien er ein wenig in die Enge getrieben zu sein.

„Das ist ganz einfach", konterte Bröker schnell. „Jetzt, da Jan tot ist, kann er seine Großmutter nicht mehr unterstützen. Er kann nicht mehr täglich vorbeikommen, ihre Einkäufe erledigen, ihre Wäsche waschen oder ihre Wohnung putzen. Jetzt ist die alte Dame auf sich gestellt."

„Mir kommen die Tränen."

„Kurz: Ohne die Hilfe ihres Enkels kann Frau Pankoke nicht mehr in der Wohnung wohnen", fuhr Bröker unbeirrt fort. „Ja, wenn ich es richtig sehe, ist sie sogar schon ausgezogen. Und das kommt Ihnen doch sehr gut zu passe, oder nicht?" Er schnaufte unwillkürlich. Langsam musste Vorderbrügge doch unter der Last der Argumente zusammenbrechen.

„Wenn das wahr ist, ist das natürlich praktisch für mich", entgegnete der. „Auch wenn ich sehr bedauere, so aus einem Unglück Profit zu schlagen. Aber ich habe ein reines Gewissen: Meine Firma hat sogar ihr Bestes getan, um die Dame an ein Seniorenheim zu vermitteln. Wenn ich mich recht entsinne, wohnt sie da ja auch inzwischen."

„Herr Vorderbrügge!" Nun wurde Bröker lauter. „Sie haben von dem Tod nicht nur profitiert, Sie haben das Attentat selbst angeordnet. Geben Sie es doch zu!" Er merkte, wie die Deckung seines Gegenübers brüchig wurde. Vielleicht hatte er gerade schon den entscheidenden Schlag gesetzt.

„Herr Bröker", erwiderte der Immobilienspekulant förmlich. „Wenn Sie mir derartige Vorwürfe machen, müssen Sie schon mit etwas mehr kommen als mit einer Reihe von Mutmaßungen. Außerdem möchte ich Sie bitten, mich nicht in meinen eigenen vier Wänden anzuschreien." Bröker hielt inne. Hatte er sich so sehr getäuscht? Vorderbrügge schien noch lange nicht bereit, kleinbeizugeben.

„Ich gebe zu, dass einige der Konsequenzen aus dem Tod dieses Elektrikers mir durchaus gelegen kommen", fuhr der fort. „Ja, ich habe dieses Haus in der Friedrichstraße in der Hoffnung gekauft, es bald gewinnbringend sanieren und abstoßen zu können. So arbeitet mein Unternehmen eben, ob Ihnen das nun passt oder nicht. Und ja, ich habe derzeit ein paar Schulden – und das nicht nur bei Banken. Aber das ist in meiner Branche nicht unüblich."

„Aber Sie können die Schulden im Gegensatz zu anderen nicht bedienen", warf Bröker ein.

„Es so auszudrücken ist sicherlich übertrieben", wiegelte Vorderbrügge ab. „Ich bin zwei, drei Mal in Zahlungsverzug gekommen, aber das kann bei einem Unternehmen meiner Größenordnung schon mal passieren. Insofern haben Sie ganz ordentlich recherchiert."

Bröker wusste nicht, was er von diesem Lob des Immobilienspekulanten halten sollte.

„Wenn Sie noch genauer nachgeforscht hätten, hätten Sie vielleicht sogar herausgefunden, dass das Objekt in der Friedrichstraße nur eines von dreien ist, die ich gerade betreue. Darum ist meine Gelddecke derzeit wirklich etwas dünn. Und vielleicht hätten Sie auch noch entdecken können, dass ich vor einem halben Jahr eine teure Scheidung hinter mich gebracht habe. All das zehrt an meinen Geldreserven." Er machte eine Pause. „Sie sehen also: Poggemeiers Tod ruft in mir nicht reine Trauer hervor." Er lachte hämisch auf.

Bröker wartete gespannt, was folgen würde. Einerseits gab Vorderbrügge gerade mehr zu, als er bei seinen Recherchen aufgedeckt hatte – was angesichts dessen, dass ihm der Verdacht erst vor wenigen Stunden gekommen war, kein Wunder war. Andererseits klang der Tonfall des Immobilienspekulanten nicht so, als würde nun ein ausführliches Geständnis folgen.

„Aber wenn Sie mich wirklich des Mordes an Jan Poggemeier anklagen wollen, dann brauchen Sie Beweise", sagte der auch prompt. „Was ein richtiger Beweis ist und wie der sich von puren Verdächtigungen unterscheidet, dürfte doch dem Mister Marple von der Sparrenburg nicht unbekannt sein." Also wusste auch Vorderbrügge, wen er vor sich hatte. Allmählich begann Bröker seinen Spitznamen inbrünstig zu hassen.

„Und so lange Sie diese Anschuldigungen nicht irgendwie belegen können, möchte ich Sie bitten,

Sie auch nicht zu äußern", schlug Vorderbrügge einen letzten Haken. „Sonst könnte nämlich ich auf die Idee kommen, die Polizei zu rufen. Es wäre doch spannend zu sehen, wie die ihre Verdächtigungen in der Luft zerpflückt."

Bröker schluckte. „Aber ...", begann er.

„Herr Bröker, ich weiß nicht, womit Sie Ihren Lebensunterhalt verdienen, aber ich muss dafür arbeiten", beschloss sein Gegenüber die Unterhaltung. „Und zwar jetzt. Ich möchte Sie daher bitten, zu gehen. Wenn Sie wollen, können Sie sich beim Gehen noch einen Kaffee nehmen." Vorderbrügge stand auf und verließ den Raum.

Auch Bröker erhob sich. So fühlt es sich also an, k.o. geschlagen zu werden, dachte er.

Kapitel 30
Ein Unglück kommt selten allein

Ziellos lief Bröker in Richtung der Fußgängerzone der Bielefelder Altstadt. Er fühlte sich taumelig, fast als sei er nicht nur im übertragenen Sinne ausgeknockt worden, sondern durch einen echten Boxhieb. Dabei wusste er gar nicht, wie sich letzteres anfühlte, selbst als Junge hatte er sich nie geprügelt. Vielleicht war es aber auch so, dass sich der Kater vom Vormittag wieder bemerkbar machte. Daneben machte er sich Vorwürfe, dass er durch sein eigenmächtiges Handeln alles verdorben haben könnte. Noch immer war er sich sicher, dass er mit seinen Vermutungen richtig lag, ja, Vorderbrügges Ausführungen hatten ihn in seinem Verdacht sogar bestärkt. Nun aber, da der Immobilienspekulant von den Vermutungen wusste, die Bröker hegte, würde er wahrscheinlich alles tun, um jeden Beweis seiner Mittäterschaft zu vernichten.

Ohne wahrzunehmen, wo er war, blieb Bröker neben dem Theater am Alten Markt stehen. Wenn seine Befürchtungen berechtigt waren, dann war es das Beste, wenn er die Polizei informierte. Vielleicht konnte Schewe mit seinem Team Vorderbrügge noch dingfest machen, vielleicht würde der Immobilienunternehmer der Polizei gegenüber auch eher ein Geständnis ablegen. Bröker zog sein Telefon hervor und hielt inne. Er würde mit Schewe sprechen und dem Hauptkommissar auch von seinem fehlgeschlagenen Verhör Vorderbrügges berichten müssen. Bei dem Gedanken wurde ihm noch flauer, als ihm ohnehin schon war. Die triumphierenden Kommentare van Ravenstijns mochte er sich erst recht nicht ausmalen. Vielleicht genügte es ja, Mütze anzurufen. Der war ein Freund und hatte vielleicht mehr Verständnis als Schewe. Aber auch wenn er Mütze zuerst Bescheid gab, würde er früher oder später mit Schewe sprechen müssen.

Mit einem Seufzen nahm Bröker auf einem Stuhl Platz. Eine Kellnerin erschien und fragte ihn, ob er schon einen Wunsch habe. Ohne es bemerkt zu haben, war er in einem Straßencafé gelandet. Wünsche hatte er zur Genüge, aber ob die Kellnerin einen davon befriedigen konnte?

„Bringen Sie mir einen großen Kaffee", bestellte er. „Oder nein, besser einen halben Liter Weißwein", korrigierte er sich. Vielleicht konnte ein bisschen Alkohol ihn aus seiner gedrückten Stimmung befreien.

Nein, vorerst wollte er auch nicht Mütze anrufen, entschied er, als der Wein kurze Zeit später vor ihm stand. Nicht, bevor er sich nicht eine Schilderung des missglückten Verhörs von Vorderbrügge zurechtgelegt hatte, in der er nicht wie ein kompletter Idiot dastand. Aber die Zeit drängte. Mit jeder Stunde, die verstrich, verschlechterten sich die Chancen Vorderbrügge zu überführen, wenn der nicht auch einmal einen Fehler machte. Aber darauf konnte Bröker nicht hoffen.

Er leerte das erste Glas des Weißweins, ohne von dessen Geschmack Notiz zu nehmen und goss sich nach. Er brauchte jemanden, mit dem er sich beraten konnte und wer war hierfür besser geeignet als Gregor. Der Junge würde ihn wahrscheinlich auch mit Spott überschütten, aber danach hatte er vielleicht auch einen Tipp für ihn parat, der ihm half, die nächsten Schritte zu planen.

Schnell leerte Bröker noch ein Glas Weißwein, dann wählte er Gregors Nummer. Es schellte viermal, fünfmal, danach meldete sich eine elektronische Stimme, die ihm mitteilte, dass Gregor derzeit nicht zu erreichen sei, Bröker aber eine Nachricht für ihn hinterlassen könne.

„Scheiße!" Brökers Stimme schallte so laut über den Alten Markt, dass sich ein halbes Dutzend Leute nach ihm umdrehten. Verärgert drückte er das Gespräch weg. Wenn man den Jungen einmal brauchte, war er nicht da. Bröker wusste, dass dieser Gedanke ungerecht war, aber er konnte ihn nicht verhindern.

Er leerte das Weißweinglas erneut und schenkte nach. Die Karaffe ging schon bedenklich zur Neige. Mit einem Handzeichen orderte er Nachschub. Dann drückte er die Wahlwiederholung. Wieder ertönte ein Freizeichen – und wieder meldete sich der Anrufbeantworter.

„Verdammt Gregor, geh ran!", raunzte Bröker in das Mikrofon. Aber so würde er den Jungen eher verärgern als ihn zu einem Rückruf zu bewegen. Schließlich konnte der nichts dafür, dass Bröker das Verhör vermasselt hatte. „Also pass auf", sagte er schnell, bevor sich die Aufnahme wieder abschaltete. „Ich wollte dir etwas Wichtiges sagen. Ich glaube, ich bin in dem Fall einen ordentlichen Schritt weitergekommen. Ich bin mir sicher, dass der Vermieter von Jans Großmutter, Ingolf Vorderbrügge, hinter dem Anschlag auf Jan steckt."

„Danke für Ihre Nachricht", erwiderte die Bandstimme und brach das Gespräch ab.

„Verdammter Mist! Was ist denn das?", fluchte Bröker.

In diesem Augenblick kam die Kellnerin. Sie bremste die Bewegung, mit der sie die neue Weinkaraffe auf den Tisch stellen wollte, ab und sagte: „Verzeihung, ich dachte, Sie hätte noch eine haben wollen."

„Ja, Entschuldigung, ich habe auch noch eine bestellt, der letzte Satz bezog sich nicht auf Sie", stellte Bröker klar, bevor der Wein wieder verschwand und wählte Gregors Nummer zum dritten Mal.

„Also, Vorderbrügge steckt in Geldschwierigkeiten und wollte Frau Pankoke so schnell wie möglich aus dem Haus haben, damit er es renovieren kann", sagte er, nachdem ihn die Elektronikstimme wieder auf den Anrufbeantworter umgeleitet hatte. „Das ging aber nicht mit legalen Mitteln, da die Frau alt und gebrechlich ist. Darum hat er einen Anschlag auf Jan geplant, denn ohne ihn kann seine Großmutter nicht allein in ihrer Wohnung leben, wie du weißt. Sie ist auch schon ausgezogen." Er sprach immer schneller, um seine Sprechzeit so gut wie möglich auszunutzen. „Ich war eben bei Vorderbrügge und habe ihn mit den Vorwürfen konfrontiert. Er gibt zu, dass er ein Motiv gehabt hätte, er hat sogar eine teure Scheidung hinter sich, streitet aber den Anschlag auf Jan ab. Er hat mich zum Schluss einfach vor die Tür gesetzt. Und ich kann ihm nichts beweisen." Er machte eine kleine Pause. „Ich glaube, ich habe mich komplett zum Idioten gemacht. Schlimmer noch, ohne es zu wollen habe ich ihn gewarnt und jetzt weiß ich nicht, was ich machen soll. Wäre schön, wenn du mir helfen könntest", fügte er leise hinzu, bevor er auflegte.

Nachdenklich betrachtete er das Telefon in seiner Hand. Auch wenn er den Jungen nicht erreicht hatte, fühlte sich Bröker besser, fast wie nach einer Beichte, selbst wenn sich an der misslungenen Befragung des Immobilienspekulanten und den Konsequenzen, die sich daraus ergaben, nichts änderte.

Eine Stunde später hatte Bröker nicht nur die zweite Karaffe Wein geleert, sondern sich auch auf den Heimweg gemacht, ohne dass sich Gregor gemeldet hätte. Als er die Küche seines Hauses betrat, zeigte ein Blick auf die Uhr an der Mikrowelle, dass es mittlerweile schon sechs Uhr abends war. Wo der Junge nur wieder war? Hatte er Nachtschicht oder warum kam er nicht nach Hause? Auch Manfred und Frieda waren erneut ausgeflogen, aber die hatten sich ja auch abgemeldet. Und außerdem hätte Bröker den beiden ohnehin nur ungern von seinem Misserfolg bei Vorderbrügge erzählt.

Immer wieder kam ihm das Gespräch mit dem Immobilienunternehmer ins Gedächtnis und je häufiger er es wiederkäute, desto mehr schämte er sich. Er hatte sich wie ein Anfänger benommen, hatte gehofft, dass sein Gegner einfach zusammenbräche, wenn er sich mit der Last von Brökers Vorwürfen konfrontiert sah. Er hätte ahnen müssen, dass Vorderbrügge hinreichend abgebrüht war, um nur das zuzugeben, was man ihm unmittelbar nachweisen konnte. Vielleicht hatte van Ravenstijn ja recht und Bröker war nur ein Amateur, der bislang in ein paar Fällen sehr viel Glück gehabt hatte.

Bröker ging an seine Wohnzimmervitrine, entnahm ihr eine Flasche Single Malt, goss sich daraus drei Finger breit in ein Whiskeyglas ein und leerte es in einem Zug, bevor er in die Küche zurückkehrte. Die Flasche nahm er sicherheitshalber mit. Er seufzte. An manchen Tagen half nur dieses schottische Lebenswasser, um die tristen Gedanken zu vertreiben. Schon merkte er, wie sich ein wohlig warmes Gefühl in seinem Bauch ausbreitete. Ja, das tat gut nach den Demütigungen, die er heute über sich hatte ergehen lassen müssen. Er leerte das nächste Glas und füllte es erneut.

Natürlich konnte Vorderbrügge versuchen, heute Nacht seine Schäfchen ins Trockene zu bringen. Trotzdem: Es würde wenig Unterschied machen, ob Bröker die Polizei jetzt informierte oder morgen früh. Zum einen fühlte er, dass er nach einem Liter Wein und dem dritten großen Whiskey schon ein wenig angeschlagen war und daher seine Aussage eventuell ungenau sein und nicht ernstgenommen werden würde. Zum anderen konnte auch Schewe nicht Tag und Nacht arbeiten und würde daher wahrscheinlich sowieso erst morgen früh zuschlagen. Vielleicht betrog er sich selbst mit diesem Gedanken, aber im Augenblick verschaffte der ihm ein bisschen Erleichterung.

Bröker beschloss noch ein oder zwei Gläschen Whiskey zu trinken und danach ins Bett zu gehen, wenn Gregor bis dahin nicht zu Hause sein würde. Vielleicht sollte er dabei noch ein Jazzalbum hören, um sich weiter von seinem Misserfolg abzulenken.

Er nahm die noch halb gefüllte Whiskeyflasche und sein Glas und begab sich zurück ins Wohnzimmer. Ächzend kniete er sich vor sein Regal, in dem sich neben einer Vielzahl von CDs auch noch etliche Vinylplatten befanden. Zielsicher zog eine Aufnahme von Chet Baker hervor und legte sie auf. Der Titel des Albums, „No Problems", schien ihm wie eine Verheißung.

„Es wird alles wieder gut", sagte er zu sich, als die ersten gedämpften Trompetentöne träge durch das Wohnzimmer waberten. Versonnen nippte er an seinem Whiskey. Das Glas war schon wieder beinahe leer, aber die Flasche gab ja noch etwas her und im Notfall befand sich in der Vitrine mehr als ausreichend Nachschub.

Das war ein tröstlicher Gedanke, ebenso beruhigend wie Chet Bakers Musik, die ihn umspülte. Gregor wird bestimmt auch bald zu Hause sein. Mit ihm zusammen konnte er dann planen, wie es weiterging. Er musste nur vorsichtig mit dem Whiskey sein, sonst würde er bald nicht mehr klar denken können, wenn der Junge kam.

Aber ein Glas ging noch. So betrunken war er ja noch nicht. Nachdem er sich erneut eingegossen hatte, lächelte er. Wie schön die bernsteinfarbene Flüssigkeit schimmerte. Er nippte noch einmal an dem Getränk und setze es dann wieder ab. Moment, war da nicht ein Geräusch gewesen? Vielleicht war ja Gregor endlich nach Hause gekommen. Oder waren es Frieda und Manfred, die sich eingefunden hatten? Ein Blick auf die Zeitanzeige an seiner alten Stereoanlage zeigte Bröker, dass es schon acht Uhr war.

„Gregor?", rief er. Der Klang seiner eigenen Stimme erschreckte ihn. Er musste darauf achten, dass er nicht lallte. Er horchte, aber niemand antwortete. Vielleicht hatte er sich vertan.

„Gregor?", rief er noch einmal. „Hast du meine Nachricht bekommen?"

Wieder keine Antwort. Wahrscheinlich hatte er nur das Klacken des Glases auf dem Wohnzimmertisch gehört. Oder ein Windstoß war gegen die Haustür gefahren.

In diesem Augenblick verstummte die Musik. Bröker erschrak. Doch es lag nur daran, dass die Platte zu Ende war. Leise drang das Geräusch der Nadel, die sich auf der letzten Rille drehte, durch den Raum. Ein Album würde er noch hören. Er erhob sich und ging zu der Stereoanlage mit dem Plattenregal. Dabei torkelte er leicht. Himmel, er hatte heute wirklich zu viel getrunken! Anders als an anderen Tagen allerdings aus gutem Grund. Da der Boden so sehr schwankte, setzte er sich einfach vor das Regal auf den Teppich. Was sollte er nun hören? Miles Davis vielleicht? Oder doch besser Herbie Hancock oder Keith Jarrett? Wenn er die bunten Plattencovers betrachtete, konnte er sich einfach nicht entscheiden. Wieder glaubte ein Geräusch auf dem Flur zu hören.

„Gregor?", rief er zum dritten Mal.

Die Tür des Wohnzimmers öffnete sich. Also war doch jemand im Haus. Bröker drehte sich um – und erschrak zu Tode. In der Wohnzimmertür stand nicht Gregor, auch nicht Manfred oder Frieda. Im Eingang zum Wohnzimmer stand ein Mann, dessen massige Gestalt beinahe die gesamte Türöffnung ausfüllte. Aus seinem Gesicht, das von dunklen Locken umrahmt und mit zahlreichen Pickeln übersät war, funkelten zwei bösartige Augen.

„Hier bist du ja, Freundchen", sagte er mit dünner Stimme. Dabei entblößte er ein paar schiefe Zähne.

„Was … was machen Sie in meinem Haus?", gab Bröker zurück. Bei diesen Worten klang er nicht halb so bedrohlich, wie er gehofft hatte. Und das lag nicht nur daran, dass er lallte. Mühsam versuchte er sich aufzurappeln und sich dem Eindringling entgegenzustellen.

Allein er kam nicht weit. Mit zwei Schritten stand der Einbrecher neben ihm. Er legte ihm seine schwere Pranke auf die Schulter. „Unten bleiben!", befahl er rau.

„Lassen Sie mich in Ruhe", erwiderte Bröker mit schwerer Zunge und versuchte sich noch einmal aufzurichten. „Oder ich rufe die Polizei."

Ein Faustschlag traf ihn mitten im Gesicht. Dann noch einer am Auge. Er merkte, dass Blut aus seiner Nase sickerte. Dann verlor er das Bewusstsein.

Kapitel 31
In Teufels Weinkeller

Als Bröker wieder zu sich kam, war es stockfinster. Sein Kopf schmerzte wie nach einer sehr schlimmen durchzechten Nacht. Bröker meinte sich zu entsinnen, dass er etwas Whiskey getrunken hatte. Und davor Wein. Ob das Kopfweh daher kommen konnte? Auch wenn er keine Ahnung hatte, wie spät es war, konnte sein Alkoholkonsum aber noch nicht so lang zurückliegen. Er meinte sogar noch den torfigen Geschmack des Getränks auf der Zunge zu spüren.

Sein Kopf hämmerte, als würde Metallica in seinem Gehirn ein Schlagzeugsolo spielen. Er wollte laut stöhnen, aber er brachte keinen Ton heraus. Irgendetwas verstopfte ihm den Mund, Bröker musste würgen. Nun merkte er auch, dass es nicht der Abgang des Whiskeys war, den er noch immer auf der Zunge hatte, sondern der muffige und seltsam käsige Geschmack eines Stoffknebels. Allmählich kehrte die Erinnerung an das Geschehen zu Bröker zurück. Er hatte auf Gregor gewartet, weil er ihm irgendwas sagen wollte. Richtig, seine missratene Befragung Vorderbrügges hatte er beichten wollen und gleichzeitig den Jungen um Rat fragen, was er als nächstes tun sollte. Und dann hatte plötzlich dieser Kerl in seinem Wohnzimmer gestanden und ihn niedergeschlagen, bevor er etwas hatte unternehmen können.

Er versuchte sich den Knebel aus dem Mund zu nehmen, aber irgendetwas hinderte ihn daran. Er konnte seine rechte Hand nicht bewegen. Seine linke auch nicht. Er zerrte, aber es ging nicht. Sie waren hinter seinem Rücken an einen Pfosten gebunden. Was für einen Pfosten?, fragte er sich. Himmel, wo war er überhaupt?

Aber so sehr er sich auch bemühte, er konnte nichts sehen. Wie er nun erkannte, lag das nicht nur an der Dunkelheit, die ihn umgab, sondern auch daran, dass sein linkes Auge zugeschwollen war. Das musste von den Schlägen kommen.

Erneut zerrte er an seinen Fesseln, doch sie gaben nicht nach. Stattdessen hörte er ein bedrohliches Klirren. Was konnte das sein? Noch einmal zog Bröker an seinen Fesseln – wieder klirrte es. Das Geräusch kam Bröker bekannt vor. Und auch der Geruch des Raumes, in dem er gefangen war, war ihm vertraut. Jetzt dämmerte es ihm, das war bestimmt sein Weinkeller, der einzige Raum im Haus ohne Fenster. Dann war es sicher das Weinregal, an das der Einbrecher ihn gefesselt hatte. Und das war so gut gefüllt, dass es sich keinen Zentimeter bewegen ließ. Bröker hätte vor Wut schreien mögen, allein der Knebel in seinem Mund verhinderte auch das.

Vielleicht wäre es aber sowieso besser, nicht allzu laut zu sein. Natürlich wusste der Eindringling, wo Bröker war, er hatte ihn ja selbst in den Weinkeller gebracht, aber wenn er sich ruhig verhielte, dachte der andere vielleicht, dass er noch immer besinnungslos war. Allerdings hätte Bröker nicht sagen können, wozu das gut sein sollte, wenn es ihm nicht gelang, sich aus seiner misslichen Lage zu befreien.

Er dachte nach: Eventuell war es ja möglich, seine Fesseln durchzuscheuern. Langsam bewegte er seine gebundenen Hände auf und ab. Aber das war wohl etwas, was bestenfalls im Film funktionierte. Insbesondere, da er nicht wusste, aus welchem Material seine Fesseln bestanden und die Pfosten des Weinregals aus glatt geschliffenem Eichenholz konstruiert worden waren.

Es war frustrierend. Bröker stieß einen tiefen Seufzer aus. Zumindest innerlich wackelten davon die Wände, in der Realität war nach wie vor nicht viel zu hören. In diesem Moment wäre es ihm sogar egal gewesen, ob der Einbrecher davon etwas mitbekam oder nicht. Aber das leise Geräusch, das er hervorbrachte, war selbst bei gutem Willen nur als ein dumpfes Grunzen zu bezeichnen.

Was mochte der Eindringling bei ihm gesucht haben und wie war er ins Haus gekommen? Eine innere Stimme sagte Bröker, dass er das eigentlich hätte wissen können, aber er fühlte sich noch zu benommen, um klar denken zu können. Ob es einer

der Diebe war, die in mehr oder weniger regelmä-
ßigen Abständen die lukrativ wirkenden Häuser an
der Sparrenburg überfielen und nach Bargeld und
Schmuck durchwühlten? Unmöglich wäre es nicht,
auch wenn Brökers Haus bislang von diesen Beute-
zügen verschont geblieben war. Oder ob der Einbrecher etwas mit Brökers Ermittlungen zu tun hatte?
Dies würde er wohl am besten selbst sagen können,
doch um ihn das zu fragen, müsste Bröker ihm erst
einmal gegenüberstehen und den blöden Knebel aus-
gespuckt haben.

Und noch einmal zog er an seinen Fesseln. Diesmal kam es ihm so vor, als sei das Weinregal doch
ein winziges Stück nach vorne gerückt. Vielleicht gab
es ja doch Hoffnung. Er versuchte erneut mit aller
Kraft, seine Arme zu bewegen. Dabei warf er seinen
Oberkörper nach vorne. Es klirrte lauter als zuvor
und das Weinregal hinter ihm geriet ins Schwanken.
Schnell lehnte sich Bröker wieder zurück. Er wollte
nicht, dass das Regal umfiel, wobei er nicht hätte sagen können, ob aus Sorge darüber, dass es auf seinem
Kopf landen würde oder weil es ihm um den guten
Wein leidtat. Das Gestell schwankte noch dreimal
hin und her und die Flaschen protestierten laut. Ein
Knirschen aus der obersten Reihe verkündete, dass
dort eine Flasche in Bewegung geraten war. Es schep-
perte, als sie sich auf den Weg nach unten machte, auf eine andere Flasche traf und zerbrach. Eine
Flüssigkeit tropfte über Brökers Kopf. Dem Geruch

nach war es ein Cabernet Sauvignon. Wenig später zerschellten die Reste der zugehörigen Flasche direkt neben ihm auf dem Boden.

Nun hatte er den Einbrecher doch auf sich aufmerksam gemacht. Die Tür zum Weinkeller öffnete sich. Die Konturen des vierschrötigen Mannes, der ihn im Wohnzimmer zusammengeschlagen hatte, wurden in der Kellertür sichtbar.

„Du bist ja wach!", kommentierte er lakonisch und schaltete die Deckenbeleuchtung an. „Und einen Wein hast du dir auch schon aufgemacht", grinste er. „Du lässt es dir ja richtig gut gehen."

Bröker wollte etwas erwidern, aber der Knebel in seinem Mund hinderte ihn noch immer daran.

„Wolltest du etwas sagen?", fragte der Eindringling.

Bröker nickte. Der Wein tropfte ihm über das geschwollene Auge und seine Nase.

Sein Gegenüber riss roh an dem Knebel in seinem Mund.

Bröker würgte, dann konnte er wieder frei sprechen. Er sah, dass der Einbrecher einen von Brökers Socken in der Hand hielt. Der käsige Geschmack kam ihm wieder in den Sinn. Spontan nahm er sich vor, seine Strümpfe regelmäßiger zu wechseln.

„Und? Was gibt es denn nun?", fragte der Kraftprotz.

„Warum sind Sie hier?", stieß Bröker hervor. „Was wollen Sie von mir?"

„Kannst du dir das nicht denken?", lachte der Einbrecher rau.

„Wollen Sie mein Geld?", fragte Bröker. „Ist es das?"

„Hast du denn was da?", gab der andere zurück.

„Ein paar 100 Euro im besten Fall", erwiderte Bröker. „Der Rest liegt auf der Bank. Und Schmuck besitze ich nicht. Das sollten Sie wissen."

„Das weiß ich auch", grinste der Eindringling. „Darum kannst du dir vielleicht denken, dass ich nicht aus diesem Grund hier bin."

„Aber warum dann?"

„Mann, ich dachte, du bist so was wie ein Detektiv. Dafür bist du aber ganz schön lahm in der Birne. Ich habe dich besucht, weil du deine Nase in Sachen steckst, die dich nichts angehen", höhnte der Einbrecher und wischte Bröker mit dem Zeigefinger einen Tropfen Wein von der Nase.

Dann kam der Kerl also tatsächlich von Vorderbrügge. Bröker hätte es sich vielleicht ohne den Schlag an den Kopf und den Alkohol schneller erschlossen. Der Immobilienspekulant hatte somit keine Zeit verstreichen lassen. Was hatte der Einbrecher nun mit ihm vor? Bröker schwante nichts Gutes, besonders als er daran dachte, welches Schicksal Jan Poggemeier ereilt hatte. Sein Magen rumorte, als er sich ausmalte, wie das alles ausgehen konnte.

Er lauschte. Hatte da nicht wieder etwas leise geklirrt? Eine weitere Weinflasche war das nicht. Eher kam es ihm vor, als sei dieses Geräusch von der Treppe gekommen, aber wahrscheinlich halluzinierte er vor Aufregung.

„Und wie geht es jetzt mit uns weiter?", fragte er den Eindringling.

„Mit mir hoffentlich anders als mit dir", gab der mit einem Lachen, das Bröker an das Krächzen eines Raubvogels erinnerte, zurück und griff nach Brökers Hals.

Aus dem Augenwinkel sah der, dass sich die Tür einen spaltbreit öffnete.

Kapitel 32
Wer solche Freunde hat

Der Eindringling aber hatte noch nichts bemerkt. „Ich hoffe, du verstehst, dass Vorderbrügge gar nichts anderes übrigbleibt, als dich mundtot zu machen. Und mir geht es da nicht anders", sagte er.

Bröker hätte nicht sagen können, ob es Einbildung war, aber er meinte, dass der Atem seines Gegenübers faulig roch. Sicher hingegen war er sich, dass es nicht nur darum ging, dass er mundtot gemacht wurde. „Einen Moment", versuchte er einzuwenden, aber in diesem Augenblick drückte ihm der Einbrecher die Kehle so zusammen, dass er nur noch ein Röcheln herausbekam. Himmel, wenn nicht bald etwas geschah, wären das hier seine letzten Minuten!

In dem Fall wäre es ihm lieber gewesen, eine Flasche Tignanello oder ein Château Lafite Rothschild wäre zerbrochen und tropfte ihm über die Nase in den Mund, als dieser ziemlich mittelmäßige Cabernet Sauvignon. Aber der Gedanke verschwand ebenso schnell wieder wie er gekommen war. Bröker befand sich in Lebensgefahr. Das war vielleicht einer der wenigen Augenblicke, wo er sich über die Qualität eines Weines keine Gedanken machen sollte.

Er machte dem Eindringling ein Zeichen.

„Willst du mir noch was sagen?", fragte der und zog die Augenbrauen hoch. Immerhin ließ er dabei von Brökers Hals ab, sodass der wieder Luft bekam.

In diesem Moment wurde die Kellertür gänzlich aufgerissen. Jemand brüllte: „Hände hoch!"

Der Eindringling wirbelte herum, erstarrte und gab Bröker den Blick auf den Eingang frei.

„Mütze!", rief der und fühlte sich mindestens ebenso erleichtert wie er klang.

„Ja, ich", erwiderte sein Freund und schien erstaunlich gleichmütig. Hinter seinem Freund, der den Einbrecher mit gezogener Waffe in Schach hielt, betraten zwei Uniformierte den Weinkeller. Auch sie hielten ihre Waffen im Anschlag. Als letzter gesellte sich Gregor zu den dreien.

„Noch nie habe ich euch beide so gerne gesehen wie jetzt", sagte Bröker an seine Freunde gewandt. „Sie beide natürlich auch", schloss er die Streifenpolizisten in seine Freude mit ein.

„Gesehen ist wohl übertrieben", entgegnete Gregor und deutete auf Brökers geschwollenes Auge. „Du siehst schrecklich aus!"

Gleichzeitig gab Mütze den Polizisten ein Zeichen, woraufhin sie dem Einbrecher Handschellen anlegten. Der Hauptkommissar bückte sich derweil und löste Brökers Fesseln mit einem scharfen Messer.

„Das war wirklich knapp", seufzte der erleichtert und rieb sich die schmerzenden Handgelenke. Dann setzten seine Gedanken wieder ein und er stutzte. „Ich will ja nicht undankbar erscheinen, aber wieso seid ihr eigentlich hier?", wunderte er sich.

„Das hast du deinem Mitbewohner zu verdanken", lächelte Mütze.

„Gregor?", fragte Bröker staunend.

„Genau", erwiderte der Junge. „Ich habe vor einer guten Stunde deine Nachrichten abgehört und hatte gleich so ein mulmiges Gefühl."

„Nach allem, was mir Gregor erzählt hat, hättest du das eigentlich auch haben sollen", fügte Mütze an Bröker gewandt hinzu.

„Eben", bestätigte Gregor. „Du warst dir doch sicher, dass Vorderbrügge hinter dem Anschlag auf Jan Poggemeier steckt, oder?"

„Ja", nickte Bröker.

„Und da hast du gedacht, du kannst einfach bei ihm reinmarschieren, ihm sagen, dass du weißt, dass er den Elektriker auf dem Gewissen hat und dann ungeschoren wieder abziehen?", ereiferte sich Gregor.

Bröker schwieg betreten. Wenn er es aus dem Munde des Jungen hörte, klang die ganze Aktion noch idiotischer als sie ohnehin gewesen war.

„Jedenfalls habe ich gleich Sorgen gehabt, dass Vorderbrügge etwas gegen dich unternimmt", erläuterte der weiter. „Erst wusste ich nicht, was ich machen sollte. Als ich dann bei dir angerufen habe und sich niemand meldete, wollte ich zuerst die Bullen rufen, obwohl die ja nicht immer meine besten Freunde sind. Aber schließlich habe ich gedacht, dass mir da keiner glauben würde." Er machte eine kurze Pause. „Ich meine: Was hatte ich denn vorzuweisen?", fuhr er fort. „Deine Ansage auf Band, in der du deinen Versuch schilderst, Vorderbrügge zu überführen, die Tatsache, dass du nicht ans Telefon gehst und meine Vermutung – sonst nichts. Von einem Bullen aber wusste ich, dass er mir glauben würde."

„Von mir", nickte Mütze.

„Genau. Du kennst Bröker. Du weißt, dass er oft den richtigen Riecher hat, sich aber manchmal auch wie ein Trottel anstellt", lachte Gregor.

„Aber ich war nicht mehr im Dienst", führte Mütze weiter aus. „Freizeitausgleich oder Feierabend, such es dir aus."

Bröker hatte nur eine vage Ahnung, was er damit meinte, nickte aber trotzdem.

„Jedenfalls hat Gregor irgendwie meine Handynummer herausgefunden. War wohl nicht so einfach, denn das Präsidium hat strikte Anweisung, sie nicht weiterzugeben. Ich glaube, ich will gar nicht so genau wissen, wie er das immer anstellt", lachte der Hauptkommissar.

„Alles fast legal", zwinkerte Gregor. „Aber das erklärt, warum wir hier so spät aufgekreuzt sind. Immerhin habe ich es aber so dringend gemacht, dass Mütze nicht nur seine Knarre, sondern auch die beiden Streifenhörnchen …"

„… Streifenpolizisten", korrigierte ihn der Kommissar.

„… genau, dass er die beiden mitgenommen hat", beendete Gregor den Bericht.

Bröker nickte. Noch immer war er geschockt. So sehr war er in all seinen Ermittlungen noch nicht in Gefahr gewesen. „Viel später hättet ihr nicht kommen dürfen", sagte er leise. Dann fiel ihm der Fall wieder ein. „Das heißt also, dass ich mit meinem Verdacht richtiglag?", fragte er.

„Das lassen wir uns am besten von dem feinen Herrn hier erzählen", schlug Mütze vor. „Aber vielleicht gehen wir dazu in dein Wohnzimmer. Auch wenn ich deine guten Weine schätze, ich glaube, ich würde mich jetzt gerne einmal setzen. Und außerdem sehe ich die deutlich lieber in einem Glas, als auf dem Fußboden oder in deinem Gesicht."

„Ich will einen Anwalt, das ist mein Recht", sagte der Eindringling als erstes, als die sechs kurze Zeit später in Brökers Salon Platz genommen hatten.

„Ja, ich kann mir denken, dass Sie Ihre Rechte gut kennen. Wahrscheinlich haben Sie nicht das erste Mal mit der Polizei zu tun", erwiderte der Hauptkommissar knapp. Er hatte einen der beiden Streifenpolizisten gebeten, Notizen zu machen, während der andere den Einbrecher im Auge behielt. „Aber Ihren Namen werden Sie uns doch wohl auch so verraten können."

„Erst möchte ich mit meinem Anwalt sprechen", beharrte der Eindringling.

„Wie Sie wollen, Herr Ellersiek", erwiderte Mütze.

Dem Gefangenen stand der Mund offen. „Woher … woher wissen Sie, wie ich heiße?"

„Dann geben Sie zu, dass Sie Christian Ellersiek sind?", hakte der Kommissar nach und nannte auch die Adresse und das Geburtsdatum des Angesprochenen.

Der nickte. „Ja, das kann ich kaum abstreiten. Aber woher wissen Sie das?"

„Das bleibt vorerst mein Geheimnis", lächelte Mütze. „Vielleicht verrate ich es ja Ihrem Anwalt", konnte er sich eine kleine Spitze nicht verkneifen. „Aber eventuell wollen Sie uns ja auch ohne den schildern, wieso Sie bei Herrn Bröker eingebrochen sind."

Ellersiek schüttelte mit dem Kopf.

„Das braucht er auch nicht. Er hat es mir gesagt, als ich gefesselt vor ihm saß", sprang Bröker ein. „Vorderbrügge hat ihn geschickt, weil ich zu viel weiß. Beziehungsweise, weil ich Trottel seinem Chef meinen Verdacht auch noch auf die Nase gebunden habe."

„Vorderbrügge ist nicht mein Chef", brummte Ellersiek.

„Aber er hat Ihnen den Auftrag erteilt, bei Bröker einzudringen?", fragte Mütze.

„Ja, das schon", gestand der Einbrecher zögernd.

„Um dann was zu tun?" Bröker traute sich beinahe nicht, die Frage zu stellen.

Sein Gegenüber lächelte nur vielsagend.

Bröker lief ein schauer über den Rücken. „Na los, rücken Sie schon damit raus", forderte er den Eindringling mit heiserer Stimme auf. „Das meiste haben Sie mir ja sowieso schon im Keller erzählt. Das können Sie nicht mehr abstreiten. Wenn mein Wort gegen ihres steht – was glauben Sie, wem die Polizei glaubt.

Ellersiek zögerte. „Na gut, viel ändert das ja auch nicht mehr" seufzte er dann. „Vorderbrügge hat nur gesagt, ich soll dich zum Schweigen bringen. Wie, das hat er nicht gesagt. Aber ich glaube, wir wissen beide, wie so etwas abläuft. Und du wahrscheinlich auch. Aber du kriegst mich nicht dazu, das im Detail zu beschreiben."

„Das ist auch besser so", ging Mütze dazwischen. „Sie sollten sich an dieser Stelle genau überlegen, was Sie sagen. Auch wenn sich ein Geständnis positiv auf ein Gerichtsurteil auswirken kann, macht es einen

Unterschied, ob die Anklage gegen Sie auf Einbruch oder auf versuchten Mord lauten wird."

„Dann lag ich also richtig damit, dass Vorderbrügge hinter dem Anschlag auf Jan Poggemeier steckt", murmelte Bröker mehr bestätigend als fragend.

„Ja, das stimmt", gab Ellersiek zu. „Er hatte sich dieses Haus in der Friedrichstraße gekauft, aber dann lief alles anders als gedacht. Er wusste nicht, dass in dem Haus diese alte Frau wohnte."

„Edith Pankoke", half Bröker mit dem Namen aus.

„Ja. Nachdem Vorderbrügge seine Kündigungsschreiben rausgeschickt hatte, hat ihr Enkel einen Anwalt beauftragt und der hat Vorderbrügge geschrieben, dass seiner Klientin in dem Alter ein Umzug nicht mehr zuzumuten wäre. Auch nicht vorübergehend, also für eine Renovierung", holte Ellersiek aus. „Ein ärztliches Attest hat er auch gleich beigefügt. Das sah nach einem ewig langen Gerichtsprozess aus – bestenfalls. Dadurch konnte Vorderbrügge dann ihre Wohnung nicht instand setzen. Das war aber ein richtiges Problem, denn die Wohnung liegt an allen zentralen Leitungen, sodass man auch die anderen Wohnungen nicht vernünftig renovieren konnte. Somit war der Traum von den Luxusappartements, die dort entstehen sollten, geplatzt und so ist Vorderbrügge das Haus nicht mehr losgeworden."

„Aber er brauchte das Geld und er konnte es sich auch nicht leisten, das Gebäude billig zu verscherbeln. Zum einen, weil Rösner von ihm Wucherzinsen verlangt und zum anderen, weil er eine teure Scheidung hinter sich hat", ergänzte Bröker das Gesagt mit seinen Ermittlungsergebnissen.

„Richtig", bestätigte Ellersiek. „Das mit der Scheidung wusste ich von Rösner. Der ist Vorderbrügge auch immer mehr auf den Pelz gerückt. Vorderbrügge ist aber nicht der Mann, der körperliche Schmerzen lange erduldet."

„Woher wissen Sie das denn?", wollte der Hausherr wissen.

„Ganz einfach: Ich arbeite ja nicht nur für Vorderbrügge. Rösner gibt mir wesentlich mehr Aufträge", erwiderte der Eindringling. Trotz seiner prekären Situation lachte er leise. „Eigentlich kennt mich Vorderbrügge nur durch Rösner – das allerdings in zweifacher Hinsicht." Er lächelte verächtlich.

„Es gibt eine Sache, die mich noch interessieren würde", fuhr Bröker nach einer Pause fort. Allmählich wich der Schock und sein Interesse an dem Fall kehrte zurück. „Wer hat denn Jan nun die Tropfen ins Bier geschüttet? Das wird doch Vorderbrügge nicht selbst gemacht haben."

„Dazu sage ich nichts ohne meinen Anwalt", erwiderte der Eindringling halsstarrig.

„Das brauchen Sie auch nicht, Herr Ellersiek", fiel ihm Mütze ins Wort. „Sie sind es nämlich selbst gewesen, der die Tropfen besorgt und sie Herrn Poggemeier verabreicht hat." Zum zweiten Mal innerhalb weniger Minuten hatte er Ellersiek kalt erwischt.

„Woher wollen Sie das wissen?", stieß der hervor.

„Von der gleichen Quelle, aus der ich Ihren Namen kenne", lächelte Mütze. „Sie können sich vielleicht denken, dass wir es nicht nur auf Sie abgesehen haben, Herr Ellersiek. Gleichzeitig zu unserem Einsatz hier ist der Leitende Hauptkommissar Schewe bei Herrn Vorderbrügge vorstellig geworden. Und was soll ich sagen? Der hat sich nicht so geziert wie Sie und alles gestanden. Schewe hat mir eben noch telefonisch die Einzelheiten durchgeben können, bevor wir meinen Freund hier befreit haben. Und natürlich hat Herr Vorderbrügge auch Sie schwer belastet. Schließlich wollte er ja nicht für Taten belangt werden, die er angeregt, aber nicht durchgeführt hat."

Ellersiek starrte Mütze böse an. „Dieses Schwein", zischte er dann. „Ja, ich habe dem Techniker die Tropfen ins Bier geschüttet", gab er schließlich zu. „Aber es ist in Vorderbrügges Auftrag geschehen. Ich war nur sein Handlanger."

Bei diesen Worten fiel Bröker auf, wie gut seine schwarzen Haare, sein Alter und seine massive Gestalt zu der Beschreibung des Fremden passten, der bei Jan Poggemeier und seinen Freunden am Biertisch gesessen hatte.

„Vorher habe ich noch die Elektrik an der Bühne manipuliert", fuhr der fort. Es schien, als wolle er nun, da er den Anschlag gestanden hatte, auch die letzten Details loswerden.

„Wieso?", wollte der Protokoll führende Streifenpolizist wissen.

„Ist doch klar", erklärte Gregor. „Er musste sich ja sicher sein, dass während der Vorstellungen tatsächlich etwas durchbrennt und Jan nach oben zu den Lautsprechern und Scheinwerfern klettern musste."

„Stimmt", gestand Ellersiek. „Aber eins müssen Sie mir glauben: Ich wollte diesen Techniker nicht umbringen."

„Ach kommen Sie. Was denn sonst?", fragte Bröker ungläubig.

„Der Plan war, dass er abstürzt und für ein paar Wochen, vielleicht auch zwei oder drei Monate außer Gefecht ist", erläuterte der Eindringling.

„Wozu sollte das gut sein?", hakte Bröker nach.

„In der Zeit sollte er sich nicht um die Alte, seine Großmutter oder was sie auch war, kümmern können", erklärte Ellersiek. „Sie hätte dann schon gesehen, dass sie in einem Altersheim besser aufgehoben wäre. Ihrer Tochter wäre das ja auch lieber gewesen, sagt Vorderbrügge. Und wenn sie erstmal rausgewesen wäre, hätte er das Haus endlich renovieren können. Bei dem, was luxuriöse Eigentumswohnungen in guter Lage heute bringen, wäre er seine Schulden in Nullkommanichts wieder los gewesen."

Bröker und Mütze sahen sich lange an. Der Hauptkommissar nickte. Mehr musste er für den Moment nicht wissen.

„Dann können Sie jetzt Ihren Anwalt anrufen",

sagte er an Ellersiek gewandt. „Sagen Sie, er kann gleich ins Polizeipräsidium kommen. Da machen wir dann ein schönes Protokoll."

Kapitel 33
Epilog

„Und auf geht die Fahrt, alle Mann einsteigen! Jetzt noch besser, jetzt noch schneller! Schnallt euch fest, heute ist herrliches Reisewetter!" Bröker hatte das Gefühl eines Déjà-vus, als er fünf Tage später den Ausrufer vor dem Fahrgeschäft mit den Riesenarmen sah.

„Komm schon, Bröker, nur eine einzige Fahrt, bitte", drängte Gregor ihn und bewegte sich in Richtung des Kassenhäuschens. „Ich zahle auch."

„Und wenn du noch 100 Euro drauflegst, da kriegst du mich nicht rein", erwiderte Bröker und wandte sich ab. Er hatte schon bei dem Vorschlag des Jungen, auf die Gütersloher Pfingstkirmes zu fahren, ein mulmiges Gefühl gehabt. Nun wusste er auch wieder warum. Da Gregor aber argumentiert hatte, dass ein Kirmesbesuch ein passender Abschluss für diesen Fall sei und außerdem schon Bahntickets für sieben Leute gekauft hatte, hatte er es nicht über sich gebracht einen Rückzieher zu machen. Zumal sein Mitbewohner aufgezählt hatte, wer alles mitkommen sollte: Bröker und Gregor natürlich, aber auch Sara, die in den letzten Tagen so etwas wie Gregors feste Freundin geworden war. Daneben hatte der Junge auch Manfred und Frieda eingeladen, ebenso wie Britta, die sich besonders über das Angebot die Freunde zu begleiten, gefreut hatte. Und schließlich hatte sich auch Mütze der Gruppe angeschlossen.

„Na los", sprang der Hauptkommissar in diesem Moment Gregor bei. „Ich verspreche dir, dass das Gerät nicht abstürzt."

„Dass du das jetzt sagst, beweist nur, dass man auch der Polizei nicht mehr vertrauen kann", erwiderte Bröker brummig.

„Wieso, weißt du etwas anderes?", erkundigte sich Britta neugierig.

„Das nicht, aber man weiß auf so einer Kirmes nie, was alles vom Himmel fällt. Manchmal ist es sogar ein ganzer Elektriker", erklärte Bröker. Er hatte die Erlebnisse der vergangenen Tage nach außen recht gut verkraftet. Dass er dennoch immer wieder einmal darauf anspielte, ließ Gregor ahnen, wie es in seinem Freund innerlich aussah. Auch um ihn ein wenig von solchen Gedanken abzulenken, hatte er den Ausflug zu der Pfingstkirmes organisiert.

„Wir lassen dich heute einfach nicht auf einer Bühne Zumba tanzen, dann passiert auch nichts", lächelte Frieda.

„Wir werden heute auch keine Flugblätter verteilen, in denen wir nach einer neuen Wohnung suchen", schob ihr Mann hinterher.

„Kunststück, ihr habt ja schon eine Wohnung",

entgegnete Bröker. Er musste zugeben, dass er den beiden das Glück gönnte. Ja, dass Manfred und Frieda so schnell eine Bleibe gefunden hatten, war einer der erfreulichen Nebenwirkungen des Falles. Natürlich hatte es sich Charly wieder nicht nehmen lassen, über den neuesten Erfolg des Mister Marple von der Sparrenburg zu berichten und dabei war ihr Fokus nicht allein auf Bröker geblieben. Auch Gregors und Mützes heldenhaften Einsatz hatte sie geschildert ebenso wie von der Verhaftung Vorderbrügges und Ellersieks, auf die nun wahrscheinlich langjährige Haftstrafen warteten. Und schließlich hatte die Journalistin auch auf Manfred und Frieda hingewiesen, nur um ein Beispiel zu haben, wie übel es jemandem ergehen konnte, wenn er nicht genug Geld hatte, um sich eine eigene Wohnung zu kaufen. Einen Tag, nachdem der Artikel erschienen war, hatte sich tatsächlich ein Hausbesitzer bei den beiden gemeldet und ihnen eine bezahlbare Vierzimmerwohnung in Schildesche angeboten.

„Die ist sogar groß genug, dass wir eine Alten-WG aufmachen können", hatte Frieda gejubelt, als sie Bröker von dem Angebot erzählte und der hatte schon Angst gehabt, seine Mitbewohnerin würde ihm anbieten, mit einzuziehen.

Erst als Manfred erklärt hatte: „Wir fragen Edith Pankoke, ob sie nicht bei uns wohnen möchte", hatte er halb erleichtert, halb erfreut genickt.

In diesem Augenblick entdeckte Bröker eine Attraktion, die mehr nach seinem Geschmack war. „Ich gebe eine Runde aus", krähte er begeistert und steuerte direkt auf einen Würstchenstand zu. „Sieben Würstchen, bitte", fügte er an den Verkäufer gewandt hinzu. „Ach was, runden wir auf: Sagen wir ein Dutzend!"

„Bröker, wer soll denn das alles essen?", protestierte Sara.

„Du kennst ihn noch nicht so lange wie ich: Er natürlich", lachte Gregor, nahm sich aber auch eine Wurst. „Er ist einer der wenigen Menschen, die ich kenne, die noch mehr Fleisch verdrücken können als du."

„Dann spendiere ich uns ein paar Lose", zeigte sich auch Mütze großzügig. „Seitdem ich denken kann, gehört die Losbude für mich zu einem Kirmesbesuch dazu."

Fünf Minuten später war er zurückgekehrt und überreichte jedem in der Gruppe drei Lose. „Leider nur Nieten", erklärte er enttäuscht, nachdem er seine geöffnet hatte.

„Auf Regen folgt Sonnenschein", las Britta den Text eines ihrer Lose vor.

„Ich glaube, die Verfasser dieser Sprüche sind keine Westfalen", grinste Gregor. „Hier folgt auf Regen oft noch mehr Regen. So wie bei meinen Losen zum Beispiel: Kein einziger Gewinn."

Auch Frieda und Manfred ging es nicht anders. „Wir haben eben Glück in der Liebe", sagte Manfred. Bröker meinte einen ironischen Unterton zu hören, aber Frieda lächelte ihren Mann verliebt an.

„Das gibt es doch gar nicht!", empörte sich Gregor, als schließlich auch Sara nicht mit einem einzigen Gewinn aufwarten konnte.

„Ich hätte euch sagen sollen, dass ich bei so etwas immer Pech habe", lachte Mütze. „Dabei träume ich schon so lange von einem Gewinn." Trotz seiner zur Schau gestellten Heiterkeit glaubte Bröker, dass zumindest im zweiten Teil des Satzes ein großes Körnchen Wahrheit steckte.

„Los, Bröker, jetzt lasten all unsere Hoffnungen auf dir", forderte ihn Gregor auf.

„Gemach, gemach", erwiderte der kauend. „First things first." Knackend biss er von der nächsten Wurst ab.

„Ich fasse es nicht, die wievielte Wurst ist das?", staunte Sara.

„Erst die vierte", erwiderte ihr Freund und zeigte, dass er mitgezählt hatte.

„Jetzt mach endlich deine Lose auf", drängte nun auch Mütze. Ihm schien tatsächlich etwas an den bunten Papierschnipseln zu liegen.

„Ist ja schon gut", brummte Bröker und wischte sich die Hände an einem Taschentuch ab. Schnell entrollte er ein gelbes Los. „Sei froh, dass du gesund bist", las er den Text vor, der sich darauf befand. Auch wenn es wieder kein Gewinn war, hatte Mütze doch eine Zeile gezogen, die gut zu Brökers derzeitiger Verfassung passte. Er war schon lange nicht mehr so froh gewesen, am Leben zu sein und noch dazu unverletzt, wenn man von seinem immer noch leicht geschwollenen Auge absah. Sogar sein abgebrochener Zahn war wieder in Ordnung.

„Und das nächste?", fragte der Polizist gespannt.

Bröker biss noch einmal von der Wurst ab und öffnete dann das folgende Los. „Kein Gewinn unter dieser Nummer", verkündete er.

„Echt unglaublich, was wir für ein Pech haben", lachte Sara. „Vielleicht ist es ganz gut, dass wir nicht Jekyll & Hyde gefahren sind. Bei unserem Glück wäre das Ding wirklich abgestürzt."

„Da bin ich mir sogar ganz sicher", pflichtete ihr Bröker bei und vertilgte auch seine vierte Wurst. „Ein Los haben wir ja noch", sagte er und sah, wie Mütze zappelig verfolgte, wie er das blaue Papierchen öffnete. „Guck mal! Da steht eine Nummer drauf. Ich bin der einzige von uns, der was gewonnen hat", lachte er.

„Und was?", fragte Gregor.

„Bestimmt einen Schlüsselanhänger. Oder einen Eierschneider. Irgendwas, was ich mir schon immer gewünscht habe", unkte Bröker.

„Na komme, lass uns nachgucken", stachelte ihn Mütze an.

„So dringend wird es schon nicht sein", erwiderte Bröker und schob sich das fünfte Würstchen in den Mund. „Der Gewinn wird ja kaum schlecht werden."

Kurz darauf reichte er dem untersetzten Verkäufer

sein Los mit der Gewinnnummer. „Ein Gewinn und 20 Nieten, das ist ja echt eine miese Quote", nörgelte er dazu.

„Aber dafür ein großer", entgegnete der, nachdem er einen Blick auf die Zahl geworfen hatte. „Warten Sie, ich muss nach hinten gehen." Mit diesen Worten verschwand er zwischen seinen bunten Auslagen.

Zwei Minuten später kam er wieder zurück.

Bröker öffnete den Mund, konnte aber nichts sagen. Das konnte doch unmöglich sein Gewinn sein.

„Ich habe es ja gesagt: Ein richtig großer Gewinn", kommentierte der Losverkäufer. „Viel Freude damit!" Mit diesen Worten überreichte er Bröker einen riesigen rosa Plüschbären mit weißer Nase.

„Warten Sie", stammelte der nur. „Kann ich nicht stattdessen vielleicht diesen Becher hier haben oder das Messerset?"

„Gewinn ist Gewinn", erwiderte der Losbudenbesitzer entschieden. Direkt danach konnte es jeder auf der Kirmes hören: „Und wir haben wieder einen Hauptgewinner!"

Bröker fühlte, wie sich die Blicke aller Umstehenden auf ihn richteten. Einige kicherten. Es musste aber auch zu lustig aussehen: Ein dicker, rosa Teddy auf dem Arm eines noch dickeren Mannes.

„Mensch, Bröker, da weißt du ja gleich, was du mit dem frei werdenden Zimmer machen kannst", rief Gregor und kam von der Würstchenbude herübergestürmt.

„Wenn du noch lauter schreist, setze ich ihn vielleicht auch in dein Zimmer", gab Bröker zurück. So
hatte er sich also in der Annahme geirrt, dass er nach
Charlys Artikeln in Gütersloh vielleicht weniger Aufmerksamkeit auf sich ziehen würde als in Bielefeld.

Auch als die Freunde zwei Stunden später in der Re-
gionalbahn saßen, war es Bröker immer noch, als
starrten ihn alle an.

„Das ist doch super praktisch, mit dem Bären passen wir genau in zwei Viererabteile", fand Sara.

Aber das Mädchen hatte leicht reden, sie stand
mit ihren Piercings ja sowieso immer im Mittelpunkt
und liebte es wahrscheinlich sogar.

Auf der ganzen Heimfahrt sorgte Brökers Gewinn
für Heiterkeit. Nur Mütze schien manchmal ein bisschen eifersüchtig zu dem Bären hinüberzugucken.

Als der Zug in Brackwede hielt, kam Bröker eine
Idee. „Sag mal, Mütze", setze er an. „Möchtest du
den kleinen rosa Kerl eigentlich haben? Ich finde, er
passt richtig gut zu dir."

Der Polizist guckte Bröker einen Moment lang erstaunt an. Dann glitt ein Lächeln über sein Gesicht.
„Meinst du wirklich?", fragte er. „Das finde ich aber
superlieb von dir."

„Was denkst du, wie er ihn nennt?", fragte Sara, als
die Freunde wenig später dem Hauptkommissar hin-
terherblickten, dem auf seinem Heimweg ein riesiger
rosa Teddy vergnügt über die Schulter guckte.

„Bröker zwei, natürlich", hatte Gregor sofort eine Antwort parat. „Und vielleicht hilft er Bröker eins demnächst auch, damit der nicht wieder bei einem Fall fast unter die Räder kommt."

Im Pendragon Verlag sind bereits vier Bände mit dem Mr. Marple von der Sparrenburg erschienen.

1. Fall für Bröker

Lisa Glauche und Matthias Löwe
Tod an der Sparrenburg
978-3-86532-257-9

2. Fall für Bröker

Lisa Glauche und Matthias Löwe
Campusmord in Bielefeld
978-3-86532-352-1

3. Fall für Bröker

Lisa Glauche und Matthias Löwe
Endstation Siegfriedplatz
978-3-86532-432-0

4. Fall für Bröker

Matthias Löwe
Almfieber
978-3-86532-597-6

Alle Personen sind frei erfunden. Ähnlichkeiten mit lebenden oder verstorbenen Personen sind rein zufällig und nicht beabsichtigt.

Pendragon Verlag
gegründet 1981
www.pendragon.de

Originalausgabe
Veröffentlicht im Pendragon Verlag
Günther Butkus, Bielefeld 2019
© by Pendragon Verlag Bielefeld 2019
Alle Rechte vorbehalten
Lektorat: Günther Butkus, Hanna Reinink
Herstellung und Umschlag: Uta Zeißler, Bielefeld
Umschlagfoto: guklplatzwart / Photocase
Satz: Pendragon Verlag auf Macintosh
Gesetzt aus der Adobe Garamond
ISBN 978-3-86532-659-1
Gedruckt in Deutschland